趙廷來 大河小說 ③

한강

제1부 격랑시대

해냄

차례

한강

제1부 격랑시대 ③

35
가을빛은 오는데

「어이 웨 동주, 시방 사람이 죽어가고 있당께로. 지발 적선헌다고 싸게 나서서 돈 잠 돌레도란 말이시.」

「와따메. 워찌 그리 물이 못 나게 사람얼 잡지요, 잡지기럴. 백일 가뭄에 봇도랑 물 보트디끼 요 강진 천지에 돈 보타뿐 지가 은제라고.」

송동주는 냉정하게 고개를 돌려 먼산바라기를 했다.

「아이고, 겉으로만 보탔제 속으로야 돈줄이 워디로 흘르고 있는지 자네넌 훤히 알덜 안 혀. 나가 그 돈이야 하늘이 두 짝 나고, 내 목심이 끊어져도 고리채로 신고 안 헐 것잉께 나럴 믿고 얼렁 잠 돌레주소.」

궁기가 낀 여자는 맹세하듯 두 손바닥을 모았다. 잘게 떨리고 있는 손가락들의 끝끝에서 그 여자의 안타까운 마음이 타고 있었다.

「허, 참말로 자다가 봉창 뚜딜기는 소리만 허고 앉었소 이. 돈 앞에서는 부자지간에도 못 믿고, 형제지간에도 못 믿는 것이 사람 맴인디 그 누가 연실댁 맘 믿어주겄소. 아, 우리 눈앞에서 시상 돌아가는 꼬라지

봇씨요. 친구지간에 쓴 돈 고리채 신고혀 부는 것이야 식은 밥 묵기고, 사촌간에 쓴 돈도 신고허고, 사돈간에도 신고럴 혀부는 판 아니요? 칙간에 갈 때 맘 달르고 올 때 맘 달르단 말이 공연시 생겼간디라.」

「아니시 아니여. 이 돈이야 우리 자석 목심 살리는 돈인디 신고허면 천벌 받으라고. 하늘이 무너져도 신고 안 헐 것잉께 나럴 믿으란 말시. 이 돈 신고허면 나가 개딸년이여!」

하늘에 걸고 마음을 다짐하던 여자는 마침내 스스로를 개딸년으로까지 낮추었다. 그건 가난한 시골사람들이 자기 진실을 나타내는 가장 강하면서도 최후 단계의 말이었다.

「아짐씨 맘이야 알것는디 나 돈줄 다 끊어졌응께 딴 디 가보씨요. 나 어디 잠 가야 쓰겄소.」

귀찮은 기색 역연한 송동주는 자리를 차고 일어섰다.

「아이고메, 이러지 말고 사람 살리소. 수술 못허면 갸가 죽는단 말시. 자네허고 4H구락부 항꾼에 헌 정리 봐서도 자네가 나서야제 누가 나스겄능가.」

송동주를 붙든 여자의 절박한 얼굴만큼 그 목소리도 경련을 일으키고 있었다.

「맹장인디 죽기야 헐랍디여. 이자럴 하로에 1할씩 준다고 혀도 돈은 씨가 몰라부렀응께 차라리 병원보고 외상 수술 혀도라고 허씨요.」

「아이고, 거렁뱅이헌테 찬밥뎅이 얻어묵을 수는 있어도 돈 없이는 쓴 약 한 봉다리 못 얻어묵는 것이 병원 인심인지 다 암스롱도 그런 태평시런 소리 헝가. 어이, 그러지 말고……」

「해필허니 위째 요런 시국에 아프고 근다요. 다 재수 드러와 그리 된 것잉께 나도 워쩔 도리가 읎소.」

송동주는 여자를 뿌리치고 빠른 걸음을 옮기기 시작했다.

「시상에나, 시상에나 아든 정 보든 정 읎이 워찌 저리도 무정헐꼬. 사람 나고 돈 났제 돈 나고 사람 났다냐. 뜬금 없는 고리채 신고가 쌩사람 잡게 생겼으니 요 일얼 으쩨야 쓸끄나.」

  망연하게 푸념하고 있는 여자의 주름살 많은 얼굴에 눈물이 번지고 있었다.

  6월 초순에 공포된 농어촌고리채정리법은 8월 초순부터 시행에 들어 갔다. 그런데 대뜸 나타난 현상이 돈가뭄이었다. 이미 빌려준 돈이 법으로 규제를 당해 손해를 보게 된 판인데 돈푼이나 있는 사람들이 새 피해를 자초할 리 없었던 것이다. 크고 작은 돈줄이 전부 막히고 끊기면서 궁지에 몰린 것은 가난한 농가들이었다. 하필이면 한창의 농번기에 돈 구경을 할 수 없게 되어 가난한 사람들은 비료 살 돈도 구하지 못하는 형편이었다. 당장 시급한 농비를 변통할 수 없는 빈농들은 꼼짝없이 농사를 망치는 피해를 입고 있었다. 절대다수의 가난한 농어민들을 고리채라는 고질적인 빚구덩이에서 구하자고 실시한 그 정책은 너무 서두른 나머지 시기 선택이 잘못되어 오히려 피해를 유발하고 있었다. 군인들의 생각은 추수기까지 기다려야 한다는 데에 미치지 못했던 것이다.

  송동주는 연실댁에게 미안함이 없지 않았지만 자신으로서도 어쩔 도리가 없었다. 아무에게도 말을 하지 못하지만 자신이 처한 형편은 옹색하기 이를 데 없었다. 강 의원 같은 물주들은 돈줄만 잘라버린 것이 아니었다. 그들은 채무자들이 고리채 신고를 하지 못하게 하려고 아랫사람들을 조직적으로 동원하고 있었다. 강 의원처럼 약삭빠르게 대처한 사람은 극히 드물었고, 대부분의 채권자들은 뒤늦게 손해를 막으려고 허둥지둥 야단법석이었다. 송동주는 여기저기서 거간비 챙겨먹은 죄로 신고를 막아야 하는 궂은일에서 벗어나지 못했다.

  어수선하고 뒤숭숭한 분위기 속에서 8월 말이 되자 나라에서는 신고 기간을 9월 말로 한 달 더 연장했다. 예상했던 고리채 액수보다 신고액이 너무 형편없이 적었기 때문이다.

「하아, 요거 나라에서 아조 고약시리 나오네. 수 적은 채권자 골탕믹이고 수 많은 채무자 편들어서 인심 얻어보겠다 고런 심뽄 것이야 화경 딜여다뵈디끼 환히 뵈는 수작잉께 어디 두고 보드라고. 앞으로 한 달 더 발바닥에 불나게 쫓아댕김서 신고 못허게 철통겉이 단도리(닦달)허는 것이여. 쩌그 높은 디서 펜대 궁글림서 생각허는 것허고, 없이 살수록 미운 털 백이면 그나마 못 젼디는 우리 촌 사정허고는 영 달븐께로, 워디 누가 이기는가 보드라고. 알겄제! 더 씨게 막고 나스라고.」

연장된 위기 앞에서 채권자들은 더 강한 태세를 취했다.

「정샌, 논에 안 나갔습디여?」

송동주는 정 서방네로 들어섰다.

「어이, 어여 오소. 금메 말이시, 빈손으로 논에 나가면 머 허겄능가. 지대로 비료를 못혀 히놀놀혀진 나락 보기만 미안허제.」

정 서방이 어깨로 한숨을 쉬었다.

「허 참! 나락 보기가 미안혀라? 나락이 자석도 아니겄고. 벨소리 다 듣겄소.」

「얼랴, 이 사람 시방 무신 소리 허능겨? 부모로서 자석들 밥 굶기는 것맨치 미안시럽고 큰 죄가 없디끼 농새꾼으로 질로 큰 죄짓는 것이 나락 지대로 못 키우는 것 아니드라고. 긍께 농새꾼 자석이 나락이 아니고 머시여. 안직 젊다고는 혀도 4H구락부 회장이면 그만헌 생각은 지녀야 쓰는 것 아니겄능가?」

달갑잖은 정 서방의 눈길이 송동주를 훑었다.

「그야 지각각 생각허기에 매였고.」 송동주는 마땅찮게 혀를 차고는, 「근디, 그놈으 고리채 신고가 한 달 뒤로 밀려난 것 알제라?」 하며 상대방에게 눈길을 박았다.

「이, 이장헌티 듣고, 읍내 나가서도 왁자허니 시끄런 소문 들었구만.」

「읍내? 장날도 아닌디 읍내는 멀라고 나갔습디여?」

송동주의 눈초리가 곤두섰다.

「낫 날이 돌에 맞어 톡 나가부러 장날꺼정 기둘릴 수 있어야제.」정 서방은 시큰둥하니 대꾸하고는, 「근디 말이여, 이장 만내면 싸게싸게 신고허라고 잡지고, 자네는 신고 못허게 요리 발싸심허고 댕기고, 어느 장단에 춤을 춰야 옳티야?」

그는 억지트림 해올리듯 마땅찮은 심사를 비꼬아 드러냈다.

「시방 누구 손바닥 위에 올려놓고 엿믹이고 있소? 사람이 하로이틀 살고 마는 것도 아니고, 신고허고 여그 떠서 타관살이 헐라고 작심허면 몰라, 여그서 끈허니 살자면 무신 말을 더 허겄소. 사람은 요리조리 얼크러지고 설크러지고 험서 살고, 돈도 또 둘러 쓰고 혀야 허는디 말이여. 나라가 허는 일이야 항시 왜냄비 끓듯이 와짝 시끄럽다가 그 시기만 지내면 나 몰라라 혀뿌는디. 그간에 그런 꼴 어디 한두 번 당했습디여?」

이미 여러 번 되풀이한 말인데도 송동주는 다시 또 열을 냈다.

「근디 자네는 겁도 안 난가? 우리 집서야 무신 소리럴 해도 괜찮허제만 딴 디서 그런 소리 막 허고 댕기다가 잽히면 어쩔라고. 이장 말로는, 앞으로 그런 말 허고 댕기는 사람덜얼 나라에서 싹 잡아딜인다고 허등마.」

정 서방은 엉큼스럽게 눈을 껌벅거렸다.

「헹, 택도 읎는 소리 마씨요. 군인덜이 팡팡 말대포 쏴질르는 것이제 사람 잡아딜이는 것이 쉬운 일인지 아요?」

송동주는 눈까지 부라리며 큰소리를 쳤다. 그러나 속은 찔끔했다. 신고를 방해한 자는 5년 이하의 징역이었다. 또 신고하지 않고 채무자에게 채무변제를 종용·강요하거나, 그 일을 시킨 자도 징역 5년이었다.

송동주의 위협·협박에 맞서 정 서방도 능청스럽게 한방을 먹인 거였다. 결기를 세우며 큰소리를 치긴 했지만 당장 급한 것은 송동주였다. 누가 읍내 경찰서에 가서 한마디만 찔러대면 당장 쇠고랑 신세가 될 판이었다. 저 위에서는 신고 실적이 나쁘면 군수고 면장이고 다 면직시키겠다고 그 기세가 아주 시퍼랬다.

「그려, 어떤 느자구 읎는 인종이 지가 신고허고 잡아서 뒷구녕으로 사리살짝 나럴 꼬여바칠 수도 있겠제라 잉. 글먼 나야 빼도 박도 못허고 5년 콩밥 묵겄제라. 근디 사단은 그 담부텀이여. 요 시상에 비밀은 읎는 것이고, 나가 5년 딱 살고 나온 담에 그 싸가지가 반푼어치도 읎는 인종얼 평상 원수로 삼고 좋그는디, 정샌! 그 맛이 으쩌겄소!」

끝말에서 갑자기 언성을 높이며 송동주는 부릅뜬 눈으로 정 서방의 눈을 파낼 듯이 사납게 노려보았다.

「와따, 워째 그려. 저어 머시냐……, 긍게 말허자면 판세가 그렇다 그것이제…….」

정 서방은 그 기세에 눌려 눈길을 피하며 어물어물 말을 눙치고 있었다.

「정샌, 밤말은 쥐가 듣고 낮말은 머시오?」

송동주는 벌떡 일어났다.

「새가 듣제.」

「되았소, 나 갈라요.」

송동주는 필터 달린 고급 담배 파고다를 꼬나물며 돌아섰다.

「빌어묵을 놈, 참말로 버르장머리 읎이 놀아나고 자빠졌네. 저것이 어찌 글줄이나 배와갖고 영 못되게 써묵고 돌아간단께. 그나저나 똥구녕 째지게 가난헌 농민덜 잡아묵는 귀신이 어디 따로 있간디. 어쩌다 급헌 짐에 발목 잽혔다 허먼 그 징허고 징헌 이자 땀새 갱기고 되갱기게 되는 고리채가 물귀신이제. 그 고약시런 귀신덜얼 나라에서 다 때래잡아 우리 불쌍헌 농민덜 살래주겄다는 것인디 저리 못된 인종덜이 지랄발광허고 싸대는 걸 으째야 헌디야. 저놈이 꿈에도 몰르게 어찌 허는 방도가 읎을랑가……, 무신 수가 있기넌 있을 것인디 말이여…….」

맷담배 채운 곰방대를 빡빡 빨며 정 서방은 골똘한 얼굴로 군시렁거리고 있었다.

농어촌 고리채 정리는 이자가 연 1할 2부가 넘는 돈거래 전부를 신고 대상으로 삼고 있었다. 신고된 채무는 농은(農銀)에서 대위변제하게 되는데, 농은은 채권자에게 2년 거치 5년 분할 상환의 금융증권을 교부해주고, 채무자는 농은에 신고액에 해당하는 차용증서를 쓰고 연 1할 2부의 이자로 7년에 걸쳐서 분할 상환하도록 되어 있었다.

그건 채무자들에게 파격적인 혜택이 아닐 수 없었다. 연 5할이 넘는 것이 예사인 고리채 이자가 1할 2부로 낮아지는데다, 갚는 것도 7년 분할 상환이니 빚구덩이에서 벗어날 수 있는 더없이 좋은 기회였다.

공짜로 돈을 쓰는 것이나 마찬가지인 그 조건을 다 알고 나서 가슴을 치는 사람들이 적지 않았다. 고리채 이자가 무서워 논밭을 처분해 급전을 마련한 사람들이었다. 이규백의 형수 해남댁도 가슴을 치고 또 쳤다. 자신의 생각대로 고리채를 썼더라면 이번 기회로 농사를 지어가면서 차츰차츰 빚은 빚대로 꺼나가고 논은 논대로 지킬 수 있게 되었을 것이다. 그런데 시동생은 논 처분 쪽으로 마음을 굳혔고, 시어머니는 무조건 아들의 말을 따라나섰다.

머리 좋고 똑똑하기로 소문난 시동생이 어찌 그리도 앞날을 내다보지 못했을까. 시동생은 이렇게 달라진 형편을 보며 무슨 생각을 하고 있을까…….

신고를 한 사람들이 새로 살아난 것처럼 생기가 넘치는 것을 보면서 해남댁의 안타까움은 더욱 깊어졌다. 시어머니는 뒤늦은 후회로 몸져누울 지경이 되어버렸다.

그러나 해남댁은 그 안타까운 감정에만 빠져 있을 수도 없었다. 새로 생겨나기 시작한 근심으로 날마다 불안과 초조에 쫓기고 있었다.

으째 꽃이 안 비칠꼬!

불현듯 이 생각이 떠오르면 너무 겁나고 무서워 아무데로나 몸을 숨기고 싶었다.

미친년아 이년아, 한 분도 아니고 장날마동 놀아났으니 워찌 성허겄냐.

해남댁은 마음 강단지게 먹지 못한 스스로를 타박했다. 그러나 자기 스스로도 모를 것이 자신의 마음이었다. 혼자 잠자리에 누워 공그릴 때는 마음은 바위나 쇠처럼 단단해졌다. 그런데 갈대밭에서 손목을 잡히면 그 마음은 어느새 물먹은 백설기가 되어 흐물흐물 허물어지고 말았다. 더 야속한 것은 그 남자의 모습이 먼빛으로 스쳐도 가슴이 흔들리고, 어느 순간 장날이 오기를 은근히 기다리고 있는 자신을 느끼기도 하는 것이었다.

두 달이나 꽃이 거르고 지내갔으면 일통이 터져도 크게 터진 것인디, 아이고메 삼신할매요, 눈치 봐감서 인심 쓸 일이제 되나케나 요것이 무신 일이다요.

생각이 여기에 미치면 해남댁은 애가 달아 어디로 도망갈 생각이 불쑥 드는가 하면, 죽어야겠다는 마음이 생기기도 했다. 그러나, 우선 급한 것은 시어머니가 아무 눈치도 못 채게 하는 거라서 몸가짐을 빈틈없이 했다. 그런데 정작 그 남자에게는 별다른 내색도 하지 못하고 있었다. 입덧이 이는 것도 아니고, 무슨 말을 꺼내기에는 아직 마땅하지가 않았다. 더구나 그 남자는 고리채 신고바람이 불어닥치면서 정신없이 읍내 걸음이 바빠졌다. 상점 주인이 고리채 신고를 하지 못하게 막기 위해서였다.

「광주상회 주인은 머랍디여?」

지난 장날 갈숲에서 그의 품에 안겨 물었다. 그가 몸달아하는 만큼 자신의 마음도 쓰이고 있었다.

「걱정 말라고는 허는디……」

그의 말끝에는 불안기 스민 한숨이 서렸다.

「근디……, 사람 맴이라는 것이 하도 얄량궂고 요상시러봐서 그 말얼 다 믿어도 될라는지……」

쌀 스물다섯 가마의 돈이 너무 많아 자신도 불안을 떼칠 수가 없었다. 상점 주인이 변심해 신고를 해버리면……, 그건 생각만으로도 끔찍스러운 일이었다. 그 남자가 겨울에도 양말 없이 맨발로 살고 여름이면 삼베 잠방이 한 벌을 손수 기워 입으며 그동안 머슴살이로 뼈품 팔아온 것이 허사가 될 판이었다.

「과히 걱정허지 말드라고. 첨에 돈 맽길 적에도 사람 무던허단 것 알아보고 맽긴 것이고 더군다나 혼자 떨어져 타관살이허는 내 처지도 짠허게 생각험서 동정혀 주고 형께.」

그러나 서로 믿거라 하는 사이에서 신고를 해버려 주먹다짐까지 하는 일이 자주 일어나 해남댁은 그 남자의 일도 조마조마하기만 했다.

계절이 변해가는 기미는 들녘의 벼들보다 과일나무 열매들이 먼저 알아차렸다. 삼복의 뙤약볕 더위 속에서 맘껏 살이 오르며 초록색이 너무 겨워 검은 기까지 감돌았던 온갖 열매들이 아침저녁 선들거리는 실바람을 타고 가을빛을 머금기 시작했다. 만년 진초록으로 팽팽하기만 할 것 같았던 가지가지 열매들에 엷고 맑은 갈빛이 신비스럽게 번져나고 있는 자연의 마술이 펼쳐지고 있었다.

여러 가지 열매들 중에서 가을빛을 가장 민감하게 빨리 드러내는 것이 유자였다. 대나무와 잎차가 그렇듯이 유자도 무덥고 습기 많은 남도 특유의 과실 중의 하나였다. 유자의 그 향기가 짙고 깊으되 고상하고 담백하여 예로부터 무척 귀하게 여겼으나 그 생김은 지극히 소박하다 못해 볼품이 없을 지경이었다. 그래서, '유자는 얽었어도 선비 손에 놀고, 탱자는 잘생겨도 거지 손에 논다'는 말이 생기기도 했다. 유자의 뒤를 이어 탱자·모과·석류·감이 9월 중순의 가을빛에 서서히 물들어 가고 있었다. 그 즈음부터 새를 쫓는 아이들의 긴 외침과 돌 담긴 깡통들이 짤랑거리는 소리가 들녘에 가득했다.

해남댁은 여느 날과 다름없이 일찍 일어나 뒷간부터 갔다. 무심코 뒷간으로 들어서던 해남댁은 갑자기 솟구쳐오르는 구역질에 가슴을 눌렀다.

입덧!

머리를 치는 생각과 함께 소스라치며 입을 틀어막았다. 하마터면 구역질하는 소리가 입 밖으로 터져나올 뻔했다. 그 소리가 시어머니 귓가를 스치기만 하면……, 허리를 굽히고 입을 틀어막은 해남댁은 연거푸 솟구치는 구역질 소리를 죽이느라고 피가 몰리는 얼굴로 안간힘 쓰고 있었다.

가까스로 구역질을 가라앉힌 해남댁은 물동이를 이고 허둥지둥 집을 벗어났다. 그 길로 그를 찾아가고 싶은 충동이 일고 있었다. 시어머니는 무시무시한 위협이었고, 그 사람은 자신을 보호해 줄 유일한 울타리였다.

이 미친년아, 넋 빠진 년아, 가기럴 워디로 간다는 거여. 이년아, 동네방네 소문나서 억지로 양잿물 묵고 뒤지기 전에 애기보에 탈 생긴 것 쥐도 새도 몰르게 혀야 혀. 인자 시엄씨 눈만 무선 것이 아니여.

해남댁은 이를 맞물며 무서움에 떨었다. 자신을 에워싸고 있는 수많은 눈들이 너무 두려웠다.

어찌어찌 이틀을 보내고 장날이 왔다. 시어머니가 장 나들이를 나서기 바쁘게 해남댁은 게잡이 단지를 들고 집을 나섰다. 어제 오가며 눈짓으로 빨리 나오라고 그에게 일러두었던 것이다.

「큰 탈 나부렀소. 아그가 들어서 부렀단 말이오.」

갈숲방에 마주앉자마자 해남댁은 이 말을 쏟아냈다. 그리고 헛구역질을 하기 시작했다. 여태껏 참아오다가 마음을 놓아서 그런지, 아니면 그 말을 실감나게 하려고 때맞춰 몸이 응답을 하는 것인지 헛구역질은 걷잡을 수 없이 거센 기세로 솟아오르고 있었다.

「우웩, 으윽, 웨엑……, 우웩…….」

그녀의 몸은 굽어지다 못해 말리다시피 하고 있었고,

「아이고, 아이고, 그것 참 잘되았구만, 잘되았어. 나가 바래고 바래든 것인디, 인자 되았구만.」

해남댁의 등을 쓸고 있는 황춘길의 목소리는 한껏 들떠 있었다.

「아이고, 땀땁헌 소리 마씨요. 되기넌 머시가 되야라. 우리 시엄니가 아시는 날이면 거그나 나나 황천길은 받아는 밥상이란 말이오. 동네서도 우리럴 못쓸 것들로 몰제 우리 편들어 줄 사람은 하나또 웂당께라.」

헛구역질이 너무 힘겨워 해남댁은 눈물을 질금거리며 상대방을 타박하듯 말했다.

「그것 몰르는 바보가 워딨어. 긍께 하로라도 빨리 도망가야제.」

「무신 소리다요?」

「무신 소리기는? 광주상회서 얼렁 돈 받아갖고 쥐도 새도 몰르게 여그 떠서 아는 사람 없는 디서 맘놓고 편히 살자는 것이제.」

「우리 아그덜언 으쩌고라?」

「으쩌기넌, 다 딜고 가야제.」

「워메, 그 말 참말이오?」

「그야 당연지사제. 해남댁이 내 사람이면 거그 딸린 자석덜도 다 내 자석이제.」

「워메, 부처님 말썸이 따로 웂소. 참말로 고마우요.」

해남댁은 울컥 울음이 터지며 황춘길의 가슴에 몸을 부렸다. 그가 월출산만큼 믿음직스러웠고, 그를 따라 어디든 갈 용기가 가슴속을 휘돌아 오르고 있었다.

「근디, 그 사람이 쉴케 돈을 내줄께라? 내 돈도 넘 손에 들어가면 내 돈이 아니라고 허는디.」

「걱정 말드라고. 나가 곧 받아낼 것잉께. 나가 돌라고 헐 때 내주기로 다 약조가 되야 있구만.」

황춘길은 해남댁의 등을 쓰다듬으며 자신 있게 말했다.

해남댁은 그의 뜨거운 손이 젖가슴을 더듬어내리고 배를 거쳐 불두덩에 이름에 따라 갈대요에 서서히 몸을 눕혀갔다. 불안스럽기만 했던 갈숲방이 어느 때 없이 아늑하게 느껴졌다. 실바람을 타고 갈잎들이 서로 몸을 부벼대고, 그 사이사이로 비쳐드는 햇살이 눈부셔 해남댁은 사르르 눈을 감았다.

「담살이 인자 그만 허고 전답 사겄다고? 그것 좋제. 근디 물건을 호빡 딜여놔 뿌러서 지랄이시. 담 장날꺼정 쪼깐 기둘리드라고 잉?」

상점 주인의 뜻밖의 말이었다. 웃음을 피워내기는 했지만 그 웃음이 싫은 기색을 완전히 가리지는 못했다.

「아니 저어……, 담 장날꺼정이면 닷새나 남었는디, 난 한시가 급허구만요. 말만 허면 당장 주겄다고 약조허셨응께 싸게 주셔야겄는디요.」

황춘길은 기분이 상하는 것을 전혀 내색하지 않고 눈치 살피며 조심스럽게 말했다.

「어허 이 사람, 번갯불에 콩 볶아묵어도 유분수제. 한두 푼도 아닌 그 큰돈을 당장 내노라는 것이 말이 돼야? 물건 많은 상점일수록 목돈이 윪는 법이여. 물건이 다 돈을 깔고 앉었응께.」

상점 주인은 그만 짜증을 부렸다.

「딴 디서 잠 둘러서라도 하로라도 앞댕겨 주면 좋겄는디요. 원체로 사정이 급허게 돼야서…….」

해남댁의 그 심한 입덧을 생각하며 황춘길은 마치 돈을 빌리러 온 것처럼 사정했다.

「아니, 이 사람이 시방 어느 시상에 사는 사람이여? 돈줄이란 돈줄이 다 맥히고 끊기고 헌 것 몰라서 그런 소리 허는겨?」

「알겄구만요. 담 장날에는 꼭 혀주씨요.」

황춘길은 다짐을 하느라고 상점 주인에게 눈길을 고정시켰다. 그런데 그는 물건을 정리하는 척하며 딴전을 피우고 있었다.

황춘길은 안타까움과 불안스러움이 뒤섞인 마음으로 날마다 해남댁 집 근처를 배돌았다. 입덧을 들키지 않게 참아내야 하는 해남댁이 너무 안쓰러웠고, 다음 장날까지 입덧을 무사하게 감출 수 있을 것인지 그는 하루하루 몸살이 일고 있었다. 서로 먼 눈짓으로 무사함을 확인하고는 했다.

「안 되겠는디, 담 장날꺼정 한 파수 더 기둘러야 쓰겄는디. 장사가 통 안 돼 목돈이 모타지덜 않는단 말시.」

상점 주인의 엉뚱한 말이었다.

「아이고 아자씨, 고것이 무신 말이다요. 이런 법 없구만이라!」

황춘길은 정색을 하며 상점 주인 앞으로 한 발짝 다가섰다.

「아, 돈이 거짓말허제 사람이 거짓말허는 것 아닝께 여러 말 말고 기 둘려.」

상점 주인은 짜증을 부리며 팔을 내저었다. 그 몸짓은 흔히 거지를 내 쫓을 때 하는 것과 다름이 없었다.

저놈이 변심하는 거 아닐까!

이 생각이 스치며 황춘길의 가슴에서는 뜨거운 열기가 솟구쳤다. 그 러나 황춘길은 곧 숨을 들이키며 그 열기를 억눌렀다. 성질을 부려서 될 일이 아니었고, 이제 참는 데는 이골이 나 있었다.

「아자씨, 인자 마지막이오 이. 더는 딴말허면 안 된게 그리 아씨요.」

황춘길은 굳어진 얼굴로 말했고,

「어이, 기둘리소, 기둘려.」

상점 주인은 빙글거리며 대꾸했다.

사흘이 지나 황춘길은 읍사무소의 호출을 받았다. 고리채 신고 건으 로 조사할 것이 있으니 빨리 나오라는 것이었다.

「광주상회 쥔이 신고를 혔응께 당신도 신고를 혀얄 것 아니냐 그것이

오. 채무자가 신고를 혔는디 채권자인 당신이 신고를 안 허면 채권·채무가 소멸된다 그 말이오. 다시 말허면 빚이 없는 것이 돼야부러 돈얼 한 푼도 못 받게 된단 말이오.」

읍사무소 직원의 설명을 들으며 황춘길은 기절 직전에 몰리고 있었다. 불길하게 마음 한구석에 도사리고 있었던 생각이 마침내 눈앞에 나타나고 만 것이다.

「어쩔라요? 신고 안 헐라요?」

직원이 펜대 끝으로 책상을 톡톡 치며 결정을 재촉했다.

창백한 얼굴에 경련을 일으키며 황춘길은 더디게 대답했다.

「신고혀야겠지요…….」

신고서 작성을 끝내고 읍사무소를 나온 황춘길은 광주상회로 가지 않고 집 쪽으로 발길을 돌렸다. 가슴에서 타오르는 불길을 끄려고 애를 쓰며.

석양빛을 따라 장돌뱅이들이 전을 거두면 장날은 완연히 파장이 되었다. 장돌뱅이들이 서둘러 국밥을 먹고 떠나고, 술잔 느긋하게 걸친 소몰이꾼들마저 떠나면 장터에는 하루의 번잡을 잠재우는 어둠이 내리기 시작했다.

밤이 깊어가면서 붙박이 상점들도 차츰 문을 닫고, 거리에서 불빛이 사라져가는 만큼 술 취한 목소리들도 잦아져 갔다. 가로등이 따로 없는 읍내는 상점들이 다 문을 닫는 자정이 가까워지면서 깊은 어둠에 묻혔다. 달빛도 없는 밤이라 별들만 유난히 초롱초롱했다.

켜켜이 짙은 어둠 속에서 그림자가 담을 넘었다. 그림자는 형체도 없고 소리도 없는 바람으로 어둠 속을 헤쳐가고 있었다. 바람은 집 하나를 지나쳐 다음 집 앞에 머물렀다.

문에 매달려 꽤나 길게 실랑이하던 그림자는 결국 문을 열고 안으로 들어갔다. 가을벌레 울음소리가 슬프고 쓸쓸한 음조로 맑고 가냘프게 울리고 있었다.

방문은 안으로 걸려 있었다. 그림자는 예리한 무엇인가로 일본식 창살에 붙은 창호지를 도려냈다. 고리가 벗겨진 방문은 소리 없이 옆으로 열렸다.

남자와 여자가 어지러운 몰골로 잠들어 있었다. 그림자는 소리 없이 빨리 움직이며 여기저기를 뒤지기 시작했다. 방 안을 다 뒤진 그림자는 반대쪽 방문을 밀고 나갔다. 밖은 온갖 물건들이 진열된 상점이었다. 서너 군데를 뒤지고 난 그림자는 다시 방 안으로 들어섰다.

「누, 누구여!」

그때 인기척을 느꼈는지 남자가 몸을 벌떡 일으켰다.

「온냐, 니 찍소리 말고 들어! 글 안 해도 깨울라던 참이었는디, 니 오늘 물건 폰 돈 싹 내놔. 개잡소리 허면 요 낫으로 모강댕이럴 챡!」

그림자는 힘 뻗치는 말끝에 맞추어 낫등으로 남자의 목을 쿡 질렀다.

「워메 죽겠네, 저어……, 긍께…… 오늘 통 폴리덜 안 혀서…….」

「요런 씨부랄 놈, 손님 많은 것 나가 다 봤는디. 당장 칵!」

그림자가 낫을 치켜들었다.

「아이고, 여그 있소, 여그.」

남자가 요 밑에서 돈다발을 꺼내 내밀었다. 그때 깊이 잠이 든 것 같았던 여자가 느닷없이 소리쳤다.

「도, 도적이야!」

그리고 남자가 그림자에게 덤벼들었다.

그림자가 마구 낫을 휘둘러댔다. 남자와 여자는 비명 소리도 별로 크게 지르지 못하고 푹푹 고꾸라졌다. 금세 방 안에 피 냄새가 퍼지기 시작했다. 그림자는 허둥지둥 밖으로 뛰쳐나갔다.

읍내는 짙고 짙은 어둠에 묻혀 있었다. 하늘에 총총히 박힌 별들은 더 맑게 빛나고 있었다.

「해남댁, 해남댁! 워디여, 워디 있어?」

어둠 속의 목소리는 숨을 헐떡거리고 있었다.

「여그, 여그 있소.」

「이, 싸게 가드라고, 싸게.」

「워찌 되았소? 생각대로 일은 지대로 풀렸당게라?」

「잉, 아조 다급허게 되았응께 얼렁 뜨세.」

「무신 소리다요? 머시가 다급헌 일이어라? 돈 챙겼으면 됐제.」

「이 사람아, 태평시런 소리 말어. 두 연놈이 하메 죽었을 것이여. 연놈이 소리질르고 뎀비는 통에 나도 몰르게 낫으로 막…….」

「워메, 워메, 두 사람이나……. 큰 탈 나부렀소. 큰 탈 나부렀소.」

「긍께 한 걸음이라도 싸게 도망가잔 말이여. 인자 그 질밖에 다른 방도가 없응께로.」

「글면 우리 아그덜언 어느 세월에……, 어느 세월에 딜고 간단 말이다요. 요런 꼴로 떠나가면 영영 생이별이 될란지도 몰르는디. 아이고메, 엄니이…….」

「아니여, 나럴 믿어. 하늘이 무너져도 솟아날 구녕 있다고 안 혀. 나가 꼭 아그덜 딜여다가 항꾼에 살게 헐 것잉께 나럴 믿어. 싸게 가드라고, 이러다가 잽히면 싹 다 끝장이여.」

「엄니이…….」

해남댁은 터지는 울음을 깨물어 삼키며 보퉁이를 추슬렀다. 그리고 황춘길의 손에 이끌려 걸음을 떼어놓기 시작했다.

36
빛과 그림자

「일표 학생 눈에는 어떤 사이로 보여요?」

임채옥이란 여대생은 탁구공을 받아치듯 즉각 되물었다.

그 반문은, 손아랫사람이 그런 건 왜 물어, 하는 뜻일 수도 있었고, 눈치 없이 그걸 꼭 물어야 알겠어, 하는 의미일 수도 있었다. 어쨌든 학교로 자신을 찾아온 것이며, 반문하는 태도며, 유일표는 그 여대생이 형과는 여러 모로 다르다는 인상을 받고 있었다.

「아니 뭐……, 형이 사귀는 분이 있다는 내색 같은 걸 전혀 하지 않았거든요. 실례가 됐으면 용서하십시오.」

유일표는 목례를 하며, 어쩌면 형을 짝사랑하는 여자인지도 모른다고 생각했다. 그렇지 않고야 군대에 가면서 알리지 않고 그냥 떠났을 리가 없을 거였다.

「아니, 괜찮아요. 형은 늘 나와 사귀어서는 안 된다는 생각을 하고 있었으니까 일표 학생한테 말하지 않은 건 당연해요.」 임채옥은 쓸쓸하고 슬픈 기색의 웃음을 짓고는, 「학교에 찾아가서 형이 군에 입대하려고 휴학한 건 알았어요」 하며 목이 메었다.

유일표는 상대방이 생략했거나, 암시하고 있는 말이 무엇인지 금방 알아들었다. 그녀는 형의 주소를 알고 싶어서 자신을 찾아온 거였다.

그러나, 유일표는 의식이 혼란스러워졌다. 형과 그녀와의 관계가 꽤나 복잡하게 느껴졌고, 그 중간에서 자신이 어떻게 해야 할 것인지 종잡을 수가 없었다. 형이 원하지 않는 일을 할 수가 없었고, '형은 늘 나와 사귀어서는 안 된다는 생각을 하고 있었다'는 그녀의 말은 형이 그녀를 싫어했다는 것이 아니라 무슨 사연이 있다는 것을 암시하는 것 같기도 했고, 어쩌면 형은 학기를 맞추는 것만이 아니라 이 여자도 피하려고 군대에 갔는지 모른다 싶었고, 남자가 싫어하는데 남자의 동생을 찾아와 주소를 가르쳐달라고 할 수가 있을까 하는 생각이 드는가 하면, 꽤나 매력 있게 보이는 저런 여대생을 형이 싫어했을 것 같지 않기도 했다.

「뭐 그렇게 난처한 얼굴 하지 않아도 괜찮아요. 간단하게 말하자면, 우리 부모님은 이북에서 월남했고, 무조건적인 반공주의자들이에요. 그래서 부친께서 월북한 형의 처지를 이해하지 못했고, 형은 그 점을 생각해서 나와 사귀는 것을 자꾸 삼가려고 했어요. 그럴수록 난 더 가까워지려고 몸부림쳤고. 일표 학생이 내 입장이었으면 어떻게 했겠어요? 무슨 말인지 동감할 수 있죠? 자아, 그럼……!」

임채옥은 왼손을 받쳐 오른쪽 손바닥을 유일표 앞에 내밀었다.

「……!」

유일표는 갑자기 색다르게 보이는 임채옥을 응시했다. 형이 처음 잡혀갔을 때 이규백이나 김선오 형마저도 증언을 기피하며 몸을 사리지 않았던가. 그런데 저 여자는 월남자 가족으로서 어떻게……, 유일표는 앞에 앉은 여대생이 경이롭게만 느껴졌다.

「왜 그렇게 쳐다보고만 있어요? 뭐가 이상해요?」

임채옥은 손을 거둬들여 물컵을 들었다.

「아닙니다. 잘 믿어지지 않고, 고마워서요.」

이 말을 하는 순간 콧날이 찡해지며 유일표는 목이 메었다. 그녀는 그 문제에 대해 자신들의 편을 들어준 최초의 사람이었다. 그리고, 그 문제를 함께 이야기하고 있는 최초의 타인이기도 했다.

「고맙긴요. 형하고 비슷한 말을 하는군요.」임채옥은 슬픈 웃음을 짓고는, 「형은 지금 어떻게 지내고 있어요?」 하며 빵을 찍어 유일표에게 내밀었다.

「예에, 훈련 끝내고 기성부대에 배치됐어요. 얼마 전 편지에 몸 편히 지내고 있다구요.」

유일표는 빵을 받아들며 이상한 감정을 느꼈다. 이 여자가 형수가 되면? 하는 생각이 스치면서 가슴 뭉클한 감동이 일어나고 있었다.

「군대 쫄병들 편지일수록 모두 편히 지내고 있다고 하지요. 편지까지 똑같이 쓰게 하는 세상인데 편할 리가 있겠어요.」

임채옥이 한숨을 지었다.

「어떻게 그런 걸 다 아시죠?」

「그야 상식이기도 하지만, 난 특히 잘 알아요. 아버지가 군인이었고, 지금도 군납사업을 하니까요. 톱밥에 빨간 물을 들여 고춧가루로 납품하는 군납 비리까지도 알고 있어요.」

「예에?」

유일표의 놀라움은 군납 비리 때문이 아니었다. 그녀가 바로 첫 번째 가정교사 집 딸이라는 사실이었다. 그 집에 대해 형이 했던 한마디는 '군납업자'였다.

「우리 아버진 그런 식품은 취급하지 않으니까 너무 놀라진 말아요.」

임채옥은 장난스럽게 웃었다.

「아, 예에⋯⋯.」

유일표는 그렇게 얼버무려 넘겼다.

「지금 주소 가지고 있나요?」

「아니, 편지가 집에 있는데요. 아직 외우지 못하니까 낼 전해드리도록
하지요.」

「그럴 것 없어요. 어차피 집을 알아둬야 하니까 빨리 집으로 가요.」

임채옥은 곧바로 몸을 일으켰다.

유일표는 뒤따라 일어서며 임채옥의 그런 성격이 생김새와 잘 어울린
다고 생각했다. 그녀는 꽃으로 치자면 도라지꽃이나 백합이 아니라 색
깔 진하고 화사한 동백꽃이나 모란 같았다. 그런 그녀는 늘 우울한 기색
에 젖어 별로 말이 없는 형하고 조화가 잘될 것 같았다. 그건 바로 2학
년 국어선생이 즐겨 쓰던 음양의 조화가 아닐까 싶었다. 모순이니 방패
니 하는 말뜻의 유래를 가르치려고 중국 고사(古事)를 적은 한문까지 풀
이하는 국어선생은 우주 만물이 음양의 조화로 이루어졌다고 역설했다.
그러나 국어선생이 단어 하나의 의미를 정확하게 일깨워주기 위해서 긴
한문까지 칠판에 적어가며 풀이하는 열성은 별로 효과를 보지 못했다.
영어가 신식 공부고, 꼭 해야 할 공부라고 생각하는 것만큼 학생들은 한
문은 케케묵은 것이고, 할 필요가 없는 공부라고 몰아버렸던 것이다. 음
양의 조화도 마찬가지였다. 좀 모호한 듯하고, 논리성이 명백하지 못한
음양설은 물리선생이나 화학선생의 입에서 동양적 미신으로 매도되면
서 학생들의 비웃음거리가 되고 말았다. 그러나 이런 경우에는 그 음양
의 조화가 꼭 맞는 것만 같았다.

「저어, 한 가지 솔직하게 말씀드릴 게 있어요.」

빵집을 나온 유일표는 걸음을 멈추었고, 문득 긴장한 기색의 임채옥
은 눈으로 무슨 말이냐고 묻고 있었다.

「제가 사는 집을 보여드리고 싶진 않아요. 너무 형편없거든요.」

자취방의 꼴을 여태까지 그 어떤 친구에게도 보인 적이 없었다.

「어머, 겨우 그거예요? 제임스 딘처럼 야성적인 쾌남아로 생겨가지구선.」 임채옥은 어이없어하는 웃음을 흘리고는, 「대한민국 서울에서 제일 형편없는 판잣집이고 깡통집들이 가장 많이 들어선 곳이 어딘지 알아요? 바로 청계천이에요. 우리 집은 그 옆 창신동이구요. 무허가 판잣집들 수없이 보고, 그 안에서 놀기도 많이 했으니까 아무 걱정하지 말아요. 국민학교 때 친구 태반이 판자촌에 살았거든요」 하며 어서 가자는 눈짓을 했다.

제임스 딘은 〈이유 없는 반항〉, 〈에덴의 동쪽〉 같은 영화에 출현한 미국의 젊은 배우로, 그 인기가 젊은 층의 우상이 되어 있었다. 유일표는 느닷없이 제임스 딘에 비교되어 얼떨떨하면서도 그 기분은 결코 나쁠 것이 없었다.

그들은 광화문에서 전차를 탔다. 아직 퇴근시간이 일러서 전차 안은 여유롭게 절반쯤이 비어 있었다. 버스에 비해 느리기는 해도 이렇게 승객이 많지 않을 때는 전차 특유의 고풍스러운 맛은 버스에 델 것이 아니었다.

「전차에는 차장들이 따로 없어서 좋아요. 시내버스에 새로 생긴 여 차장들은 참 보기 딱해요. 나이들은 어린데 일은 거칠고……」

임채옥은 창밖의 버스를 바라보며 말했다. 마치 자기 아는 사람 누군가가 여 차장 노릇을 하기라도 하는 것처럼.

「그래도 남자들이 하던 것보다는 낫지 않아요? 남자 차장들은 괜히 깡패처럼 굴고, 분위기 상하게 했잖아요.」

유일표는 군사정권에 대해서 감정이 말할 수 없이 컸지만, 8월 초부터 시내버스 차장을 전원 여자로 바꾸게 한 것은 잘한 일로 인정하지 않을 수 없었다.

「그야 우리 여자들이 더 좋아하는 일이지요. 근데, 얼마 전에 여 차장이 버스에서 떨어져 크게 다치는 사고를 봤거든요. 그날 일찍 학교엘 가

는데, 출근시간이라 사람들이 너무 많아 차장은 사람들을 밀어 넣으면
서 매달리고 차는 출발하고, 그러다가 차장이 그만 떨어져버린 거예요.
그 여 차장은 정신을 잃은 채 피를 흘리며 실려갔는데……, 그 뒤로 버
스만 보면 그 생각이 나고, 버스 타기가 싫어요.」

유일표는 새삼스럽게 임채옥을 바라보며 고개를 끄덕였다. 세상을 떠
난 누나의 따스한 입김 같은 것이 언뜻 스치는 느낌이었다.

「자취는 혼자 해요?」

「아니오. 형이 군대 나가면서 어떤 고등학생하고 합쳤어요. 혼자 밥해
먹는 것도 그렇고, 비싼 방세 혼자 쓰는 것도 아깝거든요.」

「혹시 공부에 방해는 안 돼요?」

「그래서 형이 같은 고3으로 골라놓고 갔어요.」

임채옥은 입을 가리며 쿡 웃었다.

「요새 고3들 정신없잖아요. 신문마다 객관식 시험 예상문제집 광고도
요란하구요. 전국적으로 통일을 기하는 시험에다가, 대학 정원을 축소
시켜 보결입학을 철저하게 감시할 것이기 때문에 역사상 제일 어려운
대학입시가 될 거라는 소식인데, 자신 있어요?」

「글쎄요, 별 관심 없어요.」

유일표는 픽 코웃음을 쳤다.

「어머, 그게 무슨 소리예요?」

임채옥은 눈이 휘둥그레졌다.

「아니, 그냥 해본 소리예요. 모두들 시험, 시험 해대니까 지겨워서요.」

유일표는 속 깊은 고민을 토로할 만한 사이가 아니라서 적당히 얼버
무렸다.

최초의 대입 국가고시를 앞둔 3학년의 분위기는 날이 갈수록 팽팽하
게 긴장되어 가고 있었다. 선생들은 시간마다 객관식 문제지를 등사해
배포하기 바빴고, 학생들은 새로운 문제풀이에 적응하느라고 밤낮없이

진땀을 흘렸다. 그런 뜨거운 열기 속에서 유일표는 '대학을 가면 뭘 할 것인가' 하는 회의에 푹 빠져 있었다.

「그만큼 자신 있다는 뜻도 되겠죠?」

임채옥은 유일표를 말끄러미 쳐다보았다.

「글쎄요, 이번 입시에 자신 있어 하면 그게 비정상일 텐데요.」

「과는 무슨 과예요?」

「아직 정처 없는 발길입니다.」

「네에? 정말 입시에 별 관심이 없는 건가요?」

임채옥은 놀라며 정색을 하고 물었다.

「아니요. 좀 신중하자는 거지요.」

유일표는 이야기가 번거로워지는 것이 싫어서 시치미를 뗐다.

「어머, 슬슬 놀리는군요?」

임채옥은 곱게 눈흘김을 했다.

편지 봉투에 쓰인 유일민의 글씨를 보며 임채옥의 눈에는 눈물이 핑 그르 돌았다. 나한테 안 알리고 간다고 무슨 큰 효과가 있을 것 같아요? 아니, 날 고생시킨 효과는 봤군요.

임채옥은 눈물을 삼키며 유일민에게 공박하고 있었다.

「이리 주세요. 제가 적어드릴게요.」

유일표는 주소를 옮겨 적으며, 형의 청춘도 눈물만은 아니라는 사실 에 비식 웃었다.

「오늘은 첫날이니까 그냥 갈게요. 앞으로 자주 만나게 될 거예요. 신 중한 건 좋지만 정처 없는 발길 빨리 끝내도록 하구요.」

임채옥이 떠나면서 말했다.

"……의문을 갖지 말아라. 회의도 하지 말아라. 미래를 아는 인간은 아무도 없으며, 가망 없는 미래를 예상해서 현재의 삶에 불충실하는 것 처럼 큰 어리석음은 없다. 공부에 열중해라."

유일표는 형의 편지를 떠올렸다.

아침저녁 소슬한 바람결을 따라 플라타너스잎들이 한 잎 두 잎 떨어
져 뒹굴고, 앞에서 끌고 뒤에서 미는데도 굼벵이걸음을 하는 연탄리어
카들이 부쩍 늘어나고 있었다. 그리고, 행인들이 꼬이는 길목길목에는
여름에 자취를 감추었던 풀빵장수들이 어느새 자리잡고 앉아 구수한 냄
새를 풍기고 있었다.

흔한 말로 결실의 계절인데 김선오는 그와 반대로 텅 빈 상실감에 빠
져 있었다. 또 불합격……, 그 패배감의 깊이는 헤아릴 수가 없었다. 이
번에는 틀림없다고 자신했었기에 허탈감은 더욱 큰지도 몰랐다. 아니,
어쩌면 이규백의 합격 때문인지도 몰랐다. 그뿐만 아니라 최연소합격자
의 나이는 열아홉 살이었다. 김선오는 이중 삼중의 열패감에 빠져들고
있었다. 최연소합격이라는 1차적 꿈이 사라진 지는 오래였고, 재학 중
에 합격이라는 2차적 꿈마저 사라지게 되고 말았다.

그러나 김선오의 괴로움은 그런 소년적 자기과시의 기회가 깨졌기
때문에 생기는 것이 아니었다. 걷잡을 수 없이 무너지기 시작한 집안을
바로잡으려면 이번에 꼭 합격이 되어야 했던 것이다. 여동생 명숙이가
가출까지 해버린 집안 형편을 생각하면 김선오는 그만 가위가 눌렸다.
앞으로 1년 동안에 집안 꼴이 또 어떻게 변해갈지 두렵고 암담하기만
했다.

이규백 선배를 축하를 하러 가야 할 것인지 어쩐지, 장학사의 낙방생
들하고 화풀이 술을 한잔 걸쳐야 할 것인지 어쩐지 결정을 못하며 김선
오는 사흘째를 보내고 있었다. 작년 같았으면 당일로 술타령을 했겠지
만 이젠 가정교사라는 굴레를 쓰고 있는 몸이었다.

「저어, 선생님 계세요?」

목소리처럼 조심스러운 손기척이 울렸다.

「예, 어서 오세요.」

김선오는 안경자인 것을 알아채고는 부리고 있던 윗몸을 벌떡 일으켰다.

「어머, 이 연기. 괴로운 한숨을 대신하는 건가 보지요?」

안경자는 시름에 찬 사람을 대하는 것 같지 않게 환하게 웃었고, 김선오는 방 안에 가득 찬 담배연기를 어서 몰아내야 되겠다는 듯 두 팔을 휘저었다.

「이거 면목없게 됐습니다.」

김선오는 겸연쩍게 웃으며 뒷머리를 긁적였다.

「무슨 말씀이세요. 칠전팔기까지, 고등고시는 떨어질수록 관록이 붙고, 좋은 법관이 되는 인생공부를 하는 거라면서요.」

안경자는 포근하고 넉넉하게 웃었다.

「그리 말씀하시면 더 무색해집니다. 자아, 앉으시지요.」

「그냥 위로하려고 하는 말이 아니고, 이번에 열아홉 살짜리 최연소합격자를 놓고 무슨 굉장한 천재가 탄생한 것처럼 신문들이 야단법석을 해대는데, 별로 좋아 보이지가 않아요.」

김선오가 내민 방석으로 무릎을 덮고 앉으며 안경자가 말했다.

「대단하긴 대단하지 않습니까. 열 번, 열다섯 번씩 떨어져서 신세 망치는 사람도 수두룩한데요.」

「네, 그 문제에 대해서 저희 대학에서 진지한 토론이 벌어졌어요. 열아홉 살에 고등고시를 패스한 건 머리 좋고 대단하긴 한데, 나이 어린 그 사람이 과연 법관 노릇을 훌륭하게 해낼 수 있을까 하는 거였어요. 그 사람은 기본적인 대학공부도 다 안 하고 남달리 좋게 타고난 머리로 그저 법전을 잘 외운 건데, 그래 가지고 법복을 입으면 어떻게 되겠어요. 대학이란 인생을 배우는 곳이라는 말처럼 대학생활이 꼭 공부만 하는 게 아니잖아요. 그런 식으로 법관이 되는 것은 머리 좀 특출한 의대생이 책만 달달 외워 의사 자격시험에 합격하고, 막바로 병원을 개업하는 거나 마찬가지라는 비판이 우세했어요. 법대와 의대는 다르다는 반대 의견도 있었지만, 그 하는 일의 중요성으로 보아 저도 고등고시 제도에 좀 문제가 있다고 생각해요.」

안경자의 그 진지한 발언은 총기 서린 눈과 함께 썩 잘 어울렸다.

「의대생들이 그런 토론도 하다니 뜻밖이군요. 어쨌든 낙동강 오리알이 되어 여기저기 면목이 없습니다.」

평소의 그다운 기가 다 빠져버린 김선오는 또 쑥스러운 웃음을 지었다.

「이렇게 말하면 좀 곤란하지만, 우리 입장에선 오히려 잘됐지 뭐예요. 종원이가 이제 좀 공부하는 맛이 들렸는데 선생님이 합격해서 떠나버리면 어떻게 되겠어요. 종원이 휘어잡을 분은 선생님밖에 안 계세요.」

「원 별말씀을……」

이렇게 대꾸를 하면서도 안경자의 말에 한 가닥 위로를 받고자 하는 스스로의 심사에 김선오는 경멸을 보냈다.

「이거 아버지께서 보내신 거예요.」

안경자가 봉투를 방바닥에 밀어놓았다.

「이게 뭔가요……?」

「네, 위로금으로 보내신다구요. 술 한잔 마시고 심기일전하시래요.」

「아니, 이거 참……, 이거 원…….」

김선오는 너무 당황스러워 손으로 턱을 훔치다가 방바닥을 더듬다가 몸둘 바를 몰랐다. 그는 그 뜻밖의 배려에 가슴 떨리는 감격을 느끼고 있었다. 고마운 것은 더 말할 것도 없었고, 이 외롭고 괴로운 처지에서 정말 심기일전되는 것 같은 힘과 위안을 얻고 있었다.

「동생 공부에 너무 부담 느끼지 마시고 며칠 푹 쉬세요.」

안경자가 살가운 웃음을 지으며 일어났다.

「예……, 의대 공부는 잘됩니까?」

「갈수록 어려워지는 게 잘 모르겠어요. 인체의 끝도 없는 수수께끼가 신비스럽기도 하구요.」

안경자는 겸손하고 수줍게 말하며 구두를 신었다.

안경자에게 고마움을 느끼며 김선오의 눈길은 무심결에 그녀의 구두로 옮겨갔다. 그녀의 구두는 유행의 기세가 날로 더해가는 하이힐이 아니었다. 흔히 '전도사 부인'이라고 놀리는 뒷굽 낮은 구두였다. 파마머리와 양장, 그리고 하이힐 유행을 선도하는 여대생에게 어울리지 않는 그런 구두와 안경자의 진지한 학구열이 잘 어울린다고 생각하며 김선오는 새로운 호감을 느꼈다. 그리고 자신의 곤혹스러운 입장을 부드럽고 푸근하게 감싸주는 그 여성다움이 전에 없이 강한 자극으로 가슴을 파고들었다.

김선오는 안경자가 골목을 돌아설 때까지 뒷모습을 지켜보고 있었다. 여자는 가정과를 다니는 것을 최고로 치는 세상에서 의대생인 그녀는 귀하고 특이한 존재가 아닐 수 없었다. 의학박사 안자경……, 여의사 안자경……, 썩 잘 어울린다고 생각하다가 김선오는 그만 겸연쩍어졌다.

한동네에서 하숙을 하고 있는 안경자는 한 달에 두어 번 김선오네 하숙을 다녀갔다. 그녀는 여학생들만 하숙 치고 있는 쌍과부집에서 살았다. 그러다 보니 김선오는 그의 동생 안종원의 보호자 노릇까지 하고 있는 터였다.

다음날 김선오는 남천장학사의 연락을 받았다. 이틀 뒤에 이규백의 합격 축하 모임이 있으니 강 의원 집으로 모이라는 것이었다. 김선오는 고개를 뒤로 젖히며 긴 숨을 토해냈다. 그건 체념의 한숨이었다. 그런 일을 예상하긴 했었는데 결국 현실로 나타난 것이다. 과히 달갑지 않더라도 피할 수는 없는 자리였다. 어떤 식으로든 한 번은 겪지 않으면 안 되는 일이었다.

이규백은 1년 선배였지만 많은 적수들 중의 하나였다. 자신이 최연소 합격자가 되겠다는 꿈을 품었을 때 이규백은 자연스럽게 적수들에 포함될 수밖에 없었다. 그러나 싸움에 졌고, 이제 남은 건 내키지 않은 축하뿐이었다. 그건 싫지만 참아낼 수밖에 없는 일이었다. 상대방을 위해서가 아니라 자신을 위해서였다. 의리 없다고 욕먹지 말아야 했고, 인간성 나쁘다고 지탄받지 말아야 했다. 더구나 강 의원의 눈에 찍히는 행동을 해서는 안 되었다. 장학사의 낙방생들은 다 똑같은 속앓이를 하며 축하의 자리에 참석할 것이 뻔했다.

「종원아, 내가 누나한테 미리 말했는데, 오늘 밤에 좀 늦을 거다. 미안하지만 혼자 공부 좀 해라.」

「미안하긴요, 마음 푹 놓고 술 많이 드시고 오세요. 기분 좀 푸셔야죠.」

안종원이 인심 후하게 말했다.

창경원의 긴 담길에는 플라타너스 큰 잎들이 무슨 슬픔처럼 뚝뚝 떨어져내리고 있었다. 여러 가지 감도의 갈빛으로 물들어 있는 잎들마다 곱고 아름답기 그지없는 추상화들이 그려져 있었다. 낙엽들은 서로 닮았을 뿐 그 하나하나가 제각기 다른 형상과 채색의 그림을 담고 있었다. 플라타너스 큰 잎들이 낙엽 져 흩날리는 것은 최고 걸작의 추상화들이 무수하게 날아가고 있는 거나 다름없었다.

옛 정취 그윽한 돌담길에 낙엽은 지고, 낙엽들이 흩날리는 속에 전차가 느릿한 여유로움으로 굴러가는 정경은 꽤나 낭만적이기도 했다. 그 창경원 돌담길이 서울에서 제일 아름다운 길로 꼽히는 것은 어쩌면 당연한 일인지도 모른다. 그 길에 버금가기로는 덕수궁 돌담길이 있었다. 덕수궁 돌담길 중에서도 대로변인 앞길보다는 한적한 뒷길이 단연 운치가 빼어났다. 샛노란 은행잎이 낙엽 지는 운치야말로 눈물겹도록 아름다웠다. 그러나 그 길은 날이 어두워지면 곧잘 통행이 차단되고는 했다. 미국 대사관에서 경비를 하는 거였다. 젊은 연인들은 발길이 막히고서도 어디다 항변 한마디 하지 못한 채 덕수궁 돌담길의 낭만은 사라져갔다.

김선오는 창경원 돌담길을 따라 걸으며 어느 때보다도 깊게 인생을 생각하고 있었다. 심정은 착잡하고, 낙엽은 지고, 계절의 우수가 감정을 자극하며 삶의 비애감과 허무감을 자꾸 키워가고 있었다.

……내 인생은 어쩌다 이 지경이 되었나. 형제간은 많고 재산은 없고, 도대체 앞날은 어찌 될 것인가. 이렇게 고달프고 힘들게 산다고 무슨 가망이 있을 것인가. 언젠가 고등고시에 붙는다 한들 판검사 자리가 요술방망이가 아닌 바에야 집안 사정이 달라질 것은 뭐고, 무슨 뾰족한 수가 있을 것인가. 인생이 사막길이라더니 내 인생이 그 꼴 아닌가. 사람의 일생이라는 것도 결국은 저 낙엽들처럼 사라져가는 것인데……, 이다지 힘겹게 아등바등 몸부림치는 게 무슨 의미가 있는가……. ……아니야, 그건 종교적 결과론일 뿐이고, 한 인간이 하루하루 목숨을 부지하며 살아간다는 건 얼마나 심각하고도 중대한 문제인가. 죽어버릴 수 없는 그 하루하루의 가난하고, 배고프고, 헐벗은 삶……, 그 처절함 앞에서 종교적 허무 타령은 배부른 자들의 관념이거나 감정의 사치에 지나지 않는 것이다. 어찌 됐든 힘을 내야 한다. 아버지가 바라고 또 바랐던 것처럼 농부 신세를 벗어나 사람답게 살라면 어줍잖게 딴생각을 하지 말아야 한다. 아버지…….

「어, 이거 누구야? 장학사의 3대 천재 김선오 아니신가?」

명륜동 샛길로 들어서던 김선오는 주춤하며 고개를 들었다. 홍석주가 씩 웃으며 다가오고 있었다. 그 귀에 거슬리는 말과 함께 김선오의 눈에 띈 것은 홍석주 머리의 흉터였다. 4·19 전날 밤 당한 부상으로 생긴 그 흉터는 너무나 커서 머리카락으로 가렸는데도 금방 눈에 띄고는 했다. 김선오는 그 흉터를 볼 때마다 가슴이 섬찟섬찟했다. 희면서 반들거리는 그 흉터는 4·19데모를 기피했던 죄의식을 찔러대고는 했다.

「꼭 그렇게 놀려야 직성이 풀려? 똑같은 낙방거사 신세에 좀 봐주라구.」

김선오는 능청을 떨며 홍석주의 어깻죽지를 쳤다.

「아니야, 꼭 놀리는 건 아니고, 김 형이 안 된 건 아무래도 이상하거든. 다 될 줄 알고 있었는데 말야.」

홍석주는 정색을 하고 말했다.

「글쎄……, 오뉴월 하루 볕 다르다는 말이 있는데, 역시 1년 차이란 무시할 수 없는가 봐.」

김선오의 입에서는 자신도 모르게 평소의 생각과는 반대로 말이 나가고 있었다. 그 말은 1년 선배인 이규백을 인정하는 것일 수도 있었고, 김선오 자신의 입장을 변명하는 것일 수도 있었다.

「그래, 그것만이 아니야. 우리 장학사 친구들 모두 그동안 얼마나 죽어라 죽어라 했어. 4·19 공백을 빼더라도, 사라호 태풍 난리에, 선거운동 회오리에, 장학사 해산까지, 어디 차분하게 마음잡고 공부할 수가 있었나. 다 가난이 웬수지.」

홍석주가 손버릇처럼 머리의 흉터 어름의 머리카락을 만지며 쓰게 웃었다.

「그렇기도 하지. 아무 일 없이 보냈던 다른 지역의 학생들에 비해서 우린 여러모로 장애가 많기도 했지.」

김선오는 홍석주에게 고개를 끄덕여 보였다. 혼자 그런 생각을 얼핏 하기도 했고, 홍석주가 의지하고 싶어하는 변명거리를 흔쾌하게 인정해 그를 위로해 주고 싶기도 했다.

「우리들 같은 악조건에서 이 선배가 패스한 건 기적이야. 부럽기도 하고 샘나기도 하고, 어쨌든 이 선배가 장해. 이젠 팔자가 달라졌잖아. 도지사고 경찰서장한테 '영감님' 소리 듣게 됐으니.」

홍석주는 부러움을 솔직하게 드러냈다. 세상사람들 거의가 그렇지만 특히 관리들은 판검사의 면전에서는 그 나이를 가리지 않고 '판사 영감님', '검사 영감님'이라고 호칭했다. 아버지뻘 되는 경찰서장이 새파란 판검사에게 '판사 영감님', '검사 영감님' 하며 굽실거리는 것은 쉽게 볼 수 있는 광경이었다.

「그렇지. 가난한 농부의 자식에서 판검사로, 그거야말로 땅바닥에서 구름 위로 단숨에 솟은 출세지.」

「사나이로서 그 기분이 얼마나 황홀하고 기가 막힐까? 단 한 번으로 평생이 보장되는 고등고시, 역시 사나이의 목숨을 걸어볼 만한 일이야.」

홍석주는 차지게 입맛을 다셨다.

「그러니까 이 땅에서 최고의 경쟁률을 보이는 취업문 아닌가. 웃는 자보다 우는 자들이 더 많아서 탈이지만, 남자로서 한번 해볼 만한 일이긴 하지.」

김선오는 바지주머니 속에서 주먹을 부르쥐었다.

판검사— 그 권력이 날아가는 호랑이의 눈썹도 뽑고, 오뉴월에도 서릿발 친다고 했다. 죽은 사람 살려내는 일만 빼고는 안 되는 일이 없다고도 했다. 그러나 젊은이들을 더욱 매료시키는 것은 또 한 가지가 있었다. 국회의원도 권력은 크지만 4년마다 선거를 치러야 하고, 대통령까지도 그 고역에서 벗어날 수 없는데 판사와 검사는 시험에 딱 한 번만 합격하면 평생토록 그 권력이 보장되는 것이었다. 그러니 머리 좀 좋고 야심 큰 젊은이들이 머리 싸매고 몰려들 수밖에 없었다. 상업은 역시 천하고, 공업은 영 생소하고, 의업은 어쩐지 징그럽게 인식되는 사회 분위기 속에서 옛날의 과거급제처럼 여겨지는 고등고시에 합격할 수 있는 법대야말로 최고의 인기학과였고 경쟁도 치열했다.

강 의원네는 문전에서부터 잔칫집 분위기를 풍기고 있었다. 반찬을 지지고 볶는 기름 냄새가 집 안 가득 퍼진 가운데 사람들이 연달아 몰려들고 있었다.

「어서 오세요, 김선오 씨. 참 오랜만이로군요.」

강숙자가 문간에서 손님들을 맞이하고 있었다.

「아, 안녕하시오. 이거 잘못하면 몰라볼 뻔했소.」

김선오는 강숙자를 훑어보며 말했다. 검정 투피스에 하얀 블라우스를 받쳐 성장을 한 강숙자는 아주 세련되어 보이는 멋쟁이였다.

「함께 축하하게 될 줄 알았는데 위로를 하게 돼서 안됐군요. 힘내세요.」

강숙자는 고개까지 살짝 숙여보였다. 그건 분명 세련미 넘치는 위로였다. 그러나 김선오는 심장을 정통으로 찔리는 아픔을 느꼈다. 강숙자의 얼굴을 스치던 비웃음과 함께 그 말은 묘하게 위장된 야유였다. 김선오는 자신에게 품고 있는 그녀의 적대감을 다시금 느꼈다.

「고맙소.」

김선오는 의례적인 답례를 하고 지나치며, 그녀가 갖는 적대감은 열등생의 어이없는 오기라고 묵살했다. 강숙자는 대학입시 직전에 자신에게 영어를, 이규백 선배에게 수학을 배운 다음부터 적대감을 드러내기 시작했다. 실력 없는 자신의 모습을 내보이게 된 창피스러움이 적대감으로 바뀐 것이었다. 그런 감정을 이해는 하면서도 풀어줄 방법은 없었다. 또 그럴 만큼 여자로서 그녀에게 관심이 가지도 않았다.

「아하, 이게 누구신가. 오서 오시게, 어서 오시게. 우리의 또 하나 천재 김선오가 아니신가. 그래, 몸은 어떤가?」

여전히 풍성하게 살찐 몸으로 정치인다운 너스레를 떨며 강기수는 김선오를 맞이했다.

「안녕하셨습니까, 의원님.」 김선오는 두 손을 모아 강기수의 손을 잡고는, 「죄송합니다. 면목없게 됐습니다」 하며 머리를 조아렸다.

「아니야, 괜찮아, 괜찮아. 이거 다 병가상사야. 허고, 선배부터 차례로 되는 게 순리이기도 하고 말야.」

강기수는 말에 어울리도록 너그럽게 웃으며 김선오의 어깨를 두들겼다.

김선오는 창피스럽고 옹색하면서도 마음 한구석이 좀 풀리는 것 같았다. 그 말이 비록 내심을 감춘 정치적 제스처라 할지라도 꾸짖거나 탓하는 것보다는 백 번 나았던 것이다. 덕담이 왜 필요한지, 그 효과를 김선오는 새삼스럽게 확인하고 있었다.

곧 축하 잔치가 시작되었다.

「에, 에, 오랜만에 자네들을 한자리에서 보게 되니 반갑기 한량이 없구만. 욕심 같아서는 오늘 이 자리가 서너 네댓 사람의 합동축하연이 되었더라면 더욱 좋았겠지만 과욕은 금물이고, 이규백 군 한 사람의 축하만이라도 하게 된 것을 우리 모두는 진심으로 기뻐해야 할 거네. 특히 이 군의 합격이 의미 있고 빛나는 것은 정치적으로 불안하기 짝이 없는 시기에 이룩한 영광이기 때문이야. 자네들이 더 많이 합격하지 못한 것은 자네들의 능력이 부족해서가 아니라 그동안 여러 가지 여건들이 공부를 방해했다는 것을 잘 알고 있는 바일세. 앞으로 정국을 보아가며 빠른 시일 안에 공부에 전념할 수 있도록 다시 조처할 예정이니 모두 새로운 각오로…….」

말을 해나갈수록 강기수는 제풀에 신명이 오르고 있었다.

손을 앞으로 모아잡고 그 한 말씀을 듣고 있는 학생들의 모습은 하나같이 꺼칠하게 마르고 지쳐 보였다. 그들의 탈진한 것 같은 모습은 정상 정복에 실패한 알피니스트나, 극지 횡단에 실패한 탐험가를 연상시켰다. 양복을 깔끔하게 빼입은 오직 한 사람, 이규백만이 몸 전체에서 생기가 뻗치고 있었다. 그도 다른 학생들과 똑같이 광대뼈가 불거지고 양쪽 볼이 홀쭉하게 메마른 모습이었다. 그런데도 생기가 넘쳐나고 있는 것은 새 양복이 받쳐주는 효과만이 아니었다. 그건 승자와 패자의 차이였다. 이규백은 무척이나 겸손하고 조심스러운 태도를 취하고 있었지만 이상하게도 그럴수록 그의 온몸은 눈부신 빛을 발산하는 것처럼 보이고 있었다.

강기수가 술을 한 잔씩 따르는 것으로 잔치가 시작되었다.

「이봐, 이규백이가 사람이 싹 달라 보이네. 빌어먹을, 내 눈이 간사한 거야, 너무 기가 죽은 거야?」

「아니야. 사실 180도로 달라졌지. 그저 겸손한 척하고 있지만 실은 기가 펄펄하잖아. 사람 팔자 시간 문제란 바로 요런 걸 말하는 거라구.」

「체, 양복도 빨리는 맞춰 입었네. 저 비싼 양복, 논이라도 팔았나?」

「이런, 눈치 없이 무슨 소리야? 강 의원이 착 기분낸 거지.」

「강 의원이? 그럴까?」

「당연하지. 이 잔치 차린 걸 봐. 강 의원은 자기가 합격한 것처럼 기분이 좋을 거라구.」

「딴 때에 비해 몇 배 기분이 좋겠지. 찬밥 신세 되어 있는 형편에 쌩쌩한 자기 수족이 또 하나 생겼으니.」

「바로 그거야. 재수 좋은 과부는 엎어져도 가지밭에만 엎어지더라고 이규백은 재수가 활짝 열렸어.」

「그러게 말야. 이거 살살 뱃창자 꼬이려고 하네. 금년이 절호의 찬스였는데.」

「아서, 아서, 뒤엎을 수 없는 것, 맘이나 곱게 써. 괜히 기분 상하면 오랜만에 먹는 고기 살로 안 가.」

「그래, 우리 몸 위해서라도 맘 곱게 써야지. 하여튼 기분 참 지랄 같네.」

김선오는 옆에서 나누는 이야기를 묵묵히 듣고만 있었다. 그들의 심정이나 자신의 심정이나 하나도 다를 것이 없었다.

「에, 에, 이 군과 나는 고향 잔치를 위해서 오늘 밤차로 내려가니까 2차는 자네들끼리 하라구.」

강기수의 느닷없는 말이었다.

그들은 충격으로 멍한 상태에서 빨리 자리를 털고 일어나려고 서둘렀다. 강 의원이 이규백과 먼 고향까지 동행한다는 데 충격을 받았으면서도 그들은 강 의원의 또다른 말뜻을 금세 알아들었다.

「아냐, 아냐, 뭐가 그리들 급해. 저녁밥은 먹고 가야지. 앉어, 앉어.」

그들은 맛도 모르고 허둥거리며 밥을 그러넣었다. 목이 메게 밥과 함께 넘어가고 있는 것은 패자의 비참함과 초라함이었다.

그들은 떼지어 전차를 탔다. 그리고 다함께 종점인 을지로4가에서 내렸다. 그들은 곧바로 왕대포골목으로 들어갔다.

좁고 긴 골목에는 새빨간 천에 여러 가지 안주들을 적어 내건 그만그만한 싸구려 왕대포집들이 줄을 잇고 있었다. 드럼통 가운데다 연탄화덕을 심고, 그 가장자리로 빙 철판을 둘러 술상을 삼은 왕대포 술집들은 을지로4가와 퇴계로4가 사이의 뒷골목에 벚꽃이 피어나듯 번창하고 있었다. 낙원동의 방석집은 더 말할 것 없고, 명동의 양주집이나 맥주집도 감히 넘볼 수 없는 서민들에게 그런 싸구려 왕대포집들은 안성맞춤이었다. 왕대포골목이 여러 군데 있었지만 을지로4가의 명성은 단연 첫손가락에 꼽혔다. 특히 을지로4가에는 대학생들이 많이 몰려들었다.

「야! 이거 치사하게 왕대포 마시게 생겼냐. 쐬주를 까자. 쐬주!」

누군가가 소리쳤다.

왕대포란 투박하게 크고 두꺼운 잔에 따르는 막걸리를 말하는 것이고, 소주는 막걸리보다 비쌌다.

「좋아, 홧김에 소 잡아먹는 거야.」

「그렇지, 홧김에 서방질도 하고.」

그들은 다투듯 소주를 마시기 시작했다. 그들은 별말이 없었고, 빈 잔은 빨리 돌았다.

거의 쉴 틈 없이 열 잔쯤 마시자 김선오는 가슴에서 소줏불이 타오르며 술기운이 머릿속을 휘도는 것을 느꼈다.

「아아, 씨팔 말이야, 드럽고 치사해서 살겠어 이거!」

누군가가 술기운을 토해냈다.

「그래, 드럽고 치사하긴 한데. 그 꼴 더 안 당하려면 다들 붙고 보자구. 이기면 충신이요 지면 역적이란 말은 역시 진리니까.」

「맞어. 승자의 웃음은 누구나 부러워하지만 패자의 눈물은 아무도 거들떠보지 않아. 자아, 마시자, 내일을 위해! 이 젊은 나이를 눈물로야 보낼 거냐.」

김선오는 목이 타드는 심한 갈증으로 눈을 떴다. 머리가 어지러우며 깨지는 것처럼 아프고, 무슨 끈끈한 것이 맥질된 것처럼 속이 느글거리고 메스꺼운 것이 뭐가 곧 넘어올 것만 같았다.

김선오는 얼굴을 훔치며 눈을 바로 뜨다가 소스라치게 놀랐다. 자신도 알몸이었고 옆에 잠들어 있는 여자의 상체도 알몸이었다. 김선오는 후닥닥 이불을 덮었다.

이게 어찌 된 일인가……, 여기가 어딘가……, 그 친구들은 어떻게 됐는가…….

김선오의 머리는 일시에 작동을 시작했지만 떠오르는 생각은 아무것도 없었다. 이런저런 이야기들을 떠들어댔고, 젓가락으로 술상을 두들기며 노래를 불러댔고……, 그리고는 언제쯤 술집에서 나왔는지, 어떻게 이곳에는 왔는지 기억은 까맣게 먹통이었다. 술이 과해 끊겨버린 의식은 아무리 노력을 해도 되살아나지 않는다는 것을 김선오는 몇 번의 경험을 통해서 잘 알고 있었다.

그는 여기가 사창가라는 것을 짐작하며 천천히 눈을 떴다. 천장 낮은 방은 좁았고, 누런 포대종이가 발라진 벽은 낡고 때가 절어 지저분했다. 한쪽 구석에 놓인 경대가 유일한 가구였고, 여자옷들은 벽에 걸려 있었다.

종3은 이렇지 않았는데, 여긴 도대체 어딘데 이리 지저분한가…….

김선오는 두리번거렸지만 주전자나 물그릇은 보이지 않았다. 그냥 참아보려 했지만 갈증은 점점 심해지고 있었다.

「아가씨, 이봐 아가씨, 나 물 좀 마셨으면 좋겠는데.」

김선오는 옆으로 누운 아가씨의 흰 어깨를 가만가만 흔들었다.

　　「아이고 지겨워. 잠 좀 자게 내버려둬요. 세 번씩이나 사람을 못살게 굴고도 모자라 그래요!」

　　아가씨가 짜증을 부리며 팔을 내쳤다.

　　김선오는 그만 머쓱해져 눈을 껌벅거렸다. 세 번씩이나 그래 놓고도 전혀 기억이 없다니, 이건 또 희한한 첫경험이 아닐 수 없었다. 다른 사소한 행동도 아니고 여자관계인데도 까맣게 기억나지 않게 하는 술의 괴력에 으스스했고, 한편으로는 술에 그렇게 곤죽이 되어서도 그 일을 세 번이나 해냈다는 것에 은근히 기분 뿌듯해졌다.

　　「아가씨, 물 좀 가져와, 물! 나 목타 죽겠어. 물 좀 가져오라구, 물!」

　　김선오는 목소리에 맞추어 아까보다 훨씬 세게 아가씨를 흔들었다.

　　「아유, 그냥 참고 자요. 사람 미치겠네.」

　　아가씨는 앙칼지게 내쏘면서도 몸을 일으켰다. 그녀의 살결은 이런 데서 함부로 굴리기에는 아까울 만큼 희었다.

　　「대학생이라 특별히 봐주는 거예요.」

　　아가씨는 알몸에다 자루를 뒤집어쓰듯 원피스를 꿰입더니 밖으로 나갔다.

　　김선오의 청각과 시각은 동시에 놀라고 있었다. 자신이 대학생인 것을 어떻게 알았으며, 저 아가씨가 저러고 시내를 돌아다닌들 누가 그 속이 알몸인 것을 알 것인가 하는 생각과 함께 옷의 마술적 효능을 새롭게 느끼고 있었다.

　　「벌써 날이 밝아오네. 아이 추워.」

　　물사발을 김선오에게 건넨 아가씨는 어깨를 부르르 떨더니 옷을 홀렁 벗어던지고는 이불 속으로 파고들었다.

　　「아가씨, 내가 대학생인 거 어떻게 알았어?」

　　김선오는 속 거북한 트림을 하며 아가씨를 내려다보았다.

「학생증 맡겼잖아요.」

「내가?」

김선오는 놀라서 얼굴이 굳어졌다.

「어머나, 그걸 모르세요? 학생들이 단체로 맡겼잖아요.」

「단체로?」

상상만으로도 그 광경이 끔찍스러워 김선오는 두 손으로 머리를 감쌌다.

「네에, 우리 집하고 옆에 옆집까지 단체입장했잖아요. 그렇게 기억이 안 나세요?」

「아이고 세상에, 외상 줄 게 따로 있지 느네 주인들이나 느네들이나 다 한심하다.」

김선오는 어이없어하며 재떨이에서 꽁초를 골라 불을 붙였다.

「어머, 담에 판검사 되면 우리 잘 봐주겠다면서 단체로 땡강부린 게 누군데 그래요?」 아가씨는 벌떡 일어나 앉다가 젖가슴이 드러나자 얼른 이불을 끌어다 가리며, 「술집에서 학생증 잡아주나 여기서 잡아주나 마찬가지잖아요. 대학생 못 믿으면 누구 믿어요」 하며 그녀도 꽁초를 골랐다.

다들 술기운에 못할 소리 없이 다 해버린 게 너무 창피하고 면구스러워 김선오는 담배만 빨았다. 술집에 학생증을 잡히고 외상술을 마시는 건 예삿일이었지만, 이런 데서 학생증을 맡기고 하룻밤 재미를 보았다는 말을 가끔 들었지만 허풍인 줄 알았었다. 그런데 자신들이 떼지어 그 짓을 한 것이다. 술기운이 좋긴 좋았고, 떼거리의 만용 또한 가관이었다.

「여기가 어디냐?」

「차암, 그리도 정신이 없으세요? 창신동 쪽 청계천이에요.」

「음……, 고향이 어디야?」

「아이고 대학생 오빠, 시로도(미숙자 · 초보자) 티 안 내도 되니까 그런 것 묻지 말아요. 시로도일수록 스무고개 놀이 하는 것처럼 고향이 어디냐, 이름이 뭐냐, 나이가 몇이냐, 부모가 뭐 하냐, 형제간이 몇이냐, 벼라별 것을 다 시시콜콜이 물어대는데, 그게 동정을 해서 그러는지 호기심이 나서 그러는지 영 알 수가 없어요. 싸구려 니나노집에서부터 이런 데까지, 화류계에서 노는 애들치고 그런 걸 진짜로 대는 애들은 하나도 없다구요. 오빠도 괜히 내 거짓말 듣느라고 애쓰지 말고 슬슬 떠날 채비나 해요. 난 오빠한테 너무 시달렸으니까 한숨 더 자야겠어. 학생증 빨리 찾아가고, 맘에 있으면 미스 진 찾아요.」

아가씨는 이불을 뒤집어쓰며 누웠다.

김선오는 입술이 델 지경으로 빤 꽁초를 끄고 옷을 입기 시작했다. 오빠라는 호칭 때문에 그런지 그 아가씨가 가출한 여동생처럼 느껴지고 있었다.

한편, 이규백의 고등고시 합격을 알리는 현수막은 강진 읍내 한복판의 큰길을 가로지르며 펄럭이고 있었다. 고등고시 합격자가 생겼다 하면 어느 동네에서나 자기네 동네에서 인물이 난 것을 자랑하려고 으레껏 현수막을 내걸고 동네잔치를 벌이게 마련이었다. 그러나 동네에서 멀리 떨어진 읍내서부터 이규백의 현수막이 나붙은 것은 이규백이 그만큼 대단한 인물이어서가 아니었다. 그것은 순전히 강기수의 영향력으로 이루어진 일이었다. 혁명인지 쿠데타인지가 비록 강기수의 국회의원 자리를 박탈했다 하더라도 아직도 그의 위세는 시퍼렇게 살아 있었다. 그는 읍내서부터 이규백을 선전함으로써 자신의 세력이 오히려 강화되고 있음을 모든 사람들에게 확인시키려 하고 있었다.

또한 읍내사람들도 다른 동네사람의 현수막이 나붙었다 해서 시비를 걸거나 마땅찮아 하지도 않았다. 유명하고 권세 있는 사람을 자기 편으로 삼고자 하는 심리도 작용해 딴 동네사람으로 좁게 보는 것이 아니라 강진의 인물로 넓게 받아들이고 있었다.

이규백네 동네는 풍악으로 온통 들썩들썩하며 흥겨운 잔치 기운이 넘쳐나고 있었다. 동네 앞을 지나가는 큰길에는 빨간 글씨로 경·축을 양쪽 끝에 쓴 현수막이 두 개나 걸렸고, 이규백의 집이 좁아 대여섯 개의 차일은 아예 타작마당에 쳐져 있었다. 아무리 큰 혼사라 해도 차일이 두 개 이상 쳐지기 어려운데 대여섯 개를 펼쳐놓았다면 그건 이만저만 큰 잔치가 아니었다.

강기수는 살이 오를 대로 오른 상돼지를 첫물에 다섯 마리나 잡게 했고, 읍내 술도가의 배달 자전거들이 줄을 잇게 했다. 그리고 10리 근동의 사람들까지 다 불러들였다. 아이들도 전혀 눈치볼 것 없이 배를 채울 수 있도록 잔치마당 인심은 흐드러졌다.

그런데 사람들을 놀라게 한 것은 그 풍족한 잔치 차림이 아니었다. 잔치에 나타난 얼굴들을 보고 기죽고 주눅들지 않을 수 없었다. 군수로부터 시작해서 경찰서장, 읍장, 세무서장, 농은조합장, 그리고 군에서 방귀깨나 뀐다는 유지들은 다 모여들었다. 그런데 그 한다 하는 사람들이 이규백을 대하는 태도를 보고 동네사람들은 더욱 놀랐다. 이규백보다 나이가 훨씬 많은 그들은 이규백과 악수를 나누며 하나같이 공손하게 예의를 갖추었고, 어떤 사람은 아첨하는 기색이 역연하기도 했다. 사람들은 이규백의 벼락출세를 똑똑히 확인하고 있었다.

「워메, 워메, 영암댁, 저것 잠 봇씨요, 금메 영암댁 아들 앞에서 저 물건덜 오짐 지리는 것 잠 봇씨요. 시상에나 만상에나 용이 여의주 물고 승천허는 것이 바로 요것인디, 인자 옛말 이르고 살게 되았응께 영암댁은 좋겄소, 영암댁은 좋겄소.」

「그려, 고맙네, 고마워.」

사람들에게 응답하는 영암댁의 얼굴은 웃는지 우는지 분간할 수가 없었다.

「어이, 근디 말이시, 해남댁은 복쪼가리도 잔생이는 읎는 여자여. 요런 날이 요렇크름 오는디.」

「금메 말이시, 쪼깐만 잘 참았드람사 요 영화 다 누릴 것인디, 고상고상 다 허고 헛고상 되야부맀응께 팔자도 참 드럽게 타고난 팔자여.」

「근디 시동상이 판검사라고 해남댁헌테 돌아올 무신 영화가 있었을랑가? 시동상이 장개들기 전에넌 어찌 잠 몰라도 장개들었다 허면 부귀영화야 그 마누래가 싹 차지혀부는 것 아니겄어?」

「항, 두말허면 잔소리제. 지 서방 읎는 판에 장개간 시동상은 넘만도 못헌 것이여. 해남댁이 팔자 잘 바꾼 것이제.」

「음마, 징헌 소리 허고 앉었네. 살인죄인 따라간 팔자가 머시가 잘되야. 그놈으 팔자도 굽이굽이 험허고 징허제.」

「저 사람이 조카들 보듬고 막 울었드람서?」

「그랬당마. 그 속이 으쩌겄어.」

「긍께로 영암댁이고 저 사람이고 절반은 웃고, 절반은 울고 그러제.」

여자들이 모둠모둠 앉아 소곤거리는 말이었다.

「근디 말이시, 강 의원이 사위 삼는담스로?」

「잉, 그런 소문이 돌등마.」

「얼랴, 흥부 박이 주렁주렁이로시.」

37
눈을 부릅뜨며

공장 안은 온갖 쇳소리들로 귀가 아플 지경으로 시끌시끌했다. 프레스 기계들이 돌아가는 소리, 스테인리스 강판들이 기계에 놓이며 부딪치는 소리, 프레스 기계들이 여러 종류의 그릇들을 찍어내는 소리, 형체를 갖춘 그릇들이 아래로 떨어지며 서로 부딪치는 소리, 기계에서 들어낸 폐강판들을 내던지는 소리, 강판들을 자르는 소리, 강판을 기계들 옆에 옮겨 쌓는 소리. 이런 쇳소리들이 마구 뒤섞여 정신을 차릴 수가 없을 지경이었다.

쇳소리들이 그렇게 시끄러우니 작업에 필요한 말을 할 때면 공원들은 목청껏 소리를 질러야 했다. 그런 외침들까지 뒤엉키다 보니 시끄러움은 더 심해졌다.

「야 삥코 이새끼야, 뭐 하고 자빠졌어. 판 다 거덜나잖아. 이새끼, 너 또 농땡이 까냐.」

프레스 쪽에서 울려오는 외침이었다.

「얌마, 빨리 조겨, 저 2호기에서 열받쳤잖아.」

강판을 자르고 있던 나복남은 김두봉에게 눈꼬리를 세웠다.

「아직 멀었는데 또 곤조통 부리는 거예요. 자기 허리 조금도 안 굽히려고.」

콧구멍이 유난히 드러난 코를 씰룩거리며 김두봉이 투덜거렸다.

「얌마, 얻어터지기 전에 빨리 뛰어. 어떤 고참이 허리 굽혀 강판 들어 올리는 것 봤어.」

「예에에, 강판 가요오오.」 김두봉은 프레스 쪽에다 힘껏 외쳐대고는, 「아이고, 미치겠네. 이 신세 언제나 면하나」 하며 강판들을 무겁게 들어 올렸다.

얌마, 김칫국부터 마시지 마라. 이제 겨우 석 달밖에 안 된 주제에. 앞으로도 네댓 달은 더 뺑뺑이를 돌아도 이 형님 자리에 올까말까다. 군대고 사회고 다 밥그릇 수를 제대로 채워야 하는 거야, 임마. 인생살이는 나이롱뽕이 아니다 그런 말씀이야.

나복남은 허리 휘게 내닫고 있는 김두봉의 뒷모습을 향해 코방귀를 날렸다. 그러나 뺑코 김두봉이 딱하지 않은 것도 아니었다. 그의 힘겨워하는 모습은 바로 두 달 전의 자신의 모습이기도 했다. 잡심부름꾼인 시다는 온갖 궂은일을 다 하면서도 이 사람 저 사람한테 지청구는 도맡아 듣고 월급은 제일 적게 받는 신세였다. 자신도 이 일 저 일에 치이고, 걸핏하면 쥐어박히고 욕먹고 하면서 김두봉이가 암담해 하는 것처럼 '이 신세 언제나 면하나' 하는 탄식을 수없이 했었다. 그리고 문득문득 이놈의 일을 때려치워 버릴까 하는 생각도 들고는 했다.

그러나 아무리 힘들고 아니꼽더라도 참고 견딜 수밖에 없었다. 그나마 아버지가 세상을 떠나버렸으니 꼼짝달싹할 수 없는 막다른 골목이었다. 아버지만 생각하면 안타깝고 눈물겨웠다. 어머니의 말을 들으면 아버지는 4천 환도 못 되는 돈과 목숨을 바꾼 거였다. 참으로 어이없고도 기가 막힐 뿐이었다. 어머니는 아버지를 말리지 못한 자신의 잘못을 거듭거듭 후회하며 장탄식을 했다. 그러나 그건 어머니의 잘못이 아니었다. 그렇다고 아버지의 잘못도 아니었다. 아무리 애를 쓰고 몸살을 대도 벗어날 수 없는 가난 때문에 저질러진 일이었다. 아버지가 밤에 남몰래 그런 일에 나섰던 것도, 그걸 어머니가 말리지 않았던 것도 타박할 수가 없었다. 어렸을 때부터 너무 배가 고파 자신도 모르게 남의 물건에 손을 댄 것이 한두 번이 아니었기 때문이다. 국민학교 때 학교를 오가면서 남의 밭에서 무를 뽑아 먹고, 고구마를 캐 먹은 것은 예사였고, 구멍가게를 하는 친구 집에서 사탕을 훔쳐 먹었고, 심지어는 길에 떨어진 과자쪽을 집어먹기도 했다. 그리고, 군대에서는 들키면 반죽게 매타작을 당할 것을 뻔히 알면서도 식당에 밥을 타러 갔다가는 감자나 양파를 훔쳐 넣는가 하면, 밥을 타가지고 오다가 주먹으로 밥을 입에 밀어넣기도 했다.

「야, 강판 왔다, 강판! 빨리 하차시켜.」

공장장의 외침에 나복남은 몸을 벌떡 일으켰다. 강판을 차에서 내려 공장으로 옮기는 것은 두 시다와 함께 자신이 해야 할 일이었다. 자신은 시다와 기술자의 중간 자리였지만 강판을 자르는 것은 기술이라고 할 것도 없어서 시다 쪽에 더 가까웠다. 특히 프레스를 다루는 기술자들이 기술 취급을 안 해주며 시다 쪽으로 떠밀었다.

그러나 반년밖에 안 되어 시다 일에서 벗어난 것은 아주 재수가 좋은 거였다. 강판을 자르고 있던 두꺼비가 갑자기 다른 공장의 기술자로 옮겨가는 바람에 굴러든 횡재였다. 그러나 그게 꼭 횡재만은 아니었다.

「아무래도 군대물 먹은 놈이 낫지. 나이도 있고 참을성도 있고. 그리고 지금은 군인 세상이잖아.」

자리를 옮겨주라며 사장이 공장장에게 한 말이었다.

군대생활은 쓴물나게 지긋지긋했을 뿐인데 그 덕을 보게 된 것이 얼떨떨하고 희한했다. 그러나 사장의 말마따나 군대생활에서 참을성 하나는 착실하게 길러가지고 나온 셈이기는 했다. 늘 배고픈 것도 참아야 하고, 고된 훈련도 참아야 하고, 이유 없이 얻어맞는 것도 참아야 하고, 참지 않고서는 군대생활을 무사히 끝낼 수가 없었다.

무겁게 처지면서 휘청거리는 강판을 다 옮기고 나자 점심시간이 되었다. 나복남은 숨을 몰아쉬며 소매로 이마를 훔쳤다. 날씨가 추운데도 강판이 무거워 이마에 땀이 맺혔다.

「아이고 죽겠네. 배꼽이 등에 찰싹 달라붙어 버렸어.」

김두봉이 강판 위에 주저앉으며 앓는 소리를 냈다.

이새끼, 엄살 까지 마.

나복남은 이 말을 내쏘려다가 그만 참았다. 그런 말은 고참들이 으레 입에 달고 살았다. 그러나 김두봉의 말은 엄살이 아니었다. 반찬 없는 보리밥 한 그릇을 먹고 무거운 강판에 시달리다 보면 점심 무렵에는 속이 휑 뚫린 것처럼 헛헛해지고, 배고픔을 참아가며 억지 기운을 쓰면 속에서 뜨거운 김이 확확 솟아오르고, 일을 마치고 나면 허리가 절로 접히면서 정말 배꼽이 등에 가 붙는 것 같은 기분이 들었다.

「가자, 꿀꿀이죽이 기다린다.」

나복남은 강판 때가 묻은 손을 털고 일어났다.

「아이고, 어머니 왜 나를 낳으셨나요.」

유행가 가사인지 영화 대사인지를 한숨으로 토해내며 김두봉이 기운 빠진 몸을 일으켰다.

그러나 일단 걷기 시작한 그들의 발걸음은 빨라졌다. 꿀꿀이죽이나마 건더기를 실속 있게 얻어먹으려면 남들보다 앞서야 했다. 초장을 놓치고 끝장에 이르면 양이 줄어들 뿐만 아니라 건더기도 표나게 적어졌다.

「아주머니, 안녕하세요. 힘드시죠?」

「아주머니, 단골들 왔어요. 추우시죠?」

나복남과 김두봉은 일손 바쁜 주인에게 다정한 인사를 보냈다. 그 인사가 죽을 푸는 주인여자의 국자질을 후하게 했으면 했지 인색하게 할 리 없었다.

「응, 어서들 와. 많이 추워졌네.」

　주인여자가 인사를 받으며 어서 자리잡고 앉으라고 턱짓했다.

　그들은 등받이 없는 민걸상에 앉았다. 탁자도 판자와 각구목으로 적당히 얽어 짠 것이었다. 그나마 네 개밖에 없어서 발길이 늦으면 선 채로 먹어야 할 때도 있었다.

「꿀꿀이죽도 미제가 훨씬 낫더라구요.」

　김두봉이 꿀꿀이죽을 뜨며 뚱하니 말했다.

「미제……?」

「예에, 어제 시골 친구 만나 남대문시장 것을 먹어봤거든요. 거기 건 미군부대에서 나오는 것이라 가끔 고기도 썸히고 기름기도 많은 게, 한 식당에서 나오는 여기 것보다 영양이 훨씬 더 많겠더라니까요.」

「응, 양코배기들은 육식 많이 하니까 그렇기도 하겠는데. 그치만 거리가 너무 멀어서 가끔 영양 보충하기도 글렀네.」

　나복남이 아쉽다는 표정을 지었다.

「그래요, 글쎄. 어쨌거나 이놈에 꿀꿀이죽은 신물나 죽겠는데, 짜장면 한 그릇 먹어보면 소원이 없겠어요.」

「새끼, 그따위 배부른 소리 하지도 말어. 이것도 못 먹어 배 쫄쫄 굶는 사람들이 얼마나 많은데. 그나마 외상 긋고 이거라도 먹을 수 있는 게 천만다행인 줄이나 알어.」

　나복남은 김두봉을 꼬나보았다.

「알아요. 그냥 말이 그렇다 그거지요. 근데 형, 형은 이 공장 계속 다닐 거예요?」

「왜, 넌 딴 데로 튈래? 어디 쐬푼 더 준다는 데가 있어?」

나복남의 눈빛이 달라졌다.

「그게 아니구요, 난 이런 공장에서 기술자 된다는 게 겁나요.」

나복남은 무슨 소리냐고 김두봉을 빤히 쳐다보았다.

「거 있잖아요, 기술자들치고 손가락 성한 사람들이 별로 없잖아요. 손가락 잘려가며 기술자 된다는 게 날이 갈수록 겁나고 공장이 싫어져요.」

「새끼, 별소리 다 하고 자빠졌네. 딴 기술도 없고 찢어지게 가난한 놈이 그럼 굶어죽겠다 그거야? 다 굶어죽지 못해 기계에 손가락 먹혀가며 그 짓들 하는 거야.」

나복남의 어조에는 노기가 묻어나고 있었다. 그건 김두봉에게 화가 나고 있는 것이 아니었다. 자신도 아무 내색을 하지 않고 있었지만 줄곧 그 두려움을 마음에 품어오고 있었다. 손가락 마디가 한두 개 프레스 기계에 잘려나가는 것이 아니라 손가락 다섯 개가 몽땅 기계에 먹혀버린 일도 있었다. 그 사람은 병원에서 퇴원을 해서도 다시 공장에 나올 수가 없었다. 손 하나가 없어진 것이나 마찬가지인 그 사람은 더 이상 공장에 필요한 사람이 아니었다. 회사에서 한 일은 치료비를 대준 것뿐이었다. 그 사람이 잘못해서 그런 사고가 일어난 거니까 회사에서는 더 알 바 아니라는 거였다. 그 사람의 나이 서른여섯이었다. 무서운 일이었다. 앞으로 내가 그 사람 꼴이 되면 어쩔 것인가……. 그 두려움을 이겨내려고 애써 왔다. 그러면서도 마음 한구석에는 다른 어떤 기술을 배울 게 없을까 하는 생각이 도사리고 있었다. 그러나 다른 직장 구하기란 쉽지 않았다. 그런데 김두봉의 말을 듣게 되자 이상하게도 화가 치밀었다. 그건 위험한 줄 알면서도 어물어물하고 있는 자기자신에 대한 속상함인지도 몰랐다.

「형, 나는 어차피 한 달만 있으면 공장 관두게 돼요. 논산훈련소 신세가 돼야 하거든요.」

「그래? 그럼 어차피 잘됐구나. 군복 벗고 나선 다시 이런 데 들어오지 말어. 이런 위험한 일 아니고도 기술은 얼마든지 있을 테니까.」

「글쎄요, 그게 어디 뜻대로 되나요. 군대에 가서 수송병과 받아서 운전이나 앗싸하게 배워가지고 나오면 참 좋겠는데, 그럴 빽도 없다구요.」

「뭐? 수송병 되고 싶어? 얌마, 그건 간단하게 되는 법이 있어.」

나복남의 목소리가 밝아졌다.

「아니, 형한테 그럴 빽이 있어요?」

김두봉의 얼굴에도 생기가 돌았다.

「내가 직방으로 통하는 빽을 가르쳐주지. 나도 군대에 가서 알았는데 말이지, 그거 많이도 말고 3천 환만 쓰면 재까닥 해결이 돼. 그걸 어떻게 하느냐면 말야, 훈련소에 가서 먼저 보충대에서 신체검사를 받고 병과하고 군번이 정해지면 훈련 연대로 넘어가거든. 그 신체검사가 끝나고 병과를 정하게 될 때 그쪽을 통솔하는 기간병들 중에서 하나를 잡는 거야. 일병은 끗발이 약하니까 상병 중에서 하나를 골라잡아. 그래서 쐬푼을 살짝 찔러주며 수송을 부탁해. 그럼 그거야말로 백발백중이야. 3천 환이면 상병 1년 월급보다 많고, 걔네들은 병과 정하는 애들하고 한통속이거든. 그건 대통령 빽보다 더 틀림없어. 딸라 변을 내서라도 그 돈은 가지고 가. 내가 군대에 가기 전에 그 줄을 몰랐던 게 땅을 치고 싶도록 원통해. 운전만 배워가지고 나왔더라면 지금 같은 고생 안 하고 편히 운전하면서 월급은 몇 배를 더 받았을 텐데 말야.」

「끗발로야 상병보다 병장이 훨씬 더 세잖아요.」

「얌마, 군대물 안 먹었으면 난 척하지 말고 그냥 닥치고 있어. 병장이 할 일이 없어서 훈련병도 아닌 것들을 줄 세우고 인솔하고 그러냐? 군대에 가봐, 병장이 얼마나 높은 계급인지.」

나복남은 빈 그릇을 밀치며 꺽 트림을 했다.

「형, 고마워요. 하늘이 무너져도 난 꼭 수송병과를 받을 거예요. 운전병으로 군대생활하고 나오면 운전은 귀신이 된다면서요?」

얼굴이 상기된 김두봉의 목소리는 들떠 있었다.

「그야 당연하지. 얼띠게 운전했다간 맨날 얻어터지니까. 허지만 각오해. 어느 부대나 수송부 군기 센 것은 소문나 있으니까. 특히 운전 배울 때는 대갈통에 혹이 수십 개씩 솟는대니까.」

「예 좋아요, 운전만 가르쳐주면. 제아무리 고생스러워도 여기서 당하는 것보다 더하겠어요. 참을 자신 있어요.」

김두봉은 빈 그릇을 챙겨들며 신바람이 났다.

나복남은 다시 일손을 놀리면서도 마음은 칙칙했다. 시다에서 프레스를 다루는 기술자가 되려면 빨라야 5년은 걸린다고 했다. 여동생이 시다에서 미상사가 되는데 10년이 걸리는 것에 비하면 긴 것이 아니었고, 월급도 아버지 벌이보다 나아 견딜 만했다. 그러나 기술자가 되면 월급이 훨씬 많아지는 대신 자칫 잘못하면 몸을 상하게 된다는 것이 끔찍스러웠다.

「정신들 똑바로 차려, 정신! 기계 앞에서 딴생각하지 말란 말야. 기계는 인정사정없어. 딴생각하거나 졸면 기계는 여지없이 손가락을 먹어치우고 마니까. 정신일도 하사불성, 정신 똑바로 차려서 안 되는 일 없어. 정신만 똑바로 차리면 사고 안 난다 그거야.」

사장과 공장장이 아침마다 기술자들에게 하는 말이었다.

그들의 말은 그럴듯했다. 그러나 기술자들의 말은 달랐다.

「사람 엿먹이고 자빠졌네. 손가락 잘릴 줄 뻔히 알면서 기계 앞에서 딴생각하고 졸고 하는 놈들이 세상에 어딨어. 기계가 걸핏하면 손가락 잘라먹게 애초에 고약스럽게 돼먹은데다가, 다 낡아빠진 고물을 억지로 돌려대니까 더 위험하지 않느냔 말야. 돈 버는 데만 눈들이 시뻘게 가지고 기계를 새로 바꿀 생각은 안 하고 무슨 개소리를 치고 있어. 일본놈들이 쓰다 버리는 걸 똥값으로 사와서 생사람 잡는 놈들이 누군데.」

그러면서도 기술자들은 새 기계로 바꾸라는 말을 하지 못했다. 그렇다고 공장을 떠나는 사람도 없었다.

「일이 심들드라도 그 기술 잘 배와라 잉. 그 신식 기술자만 됨사 우리 집안이 핀게. 아부지가 그런 기술 옰어서 날품팔이허는 것을 을매나 속 상해 헌지 아냐. 아부지럴 생각혀서도 그렇고, 천 씨 아자씨럴 생각혀서 도 니가 질 가는 기술자가 돼야 써.」

어머니가 수시로 당부하는 말이었다. 어머니는 기술자들의 손가락이 잘려나간다는 것을 알 리 없었다.

어머니는 스테인리스 그릇들이 신식이라서 그것을 만들어내는 기술 도 꼭 '신식 기술'이라고 불렀다. 스테인리스 그릇들이 '신식'으로 사람 들의 눈길을 끌 만큼 희한하기는 희한했다.

세상사람들이 쓰고 있는 것은 놋그릇이 아니면 사기그릇이었다. 그런 데 스테인리스 그릇은 그 두 가지 그릇이 가지고 있는 나쁜 점을 거뜬하 게 해결해 주는 묘한 그릇이었다. 주로 살림살이가 괜찮은 사람들이 쓰 는 놋그릇은 두 가지 흠이 있었다. 무게가 무거웠고, 몇 달 쓰면 광택이 서서히 죽어가면서 푸른 색조의 녹이 서렸다. 그러나 스테인리스 그릇 은 놋그릇에 비교가 안 되게 가뿐했고, 아무리 오래 써도 녹이라고는 스 는 일 없이 반들반들했다. 또한 서민들의 그릇인 사기그릇도 무거운 것 보다 더 큰 흠은 부딪치고 놓쳤다 하면 깨지는 것이었다. 그러나 스테인 리스 그릇은 아무리 부딪치고 놓쳐도 깨지는 일이 없었다.

맑은 은빛 광택으로 반짝거리며 가볍고 녹슬지 않고 깨지지 않는 그 릇— 스테인리스는 주부들의 눈길이 끌리지 않을 수가 없었다. 그 그릇 들만 취급하는 상점들이 번화가에 생겨나기 시작했다. 스테인리스 그릇 에 대한 소문은 유행가처럼 빠르게 퍼져나가고 있었다. 그 바람을 타고 공장마다 물건이 달릴 지경이었다.

한 달에 두 번 쉬는 일요일에 나복남은 군대에서 사귄 친구를 만났다. 전에 집 짓는 공사장에 나다녔던 것도 그 친구가 소개를 해준 것이었다.

그는 미장이 조수로 따라다니다가 군대에 왔고, 제대를 하고는 다시 그 일자리로 돌아갔다. 집 짓는 공사장에서 벽돌을 져나르는 막일도 아무나 할 수 있는 것이 아니었다. 그 일도 눈에 보이지 않게 서넛씩 뭉쳐져 돌아가고 있었다. 그러나 건축 공사장에서 벽돌을 쌓는 미장이의 위세는 커서 그들의 틈바구니에 쉽게 끼여들 수 있었다.

「오래 기다렸냐? 어디로 갈까? 날도 추운데 따끈한 커피를 마실까?」

버스에서 내린 이경식은 미안한 기색으로 연달아 물었다.

「괜찮아, 오래 안 기다렸어.」 나복남은 빙긋 웃고는 「우리 주제에 커피는 무슨 놈에 커피냐. 실속 있게 호떡집에나 가자」 하며 걸음을 떼어 놓았다.

「호떡집? 그거 커피에 비하면 실속이 있긴 하지. 그치만 우리라고 커피 못 마실 것 있냐. 난 나도 사람이다 하는 오기로 커피도 마시고 그런다.」

투박한 생김만큼 굵은 목소리로 이경식이 말했다.

「그런 오기라도 부리게 경기가 좋은 모양이지? 조수 신세 면한 거야?」

나복남은, 그가 혹시 독립했는지도 모른다는 데로 신경이 쏠렸다.

「야, 겨울은 미장이 굶어죽는 철인지 몰라서 그런 소리 하냐?」 이경식은 침을 찍 내뱉고는, 「조수 신세 면하려면 아직 멀었다. 오야지가 놔주지도 않고, 내 배짱 꼴리는 대로 내가 오야지다 하고 나서봤자 아직 새파란 나이라 누가 믿거라 하고 일거리 주지도 않아. 앞으로도 3~4년은 푹 썩으면서 회사들 현장 소장들하고 얼굴 익히면서 솜씨 있다는 걸 보여줘야 해. 고생길 아직아직 멀었어」 하며 지나가는 젊은 여자에게 눈을 찡긋했다.

바깥 날씨하고는 달리 호떡집 안은 훈훈했다. 아직 난로를 놓지 않았는데도 호떡을 굽는 화덕의 열기가 난로 구실까지 하기에 모자람이 없었다. 나이 많은 중국여자가 뒤뚱뒤뚱 불편하게 걸으며 손님들을 맞고 있었다. 억지로 조여뜨려 작아진 발과 손님들을 시중드는 분주한 일과는 영 어울리지 않았다.

「너 그간에 재미는 어떠냐?」

이경식이 호떡을 우물거리며 물었다.

「재미? 군대가 그립다 야.」

나복남이 호떡에서 흘러내리는 흑설탕물을 핥으며 쓰게 웃었다.

「군대가 그리워? 그래, 상병 때까지는 빼고 병장 때만 그립겠지. 일이 많이 힘든 모양이지?」

「배운 것 없이 몸으로 때워야 하는 시다 노릇이 어디라고 편한 데가 있겠냐? 근데 그게 문제가 아니라 그 스텐 기술자가 된 다음이 문제야.」

나복남이 상을 찌푸리며 혀를 찼다.

「아니, 기술자가 되면 와따지 뭐가 문제야. 그거 고급으로 치는 기술인데.」

이경식이 뜨악한 표정으로 나복남을 쳐다보았다.

「너도 이쪽은 잘 모르는구나. 길게 말할 것 없이, 기술자 열에 일곱 정도는 손가락 한두 개씩은 잘려나가는 판이야. 프레스란 기계에 말야.」

「뭐야? 그게 그렇게 위험한 일이냐?」

이경식의 눈이 휘둥그레졌다.

「말 마. 손가락 한두 개 잘리는 건 그래도 약과야. 어떤 사람은 글쎄 손가락 다섯 개가 몽땅 잘려나가 버렸어. 딴사람이 기계를 빨리 정지시켰지만 그땐 벌써 손가락들이 다 으깨져서 다시 붙일 수 있는 건 하나도 없었어. 근데 일은 그것으로 끝난 게 아니야. 그 사람은 결국 회사에서 쫓겨났어. 한 손이 병신이니까 더 쓸모가 없었거든. 그 사람이 어디서 무엇을 해먹고 사는지 두고두고 잊을 수가 없어. 또, 나도 앞으로 그 사람 꼴이 되면 어쩌나 하는 겁도 나고.」

나복남이 침울한 얼굴로 담배에 불을 붙였다.

「그거 참 문제는 문제네. 그럼 어쩐다지?」

「그래서 하는 말인데, 뭐 좀 다른 쪽으로 옮겨볼 수 없을까? 저어……, 네가 하는 일은 어떠냐?」

나복남은 조심스럽게 말하며 이경식의 눈치를 살폈다.

「미쟁이 말이냐? 아이구, 말도 마. 그것도 사람 할 짓이 아니야. 말이 나왔으니 톡 까놓고 말하자면 말야, 그거 아주 드런 놈에 직업이야. 그게 손가락이 잘리는 일은 아닌데, 일만 잔뜩 힘들었지 장래성이 전혀 없는 직업이라고. 왜냐면 말야, 날이 추워 얼음이 얼면서부터 날이 풀릴 때까지 반년 가까이는 일이 없는 거야. 겨울에 벽돌 쌓았다간 그대로 부실공사 되거든. 그렇다고 여름에 돈벌이가 배로 되는 것도 아니야. 여름엔 또 비가 많이 오잖아. 그게 밖에서 하는 일이니까 비가 왔다 하면 틀림없이 공치는 날인 거야. 그렇게 계산하면 1년에 반년 일거리 잡기가 어려워. 그러니 우리 오야지가 미쟁이 30년에 자기가 벽 친 집이 수백 채는 될 텐데 정작 자기는 아직도 집 한 채 없다고 투덜대는 거야. 거기다가 노상 땡볕에서 일해야지, 요새 자꾸 건물들이 높아지고 있으니까 발밑은 아슬아슬해지지. 나도 좀 배운 게 있다면 그 짓 당장 때려치우고 딴 기술 배우고 싶어.」

이경식이 고개를 저으며 떫은 입맛을 다셨다.

「그게 그렇구나. 그럼 우린 어떻게 해야지?」

나복남이 어깨한숨을 쉬었다.

「별수 있냐. 국민학교밖에 못 나온 우리 같은 것들이야 하바리 인생 될 수밖에. 큰 회사에 들어가 월급 제대로 받는 고급 기술자 되려면 못해도 공고는 나와야 하는데, 하루 벌어 하루 먹기도 다급한 우리 처지에 공고는 관두고 기술학원엔들 다닐 수 있겠냐. 어쨌거나 몸으로 때우면서 살아가야지.」

「몸으로 때우면서…….」

나복남은 침통하게 중얼거렸다. 그의 의식 속에서는 아버지가 떠오르고 있었다. 아버지는 정말 몸으로 때우다가 아직도 젊은 나이에 그리도 허망하게 세상을 떠나고 말았다. 그런데 또 자신도 손가락 병신이 되도록 몸으로 때우면서 살아가야 하는 것인가……. 그는 또다른 말도 듣고 있었다.

「목구멍이 포도청이고, 배운 도둑질이니 어떡해.」

손가락 잘린 기술자들이 술에 취해 하는 말이었다.

「야 복남아, 그렇게 속썩이고 고민할 거 없어. 어떡허냐, 우리 팔자가 그런 걸. 우리 나이도 이젠 스물이 넘어버렸고, 빼지도 박지도 못하게 되어버렸으니까 그냥 그럭저럭 살아갈 수밖에 없어. 죽어라고 고민해 봤자 뭐 달라질 게 있냐. 다 부모 잘못 타고난 게 죄니까 용 빼는 재주 없잖아. 전부가 다 손가락 병신 되는 것도 아니고. 가자, 오랜만에 만났는데 어디 가서 깡소주라도 한잔해야지.」

이경식이 나복남의 어깨를 두들겼다. 그의 손은 직업을 말해 주듯 투박하게 크고 거칠면서 어떤 손톱에는 검푸른 피멍이 들어 있었다.

밖으로 나온 나복남은 고개를 젖히며 한숨을 토해냈다.

내 나이 스물두 살인데…….

나복남은 이대로 주저앉아 그럭저럭 살고 싶지 않았다. 그러나, 추운 날씨처럼 싸늘한 이 세상 어디에도 기댈 데라고는 없었다.

이경식은 앞장서서 막소주를 파는 싸구려 술집을 찾아갔다.

「이런 데를 어찌 그리 잘 아냐?」

「하바리 노가다들이 가면 어딜 가겠냐? 이런 데서 속 푸는 거지.」

「5·16 후로 깡패고 뭐고 엄하게 단속한다는데도 막소주는 파는 모양이지?」

「그게 다 사람 사는 세상 아냐? 먹고 살기 다급한데 단속 무서워 못할 짓 뭐 있나. 그러다가 걸려들면 몸으로 때우고 나와서 또 하고. 그런 사람들이 있어야 우리 같은 사람들이 싼 술 마시고 취할 수도 있는 거지. 싸구려 막소주 마시고 취하나 비싼 두꺼비 까면서 취하나, 취해서 기분 내기는 마찬가지니까. 세상 다 그렇고 그런 거잖아.」

막소주잔은 맥주잔만큼 컸다. 안주는 소금 뿌려 구운 닭창자구이 한 가지뿐이었다.

「이게 말야 닭집에서 그냥 버리는 걸 가져다가 굽는 건데, 막소주 안주로는 싸고 최고라구. 봐, 기름이 지글지글하잖아.」

큰 잔의 막소주를 한꺼번에 반쯤 들이킨 이경식이 닭창자구이를 집어 들며 헤벌쭉 웃었다.

「그래, 우리같이 기름기 못 먹고 사는 인종들한테는 몸보신 잘되겠다.」

나복남도 막소주를 단숨에 절반쯤 비웠다.

「그래, 많이 먹어라. 이 정도야 내가 맘놓고 살 테니까. 씨팔, 산다는 게 뭔지 원.」

「글쎄 말이다, 생각할수록 답답허고 막막해. 그래도 군대에 있을 때가 속 편했어. 밥 걱정 안 하고.」

그들은 네댓 잔씩 마시고 나서 몸을 가누기 어렵게 취해 술집을 나섰다.

「야 복남아, 내가 유식하게 한 말씀해 보랴? 있잖냐, 인생이란 좃이나 탱고다 그런 말씀이야. 잘난 놈이나 못난 놈이나, 배운 놈이나 못 배운 놈이나 한평생 살다 꺼져가기는 다 마찬가지다 그거야. 그러니까 너도 너무 속 썩이고 고민하고 그러지 마. 되는 일 없이 괜히 골치만 아퍼. 알아들어?」

「그래, 그래, 오늘 술 잘 마셨어. 담엔 내가 살 테니까 조심해서 가.」

손을 흔들고 돌아선 나복남은 이경식의 말처럼 살 수는 없다고 생각하며 눈을 부릅떴다.

38
눈보라의 세월

「그러지 말고 치료부터 좀 해주시오. 곧 가서 돈 구해오리다.」

두 손을 가슴 앞에 맞잡은 허진의 할머니는 또 애원했다.

「글쎄, 똑같은 말 자꾸 하지 마시라니까요. 입원 수속이 끝나야 치료를 시작하니까 입원 보증금부터 빨리 가져오시라구요.」

간호원이 짜증스럽게 대꾸하며 다른 환자 쪽으로 돌아섰다.

「아 글쎄 돈은 가져온대니까. 환자가 저리 아파하니 당장 좀 덜 아프게 해달라는 거 아니유.」

간호원을 막아서는 허진의 할머니 얼굴은 온통 울음이었다.

「당장 어찌 되는 병 아니구요, 병나면 다 아픈 거 아니에요? 할머니가 자꾸 이러면 환자만 손해예요.」

간호원의 기색이 좀더 싸늘해졌다.

「보시유 간호원 아가씨, 이런 말 안 하려구 했는데, 쟤가 독립투사 자손이라우. 쟤 조부께서 한평생 독립투쟁을 하셨다니까.」

얼굴에 더 주름이 잡히며 허진의 할머니 말이 떨렸고, 간호원이 멈칫하며 허진의 할머니에게 눈길을 돌렸다.

「알았어요. 덜 아픈 주사 한 대 놔줄 테니까 빨리 다녀오세요.」

「고맙수, 고맙수. 그래도 젊은 사람이라 귀가 열려 있구만 그래. 복 받으리다.」

고개를 숙이고 또 숙이는 허진의 할머니 눈에 눈물이 그렁그렁했다.

중환자 대기실의 한쪽 침대에 신음하며 누워 있는 허진의 얼굴은 알아보기 어려울 정도로 변해 있었다. 병색이 짙은 얼굴은 너무 말라 핏기 없이 창백했고, 밭은기침과 함께 가쁜 숨을 할딱거리는 게 여간 고통스러워 보이지 않았다.

허진의 헐머니는 간호원이 손자에게 주사를 놓는 것을 보고서야 부랴부랴 중환자 대기실을 나섰다. 그녀는 가슴 푸들거리는 두려움에 쫓기며 소매 끝으로 눈물을 훔쳤다. 의사가 당장 목숨에는 지장이 없다고 했는데도 손자를 잃을지도 모른다는 무서운 생각을 떼칠 수가 없었다. 시름시름 앓던 손자가 정신을 잃다시피 되어 쓰러져서야 병원으로 데려갔다. 손자는 돈 때문에 한사코 병세를 속였고, 자신도 행여나 행여나 하며 요행수만 바랐던 것이다. 동네 병원의 의사는 고개를 갸웃거리며 어서 큰 병원으로 가라고 했다. 대학병원 의사는 늑막염이 심하다며 빨리 입원시키라고 하고는 돌아서 버렸다.

허진의 할머니는 큰길로 나서며 눈물을 삼켰다. 처음 발병해서 철공소를 며칠 쉬게 되었을 때 몸살이라고 해서 예사롭게 넘겼던 것이 큰 잘못이었다. 그 뒤로 몇 달 동안 계속 병을 키워온 셈이었다. 철공소 주인은 철공소에 맞지 않는 약골이라며 더 이상 받아주지 않았다. 그래서 함께 셋방살이하는 이 씨가 소개한 것이 성냥공장이었다. 그곳은 철공소보다 일이 덜 힘든 만큼 월급이 적었다. 밤에는 앓고 낮에는 겨우겨우 일을 나다니던 손자는 결국 며칠 전에 쓰러지고 말았다.

그녀는 따로 돈을 구할 길이 없었다. 방법은 단 하나, 전세를 다시 사글세로 바꿀 수밖에 없었다.

「그거 사정은 참 딱하게 됐는데 돈이 어디 당장 되나요. 우선 급한 대로 딴 데서 좀 돌려쓰세요.」

집주인은 싫은 기색을 감추려 하지도 않고 말했다.

「아니, 한꺼번에 다 달라는 게 아니라우. 우선 입원하게 조금만 주고 나머지는 차차 달라는 게지.」

「글쎄, 조금이라도 있어야 말이지요. 은행에 맡겨둔 것도 아니고.」

「그리 말하지 말고 어디서 좀 변통해 주구랴. 쥔 양반이야 발 넓은 게 이 늙은이보다야 열 배 낫잖우.」

「발 넓으면 뭘 해요. 이자 붙지 않는 남의 돈은 땡전 한닢 구경하기 힘든 세상인데.」

허진의 할머니는 집주인의 눈길을 싹 외면했다. 엉큼하게도 빚돈을 구해줄 수 있다는 뜻을 내비치고 있었다.

「알았수. 급한 불은 내가 끌 테니까 그 돈은 언제까지 해주려우?」

「어서 복덕방에 내놓으시오. 내 수중에 돈 없으니 그리 빼가는 수밖에 없잖겠소.」

집주인은 전혀 미안한 기색이라고는 없이 이렇게 말했다. 전세로 바꿔 목돈을 받을 때와는 정반대의 얼굴이었다. 그 염치도 체면도 없이 넉실거리는 꼬락서니가 고깝기 이를 데 없었다.

그러나 허진의 할머니는 속입술을 깨물며 뒤틀려 오르는 감정을 억눌렀다. 병역기피에 첩질까지 해서 직장에서 쫓겨나고 요새는 밤낮 술타령에 아무하고나 싸움판을 벌이는, 그 하는 짓짓이 군던지럽기 짝이 없는 위인을 상대했다가는 손자에게 액운이 끼칠 것만 같았던 것이다.

허진의 할머니는 근심 자욱한 마음으로 산동네 비탈을 오르느라 잰걸음을 쳤다. 산등성이의 큰길 어딘가에 눈에 잘 띄지도 않게 끼어 있는 복덕방을 어서 찾아가야 했다. 복덕방은 대개 가게를 번듯하게 내고 있는 것이 아니었고 구멍가게 옆의 처마밑이나 골목 어귀에 민걸상 하나를 놓고 영감들이 앉아 있었다. 그 옆에는 붓으로 '福德房'이라고 쓴 흰 천이 때에 절어 후줄근하게 걸려 있었다.

그 영감들은 날이 춥거나 비가 오거나 하면 당연히 보이지 않았다. 복덕방은 가족을 먹여살리는 직업이 아니라 글줄이나 해독하고 있는 토박이 영감님들의 소일거리였다.

「우리 손자 쾌복하고 못하고는 영감님 손에 달렸세요. 하루라도 빨리 방 나가게 애써 주셔야 해요. 아셨지요?」

허진의 할머니 말은 간곡했다. 그러나 눈물과 근심이 담겨 있는 눈과 얼굴은 말보다 몇 곱절 더 간절했다.

「알았수, 알았수. 늘그막 낙이라는 게 손자새끼들 무병하게 잘 크는 건데, 돈까지 궁하니 그 맘이 얼마나 쓰리고 아프겠수. 내 열 일 제쳐놓고 그 일부터 성사시키리다.」

허진의 할머니는 복덕방 영감의 정 따스한 말에 다음 일을 할 힘을 얻었다. 그녀는 봉투 붙이는 일을 함께하고 있는 정 보살을 찾아갔다.

「세상에, 어쩌면 좋아요 그래. 그런 중병을 앓으면서 그동안 진이가 얼마나 고통스러웠겠어요. 어서 가보도록 하십시다. 천 씨 아저씨한테 매달려 봐야지요.」

정 보살은 지체하지 않고 앞장섰다.

「궂은일 있을 때마다 매냥 귀찮게 해서 그저 정 보살한테 미안허구 면목없어 못살겠수.」

「그게 무슨 말씀이세요, 할머니. 한 식구끼리 이런 일 서로 돌보는 거야 당연한 거지 뭐가 미안허구 면목이 없어요. 그런 말씀 하시면 서운하지요.」

정 보살은 보살이라는 호칭에 걸맞도록 선선하게 말하며 허진의 할머니 손을 감싸잡았다.

「고맙수, 고마워. 정 보살 없으면 내가 누굴 믿고 의지하고 살겠누…….」

허진의 할머니가 목이 메어 중얼거렸다.

그녀는 정 보살의 '한 식구'라는 말이 그렇게 고맙고 눈물겨울 수가 없었다. '한 식구'란 같은 독립투사 집안이라는 뜻이었다. 정 보살네와 인연을 맺게 된 것은 순국선열유족회를 통해서였다.

「시어머니는 해방 전해에 돌아가셨고, 시아버지는 해방되고 4년 만에 돌아가셨지요. 고문당하고 해서 감옥에서 얻은 병은 자꾸 깊어가고, 살림은 쪼들려 병 다스릴 돈은 없고, 나라가 섰대도 독립운동한 분네들은 거들떠보지도 않고 오히려 친일파들이 득세하고……, 시아버지께서는 돌아가실 수밖에 없었어요. 그러니까 말예요, 이승만이가 시아버지를 죽인 거나 마찬가지였어요. 새 나라가 서고 장관들이 임명되는데, 그중에 소문난 친일파들이 한둘이 아니었잖아요. 그걸 보시고 시아버지께서는 한바탕 통곡을 하시더니 그 다음부턴 소리 없이 눈물을 흘리셨어요. 그런데 글쎄 다음날 보니까 베갯잇에 눈물 젖었던 자리가 불그스름하게 물들어 있지 않겠어요. 처음엔 그게 뭔가 했는데, 그게 글쎄 말로만 듣던 피눈물이었어요. 그 뒤로 시아버지께서는 말 대신 한숨만 땅이 꺼지게 쉬시고, 병세는 날로 심해지다가 결국 한 달을 못 넘기고 돌아가셨어요.」

정 보살이 울먹이며 한 말이었다.

유족회에서는 국가에 생계보조를 요구했다. 그러나 정 보살네 시아버지나 허진의 할아버지나 해방된 다음에 죽어서 보사부 지원기준에 해당되지 않았다.

허진의 할머니는 정 보살네 시아버지가 흘린 피눈물을 너무나 잘 이해하고 있었다. 자신의 남편도 새 나라에서 정권을 잡은 이승만이 친일파들을 옹호하며 앞장세우고 나서자 그 울분을 어쩌지 못해 매일같이 술을 마셨고, 어느 날은 사람들의 눈을 피해 옛 동지와 꺼이꺼이 울기도 했다.

「내가 죽을 때 자식들한테 남길 유언이 꼭 한마디 있네. 그게 뭔고 하니, 나라를 또다시 뺏기게 되더라도 절대로 독립운동하지 말아라. 눈치껏 요령껏 사는 게 최상수다, 하고 말할 작정이야.」

어느 날 만취한 옛 동지가 한 말이었고

「허! 그것 참 명언 중에 명언이로군. 그래, 나도 그리 해야 되겠구먼. 허허허허…….」

남편의 헛웃음은 공허하고 길었다.

그러나, 남편은 나라에 대해 불평과 원망을 품은 아들을 다독거리고 쓰다듬다가 전쟁 때 폭사하고 말았다.

정 보살네 남편도 학식이라고는 아무것도 없었다. 학교 문턱은 한 번도 넘어보지 못하고 굴러다니면서 익힌 것이 달구지 끄는 기술이었다. 남편의 마부 노릇으로 살기 어려워 정 보살은 한 장에 10전 벌이인 봉투를 붙여서 살림에 보태고 있었다.

그런데, 시아버지가 그렇게 돌아가시고 세상살이가 분하고 억울한 것을 풀 길이 없어 가슴이 벌떡거리고 화끈거리는 울화병이 깊어지다가 누군가를 따라 절에 발길이 닿게 되었다.

「베풀고 베풀어라. 그리고 베풀었다는 그 일 자체를 잊어버려라.」

이 세상을 참답게 살고 다음에 극락왕생하려면 물질이든 마음이든 끝없이 베풀어야 하는데, 그 자비행이 참으로 결실을 맺게 하려면 도와준 일을 다 잊어버리라는 것이었다. 왜냐하면 도움받은 사람이 도움받은 것을 잊고 있을 경우 도와준 사람이 도와준 것을 기억하고 있으면 당연히 배신감을 느끼게 되고, 그 배신감은 미움이 되고, 미움은 새로운 번뇌가 되어 지난날의 순수한 자비까지 망치게 되기 때문이라 했다.

그 설법을 듣자 정 보살은 분함과 억울함이 가득 차 터질 것만 같은 가슴에 한 줄기 빛이 비치는 것을 느꼈다. 그 부처님 말씀은 꼭 자기네 집안 사람들에게 들려주는 것만 같았다. 그 깨달음을 간직하며 마음을 다스렸고, 혼자 힘으로 마음을 동일 수 없어 절에 발길이 잦다 보니 언제부턴가 '보살'이란 호칭까지 얻게 되었다.

「에이, 사정이 딱하긴 하오만 낸들 그런 목돈이 어디 있나. 글쎄 이 봉투장사라는 게 다 아다시피 이문이 박한데다 외상거래 아니냔 말야. 거기다가 군사혁명 이후로 경기가 통 풀리지 않는 것 세상이 다 알잖아. 경기가 안 풀리니 물건이 안 팔리고, 물건이 안 팔리니 봉투가 안 나가고, 봉투가 안 나가니 깔린 외상이 돌지를 않는다구. 이거 마음만 있으면 뭘 하나, 큰일났구먼 그래.」

앞니가 많이 빠져 입이 합죽한 천 씨 영감은 천장까지 쌓여 있는 봉투 묶음을 가리키며 안타까워했다.

「네 아저씨, 괜찮아요. 돈 빌려주신 거나 마찬가지예요. 딴 데서 구할 테니 너무 걱정하지 마세요.」

정 보살은 애써 웃으며 말했다.

허진의 할머니는 두 번째로 마음이 내려앉는 낙담 속에서 다리가 후들거리고 있었다. 옆구리에서 나쁜 물을 빼내야 할 중병을 앓고 있는 손자의 애처로운 모습과, 그 어디에도 몸 기댈 데 없이 눈보라치는 세월을 살아온 세상 인심에 다시금 한기를 느꼈다.

「할머니, 권 회장님을 찾아가 보는 게 어떻겠어요?」

정 보살은 천 씨네 가게를 나서며 일부러 활기찬 목소리를 지어냈다.

「권 회장? 유족회 말인가?」

「네, 그분이면 어찌 될지도 모르잖아요. 발도 넓으시고 정도 많고 하니까. 뵌 지도 오래됐으니까 겸사겸사해서 찾아가 보도록 하지요.」

「음, 그분이 우리 유족들 일에는 열성이고 지극하시지.」

권 회장의 가난을 알면서도 더 가볼 데가 없어서 허진의 할머니는 고개를 끄덕였다.

화신백화점에서 안국동로터리에 이르는 길에는 작고 예쁘장한 2층집들이 줄지어 있었다. 대개 몸통은 붉은 벽돌이고 지붕은 한식 기와를 얹은 그 건물들은 왜정시대에 개화바람을 타고 태어난 얼치기들이었다. 그 건물의 1층은 상점들이었고 2층은 사무실이었다.

순국선열유족회는 조계사와 마주보고 있었다. 그 2층에는 조계사의 대웅전 지붕이 묵직하게 바라다보였다. 정 보살이 앞장서고 허진의 할머니는 그 뒤를 따라 나무계단을 올라갔다. 발을 옮겨 디딜 때마다 나무계단은 삐걱삐걱 소리를 내며 지나온 연륜의 길이를 말하고 있었다.

「저어, 권 회장님 좀 뵈러왔는데, 어디 가셨나요?」

정 보살은 슬그머니 민 문을 붙든 채 무척 조심스럽게 물었다. 그건 겁나거나 주눅들어서가 아니라 유족회가 남의 사무실 한쪽에 얹혀 지내는 처지인 까닭이었다.

「유족회 찾아오신 건가요?」

나이 든 여사무원이 물었다.

「예, 유족회 권 회장님요.」

「유족회 진작 없어졌어요.」

「예에……?」

정 보살은 얼떨결에 소리치듯 하고는 얼른 허진의 할머니를 돌아보았다.

「여기 올라오기 전에 아래층에 붙었던 간판 없어진 것 못 봤어요? 벌써 몇 달 전에 나라에서 없앴어요.」

「나라에서? 왜요?」

「몰라요. 맘에 안 들었나 보지요.」

「세상에……, 그럼 권 회장님은 어찌 되셨어요?」

「저기 탑골공원에 가보세요. 거기서 소일하시면서 여긴 어쩌다 한 번씩 들르세요.」

「예에……, 고마워요.」

돌아서는 정 보살의 얼굴에 실망스러운 빛이 드러났고, 허진의 할머니 얼굴에는 짙은 구름이 끼어 있었다.

지저분한 탑골공원에는 사람들이 많았다. 거의가 남자 노인네인 그들은 하나같이 궁하고 맥빠지고 쓸쓸해 보였다. 그 노인네들은 여기저기 20~30명씩 모여앉아 그들 나름대로 하루를 소화시켜 내느라고 애쓰고 있었다. 어느 장소에서는 요란한 무대복을 입은 초로의 남자가 아코디언 솜씨를 뽐내고 있었고, 또다른 장소에서는 두루마기 차림에 쥘부채를 든 노인이 고수의 북소리 장단도 없이 소리를 열창하고 있었고, 거기서 좀 떨어진 곳에서는 30대 젊은 사람이 단돈 10원씩을 받고 땅바닥에 한자를 달필로 써갈기며 이름풀이를 하고 있었고, 그 건너편에서는 염소수염을 한 깡마른 영감이 소금을 찍어 넣어가며 입심 좋게 삼국지를 엮어나가고 있었다. 그런데, 전에는 한꺼번에 서너 군데에서 벌어지고는 했던 열띤 웅변 장소는 보이지 않았다. 정치를 비판하고 정부를 공박했던 그 정치연설은 5·16 이후 자취를 감추게 되었다.

정 보살과 허진의 할머니는 공원을 두 바퀴째 돌다가 권 회장을 찾아냈다. 머리가 반백인 권 회장은 13층 석탑의 탑그늘에 주저앉아 공원 중앙의 정자를 하염없이 바라보고 있었다. 그 텅 빈 것 같은 속절없이 보이는 모습이 넋이 나간 것 같기도 했고, 모든 걸 초탈한 것 같기도 했다.

「회장님, 권 회장님, 여기 계셨군요.」

반가움이 넘친 정 보살이 외치자 권 회장의 먼 눈길이 가까워졌고, 얼굴에도 화색이 돌아왔다.

「아니, 여기까지 어쩐 일들이십니까?」

그들을 알아본 권 회장은 신문지를 깔고 앉아 있던 땅바닥을 차고 일어났다.

「사무실로 뵈러갔다가 여기 계실 거라는 말 들었지요. 회장님, 근데 왜 나라에서 우리 유족회를 없앴나요?」

「아이고, 그거 말도 말아요. 사회정화를 한대나 어쩐대나 하면서 군인들이 난을 일으키자마자 각종 사회단체들을 전부 강제해산시키기 시작했어요. 앞뒤 가리지 않고 군인들 하는 일이라는 게 꼭 깡패 소탕하듯이 하는 거예요. 그래서 순국선열유족회를 이래서 되느냐고 따지고 버텼지요. 그랬더니 경찰서 유치장에 가뒀어요. 닷새 만에 나와보니 간판이 온데간데없이 없어지고 말았지 뭡니까.」

권 회장은 고개를 설레설레 저으며 쓴 입맛을 다셨다.

「아니, 군인들이 뭘 좀 하는 줄 알았더니 우리한테는 이승만 때보다 더 인정머리없이 하네요. 왜 그러지요?」

「글쎄, 갈수록 태산이오. 헌데, 두 분이 어쩐 일이시오.」

권 회장은 귀에 꽂고 있던 꽁초에 불을 붙였다.

정 보살은 허진의 사정을 간추려 이야기했다. 허진의 할머니는 고개를 떨구고만 있었다.

「허어, 그것 참 기막힌 일이오.」

권 회장은 하늘을 향해 담배연기와 한숨을 한꺼번에 토해냈다. 그리고 한동안 말없이 담배만 뻐끔거렸다.

「목숨이 천하인데 무슨 수를 써서든 구해야지요. 가봅시다, 이런 때 의지할 만한 사람이 하나 있어요.」

권 회장이 바지를 털며 일어섰다. 그 바지는 낡아 무릎께에 보푸라기가 일고 있었고, 구두의 접히는 부분은 가죽을 덧대 꿰매져 있었다.

권 회장이 찾아간 곳은 남산 아래 필동 끝자락에 붙어 있는 판잣집이었다. 곧 쓰러질 것처럼 삐딱하게 기울어져 있는 판잣집은 마치 기차의 객차처럼 창이 많고 길었다. 그리고 그 옆의 비탈진 공터는 쓰레기장이나 마찬가지로 온갖 잡동사니들이 넘쳐나고 있었다. 그러나 그 잡동사

니들은 종류별로 구별되어 있는 것을 금방 알아볼 수 있었다. 그곳은 다름아닌 넝마주이들의 집합소였다.

「아이고 회장님, 이거 어쩐 일이십니까.」

바쁘게 일손을 놀리고 있던 남자가 권 회장을 반갑게 맞이했다.

「이 사장, 그간 잘 있었어? 사업은 잘되구?」

권 회장도 정 뜨겁게 그 남자와 악수를 했다.

「아이고, 조발이보고 사장은 무슨 사장입니까. 회장님도 건강하세요?」

서른 중반의 그 남자는 쑥스러워하며 뒷머리를 긁적였다. 땅딸막한 몸집에 기운깨나 쓰게 생긴 그 남자의 얼굴에는 선한 웃음과 함께 어떤 강단진 기운이 내비치고 있었다.

「거 무슨 소리. 이젠 시청에서 떠받드는 당당한 사업에다 당당한 사장님이지. 거 옛날 조발이란 말 이제 쓰지 말어. 괜히 사람 천해지고 이상해 보여.」

「네……, 안으로 좀 드시지요.」

그는 누구냐고 묻듯 두 여자에게 눈길을 보냈다.

「응, 바쁜데 들어갈 건 없구, 여기서 잠깐 얘기하고 가야지. 자아, 서로 인사들 하시오. 우리 다같은 유가족이오.」

권 회장은 이쪽저쪽에다 서로 인사를 시켰다.

「우리 이용진 사장 선친께서는 만주에서 왜적과 싸우다가 돌아가셨어요. 나라에서는 투쟁한 물증이나 증인을 대라고 하는데, 형무소에서 옥사한 것이 아닌 한 물증이고 증인이고 대기가 난감한 것 아니겠소. 그래서 나라에서 아무런 생계비 지원도 못 받고 이 일을 하고 있다오.」

권 회장의 설명이었고,

「배운 건 아무것도 없고 완력은 좀 쓰고, 죽지 못해서 이것저것 하다 보니 이런 천한 일을 하며 살게 되었습니다.」

이용진은 허진의 할머니와 정 보살에게 허리가 반이 접히도록 깊은 절을 했다.

권 회장은 허진의 사정을 얘기하기 시작했다. 허진의 할머니 옆에서 정 보살까지 손을 모아잡은 채 고개를 떨구고 있었다.

「예, 그래야지요. 치료비를 다 대지는 못할망정 빌려드리는 거야 당연히 빌려드려야지요.」

옹색스러워하는 권 회장의 말이 끝나기 바쁘게 이용진이 말했다.

「고맙습니다, 고맙습니다.」

허진의 할머니는 고개를 숙이고 또 숙였고, 정 보살도 덩달아 방아깨비절을 하고 있었다.

「그런데, 철공장에 나가기 전에는 뭘 했었나요?」

「예, ㅅ고등학교를 다니다 말았지요.」

「예에? ㅅ고등학교요? 그럼 머리가 아주 좋은 학생이잖아요?」

이용진의 눈이 휘둥그레졌다.

「글쎄요……, 공부는 좀 하는 편이었지요.」

「허어, 그것 참 아까운 인재였구만 그래. 그거 예삿일이 아닐세.」

권 회장이 연달아 혀를 차댔다.

「예, 우선 몸부터 낫고 봐야죠.」 이용진은 바지 뒷주머니에서 돈을 꺼내더니, 「이거 애들 물건값 해주려던 건데 급한 대로 쓰세요. 만 환인데 될지 모르겠군요」 하며 세어 넘겼다.

「고맙습니다. 방이 나가는 대로 곧 갚겠습니다.」

허진의 할머니는 또 머리를 조아리고 조아렸다.

「이젠 시에서는 딴 간섭 안 하나?」

권 회장이 흐뭇하게 웃으며 물었다.

「예, 그때 혼이 난 다음부터는 그저 빨리빨리 잘하라고만 하고 있어요.」

이용진이 묘하게 웃었다.

그때란 5·16 직후에 벌어진 사태를 말하는 것이었다. 쿠데타의 성공과 동시에 군부정권이 즉각적으로 실시한 것이 깡패 소탕이었다. 그 싹쓸이에서 넝마주이들은 말할 것도 없고 넝마주이들을 보호해 주는 조발이들까지 다 잡아들였다.

그런데 며칠이 지나면서부터 시내 도처에서 해괴한 일들이 생기기 시작했다. 음식점마다 쓰레기통에 소뼈들이 넘쳐나다 못해 뒷골목에 쌓이며 파리들이 들끓어대고, 약국마다 크고 작은 약병들이 큰길까지 즐비하게 쌓이게 되고, 인쇄소와 제본소들은 날마다 불어나는 파지더미 때문에 새 일감을 받아들일 자리가 없어져 아우성이었다. 그뿐만 아니라 주택가 쓰레기통들도 그전과 다르게 쓰레기가 줄지 않고 자꾸 불어나기만 해 골목골목이 지저분해지고 악취까지 풍기기 시작했다.

그런 사태들은 넝마주이들이 자취를 감추면서부터 벌어지게 되었다. 그런데 여러 가지 탈은 거기서 끝나지 않았다. 재생용지공장에서는 원료인 파지가 들어오지 않아 재생지를 생산하지 못하게 되고, 재생지 품귀현상은 학습장의 생산 차질로 이어졌다. 그리고 제약회사들은 재사용하는 약병들의 공급이 끊겨 혼란이 일어나고 있었고, 우골유며 부레풀을 만드는 공장에서는 원료인 소뼈가 들어오지 않아 생산 차질이 빚어지고 있었다.

그런데 넝마주이들이 모으는 재생품들은 그런 것들만이 아니었다. 고철·구두창과 고무·유리·헌옷·나일론 조각 같은 것들까지 모아 각 재생공장으로 보내지고 있었다. 그러니까 넝마주이들은 깡패가 아니라 시청에서 노임을 받지 않는 도시의 청소부인 동시에 물자 빈곤한 나라에서 없어서는 안 될 재생원료 공급자들이었다. 그들이 수집하는 폐품량은 한 달 평균 1억 환에 이르는 돈 가치를 가지고 있었다.

그런 사회적 심각성을 뒤늦게 알게 된 군인들은 넝마주이들을 부랴부랴 풀어주었다. 그러면서도 안심이 안 되어 시청에 의무적으로 등록을 시킨 다음 취업시키는 조처를 취했다. 각 구역에 따라 넝마주이를 20~30명씩 거느리고 있던 조발이들은 취업 등록을 했고, 증명서를 받았다. 그리고 넝마주이들은 지정된 복장과 이름표를 달게 되었고, 그들에게는 근로재건단이라는 새로운 명칭이 붙여졌다.

그런 조처는 군대식의 강압이기는 했지만 긍정적인 점도 없지 않았다. 그동안 넝마주이들 중에서는 남의 물건을 슬쩍하는 일이 더러 있었고, 통일된 제복에다가 이름표까지 붙이게 된 말끔한 모습은 그전의 지저분하고 불량스러운 인상을 지워 시민들을 안심시키는 효과를 발휘했다. 그뿐만 아니라 조발이를 어엿한 사업가로 인정하는 한편, 넝마주이들을 부하로 부리거나 수집품의 이익을 착취하게 되면 사업 등록을 취소시키고 처벌하는 규정을 만들었다.

「그 상사는 어찌 됐어?」

넝마수집장을 나서며 권 회장이 이용진에게 속삭이듯이 물었다.

「예, 며칠 전에도 면회를 갔다 왔는데 아무래도 좀 살아야 될 것 같아요. 워낙 소문난 거물이잖아요.」

이용진이 침울하게 대답했다.

「그것 참……, 면회나 자주자주 가보게. 세상이 아무리 깡패라 취급해도 자네 알아보고, 도와준 은혜는 은혜니까.」

「예, 그 의리 안 지키면 사람이 아니죠.」

금세 이용진의 목이 잠겼다.

낙엽 따라 가을이 가고 하늬바람에 실려 겨울이 오고 있었다. 나목이 된 가로수들의 긴 행렬이 도시의 계절감을 한층 쓸쓸하게 하고, 애저녁의 어스름이 퍼지면서 진해지기 시작하는 군밤 냄새나 군고구마 냄새는 추운 겨울밤을 녹여주는 한 가닥 따스함이었다. 행상들이 밝힌 카바이드 등의 푸른 불꽃은 찬바람에 나부껴 곧 꺼질 듯 애잔하고, 그래도 그 미약한 불빛은 좌판을 넘쳐나 다정스럽게 행인들의 발길까지 비춰주고 있었다.

원병균은 중국집으로 들어가기 전에 어둑발이 퍼지고 있는 주위를 재빨리 살폈다. 그러고는 그만 민망해졌다. 자신도 모르게 발동하곤 하는 그 경계심이 쉽사리 마음에서 사라질 것 같지 않았다. 그건 수배를 피해 다닌 지난 몇 개월 동안에 몸 깊이 스민 습관일 수도 있었고, 지나친 긴장 속에서 의식에 상처를 입은 것일 수도 있었다.

「예에, 어서 오옵셔어, 어서 오옵셔어!」

원병균이 쇠바퀴 달린 반유리문을 옆으로 열고 들어서자 계산대를 지키고 있는 살찐 중국인이 중국식 발음을 뒤섞어 목청을 높였다. 어느 중국음식점이나 손님을 맞이하는 중국인 주인들의 어조는 똑같았고, 그 아래서 일하는 한국인 종업원들도 똑같이 목청을 뽑아댔다. 신문팔이 소년들이나 버스 차장들의 외침이 희한하게도 다 똑같은 것처럼.

원병균은 코를 큼큼거리며 음식점 안을 둘러보았다. 코를 독하게 쏘는 것은 연탄가스 냄새였다. 중국 음식점들은 모두 개방된 홀보다는 칸칸이 막은 방들이 차지하는 면적이 훨씬 더 넓었고, 그 방마다 바퀴 달린 연탄화덕을 아궁이에 피우는 바람에 겨울만 되면 연탄가스 냄새가 진동할 수밖에 없었다.

「일행 찾으세요? 누구신데요?」

종업원 청년이 고개를 꾸벅하며 물었다.

「예, 대학생들 찾아요. 박준서나 또오…… 신무영이라고…….」

「아 예, 저쪽 방임다. 따라오입쇼.」

경쾌한 음악에 박자라도 맞추듯 걷는 종업원을 따라가며 원병균은 비릿하게 웃고 있었다. 그의 눈길은 남녀의 구두가 나란히 놓인 방들을 훑고 있었다. 원병균의 미묘한 웃음과 남녀의 구두와 독방, 그것은 중국집 특유의 은밀함이었다. 중국 음식은 중국인들이 발붙이는 나라에 따라서 달라진다는 말이 있다. 그건 적응력 강한 중국인들의 상술을 말하는 것이다. 그런데 중국인들은 음식만 현지인들의 입맛에 맞게 변화시키는 것이 아니었다.

6·25로 미군과 함께 양춤이 들어오고, 양춤은 춤바람을 일으키고, 춤바람은 성문란을 불러왔다. 그런 사회 분위기에 재빨리 편승한 중국인들은 칸칸이 방을 막기 시작했다. 그 독방들은 대낮에 여관을 드나들어야 하는 거북살스러움을 거뜬히 해결해 줄 뿐만 아니라 여관비도 아끼고 식사도 할 수 있는 일거삼득의 효과를 발휘하고 있었다. 그 때문에 '중국집에 가자'는 말을 아무 여자에게나 함부로 썼다가는 큰코다치게 되어 있었다.

「여어 원병균, 이거 가가린의 귀환처럼 근사하고 당당하군 그래.」

신무영이 벌떡 일어나며 악수를 청했다.

「아, 신 형! 가가린?」 원병균은 고개를 갸웃하더니, 「응, 그 최초의 쏘련 우주인 말이로군. 신 형, 아직도 정신 못 차렸는데? 쏘련 우주인을 예로 들면 용공인 거 몰라? 예를 들려면 당연히 우리의 우방이며 혈맹인 미국 우주인을 예로 들어야지. 거 미국 우주인 이름은 뭐지?」 그는 아주 심각한 표정을 꾸며내며 말했다.

「맞어, 셰퍼드를 두고 유리 가가린을 내세웠으니 그건 용서할 수 없는 용공 이적행위고, 고무 찬양인데.」

박준서가 말을 받았다.

「아, 용서해 주십시오. 제가 첫 번째만 암기하는 버릇 때문에 그만 실수를 한 겁니다. 다시는 그런 일 없겠습니다.」

신무영은 허리까지 굽실거렸고 다른 서너 사람이 웃음을 터뜨렸다.

「쏘련놈들한테 1등을 뺏긴 것도 분해죽겠는데 한국놈들이 감히 약까지 올려? 이건 도저히 용서할 수 없어!」

성난 목소리와는 달리 원병균은 장난스럽게 웃으며 다른 사람들하고도 악수를 나누었다.

그들이 말하고 있는 소련과 미국의 우주인들은 지난 4월과 5월에 각각 인류 최초로 탄생한 존재들이었다. 그 일이 벌써 반년이 넘었는데도 그들이 또렷이 기억하고 있는 것은 최초의 우주인에 대한 관심 때문만은 아니었다. 세계적으로 냉전을 벌이고 있는 미·소는 원자폭탄으로 경쟁할 뿐만 아니라 '우주 정복'이라는 황당한 말을 내걸고 또다른 힘 겨루기를 해오고 있었다. 두 나라는 로켓에 동물들을 실어 쏘아올려서는 생환시키고 하더니 마침내 소련이 인류 최초의 우주인을 탄생시켜 그 선두 다툼에서 이기고 말았다.

미·소 두 강대국의 냉전 대립 속에서 6·25라는 끔찍한 열전을 치르고, 휴전상태에서 반공의 깃발을 드높이 들고 있는 한국으로서는 소련의 승리란 너무 큰 충격이 아닐 수 없었다. 소련은 적국 중의 적국이었고, 미국은 어떤 일에서나 소련을 이겨야 했던 것이다. 그런 사회적 분위기를 반영하듯이 모든 신문들은 우주인이 탄생할 때마다 요란하게 보도해 댔다. 그 요란함은 사회적 관심을 어느 정도 가진 사람에게는 우주인들 이름을 기억시키기에 충분했다. 그런데 그들은 통일운동에 나서고 있었으니 그 이름을 총총히 기억하는 것은 너무 당연한 일이었다.

「제기랄, 서운하게 옆방에는 아무도 안 들었네. 기막힌 음악 감상을 할까 했었는데.」

원병균은 옆방 벽을 흘끗 쳐다보고는 자리잡고 앉았다.

「원 형 이거 상습범인 모양이네. 혹시 누구처럼 너무 몸달아 매달리다가 벽 떠다넘긴 일은 없나 몰라?」

「왜, 여러 번 있지. 한번은 벽이 벌렁 넘어갔는데 여자가 하는 말이, 이 남자 시원찮던 참인데 마침 잘됐어요, 하잖아. 그래서 15센티미터의 거포 맛을 화끈하게 보여줬지.」

「또 나온다 또.」

「근데, 정말 이런 데서 그 짓 하는 인간들도 있을까? 이 얇은 판자벽을 사이에 두고 말야.」

「아니 땐 굴뚝에 연기 나?」

「글쎄, 괜한 소문 아냐?」

「미칠 듯 불붙는 사랑을 해보지 않은 자는 말하지 말라. 그게 때와 장소를 가리면 진정한 사랑이 아니니라.」

원병균의 가성에 모두 웃음을 터뜨렸다.

한 사람이 더 오고, 술판은 벌어졌다. 그들은 작은 유리잔에 중국 술 배갈을 남실남실 가득 따랐다.

「끝끝내 체포되지 않은 우리의 승리를 위하여!」

「좋았어! 군발이들을 결국 우리 앞에 굴복시킨 장쾌한 승리를 축하하며!」

「쭈아, 쭈아! 더욱 굳은 단결과 양양한 앞날을 기념하여!」

그들 여섯은 약속이나 한 것처럼 배갈잔을 단숨에 비웠다. 그리고 숨막힐 듯 독한 술기운에 제각각 괴상한 소리들을 토해내고 있었다. 냄새만 맡아도 그 독기에 몸이 부르르 움츠러드는 배갈은 성냥불을 가까이 대면 금방 불이 붙어 푸른 불길이 일렁거렸다. 중국인들은 그 푸른 불꽃을 보며, 자신들의 변함없는 신용을 과시하는 듯했고, 한국인들은 그 술이 독하기는 했지만 빨리 취하고 뒤탈이 없어서 즐겼다.

그들은 서로서로 잔을 권하고 서로의 잔에 또 술을 가득 따랐다. 그들의 얼굴은 활력이 넘치고, 맘껏 술을 마시고 싶어하는 욕구가 출렁거렸다.

그들은 지난 몇 개월 동안 쫓기고 숨어 살아온 수배생활에서 풀려났다. 군사정권은 며칠 전에 구 정치인들을 관대하게 처리하기로 결정하면서 학생 용공 혐의자들의 공소를 취하하고, 수배자들의 수배도 풀었던 것이다.

「근데 말야, 그 관대한 처분이란 게 알고 보니 박정희 그 사람이 미국

방문을 위해 취한 제스처였더구만.」

「거 무슨 때늦은 잠꼬대야? 그야 케네디한테 민주주의 하는 척하려고 꾸민 연극이지. 그러니까 박정희 출국 날짜에 딱 맞춰 그런 조처를 한 거 아냐. 야비하고 속 보여. 그래도 좀 며칠 전에 할 일이지.」

「이번에 박정희에 대해서 놀란 것 없어? 그 사람 아주 곤란하던데.」

「일본군 출신이라는 것 말이지? 드디어 박정희라는 인간에 대한 과거가 한 꺼풀씩 벗겨지기 시작하는 건데, 그건 보통 심각한 문제가 아니야. 만주 벌판에서 독립군들의 등뒤에 총질을 한 자가 어떻게 이 나라의 정권을 좌지우지할 수가 있어. 독립군들을 죽이면서 왜놈에게 충성한 자가!」

「암, 그것도 심각하지만 더 심각한 문제는 그자의 득세로 그자와 똑같은 친일파 민족반역자들이 이승만 때보다도 더 기승을 부리게 된 점이야. 이승만은 그래도 독립운동을 한 경력 때문에 친일파 민족반역자들이 다소 눈치라도 보았지만, 이젠 오히려 친일 경력이 동류의식을 갖게 할 판이니 이게 어찌 되겠어. 친일파 민족반역자들의 제2의 부흥기가 온 셈이야.」

「그거 듣고 보니 그렇네. 근데, 이번 일본 방문에서 옛날 일본 육사의 교관인지 선생인지를 일부러 만났다는데, 도대체 그 이유가 뭐야? 불법이든 어쨌든 일단 한 나라의 대표가 되었으면 그에 걸맞는 체통과 위신을 지켜 그쪽에서 만나자고 해도 거절했어야지. 맹렬 친일파였던 걸 자랑하자는 건지, 그런 과거를 상기시켜 일본 정객들한테 호감을 사려는 건지, 도무지 그 의도를 모르겠어. 혹시 국익을 위한 어떤 목적이 있었다 하더라도 대한민국 대표로서 절대 할 짓이 아니야. 일본에 대한 국민 감정을 무시해도 유분수지, 치욕스럽고 분해서 견딜 수가 없어.」

「몰라, 그게 어쩌면 지금 열리고 있는 한·일 회담을 좀 잘 풀어보자고 머리를 굴린 것일 수도 있지. 하지만 그건 어림없는 꼼수야. 힘있는 놈들에겐 그런 짓을 할수록 오히려 무시당하고 업신여김만 당할 뿐이야. 왜놈들이 박정희를 바라보며 속으로 무슨 생각을 하겠어? 야, 너 많이 출세했구나. 그게 다 우리가 가르쳐준 덕인 줄 알아라. 이런 생각밖에 더하겠어? 더럽고 창피해서 사람 미칠 일이야.」

「그래, 만석꾼 지주가 돈 좀 벌었거나 논마지기 좀 장만한 옛날 머슴을 대단하게 봐줄 리가 없지.」

「박정희의 과거나 그가 일본에서 한 짓은 문제가 있는 건 틀림없고, 그런데 우리가 주시해야 할 건 어제 미국에서 케네디를 만났다는 사실이야. 그건 미국이 드디어 쿠데타정권을 공식적으로 인정했다는 거고, 그건 바로 이 땅에서 박정희의 시대가 열렸다는 의미 아니겠어? 박정희, 그가 어떻게 하느냐에 따라 우리의 운동 진로도 판가름나게 돼 있으니까.」

「난 그 점에 대해서 케네디한테 너무 실망했어. 처음엔 잘 나가더니 결국 쿠데타를 인정하고 초청까지 하다니 말이나 돼?」

「이봐, 술도 아직 안 취하구선 그런 순진한 소리 하지 말어. 케네디가 뭐 별거야? 그는 충실한 미국 대통령일 뿐이야. 미국은 공산주의 종주국인 쏘련과 대적하는 자유민주주의 종주국을 자처하고 있고, 케네디는 그 총사령관으로서 세계에서 제일가는 반공주의자야. 그러니까 그가 가장 환영하는 건 반공을 내세우는 나라의 지배자들이지. 박정희는 바로 그런 사람 중의 하나인 거야. 그런데, 박정희보다 더 중요한 것은 한반도가 차지하고 있는 지정학적 중대성이야. 미국의 입장에서 남한이 적화된다 하면 어떻겠어? 그거야말로 눈 뒤집힐 끔찍한 일인 거야. 한반도 전체의 공산화는 곧바로 일본의 공산화로 확대되고, 그렇게 두 겹의 방어벽이 무너지면 미국은 자기네 호수처럼 독차지하고 있던 태평양을 반이나 잃으면서 쏘련과 맞닥뜨리게 되는 거지. 그러나 문제는 거기서 끝나지 않아. 태평양으로 진출한 쏘련의 승리는 즉각 중공을 자극해서

대만을 단숨에 손아귀에 넣게 되고, 월남이나 라오스같이 지금 불안한 상태에 있는 나라들까지 금방 중공의 영향권에 들어가고 말야. 그럼 어떻게 되지? 동남아시아 여러 나라는 연쇄적으로 적화 위험에 빠지게 되고, 미국은 동북아시아에 이어 동남아시아까지 잃게 되어 마침내 세계 2대 강국에서 탈락하는 비참한 신세를 면치 못하게 되는 거야.」

「이봐, 지금 무슨 공상소설 쓰고 있는 거야.」

「가만있어 봐. 이거 아주 중대한 얘긴데 들어보자구. 어서 계속해!」

「이거 한참 잘 나가는데 김 빼고 그러지 말어. 그러니까 말야, 그런 사실을 날마다 지구본 빙빙 돌리면서 손바닥 들여다보듯 환히 알고 있는 케네디가 가장 필요로 하는 게 뭐겠어. 공산주의의 마수로부터 남한을 철통같이 지켜내는 일이라 그거야. 그럼 그 위대한 소임을 충실히 수행할 수 있는 적임자가 누구냐! 그건 바로 별 넷에 빛나는 4성장군 박정희다 그런 말씀이야. 아까 누가 케네디한테 실망했다고 하던데, 제발 그런 순진한 소리 하지 마. 그건 민주주의를 신봉하는 미국 대통령 케네디한테 무슨 기대를 했었다는 뜻인데, 미국 대통령은 미국 국내에서만 민주 정치를 해야 할 책임과 의무가 있을 뿐이지 국외인 다른 나라에 대해서는 민주정치를 하든 독재정치를 하든 아무 관심도 없어. 그런데, 미국은 자기네와 우호적인 관계를 맺고 있는 국가의 지배자들에게 공통적으로 요구하는 불변의 조건이 한 가지 있어. 그게 뭐냐! 바로 투철한 반공주의야. 혁명공약 제1항에 반공주의를 내세운 박정희를 결국 케네디가 미국으로 초청해 백악관에서 손 어루만진 건 당연한 결과야. 우린 이 현실을 직시해야 해. 거기서 우리의 앞길에 대한 해답도 나오는 거니까.」

「그 해답은 뻔한 것 아닌가. 반공주의는 더욱 강화될 거고, 통일운동은 한층 더 용공으로 몰리겠지.」

「그거 정답!」

「그럼 어떻게 하지?」

「오늘은 그 답을 찾은 것으로 만족하고 술이나 좀 편한 마음으로 마시자구. 대안은 차차 찾구.」

「그게 좋겠어. 그나저나 케네디한테 싸악 정 떨어지네.」

「왜, 김 형도 케네디의 젊음과 그 말에 반했었던 모양이지?」

「국가가 무엇을 해주기를 바라지 말고 국가를 위해 무엇을 할 것인가를 생각하라!」

「옳소!」

그 말은 케네디가 대통령 취임식에서 한 것이었고, 매력적인 젊은 대통령이란 케네디의 인기와 함께 그 말은 무슨 대단한 명언처럼 선풍을 일으키고 있었다. 정치 냄새를 풍기는 강연이나 연설에서는 으레껏 인용되었고, 소위 명사라는 사람들의 글에도 뻔질나게 등장하는가 하면, 초·중·고등학교 조회시간에도 교장들은 그 말을 끌어들여 유식한 척해 가며 미국바람을 일으키는 데 솔선해서 앞장서고 있었다.

「근데 말씀이야, 박정희 그 사람 미국까지 가서도 선글라스 못 버리는 걸 어떻게 생각해?」

「아이구 맙소사, 백악관 실내에서 색안경 끼고 촌티 내는 것 하고, 챙피스러워 사람 까무러칠 일이야.」

「그 사람 정말 왜 그러지? 키가 작으면 촌스럽지나 말아야 할 텐데, 키도 케네디보다 훨씬 작지, 선글라스를 껴서 한없이 촌스럽기는 하지, 난 낯뜨거워 신문을 덮어버렸어.」

「그 사람 키는 작아도 얼굴은 깡다구 있고 다부지게 생겼던데 뭐가 겁나는 게 많아 색안경을 못 버리지? 외국 국가 대표가 백악관에서 선글라스 낀 것은 아마 전무후무하지 않을까 싶다.」

「그게 다 우리의 수준이고 우리의 현실이야. 땅덩어리만으로도 우리 남한의 백 배 가까운 게 미국이야. 애초에 국력도 약한데다 쿠데타까지 일으켰으니 그 사람 겁이 나기도 했겠지. 자아, 어서 남은 것들 마시고 2차로 가자!」

「좋아, 그런데 박 형 학교에서는 시험 못 본 걸 뭐라고 해?」

「괜찮다던데. 송 형 학교는?」

「야아, 부럽다. 우린 곤란하다는 거야.」

「무슨 소리야? 이 형 학교는?」

그들은 독한 술에 빨리 취해 중국집을 나섰다. 밤바람이 차가웠다.

「어어, 바람 참 시원하다.」

「공짜라고 그 바람 많이 마시지 말어. '죽음의 재'가 실린 것 알지?」

소련이 대기권에서 원자폭탄 실험을 계속해 그 낙진이 계절풍을 타고 날아온다고 신문들이 연달아 보도하고 있었다.

39
먼 그곳

「딸라 파세요, 딸라.」

「딸라 있수? 딸라.」

파마머리에 큼직한 손가방을 든 여자들 네댓이 오가는 행인들에게 은밀하고 빠르게 접촉하고는 했다. 달러를 사고 파는 그 여자들은 언제나 변함없이 달러를 사라고는 하지 않고 팔라고만 했다. 그러다가 손님을 잡게 되면 그 여자들은 뻘밭의 게가 순식간에 자취를 감추듯 시장 골목 어딘가로 날쌔게 사라졌다. 눈감고 아웅이긴 하지만 단속의 눈길을 피하려는 거였다.

「아주머니, 우리 엄마 어디 계세요?」

「응……? 오라, 임 마담 딸이구나. 저기 사무실에, 손님하구.」

「네, 감사합니다. 가자.」

임채옥은 겁난 듯한 얼굴로 엉거주춤 서 있는 친구에게 눈짓했다.

「……」

손가방에, 책 서너 권을 껴안아 전형적인 여대생 티를 내고 있는 임채
옥의 친구는 쭈뼛쭈뼛 임채옥을 따라 걷기 시작했다.

「얘, 뭐가 겁나니? 긴장하지 말어. 그렇게 긴장하다간 일 다 망친다.」

천일극장 뒤의 동대문시장 골목으로 앞장서며 임채옥이 말했다.

「근데 말이지……, 난 느네 엄마가 저런 일을 한다는 게 믿어지지가
않아. 위험하고 힘드는데 여자 몸으로…….」

「우리 엄만 그저 평범하게 생각할 수 있는 여자가 아니야. 우리 엄마
는 이 세상에 여자가 하지 못할 일이란 없다고 생각하고 있거든. 그건
말야, 우리 엄마만 그런 게 아니라 38선을 넘어온 이북 여자들 거의가
다 그래. 여기도 그렇지만, 여기보다 몇 배 큰 딸라 시장인 명동 뒷골목
의 여자들도 태반이 이북 여자들이야. 그리고, 여기 동대문시장의 노른
자위라고 하는 2층 포목점들이 이북 여자들 판인 거야 세상이 다 알잖
아. 그렇게들 돈벌이에 악착스러운 건 다 전쟁 탓이야. 이북에서 거의가
맨손으로 쫓겨 내려왔지, 의지할 만한 일가친척이나 아는 사람은 없지,
거기다가 전쟁까지 터졌으니 어찌 됐겠어. 악착같이 돈벌이를 나서지
않으면 다 굶어죽는 거야. 근데 있잖아, 이젠 먹고 살 만하게 됐고, 그런
짓 창피하기도 하니까 그만두라고 해도 소용이 없어. 언제 또 무슨 일이
벌어질지 모르니까 계속 돈을 벌어야 한다는 거야. 믿을 건 돈밖에 없다
고. 그렇게 물불 가리지 않고 악착을 떠니까 38따라지라고 손가락질 당
하지. 그래도 그건 못 고쳐, 일종의 불치병이거든.」

「그래, 너두 그 기질은 엄마 꼭 빼박았구나.」

「무슨……? 내가 언제 돈 그리 좋아하든?」

임채옥이 의아스러운 기색으로 친구를 쳐다보았다.

「아니, 그게 아니구. 사랑해선 안 될 사람인 것을 뻔히 알면서도 악착
같이 덤비는 그 악착스러움 말야.」

「어머머 기집애, 난 또 무슨 소리라구.」 임채옥은 친구에게 눈을 흘기

며 때리는 시늉을 하고는, 「너 우리 엄마 앞에서 그런 내색 살짝 하기만 해도 큰일나. 어찌나 눈치가 빠른지 넘겨짚고 앞지르고 하는 게 형사 열이 못 당해」 하며 고개를 내둘렀다.

「어머, 나 겁난다 얘. 이것저것 꼬치꼬치 물으시면 큰일이잖아.」

「그래서 집으로 안 가고 여기로 온 거니까 푹 안심해도 괜찮아. 여기선 돈 벌기에 맘이 바빠서 꼬치꼬치 캐묻고 있을 수가 없거든.」

「어머 기집애, 아주 치밀하구나.」

「그럼 얘, 심리전술이라는 게 군사작전에만 있는 건 줄 아니? 넌 그저 길게 말하지 말고 느네 집에 놀러가게 해달라고만 해. 내가 미리 뜸을 들여놨으니까 의외로 쉽게 끝날 수도 있어. 첫인상에 너를 믿으면 말야.」

2층 상가의 북적거림과 시끌덤벙함은 시장 특유의 활력으로 출렁이고 있었다. 임채옥은 빠른 걸음으로 구석진 방을 찾아갔다. 그들이 문을 열고 들어섰을 때 임채옥의 어머니는 막 나서려는 참이었다.

「엄마, 나 방학하면 시골 친구 집에 놀러간다고 했었잖아. 대전 얘네 집에 갈 거거든. 은순아, 우리 엄마한테 인사드려.」

「안녕허셔유, 첨 뵙겠구먼유. 이은순이라고 허는디유, 채옥이를 저희 집에 놀러가게 해주시면 고맙겠구먼유.」

이은순은 두 손을 앞에 모아 아주 공손하기 이를 데 없이 인사하며 말했고, 임채옥의 어머니는 쿡 웃음이 터지는 입을 얼른 손으로 가렸다.

「아이고, 허락받으러 온 딸도 착하고 얌전하지만 그 친구는 더하네. 임 마담, 더 볼 것 없어. 보내줘.」

파란 돈, 달러를 세고 있던 여자가 말했고,

「거 요새 대학생들 같지 않게 착하고 예의 바르네. 내가 아들이 어리지 않았으면 둘 다 며느리 삼을 걸 그랬다.」

담배를 빨고 있던 그 옆의 여자가 거들고 나섰다.

「으음……, 가는 건 나쁘지 않은데 그쪽 댁에 폐가 되지 않을까?」

여기서는 '임 마담'으로 통하는 황 집사가 이은순을 유심한 눈길로 살피며 말했다.

「아니구먼유. 저희 부모님이 오라고 허셨구, 저희 집이 엄청 넓어 폐가 될 리 없구만유.」

「아버님은 뭘 하시나?」

「서점을 운영허시는디유.」

「대전에서 제일 큰 서점이야.」

임채옥이 어머니의 약점을 건드리듯 끼여들었다.

「고상하고 깨끗한 직업이시네. 그래, 그럼 언제 떠나지?」

「오늘 방학했으니까 낼 당장 떠나야지. 은순이가 내려가야 하니까.」

임채옥은 야무지게 못을 쳤다.

「알았다, 그리 하렴.」

밖으로 나와 어머니와 헤어진 임채옥은 날아갈 듯한 신바람을 억제하지 못해 친구를 붙들고 팔짝팔짝 뛰기 시작했다.

「어머머머, 넌 어쩜 그리 기막히게 일을 해치울 수가 있니 그래. 넌 일류배우야, 일류배우. 조미령, 이민자 뺨치는 일류배우라구. 그 눈치 빠른 우리 엄마가 털끝만큼도 의심하지 않고 넘어갔으니 네 연기력은 정말 대단해.」

「애, 애, 이게 칭찬인지 흉인지 잘 모르겠다. 난 연기한 게 아니고 그냥 충청도식으로 한 것뿐이야. 그 촌티가 재수 좋게 잘 들어맞은 거지. 나 배고픈데 어쩌지?」

「아이구, 능청떨지 말어. 약속대로 한턱 낼 테니까 어서 가자.」

「빵 정도론 안 돼.」

「뭐야? 그럼 뭘 더 바라는데?」

「불백에 영화 감상. 안 그러면 일러바치는 수가 있어.」

이은순이 고개를 꼿꼿하게 세우고 말했다. 불백은 음식 중에서 제일로 치는 불고기백반의 줄임말이었다.

「얘 좀 봐, 아주 등 치고 간 내려고 하네. 별수없지, 당할 수밖에.」

말은 이렇게 하면서도 임채옥의 얼굴에서는 방글방글 웃음꽃이 피어나고 있었다.

「세상에, 그렇게도 좋으니? 부럽고도 샘나서 못살겠다.」

「너도 빨랑 연애해. 그래야 내가 도와줄 일이 생기지.」

찬바람 속에 구세군의 종소리가 울리고 있었다. 길을 건너온 임채옥과 이은순은 자선냄비에 돈을 넣고 버스를 탔다.

「얘, 너 혼자서 낼 당장 떠날 거니?」

이은순이 불고기를 뒤적이며 물었다.

「무슨 잠꼬대야, 지금?」

「아니, 강원도 산골이라면서 혼자 갈 수 있느냐구. 겁나지 않아?」

「왜, 같이 가주려구? 미안하지만 그 우정은 사양하겠어.」

「어머머, 쟤 뻔뻔한 것 좀 봐.」 이은순은 천장을 쳐다보며 어이없어하고는, 「얘, 사랑을 하면 사람이 다 변하는 것 같은데, 그 사랑하는 마음이란 게 어떤 거니?」 앉음새를 고친 그녀는 아주 심각한 표정을 지으며 물었다.

「참, 그걸 어떻게 다 말로 해. 그게 아주 복잡하고 묘하고 그런데, 뭐랄까……, 온몸에서 새싹이 파릇파릇 돋는 것 같기도 하고, 가슴 가득 벚꽃이 만발한 것 같기도 하고, 그 사람이 눈부신 태양 같기도 하고, 그 사람을 찾아선 땅속 아니라 바닷속까지 갈 수 있을 것 같기도 하고, 대신 죽을 수도…….」

「얘, 얘, 너무 징그럽고 유우…….」

이은순이 재빨리 입을 가렸다.

「괜찮아, 유치하다고 해도. 누군가가, 진실한 사랑일수록 사랑을 해보지 않은 사람들의 눈에는 유치하고 단순해 보인다고 했으니까. 그 흔한 말 있잖니, 내 마음 나도 몰라, 하는 거. 꼭 그대로니까 너도 어서 사랑을 해봐.」

「경험하지 않은 사람이 무슨 말할 자격이 있겠니. 나도 어서 그 황홀한 청춘사업을 해봤으면 좋겠는데 얼굴이 못나서 그런지 영 기회가 안 와.」

이은순은 불고기를 맛있게 먹으며 얼굴을 찡그렸다. 얼굴이 좀 넓은 편이어서 그렇지 별로 흠잡을 데 없이 그런대로 잘생긴 인물이었다.

임채옥은 이튿날 아침 일찍 닷새 일정으로 집을 나섰다. 친구 집에 놀러 간다면서 이틀이나 사흘은 너무 짧아 닷새로 잡을 수밖에 없었다. 날짜가 남는 것은 그때 가서 생각하기로 했다.

「날짜 맞춰 오너라. 더 오래 있는 건 흉거리니까.」

황 집사는 딸에게 엄하게 일렀다.

「네, 아빠 아직도 주무세요?」

임채옥은 용돈을 더 챙길 욕심으로 눈길이 안방 쪽으로 돌아갔다.

「아서라, 효녀인 척하지 말고 그냥 떠나거라. 아빠 요새 일이 자꾸 꼬여 너한테 돈 줄 마음도 없고, 어디 가는지 관심 쓸 여유도 없어.」

황 집사는 어서 떠나라고 손끝을 빠르게 저었다.

작은 여행가방을 들고 골목을 걸어나오면서 임채옥은 마음 한구석이 우울해졌다. 아버지는 날이 갈수록 술을 많이 마시고 늦게 들어오는 날이 늘어갔다. 사회적 상황이 달라지면서 아버지의 사업도 영향을 받는 모양이었다.

「그 사람들이 경상도고 충청도라서 이북 출신들을 싫어하는 거야. 군복 벗겼다 하면 이북 출신들이고, 앞으로도 어떻게 될지 몰라.」

몸을 가누기 어렵게 술이 취한 아버지가 술주정에 섞어 어머니에게 하는 말이었다.

「그래요, 우리 이북 출신들 좋은 시절 다 갔나 보우. 우리 가치 제대로 알아준 분이야 이승만 대통령 아니었수.」

어머니가 한숨 섞어가며 반죽을 맞추었다. 아버지가 말하는 그 사람들이란 최고회의 의장 박정희와 중앙정보부장 김종필이었다.

임채옥도 그 두 사람을 아버지 어머니 못지않게 싫어했다. 아무 죄도 없는 유일민을 무작정 잡아다가 몇 달씩 고생시키고, 그 때문에 한 학기를 고스란히 망치고, 군대까지 가지 않을 수 없게 만든 것이 바로 그들이었다.

강원도로 가는 시외버스는 망우리고개를 힘겹게 넘어가고 있었다. 버스도 낡은데다가 길도 비포장 도로였다. 딱딱한 좌석이 쉴새없이 튀거나 말거나 임채옥은 설레는 가슴으로 반 접힌 편지 봉투를 꺼냈다.

눈에 익은 유일민의 글씨로 적힌 봉투 앞면의 주소는 이은순의 하숙집이었다. 그의 편지를 안전하게 받으려면 다른 방법이 없었다. 임채옥은 봉투를 뒤집었다. 강원도 인제군으로 시작되는 유일민의 주소가 봉투 뒷면 좌측 하단에 적혀 있었다. '일병 유일민'을 보는 순간 콧날이 시큰해지면서 눈물이 핑 돌았다. 그 다섯 글자는 볼 때마다 그립고도 안쓰러웠다.

오빠, 기다려요. 제가 곧 가요. 외로워하지 말아요……, 저를 피하려하지도 말구요……, 그건 저를 위하는 게 아니라 오히려 괴롭히는 거예요……, 이 세상에서 아무도 저를 못 막아요…….

임채옥은 눈물로 흐려진 시야 속에서 우수에 젖고, 고민에 젖고, 피로에 젖은 유일민의 외로운 모습을 보고 있었다. 그를 끌어안고 목놓아 울고 싶은 사무침이 가슴을 휘돌고 있었다.

"……나를 잊어. 잊어야 해. 이번 기회에 잊도록 노력해. 내가 학기만 맞추려고 군대에 온 게 아니야. 처음부터 단호하지 못했던 내 잘못을 잘 알아. 그러나 그건 아름답고 소중한 추억이었어. 서로 고이 간직하며 이젠 서로 잊으려고 노력해야 해. 나와 채옥이 사이에는 건너서는 안 되고, 건널 수도 없는 강이 있으니까. 더 편지하지 마……."

유일민이 보낸 첫 번째 답장이었다. 임채옥은 유일민 대신 '단호하게' 그 답장을 묵살하며 사흘거리 편지를 보내기 시작했다. 마음 같아서는 당장 쫓아가고 싶었지만 하루 길이 아니라서 집을 떠날 수 있는 그럴싸한 말거리가 없었다.

"……제발 면회 오지 말어. 여기까진 거리도 너무 먼데다가 길이 나쁘고, 버스도 고물이라 시간도 아주 오래 걸려 고생이 이만저만이 아니야. 그리고 이 산골까지 여자가 혼자 다닌다는 건 여간 위험한 일이 아니야. 제발 면회 오지 말어. 그건 나를 위하는 게 아니라 괴롭히는 거야. 기다려, 내가 휴가 나가서 만나게……."

유일민의 편지가 그렇게 다급할수록 임채옥은 겨울방학이 하루빨리 오기를 기다렸다. 처음부터 주저하고 망설이고 머뭇거리는 것을 알고 있었지만, '건너서는 안 되는 강' 때문에 아예 건너기를 포기하기로 작정한 유일민의 속마음을 알게 되자 임채옥의 감정의 열도는 더욱 뜨거워졌다. 마음은 그를 향해 치달아가고, 끝끝내 그 강을 건너고야 말겠다는 결의가 푸른 칼날로 곤두섰다.

오빠, 우릴 아무도 못 막아요. 기죽지 말아요. 힘을 내요. 전 오빠를 알고 나서부터 운명이라는 것을 믿게 됐어요. 오빠와 저는 언젠가 아주 멀고 먼 옛날부터 만나지 않을 수 없게 되어 있는 운명의……, 운명의……, 예, 맞아요. 운명의 사슬로 얽혀 있었던 거예요, 그 사슬을 누가 감히 끊을 수 있겠어요. 오빠, 오빠아아…….

임채옥은 봉투에 떨어지는 눈물을 문지르며 창밖 멀리 눈길을 보냈다. 강원도의 겨울산들 모습이 너무나 썰렁하고 을씨년스러웠다. 여름산은 그나마 잡풀들이 우거져 나무 없는 산들의 속살을 어찌어찌 가릴 수 있었지만 풀들이 다 말라버린 겨울산들은 헐벗은 속살을 벌겋게 드러내고 있었다. 비탈이 심하고 산세가 험해 나무가 없이 헐벗은 산들의 모습은 더욱 볼썽사나웠다.

도시가 폐허가 되었던 것처럼 산들의 그런 모습도 전쟁의 상처였다. 적을 섬멸하기 위해서 산에 불을 지르고, 폭탄 투하로 산불이 일어나기도 했다. 그리고 전쟁이 끝나고는 복구사업이 시작되자 목재가 무한정 필요했고, 전후의 무질서를 틈타 전국적으로 남벌이 자행되면서 산이란 산은 벌거숭이가 되지 않을 수 없었다. 거기다가 시골로 갈수록 땔감까지 장만하는 바람에 어린 나무며 잡풀들까지 남아나지 않을 지경이었다.

겨울산의 그 삭막함에 임채옥은 마음이 움츠러드는 것을 느꼈다. 헐벗어서 산세가 더욱 험해 보이는 그 산줄기들이 마치 자신의 앞날인 것 같아 문득 불길한 느낌이 스쳤던 것이다.

길은 끝없이 울퉁불퉁했고, 버스는 잠시도 쉴새없이 마구 들까불대고 질정 없이 뒤뚱거려 딱딱한 의자에 계속 엉덩방아를 찧어대면서 이리저리 조리질까지 당해야 했다. 가도 가도 산이고, 갈수록 산은 깊어지고 험해져 버스는 자꾸 힘겨워지고 있었다. 어느 개울가에서는 승객들이 다 내려 고장난 버스가 고쳐지기를 기다리고 있는가 하면, 어느 산모퉁이에서는 남녀노소 없이 승객들이 다 달라붙어 버스를 밀어대기도 했다.

말만 들어온 강원도땅에 깊이 들어갈수록 임채옥은 교과서에서 배운 국토의 75퍼센트가 산이라는 사실을 실감할 수 있었고, 가도 가도 끝없이 이어지고 겹겹이 포개지고 있는 산들이 난생처음 슬프고 원망스럽게 느껴지고 있었다. 저 많은 산들이 절반만 평야였더라도 우리가 이렇게 가난하게 살지는 않을걸 하는 생각이 이상하게도 선명했던 것이었다.

산이 깊어질수록 자주 나타나는 것이 검문소였다. 버스는 검문소마다 멈추었고, 그때마다 철모에 총을 비껴든 헌병들이 올라와 검문을 했다. 그들은 어김없이 네댓 명의 군인들을 검문했고, 눈길을 날카롭게 번뜩이다가 몇몇 사람에게 신분증 제시를 요구하고는 했다. 그런데 그 대상은 남자였고, 남자 중에서도 젊은 쪽으로 치우쳐 있었다. 그 잦아지는 검문에서 임채옥은 휴전 상태라는 것을 새삼스럽게 실감했고, 군인들이고 헌병이고 지난날의 낯선 기분이 차츰차츰 친밀감으로 바뀌고 있었다.

일곱 시간을 시달려 오후 4시 경에 인제에 내렸다. 시간에 비해 이상하리만큼 해가 설핏했다. 겨울해가 짧은데다 산들까지 높아서 해는 곧 산마루에 닿을 듯했고, 해를 등진 쪽의 산줄기로는 제 그늘이 지고 있었다.

임채옥은 손목시계를 보면서 서울에서도 6시면 벌써 어두워지기 시작한다는 생각과 함께 마음이 바빠졌다.

「차 2시에 다 끊겼어요.」

「네에?」

임채옥은 자신도 모르게 소리쳤다.

「겨울에는 다 그래요, 빨리 어두워지니까. 여긴 전방이라 야간에는 민간인들 차는 운행 못해요. 누구 면회 오셨수?」

「네에……」

임채옥은 가방 든 손아귀에 힘을 주며 여드름투성이의 청년에게 경계의 눈길을 보냈다.

「뭐 그리 이상하게 보지 마슈. 나 이래봬두 차부 정식 직원이니까.」 청년은 이빨 사이로 침을 찍 내쏘고는, 「누구든지 면회 오면 여기서 하룻밤 자고 아침 첫차를 탈 수밖에 없어요. 저기 저 건너편에 보이는 서울여관으로 가보쇼. 딴 데보다 깨끗하고 밥도 먹을 만하니까」 하며 턱짓했다.

「네, 고마워요.」

임채옥은 갑자기 가방이 무겁게 늘어지는 것을 느끼며 돌아섰다.

서울의 어느 변두리를 옮겨다 놓은 것 같은 산골 소읍은 한눈에 다 들어올 정도로 작았다. 그런데 면회객을 받으려는 것인지 여관은 서너 개나 보였다. 임채옥은 길을 건너가며 여관을 차례로 살펴보았다. 벌써 선입감이 작용하는 것인지 어쩐지 큼직한 간판부터가 서울여관이 제일 나아 보였다.

　외박이 될까……?

　또 떠오른 이 생각에 임채옥은 스스로 얼굴이 뜨거워졌다. 자신은 그의 외박을 생각하며 그중 가장 깨끗한 여관을 찾고 있었던 것이다.

　「어서 오세요. 서울서 면회 오셨구려?」

　마흔대여섯쯤 되어 보이는 여자가 장작을 한 아름 안고 뒤뜰에서 나오다가 임채옥을 맞이했다.

　「어머나…….」

　임채옥은 놀라움 반, 어이없음 반으로 그 여자와 눈길이 마주쳤다. 아무리 직업적으로 이골이 났다 해도 차부의 청년보다 한술 더 떠 서울이라는 것까지 맞히는 것이 희한하기만 했다.

　「왜 그러우? 뭐가 이상해요?」

　「글쎄……, 어떻게 그런 걸 다 아시는지…….」

　「으응, 그야 척하면 삼천리 아니겠수, 서당개 3년이면 뭐 어쩐다는 말이 있는데 난 벌써 이 장사로 10년이 넘었어요. 근데 그런 걸 못 맞히면 개만도 못하게 될 판인데, 그게 말이 되겠수? 방 쓰시려고?」

　「네, 깨끗한 걸로 주세요.」

　「우리 집 방이야 다 깨끗하지만 처녀 몸이고 하니까 안전하게 내실 옆방으로 드리지 뭘. 보아하니 보통 뜨거운 사이가 아닌 모양이구랴.」

　주인여자는 장작을 부리며 손바닥을 털었다.

　「네에……?」

　임채옥의 얼굴이 붉게 물들었다.

「뭐 부끄러워할 것 없수, 흔한 일인 걸. 첫 면회가 맞수?」

「네에.」

「이런 쯧쯧쯧……, 그럼 일등병일 테니 외박 나오긴 글렀구랴. 우리 빽이 슬슬 통하던 때가 좋았는데, 다 옛날 얘기지.」

임채옥의 신경은 곤두섰다. 건너지 못할 강, 건너서는 안 될 강을 건너버리고 싶은 음모가 줄곧 가슴속에 도사리고 있었던 것이다. 그 일을 성취할 수 있는 길은 외박밖에 없었다.

「아주머니, 외박할 수 있게 좀 도와주세요. 서운찮게 답례할게요.」

임채옥은 창피도 부끄러움도 모르고 불쑥 말했다.

「말 안 해도 그 맘 다 알고 있다우. 그 멀고 힘든 길 괜히 왔을 리 없지. 헌데 이젠 세상이 달라져서 사바사바가 콱 막혀버렸수. 옛날엔 누이 좋고 매부 좋고로 부대마다 안 통하는 데가 없었는데, 혁명 후론 그게 절대 안 통해요. 그 혁명바람으로 우리 여관업도 예편당한 장군들처럼 피 보고 있다우.」

임채옥은 어깨가 처지며 마루에 걸터앉았다.

「보아하니 아가씨는 면회할 채비는 아무것도 안 한 것 같구랴. 면회라는 게 맨입으로 서로 얼굴만 쳐다보는 게 아닌데 밤새 그 준비나 제대로 하는 게 좋을 거유. 괜히 쫄병 애인 내무반에 들어가서 기합받게 만들지 말구.」

「네, 따로 준비해 오지 못했는데, 그러면 기합을 받는 모양이죠?」

「그야 척 들으면 모르겠수? 쫄병이 면회를 했으면 떡이든 뭐든 좀 가져와야 하는데 그냥 빈손으로 들어오면 은근히 기다리고 있던 고참들 기분이 어떻겠수. 제놈만 배터지게 처먹고 들어왔다고 감정이 상할 수밖에. 그럼 돌아오는 거야 엉덩이 터지는 매타작에, 머리통 빠개지는 원산폭격밖에 더 있겠어. 서로 배곯아가며 고생하는 처지에 면회 때나 떡쪼가리 좀 나눠 먹으면 그 얼마나 훈훈하고 좋겠수.」

「그래요, 그거 참 좋은 일이네요. 근데 당사자를 위해선 뭘 준비해야 하나요?」

「그야 뭐니뭐니 해도 먹는 것 아니겠수. 군인들이 겪는 젤 큰 고생이 뭔 줄 알우? 훈련이나 야간보초 서는 게 아니라우. 배고픈 거라우, 배고 픈 거. 먹고 돌아앉으면 배고픈 젊은 나이에 밥은 양이 적지, 반찬은 보 잘것없지. 일은 고되지, 사병들은 누구나 배가 고파 허덕허덕해요. 사병 들 누구한테나 물어봐도 당장 소원은 배 터지게 먹는 거라고 한다우. 그 러니 더 볼 것 뭐 있겠수. 흰 쌀밥에 불고기 굽고, 살 통통하게 잘 오른 암탉 한 마리 잡으면 더 바랄 게 없지.」

「큰일났네요. 밤새 그런 걸 다 무슨 수로 장만해요.」

임채옥은 자신도 모르게 엉덩이를 들었다 놓으며 울상을 지었다.

「남들 눈 피해서 살짝 오느라고 빈손인 아가씨 처지 내 잘 아는데…….」

노회한 여우가 먹잇감을 살살 놀리고 어르며 호리다가 결정적 순간에 공격하듯 주인여자는 아주 딱해 하는 얼굴로 임채옥을 바라보며 혀를 찼다.

「아주머니, 저 좀 도와주세요. 돈은 넉넉하게 드릴게요.」

임채옥은 스스로 투망에 뛰어드는 물고기가 되고 있었다.

「돈이야 뭐……, 아가씨가 막내동생 같기도 하고 큰조카 같기도 하 고, 인상 좋은데다 형편이 딱하게 됐으니까 내가 탈 없도록 도와줘야지 어쩌겠어.」

주인여자는 능란하고도 여유 있게 먹이를 삼켰다.

임채옥은 군불 땐 따끈따끈한 온돌방에 누워 밤늦도록 추위를 타고 있었다. 밤이 깊어지면서 산골을 휩쓸고 가는 찬바람 소리가 차츰 심해 지고 있었다. 그 바람이 통째로 가슴을 꿰뚫고 가는 것처럼 추위가 심 했다.

그가 군대로 떠날 때 그러지 못했으니까 이번에는 꼭 함께 밤을 보내리라 작정했었다. 아무도 모르게 그와의 사랑을 완성시킬 작심이었다. 그가 건너지 않으려고 해도 무슨 수를 써서든 그 강을 건너게 할 참이었다. 그와 함께 밤을 보내기만 하면 그가 강을 건너게 할 자신이 있었다.

"성욕 앞에서 남자의 이성이나 의지력은 존재하지 않는다. 왜냐하면 그것은 남자 자체를 지배하는 절대적 본능이기 때문이다. 사회적으로 인정받는 수없이 많은 남자들이 사랑하지도 않은 여자의 의도적인 유혹에 빠져 명예를 잃고 인생을 망치게 되는 것은 그 엄청난 본능의 힘에 지배당한 탓이다. 그러므로 사랑하는 여자 앞에서 남자의 의지력이나 자제력이 어떠할 것인지는 더 말할 것이 없다."

임채옥은 언젠가 읽었던 이 글을 믿고 있었다.

깊은 골짜기의 맑은 물속에서 발가숭이로 헤엄을 치다가 한 몸이 되고, 산을 넘고 넘어 아무도 없는 숲속에서 옷을 훌훌 벗어던지고 한 몸이 되고, 비 쏟아지고 파도치는 어느 바닷가 백사장에서 한 몸이 되고, 첫키스를 했던 남산의 그 자리에서 서울 시내를 내려다보며 한 몸이 되었다. 그때마다 임채옥은 소스라쳐 잠이 깨고는 했다.

밤새도록 몇 번인지도 모르게 그런 꿈을 꾸느라고 머리가 띵해진 임채옥은 혹시 자신에게 탕녀의 기질이 있지 않나 슬그머니 겁나기도 했다.

헌 바께쓰에 질퍽하게 반죽해 놓은 석탄을 난로에 때고 있는 면회소는 온기 없이 썰렁하기만 했다. 면회소 건물이 넓은데다 허술했고, 질퍽한 석탄은 냄새만 요란했지 화력은 영 신통치 않았다.

면회소에는 임채옥을 빼고 세 집안이 더 있었다. 두 집안은 나이 50줄의 내외간이었고, 한 집안은 늙은 어머니와 30대 중반의 아들이었다. 그들이 드러내고 있는 공통점은 가난과 촌스러움이었다. 낭자머리에 한복인 여자들의 입성에서는 촌티가 질질 흐르고 있었고, 남자들의 한복 위에 걸친 싸구려 낡은 외투와 때 전 중절모는 어디서나 흔히 볼 수 있는 농부들의 나들이 차림이었다. 그 공통점은 아주 오래 전부터 세간에 떠

돌아온 '돈 없고 빽 없는 놈들만 전방으로 간다'는 말을 유감없이 입증하고 있었다. 그런 분위기 속에서 서양식 차림의 신식 멋쟁이 임채옥은 영 어울리지 않는 이방인이었다.

첫 번째 군인이 나타났다. 유일민이 아니었다. 한 5분쯤 지났을까. 두 번째 군인이 나타났다. 또 유일민이 아니었다. 임채옥은 자신도 모르게 탁자 위에 올려놓은 두 개의 보퉁이 매듭 끝을 검지손가락에 '감았다 풀었다 하기 시작했다. 두 집안에서는 보퉁이를 풀어놓고 그저 먹이기에 정신이 없었다. 세 번째 군인이 숨을 헐떡이며 뛰어들었다. 또 유일민이 아니었다. 임채옥은 매듭 끝을 더 빠르게 감았다 풀었다 하고 있었다. 시계를 보았다. 면회를 신청하고 20분이 지나 있었다.

임채옥은 손톱을 깨물며 한쪽 다리를 떨기 시작했다. 저쪽에서 식사를 마치고 보퉁이를 싸고 있었다. 손을 맞부비고 속입술을 깨물고 하던 임채옥은 다시 시계를 보았다. 30분이 다 되어 있었다. 그때 한 생각이 머리를 쳤다.

안 나올지도 모른다!

임채옥은 위병소로 내달았다. 얼마든지 그럴 수 있는 일이었다. 임채옥은 독촉을 부탁하고 다시 허둥지둥 면회소로 돌아오면서 눈물이 쏟아지려고 했다. 목 아프게 눈물을 삼키는 임채옥의 눈앞에 유일민의 그때 모습이 떠올랐다. 뜻밖에도 그가 두 형사에게 잡혀가고 있었다. 형사들을 가로막는 순간 떠오른 것은 무슨 수를 쓰든 그를 구해야 한다는 생각뿐이었다. 마음은 날이 갈수록 점점 더 커지고 뜨거워지고 단단해졌던 것이다.

다시 자리잡고 또 5분이 지나갔다. 세 번째 군인까지 식사를 끝냈다. 임채옥의 몸은 비비꼬일 지경이 되고 있었다. 10분이 되었을 즈음에 군인 하나가 면회소로 천천히 들어섰다. 유일민이었다.

임채옥은 벌떡 일어섰다. 그러나, 내달아가는 마음과는 달리 그대로 붙박혀 있었다. 자신을 똑바로 쏘아보며 걸어오고 있는 유일민의 눈초리에 질려 임채옥은 꼼짝도 할 수가 없었다.

「뭐 하러 왔어. 안 나오려다가 나온 거야.」

유일민의 목소리는 낮고 차가웠다.

「오빠⋯⋯, 오빠⋯⋯.」

손을 맞잡고 떠는 임채옥의 눈에서 눈물이 쏟아지기 시작했다. 저 사람들만 없다면 그동안 엉키고 맺힌 것들이 다 풀리도록 꼭꼭 끌어안고 몸부림치고 싶은 충동을 임채옥은 가까스로 참아내고 있었다. 그가 보이는 냉정한 태도는 털끝만큼도 고깝거나 서운하지 않았다. 그는 이제 와서 '단호하려고' 애쓰고 있을 뿐이었다.

「앉자.」

유일민이 앉으며 담배를 꺼냈다.

「어머, 담배 피워요?」

임채옥은 손수건으로 눈물을 닦으며 놀라움을 나타냈다.

「공짜니까⋯⋯.」 유일민은 화랑담배에 불을 붙여 연기를 후우 내뿜고는, 「괴로움도 조금씩 풀어주기는 하지. 여기 와서 보니까 말로만 들었던 휴전선, 비무장지대가 바로 코앞인데⋯⋯, 그걸 지키는 건 바로 우리 아버지를 향해 총을 겨누는 일이더군. ⋯⋯그 의미 알겠어? 심각하고 냉정하게 생각해 봐. 방법은 하나밖에 없어. 서로 잊어야 해, ⋯⋯오늘을 끝으로.」 그의 낮은 말은 단호했다.

「싫어요! 안 돼요! 전 오빠 대신 죽을 수도 있어요. 아무 말 말아요!」

임채옥은 유일민의 손을 와락 잡으며 외쳤다.

40
슬픈 구원

「축하, 축하, 또 축하!」

기쁨이 넘쳐 내달아온 강숙자가 거침없이 손을 내밀었다.

「축하하긴요, 시시한 대학.」

유일표는 쑥스러운 얼굴로 주위를 살피며 강숙자의 손을 맞잡았다. 사람 많은 빵집에서 여자와 악수를 하는 건 처음이었다. 외국 영화에서나 보아온 그 행위는 무척 낯설고 어색스러웠다.

「어머, 배부른 소리 하지 말어. 국가고시 합격자가 한 명도 나오지 않아 초상집 된 고등학교가 한둘이 아니라는데. 그 대학도 엄연히 일류대학인데 얼마나 장해. 그럼, 장하고말구. 난 일표가 대학생이 되길 얼마나 기다렸다구.」

시간이 지나도 강숙자는 손을 놓지 않고 자기 말에 맞추어 왼손으로 유일표의 손등을 토닥거리거나 쓰다듬으며 오른손에 점점 힘을 가하고 있었다.

「장하긴요. 과도 한심하고…….」

유일표는 민망함을 견디기 어려워 손을 빼려고 꼼지락거렸다.

「에이, 이제 보니 일표는 기본 예의가 없네. 악수는 상대방이 손을 잡는 강도에 맞춰서 맞잡아야 하는 거야. 악수는 순수한 마음의 교환이거든. 근데 일표는 이게 뭐야. 왜, 남들이 볼까 봐 창피해서? 그게 무슨 상관이야. 남들한테 피해주는 것 아닌데. 빨랑 내가 보내는 만큼 축하를 받아들여. 그렇지 않으면 오늘 내내 이 손 안 놓을 테니까.」

「네, 좋아요, 축하 고마워요.」

유일표는 씩 웃으며 강숙자의 손을 지그시 맞잡았다.

「그래, 철학과는 나도 뜻밖이었어. 그치만 얼마나 매력적이야. 남자라고 생긴 것은 그저 어중이떠중이 법대, 상대, 의대로 박 터지게 몰려가는 꼴이란. 아니, 새로 유행하기 시작한 게 또 있지. 그 잘난 약대, 그따위 것들에 비하면 철학과는 얼마나 고상하고 멋져. 어찌 보면 일표한데 잘 어울려.」

악수를 끝낸 강숙자가 빵집의 아가씨를 손끝으로 불렀다.

「글쎄요……, 밥 굶어죽을지도 몰라요.」

유일표가 씁쓰레하게 웃었고,

「걱정 마. 내가 먹여살릴 테니까.」

강숙자의 환하게 웃는 농담이었다.

유일표는 '군중 속의 고독'이라는 말을 얼핏 떠올렸다. 지금 축하를 받고 있지만 마음은 한없이 쓸쓸했고, 자신의 깊은 속내를 모르기로는 강숙자나 다른 사람들이나 그 거리가 마찬가지라는 사실이 외로움을 더하게 했다.

「글쎄, 뭐라고 말하기 참 딱한데……, 그러니까……, 솔직하게 말하자면 말야, 반공주의는 앞으로 갈수록 강화될 것이 분명해. 그리 되면 그 문제가 걸리지 않을 분야가 어디인지 잘 알 수가 없구나. 그게 꼭 병역기피자가 모든 사회활동을 금지당하는 것과 다를 게 없거든. 학과 선택은 최종적으로 형하고 의논하는 게 좋겠다.」

판검사 훈련을 받고 있는 이규백 형은 아버지의 월북 문제에 대해서 이렇게 대답했다. 그 문제는 ROTC 장교가 될 수 없듯이 법대를 가서 고등고시에 합격한다 하더라도 판검사가 될 수 없었다. 신원조회라는 것을 필요로 하는 모든 분야에서 아버지의 월북은 극약이었다. 그것을 피할 수 있는 학과를 정하지 못하고 갈팡질팡하다가 이규백 형을 찾아 갔던 것이다.

이규백 형은 좋게 말하면 말조심을 한 것이고 나쁘게 말하면 책임회피를 한 거였다. 문과 대학의 모든 학과를 펴놓고 밤새도록 생각해 보아도 사회 진출을 하는 데 신원조회를 피할 수 있는 학과는 하나도 눈에 띄지 않았다. 마지막 남은 단 하나, 대학에 가지 않는 것이었다. 대학 공부하지 말고 농사를 짓거나, 대학 등록금을 밑천삼아 일찌감치 행상이라도 시작하는 길밖에 없었다.

입시 서류를 내야 하는 마지막 단계에서 철학과로 정해 형에게 편지를 보냈다. 취직이 잘된다는 학과를 나와서도 고등실업자들이 드글거리는 세상에서 철학과는 실업과를 넘어 굶을과로 통하고 있었다.

"……그래, 잘 생각했다. 일단 다녀라. 대학 공부는 먹고 살자고만 하는 것이 아니다. 속단하지 말고, 먼저 좌절하지 말고, ……우리, 어머니를 생각하자……."

형의 답장은 어느 때 없이 짧았다.

「빵 어서 먹어. 양복 맞추러 가게.」

강숙자는 여전히 기쁨 넘치는 얼굴로 말했다.

「무슨 양복이오?」

유일표는 의아스럽게 반문했다.

「으응, 일표 양복! 입학 선물이야.」

「허 참, 별말 다 듣겠네요. 양복이 나 같은 놈한테 어디 어울립니까. 저한테는 이 물들인 작업복에 군화면 제격이에요.」

유일표는 자신의 작업복을 가리키며 헛웃음을 흘렸다. 그 작업복은 새것이 아니라 검정물이 바래 양쪽에 어깨 어름에 불그스름한 기가 드러나고 있는 헌것이었다. 그는 형이 벗어두고 간 것을 걸친 거였다.

「아니, 그게 무슨 소리야. 대학생이면 사회인인데 격에 맞게 양복 한 벌쯤은 있어야지. 내가 오늘을 위해 돈 모아온 것 모르지? 옛날에 교복 거절한 것처럼 또 거절하면 알지?」

강숙자는 제 눈앞에다 주먹을 쥐어 보이며 유일표를 흘겨보았다.

「하 참, 생각해 보세요. 저 같은 놈한테 양복은 거지한테 비단옷이고 장님한테 색안경이라구요. 모든 게 격에 맞아야 되잖아요. 괜한 자존심 때문에 그러는 게 아니니까 이해해 주세요.」

유일표는 장난기를 앞세워 밀어붙이려는 강숙자를 똑바로 쳐다보며 침착하게 말했다.

「어쩜, 그렇게 말하는 걸 보니까 정말 의젓한 남자네. 알았어, 그럼 양복 대신 교복을 해입고 나머지 돈으로 책을 사든지 어쩌든지, 딴 선물을 생각해 보기로 해. 난 꼭 그 액수만큼 선물을 해주고 말 테니까.」

「그런 거액의 선물은 기쁨이 아니라 오히려 고통이 된다는 걸 뻔히 알면서 왜 그러세요.」

「일표, 제발 아무 말도 하지 말어. 그동안 쌓여온 내 정이니까. 그렇잖아도 나 요새 세상 살맛 떨어져 괴로워 죽겠는데 일표까지 날 괴롭히면 어떡해.」

강숙자의 눈에는 금세 눈물이 번졌다.

「아니, 왜요?」

유일표는 강 의원이 또 무슨 곤란한 일을 당했나 생각했다.

「말 마, 나 요새 자살하고 싶어. 아버지가 아버지 맘에 든 남자한테 시집을 가라고 성환데, 사람 환장할 지경이야. 그 상대가 누군지 알아? 이 규백 영감님이셔, 이규백!」

「규백이 형……!」

유일표는 놀라움을 감추지 못하고 강숙자를 멍하니 바라보았다.

「글쎄요……, 그게 그러니까……, 으음…….」

유일표는 복잡한 속마음을 뭐라고 표현할 길이 없었다. 이규백이란 이름을 듣는 순간 일어난 놀라움은 놀라움이 아니었다. 그 놀라움 속에 들어 있는 진짜 감정은 그 사실 자체가 아주 기분 나쁘고 싫었다. 그런 감정은 처음 겪는 것이 아니었다. 국민학교 4학년 때였던가, 풍금 잘 치고 노래 잘하는 담임선생님이 술도가집 아들한테 시집간다는 것이 얼마나 서운하고 분했던가. 그리고 중학교 1학년 때, 세상을 떠난 누나 대신 정을 나누었던 옆집 누나가 육군 중위한테 시집가는 것을 알았을 때 어떠했던가. 두 번 다 소중한 것을 빼앗겨버리는 허망함 때문에 밥맛을 잃었고 학교 가기도 싫었었다.

지금의 심정도 그때와 마찬가지였다. 그런 감정을 애써 감추면서 유일표는 그동안 강숙자와 그렇게 정이 들었었던가 새삼스럽게 느끼고 있었다. 언제나 쾌활하고 솔직하고 인정 많고……, 강숙자는 지난 3년 동안의 고달프고 외롭고 찬바람만 휘몰아친 자신의 서울살이를 부축해 준 적잖은 힘이었고 바람막이였다. 아버지가 고약한 친일파라는 것뿐, 여자로서 흠잡을 데가 거의 없는 강숙자를 차지하게 될 이규백에게 강한 질투심이 솟았고, 그 가당찮고 엉뚱한 스스로의 감정에 유일표는 쓴웃음을 짓고 있었다.

「끙끙거리지 말고 솔직히 대답해.」

강숙자가 어깨를 늘어뜨린 채 서글픈 얼굴로 말했다.

「이규백이와 결투하고 싶어요.」

강숙자의 그런 가엾은 모습에 가슴이 뭉클해져 유일표는 자신도 모르게 불쑥 말했다.

「어머머머, 어쩜 좋아, 어쩜 좋아. 여기가 빵집이 아니라 우이동 골짜기나 뚝섬 같은 데면 얼마나 좋겠어. 나 너무나 좋아서 팔딱팔딱 뛰고 막 소리소리 지르고 싶어 미치겠어.」

두 팔을 바르르 떨어대는 강숙자의 얼굴은 정말 발갛게 달아오르고 있었다.

그러나 유일표는 이내 풀죽으며 고개를 떨구었다. 완력으로 한다면야 이규백 같은 체구면 둘 아니라 셋도 자신 있었다. 이규백보다 몸집이 클 뿐만 아니라 주먹을 쓰는 체력에 자신이 있었다. 늘 아슬아슬하고 조마조마한 서울살이를 해나가면서 누구를 먼저 때릴 건 없지만 허약하게 얕보여 얻어맞거나, 어떤 위기에 처했을 때 그냥 당하지 않기 위해서 나름대로 체력단련을 했던 것이다. 돈이 드는 구기는 할 수가 없었고, 돈이 안 드는 철봉·평행봉·링 같은 것을 거의 하루도 거르지 않고 3년 동안 해왔다. 그 덕에 팔씨름 세기로 소문이 났고, 대입 국가고시에서 큰 비중을 차지한 체력검시에서는 거뜬히 만점을 맞았다.

그러나 사람은 완력으로만 겨루어지는 것이 아니었다. 이제 이규백이란 존재는 감히 어쩌해 볼 수 없는 거대한 대상이었다. 강 의원 같은 사람이 사위를 삼으려고 한 것이 벌써 그가 얼마나 대단한 인물이 됐는지를 보여주는 것이었다. 옛날에 그랬던 것처럼 강숙자도 허전한 바람만 남기고 이규백에게 시집을 가리라는 것을 유일표는 빤히 바라보고 있었다.

「왜 갑자기 맥이 빠졌어? 그 사람 지위가 겁난 거야?」

강숙자는 얼굴을 찡그렸다.

「몰라요. 결혼식은 언제지요?」

강숙자를 쳐다보지 않은 유일표의 목소리는 퉁명스러웠다.

「무슨 소리야, 지금. 그 남자 싫대니까. 아직 데이트도 한 번 하지 않았는데 결혼식은 무슨 결혼식.」

「체, 그런다고 무슨 소용이 있나요. 결국 결혼하게 될 건데요, 뭘.」

「아니야, 난 정말 그런 남자가 싫어. 남보다 머리 좀 좋다고 혼자 잘난 체 다 하고, 공부가 뭐 인간 능력의 다라고 공부 잘 못하는 사람은 무조건 무시하는 그런 인간들이 고등고시까지 패스했으니 어쩌겠어. 아이구, 생각만 해도 징그러. 우리 아버지가 이규백을 사위 삼으려고 신짝을 붙이는 건 지금 갓끈 떨어진 초라한 처지에서 울타리를 든든히 하자는 것만이 아니야. 이규백이네 동기생들이 군사정권 아래서 첫 번째 합격자라는 점이 더 중요해. 우리 아버지 판단으론 그들에게 앞으로의 출세길이 환히 열렸다는 거지. 우리 아버지는 이규백의 판검사 권력이 필요하고, 이규백이는 우리 아버지 재산이 필요하고, 두 사람이 야합을 해대는 데 난 중간 이용물일 뿐이야. 그런 걸 뻔히 알면서도 내가 결국 결혼할 거라구? 어림없는 소리 하지도 말어. 난 죽기가 쉽지 애정 없는 결혼은 절대로 안 해.」

강숙자는 고개를 짤짤 흔들었다.

「……」

유일표는 빈 빵접시에 눈길을 떨군 채, 당신은 결국 그 남자와 결혼할 거야. 판검사 사모님이 되시는 건데, 하는 생각을 하고 있었다.

「답답한데 우리 나갈까?」

강숙자가 먼저 일어섰다.

어스름을 타고 부는 실바람 속에 봄기운이 서려 있었다.

「세상에, 대학생이 된 모습이 이렇게 다를 줄은 정말 몰랐어. 우리가 처음 만났을 때는 나하고 키가 비슷했는데 글쎄.」

자신에 비해 머리 하나가 더 있는 유일표를 강숙자는 실눈을 뜨고 올려다보며 더없이 다정하게 웃었다.

「그리 잘 묵덜 못허고 하는디도 키가 쑥쑥 큰다 이. 아부지 탁해서 긍가 어쩐가……」

유일표의 뇌리에는 어머니의 말이 떠올랐다. 눈물 탓이었는지 어머니의 말끝은 잦아들고 말았다.

「명동 가주세요, 명동.」

강숙자가 시발택시에 오르며 말했다.

머지않아 이런 자유로운 만남도 끝나리라는 생각과 함께 유일표는 가슴 허전한 쓸쓸함에 젖어들고 있었다.

「술 마실 줄 알아?」

강숙자는 속삭이듯이 물었다.

「담배도 피울 줄 알아요.」

「어머나, 역시 일표는 매력 만점이야. 담배는 언제부터 배웠는데?」

「한 서너 달 돼요. 벼락치기로 밤샘 시험공부하면서부터요.」

「저런, 저런 불량학생. 딱 퇴학감이었네. 담뱃값이 얼마나 궁했을까.」

강숙자가 웃으며 혀를 찼다.

「함께 자취하는 애가 다 댔어요. 걔가 골촌데다가 나보다 형편이 낫거든요.」

「어쨌든 멋져. 규율 위반하면서도 자기 할 일 다 하고, 남들보다 먼저 남자의 기본조건을 갖췄으니까.」

강숙자는 명동 중에서도 제일 번화한 양장점과 양화점 길목으로 앞장섰다.

「교복은 학교에서 지정하는 데가 있을 테니까 오늘은 구두를 맞춰. 언제 신사화 신을 일이 생길지 모르거든.」

「글쎄, 그건……」

「잠깐, 잠깐, 다 알았으니까 더 말하지 말어. 또 딴소리하면 나 정말 화낼 거야.」

강숙자는 아랫입술을 물며 유일표를 쏘아보았다.

「차암, 이승만 독재 닮았나…….」

유일표는 어깨를 늘어뜨리고 말았다.

대학생들의 교복 착용은 재건 국민복을 공무원은 물론 선생들까지 입게 되면서 함께 시작되었다. 그 명분은 사치 근절 검소한 생활이었다. 그러나 그건 군대식 통일을 기하는 단견에 지나지 않았다. 왜냐하면 대학생들 절대다수는 사치를 할 수 있는 생활적 여유가 없었다.

유일표는 쭈뼛쭈뼛하며 강숙자를 따라 휘황하게 불을 밝힌 양화점으로 들어갔다. 서울생활이 4년째지만 양화점에 들어가는 것은 처음이었다. 그것도 명동에 있는 최고급 양화점을. 괜히 주눅들고 얼떨떨한 기분을 떼칠 수가 없었다.

「1주일 후에 찾으러 오세요.」

깔판의 종이에 발 모양새를 그리고, 줄자로 발 두께를 잰 종업원이 말했다.

유일표는 양화점을 나오면서도 팔자에 없는 맞춤 구두를 신게 된 것이 실감나지도 않고 즐겁지도 않았다. 청계천 일대에서 팔고 있는 기성화에 비해 두 배 이상 비싼 맞춤 구두의 값이 잔뜩 부담스럽기만 했다.

강숙자가 뒷골목을 이리저리 돌아 찾아들어간 곳은 술집이었다. 그런데 그곳은 보통 흔한 술집이 아니라 새로 유행하기 시작하는 맥주집이었다. 어둠침침한 붉은 조명등 아래 시끄러운 음악이 출렁거리고 있는 실내에는 여자들도 더러 눈에 띄었다.

「술 잘 마셔요?」

유일표가 의자에 몸을 부리며 물었다.

「왜애? 여자가 술 마시는 게 불만스럽다는 말툰데?」

「…….」

「호오, 이제 보니 일표도 남녀차별주의자네? 어쩔 수 없지, 유치원생도 여자를 우습게 아니까. 그치만 대학생이 됐으니까 환경에서 주입된 고정관념에 빠져 있지 말고 남녀평등 문제도 차츰 생각해 보는 게 좋을 거야.」 강숙자는 정색을 하며 말하고는, 「너무 걱정하지 마. 술고래는 아니니까. 답답하거나 속상하거나 할 때 어쩌다가 한 번씩 오는데, 맥주 두 잔 정도면 충분해. 술을 마시는 게 아니라 분위기를 마시는 거니까.」 그녀는 희미하게 웃었다.

역시 강숙자는 맥주 두 잔째를 마시며 술기운을 드러내기 시작했다.

「일표네 형 잘 있다고 했지? 으응, 나 요새 유일민이란 사람 가끔 생각해. 그 사람, 형편이 급하면서도 3년 전에 내 동생 가정교사를 거절한 건 아마 우리 아버지가 친일파라 그랬을 텐데, 장학사에서 찍소리 하지 않고 편히 밥 얻어먹고 있는 그 수많은 수재들에 비하면 참 장해. 나 이제 사학과 졸업반인데, 그동안 들은 풍월 가지고 생각해 보면 장학사의 머리 좋다는 것들 다 인간 쓰레기야. 다들 그렇게 비겁하니까 우리 아버지 같은 사람들이 떵떵거리고 폼잡고 살지. 나 할말 많고, 슬픈데……, 오늘 일표가 크게 위로해 줬어.」

강숙자의 취기 어린 얼굴에 쓴웃음이 번지고 있었다.

「야, 저기 저 구석에 있는 사람이 누구야? 저 이상한 몸짓 하고 있는 사람 말야. 어디서 많이 보던 얼굴인데.」

최주한이 어설프게 담배연기를 내뿜으며 눈짓했다.

「어디? ……으응, 저 사람 몰라? 액션 영화에서 깡패 역으로 잘 나오는 배우잖아. 라디오 성우로도 나오고.」

이상재도 서투르게 담배를 뻐끔거리며 한쪽 눈을 찡그렸다.

「아, 맞다, 맞다. 맨날 박노식이 꼬붕으로 나오는 그 사람이구나. 생김은 실물이 훨씬 더 낫다 야.」

「야, 그 정도로 해서 들리겠냐? 더 큰소리로 해.」

이상재가 담배를 끄며 눈총을 쏘았다. 최주한은 움찔하면서도 흥나는 이야기를 멈출 수 없다는 듯 말을 계속했다.

「역시 액션스타로는 박노식이 당할 사람이 없어. 얼굴 야성적인 미남에다, 남자답게 큼직하면서도 딱 균형잡힌 체구, 손가락 잘라버린 가죽장갑을 끼고 상대방들을 이리 치고 저리 치고 하는 폼이란 참으로 통쾌하고 기막히지. 그걸 감히 누가 당하겠어.」

「순진하긴. 그거 다 연기야, 연기.」

「무식할 때는 입을 얌전하게 닫고 있어야 50점이라도 하는 것 모르냐? 박노식이는 진짜 복싱선수야. 고등학교 때 벌써 전남 대표선수였다 그거야. 그 사람 연기는 그냥 가짜로 하는 연기가 아니라구. 박노식은 순천사람인데, 그가 쇼단을 따라 내려오면 그때는 순천 뒤집히는 날이야. 남자들보다 여자들이 더 환장하는데, 그 인기는 광주에서도 마찬가지야. 한번은 광주 충장로에서 여자들에게 둘러싸여 꼼짝을 못하다가 경찰들이 와서야 풀려났는데, 그 능글맞은 것 같기도 하고 징그러운 것 같기도 하고 그러면서도 여유 있고 정다운 그 사람 특유의 웃음을 사람들에게 보내며 사라지는데 과연 멋진 사나이더군.」

「아이고, 이거 큰 실수했네. 같은 고향사람인 줄도 모르고. 그거, 진짜 권투선수였다는 건 금시초문이네.」

이상재는 미안한 듯 웃음지으며 다른 한 가지 말은 꺼내지 않았다. 최주한의 그런 열렬한 반응은 완력 쓰는 데 약한 그의 열등감의 표현인지도 모른다 싶었다. 최주한은 대입 체력검시의 성적이 너무 나빠 하마터면 떨어질 뻔해서 맨 꼴찌로 가까스로 들어갔던 것이다.

「근데 저 사람 지금 뭐 하는 거지? 무슨 연기 연습하는 건가?」

「그런 것 같은데, 저 자꾸 들여다보는 게 방송국 대본이고, 저쪽 건너편이 KBS잖아.」

「글쎄, 성우들도 진짜 배우들처럼 저렇게 손짓발짓하고 얼굴도 찡그리고 그러나?」

「아마 그래야 될걸? 방송극 들어보면 책 읽는 것 같지 않고 아주 실감 나잖아. 성우라는 게 말로 하는 배우라는 뜻이니까.」

「근데 저 성우들도 이제 한물가게 생겼잖아. 작년 말에 텔레비전 방송국이 생겼으니 말야.」

「응, 그거 그렇겠는데. 텔레비전 때문에 영화 다 망하게 생겼다고 영화계가 벌써부터 시끌시끌 야단이잖아.」

「나야 영화업자들 사정은 잘 모르겠고, 국민들이 라디오를 반도 가지고 있지 못한 상태에서 과연 텔레비전 방송이 필요한 것인지 의문이야.」

「그래, 밥술이나 먹고 사는 사람들이나 안방에 영화관 하나씩 들여다 놓는 혜택을 누리는 거지. 텔레비전 한 대 값이 쌀 열 가마값이라니까 말야. 빈부격차의 위화감만 더욱 커지고, 정부에서 무슨 짓을 하는 건지 원.」

이상재가 쓴 입맛을 다셨다.

「응, 저기 허진이 왔다.」

최주한이 문 쪽을 향해 팔을 흔들며 웃었다.

「일표는 어떻게 됐어?」

허진은 가까운 거리의 이상재와 먼저 악수를 나누며 다급하게 물었다.

「글쎄, 아무리 알아봐도 알 수가 없어.」

이상재는 얼굴에 금세 그늘을 지으며 고개를 저었다.

「이게 보통 심각한 문제가 아니야. 무슨 큰 문제가 아니고서야 우리한테까지 그렇게 소식을 끊을 수가 있나?」

최주한이 긴 한숨을 토해냈다.

「비관 자살 아닐까?」

「아니, 왜?」

「그럴 이유가 뭔데?」

최주한과 이상재가 동시에 되물었다.

「아니, 느네들 일표네 딱한 가정 사정을 모르는 모양이구나? 아버지가 월북하신 거 말야.」

「뭐? 월북?」

「그게 무슨 소리야?」

이상재와 최주한은 눈이 휘둥그레졌다.

「으응, 그게 말야……, 느네들 셋이 내 병문안을 온 다음 며칠 뒤에 일표 혼자서 또 왔었는데, 그때 날 위로하느라고 자기네 집안 형편을 다 얘기했어. 자기는 빨갱이의 자식으로 감시당하면서 장래 희망이 아무것도 없이 사는데, 너는 독립투사 자손으로서 너무 떳떳하니까 이까짓 가난이나 병 같은 것에 마음 약하게 굴복하지 말고 힘내라며 날 위로하는 거야.」

「야, 그렇게 대충 말하지 말고 자세하게 얘기해 봐.」

최주한이 담배를 뽑으며 말했고,

「아니, 넌 중학교 동창인데도 그런 걸 몰랐어?」

이상재는 핀잔하듯 말하며 그때를 퍼뜩 떠올렸다. 바뀐 시험 제도에 대해 설명을 듣던 날 유일표가 고민했던 것은 어머니가 아픈 것이 아니었다는 것을 뒤늦게 깨달았다.

「그러니까 말야, 그 일로 당하는 고통이 우리들로서는 상상도 할 수 없는데 말이지…….」

허진은 유일표의 이야기를 해나가기 시작했다. 그런 그의 얼굴에는 이제 별다른 병색은 보이지 않았다.

「……내 생각에는 아무래도 그 일 때문에 또 무슨 사태가 벌어진 것 같은데…….」

허진이 이상재와 최주한에게, 너희들은 어떻게 생각하느냐고 눈으로 묻고 있었다.

「일표가 그런 고통 속에서 어쩔 수 없이 철학과를 가다니 참 기막히구

나. 그나저나 네 말이 맞는 것 같은데 어떻게 찾지?」

이상재가 침울하게 말했고,

「그래, 우리 눈치가 정확했어. 작년 5·16 직후에 일표가 아무래도 이상해서 우리가 무슨 근심이 있느냐고 자꾸 물었었잖아. 그때가 바로 형이 잡혀갔었을 때야. 근데 말야, 이번에 또 무슨 일이 생겨 경찰에서 군대 나간 형 대신 일표를 잡으려고 하니까 눈치 빠른 일표가 어디로 싹 피해버린 거 아닐까?」

최주한이 둘을 번갈아 쳐다보았다.

「그럴 수도 있는데, 어쨌거나 이 일을 어떡해야 좋지…….」

허진이 근심스러운 한숨을 내쉬었다.

최주한과 이상재는 담배를 피워대고, 허진은 성냥개비를 부러뜨리며 한동안 아무 말 없이 앉아 있었다.

「야 허진, 그 의논할 일이란 일표가 없으면 안 되는 거냐?」

이상재가 담배를 끄며 그동안 묻어두었던 궁금증을 드러냈다.

「글쎄, 뭐 꼭 그렇지는 않은데……, 계획에 좀 차질이 생기기는 하지.」

허진은 못내 주저하며 말했고,

「무슨 일인지 속시원하게 얘기해 봐. 우선 우리끼리 들어보자.」

최주한이 의자에서 등을 떼며 다가앉았다.

「응, 그게 다른 게 아니고 내 입원비 보증금 빌려주신 분 있잖아. 그분이 날 도와주시겠다고 대학 갈 공부를 하라는데, 그분이 나한테 한 가지 부탁하시는 게 있어. 그분이 데리고 있는 근로재건단 단원들이 30여 명인데, 걔네들한테 글을 좀 가르쳐달라는 거야.」

「야학 같은 거 말이냐?」

이상재가 말을 받았다.

「그래, 바로 야학이야. 낮에는 넝마를 줍고 밤에 초등반, 중등반으로 나눠 두세 시간씩 가르쳐주기를 바래. 그런데 말야, 초등반에 국어·산

수, 중등반에 국어·수학·영어를 가르치려면 선생을 아무리 적게 잡아도 넷은 필요하잖아.」

「그건 그렇지. 그런데 좀 미안한 말이지만, 그분은 널 어떻게 도와줄 건데 그런 요구를 하는지 알면 안 될까?」

최주한이 말틈을 비집고 들었다.

「응, 검정고시 공부를 하는 동안에는 책값과 생활비를 대주고, 대학에 가게 되면 학비와 생활비를 대주실 모양이야. 확실하게 한 말은 아니고 대충 그래.」

「그거 아주 호조건이다. 가난하고 불쌍한 애들을 위해서 대학생들이 야학에 그냥 봉사활동도 하는 판인데 널 그렇게 도와준다면 우리가 당장 나서야지.」

최주한이 흔쾌하게 말했다.

「그래, 그거 정말 잘된 일이다. 일표와 소식이 닿을 때까지 우리 동창들 중에서 누구 하나를 끌어다 쓰기로 하고 빨리 시작하자. 그래야 너도 맘 편하게 공부를 시작할 수 있을 테니까.」

이상재도 밝게 웃으며 동의했다.

「다른 사람 생각할 거 뭐 있냐. 장경식이 끌어오면 되지.」

「경식이? 글쎄, 그 새끼 그거 다 좋은데 한 가지 곤란한 점이 있잖아? 그 야학의 분위기가 독특할 텐데 경식이가 자연스럽게 어울릴 수 있을까? 걔는 친일파 문제에 관해서는 언제나 생각이 삐딱하니까 말야.」

「응, 그런 점이 없진 않은데, 경식이도 자신의 그런 점을 꽤나 괴로워하고 있어. 친일을 비판하자니 아버지한테 불효하는 것 같고, 아버지 편을 들자니 친일을 옹호하는 것 같고, 걔도 어찌 보면 참 불행한 놈이야. 우리가 경식이 입장이 됐더라도 아주 괴롭고 난처했을 거야. 이런 기회에 경식이를 끌어들여 자연스럽게 생각을 바꿀 수 있도록 해주는 것도 좋지 않을까? 경식이는 그래도 홍성기하고는 다르잖아.」

「으응, 그것도 괜찮은 방법이긴 한데. 물론 경식이가 수치도 모르고 염치도 없이 나대는 홍성기하고야 많이 다르지. 뻔뻔한 홍성기나 당당한 그의 아버지나 아주 잘 어울리는 부전자전이야.」

「그래, 그 붉은 자지. 아 참, 너 그 얘기 들었어? 붉은 자지 아버지가 중앙정보부로 뽑혀 갔다는 거.」

「뭐라고? 그 악질 고등계 형사가 중앙정보부로 뽑혀가? 아주 승승장구 출세로구나. 말끝마다 그저 혁명, 혁명 해대면서 잘하는 짓들이다.」

「야, 야, 말 조심해. 혁명정부 욕하다가 중앙정보부에 끌려가 아주 혼쭐났다는 소문들 듣지도 못했어?」

허진이 황급히 말하며 주위를 살폈다.

「붉은 자지 그런 게 법대를 갔으니, 그게 판검사 되면 사람 여럿 잡을 텐데 말야.」

이상재가 언짢은 얼굴로 혀를 찼고,

「그놈이 서울 법대 못 들어간 게 천만다행이지. 그놈 대가리나 불량기로는 고등고시 안 돼. 고등고시가 나이롱뽕인가?」

최주한이 노골적으로 험담을 했다. 나이롱뽕은 새로 퍼지고 있는 화투놀이의 한가지였다.

「아니, 꼭 그렇지도 않아. 걔네 아버지의 최대 소망이 아들을 판검사 만드는 거라는데, 붉은 자지가 말이지, 즈네 아버지가 평생 형사질하며 판검사들 앞에서 빌빌 기죽어 살아온 심정을 이해하고 마음 독하게 먹으면 고등고시 패스 못할 것도 없다구. 사실 고등고시가 뭐 별거냐? 우리 정도 머리 플라스 집중적 노력이면 되는 거잖아.」

「그래, 홍성기 걔 함부로 보면 안 돼. 중학교 때 나하고 한 반이었는데, 거칠기도 하고 독기도 있고 아주 묘해. 수학시험을 50점 맞고 선생님한테 야단을 맞으면 다음 시험에서는 100점을 맞기도 해.」

허진이 무언가 생각 깊은 얼굴로 말했다.

「맞어, 주먹 쓰기도 좋아하고, 붉은 자지 그게 아주 괴물이야.」

최주한이 고개를 끄덕였다.

하필 '성기'인 그의 이름은 짓궂은 아이들 사이에서 '자지'로 변했고, 거기에다 성이 합해져 '붉은 자지'로 별명이 굳어지고 말았다.

「그럼 야학은 어디서 하는 거지?」

이상재는 남아 있는 커피를 마셨다.

「응, 거기 근로재건단 합숙소. 여럿이 쓰는 방들이니까 바로 교실을 겸용할 수 있대.」

「시작은 언제부터고?」

최주한이 담배를 끄며 물었다.

「그분은 빨리 시작하기를 바라는데 어쩌면 좋지?」

허진이 둘의 눈치를 살폈다.

「그럼 이러고 있지 말고 장경식이를 찾아가자. 허진이 너 공부가 급한데.」

이상재의 말에 그들은 함께 일어났다.

「그 단장은 유식하냐?」

「아니, 학교 못 다녔대. 독학으로 겨우 읽고 쓴다고 하더라.」

41
까마귀떼

「여보오오, 당신은 언제 소령 달우우?」

화장 짙게 한 한정임은 군복을 갈아입고 있는 남편 앞으로 바짝 다가서며 말을 걸었다. 그런데 그 목소리에는 애교 부리는 콧소리가 지나쳐 '여보오오' 하고 휘어져 감기는 소리가 '여보오옹'으로 들릴 지경이었고, 눈이 감길 듯 사르르 간드러지는 눈웃음으로 금방 남자를 녹일 듯한 이상야릇한 빛이 번져나고 있었다.

「으흥, 소령은 무슨 소령. 대위 된 지 얼마나 됐다고.」

양용석은 익숙한 솜씨로 군복의 단추를 잠그며 아내의 애교에 화답하듯 눈을 흘겼다.

「어머, 무슨 소리예요. 박정희 장군은 서너 달 간격으로 별 셋, 별 넷 막 달았잖아요.」

「아니 당신, 그런 소리!」

양용석은 소스라쳤다. 꼭 거짓말처럼 그의 얼굴은 순식간에 창백하게 굳어졌다.

「어머나 여보, 농담이에요, 농담!」

당황한 한정임은 울상이 되면서 남편의 팔을 잡고 흔들었다.

「당신 말야, 꿈에라도, 정말 꿈에라도 어디서 그따위 농담해선 안 돼. 그런 걸 누가 만약 앙심먹고 수사기관에 밀고해 버리면 어떻게 되지? 그땐 가차없이 요거야!」

양용석은 손가락 다섯 개를 쭉 펴서 '가차없이 요거야!'에 맞추어 목 치는 시늉을 했고, 놀란 한정임은 두 손으로 자기 목을 감싸며 뒤로 주춤 물러섰다.

「요새 말야, 민정이양을 안 할 거라느니, 군대로 돌아가지 않고 무슨 방법으로든 정권을 계속 잡을 거라느니, 온갖 유언비어들이 부쩍 심하게 퍼지고 있는 판인데 특히 말조심해야 해. 특히 당신은 그냥 대위의 마누라가 아니지 않느냔 말야. 군대에서 말하는 시범쪼 알지? 자칫 잘못 걸리면 큰일 나니까 특히 조심하라구. 알겠어!」

양용석은 말끝마다 '특히'를 반복해서 강조해 대고 있었다.

「네에, 잘못했어요. 여보, 정말 조심할게요. 미안해요.」

한정임은 곧 눈물이라도 흘릴 것처럼 울먹거렸다. 그건 꼭 위기를 모면하기 위한 작전만이 아니었다.

「음, 됐어, 됐어. 이번 정정법 발동으로 피해를 보게 된 구 정치인들이 불만을 갖게 되고, 그 부하들까지 불평 불만을 하게 돼 요새 세상이 뒤숭숭하잖아. 이런 땐 그저 입 조심이 최고야. 우리 회사에도 입 잘못 놀려 잡혀온 사람들이 너무 많으니까.」

양용석은 아내의 어깨를 감싸안았다.

「네, 알았어요. 걱정 마세요.」

한정임은 남편에게 한 건 부탁하려던 마음을 접었다. 괜한 농담을 했다가 어젯밤부터 특별히 공들여 온 게 물거품이 되어 여간 아쉽지 않았다.

한정임은 남편을 배웅하고 돌아서며 정정법과 오빠를 생각했다. 혁명
정부에서는 정치활동정화법을 공포하고 뒤따라 그 해당자들을 발표했
다. 그 수가 4천 명이 넘었고, 다만 몇 개월이나마 국회의원을 했던 오
빠가 낀 것은 너무 당연한 일이었다. 그 사람들은 6년씩이나 정치활동
을 금지당할 위기에 처했는데도 오빠한테서는 전화 한 번 걸려오지 않
았다. 오히려 딴 국회의원들이 연줄, 연줄을 찾아 만나자거니 찾아오겠
다느니 분주해지기 시작했다.

오늘 부탁하려고 했던 것은 폭력사건이었다. 여고 동창생이 부탁해
온 것인데, 뒤로 내민 것이 엄청났다. 경찰에서 조사를 받고 있으니 재
판에 넘어가지 않고 풀려나게 해달라는 것이었다. 중정은 한마디로 이
나라 모든 수사기관들의 왕이었고, 간첩사건이나 반혁명사건만이 아니
라면 중정 요원들의 입김이 얼마나 신속하고 큰 효과를 나타내는지 한
정임은 이미 몇 번의 경험으로 감탄하고 있었다.

한정임은 서둘러 외출복을 갈아입었다. 미장원에 들러 마사지에 고데
까지 하려면 시간이 많이 남은 것이 아니었다.

콧노래를 부르며 집을 나서는 한정임은 남편의 거취에 대한 자신의
판단에 또 만족을 느끼고 있었다. 오빠의 의견과 남편의 생각을 절충해
예편하지 않고 자리를 옮기는 방법을 택했던 것이다.

한정임은 마사지를 하라고 얼굴을 맡기고 편하게 누웠다. 똑같이 눕
는데도 마사지를 하려고 누울 때가 가장 편한 이유를 알 수가 없었다.
마사지를 받고 있노라면 몸만 편해지는 것이 아니라 마음까지 편안해지
는 것이었다.

「저어……, 화장품 떨어질 때 되지 않으셨어요?」

콜드크림 듬뿍 바른 얼굴을 문지르며 미용사가 속삭였다.

「어머, 미제가 나왔어요?」

한정임은 감고 있던 눈을 반짝 뜨며 즉각적으로 반응하는 동시에 상

체까지 일으키려고 했다.

「아이 손님도, 남들 들으면 어쩌실려고…… 단골 아니면 입도 뻥끗 안 하는 것 잘 아시잖아요.」

미용사는 한정임의 어깨를 지그시 누르며 더 낮게 속삭였다.

「어머, 미안해요. 내가 맘이 너무 급해서 그만. 실은 콜드크림은 진작 떨어졌고, 파운데이션은 간당간당한 형편이거든요. 루주도 파서 쓰는 형편이구요. 어떻게, 좀 넉넉하게 나왔나요?」

한정임은 그만 제물에 마음이 동해 속을 다 내보이고 있다는 것을 의식할 겨를이 없었다.

「그게 글쎄 단속이 워낙 심하니까 넉넉할 때가 어디 있나요. 늘 감질나게 찔끔찔끔이지요. 단골들한테도 다 돌아가지 못할 형편이라니까요.」

미용사는 여유만만하게 낚싯줄을 당기고 있었다.

「맞아요, 그게 그럴 거예요. 나 얼마 전에 남대문 도깨비시장에 나가 봤는데, 물건도 없이 파리 날리고 있는 게 다들 망한 꼴이드라구요. 화장품을 눈치 보며 내놓기는 하는데 영 믿을 수가 있어야지요. 동대문이고 남대문이고, 시장 것은 태반이 홍콩이나 마카오제 가짜라는데.」

「어머 손님, 그거 맞는 말씀이라구요. 외제품 단속이 심해진 다음부터 가짜 화장품들이 극성을 부리기 시작했는데 글쎄, 그것 잘못 사 써서 피부 거칠어지고 주름살 생기고 하는 건 약과라구요. 어떤 사람들은 글쎄 얼굴이 붓고 두드러기가 나고 해서 피부병원 신세를 지기도 한다니까요. 그건 차라리 안 쓰느니만 못하지요.」

「그렇구말구요. 보약 먹으려다 사약 먹는 격이지요. 근데 말예요. 그럴 리가 없겠지만 여기서도 깜빡 속을 수가 있어서 그러는데, 여기 건 진짜 믿을 수 있나요?」

「어머, 그렇게 말씀하시면 저희가 너무 서운하지요. 가짜 취급했다가 단골손님들 피해 입으면 미용실 문 닫게요? 우린 딱 PX물건 아니면 절대 손 안 대요. 그건 우리가 이문 보는 건 아무것도 없고 단골손님 잘 모시려는 싸아비스잖아요, 싸아비스.」

「그럼요, 그렇겠지요. 근데 단속을 그리 하는데도 PX에서 어떻게 물건들이 용케 나오기는 나오는 모양이지요?」

「그럼요, 다 사람 사는 세상인데요. 거 있잖아요, 열 사람이 한 도둑 못 지킨다는 말. 미군들 있고 양공주들 있는 한 외제품 못 막아요. 단속을 하니까 물건들은 밑으로 숨고, 쓸 사람들은 뒤로 다 쓰고, 그러니까 물건값만 세상 모르고 치솟아 오르지요.」

「별수없지요. 이따가 하나씩 챙겨주세요.」

한정임은 이렇게 말하면서 더없이 가슴 뿌듯한 만족감을 느끼고 있었다. 이런 일류미용실에서 마사지를 하고, 미제 화장품을 맘놓고 척척 쓸 수 있는 팔자가 되리라고는 강원도 산골에서 셋방살이를 할 때는 상상도 못했었다. 이러한 호강은 남편의 소속을 서울로 옮겼다고 될 일이 아니었다. 군사혁명이 일어나고 다시 자리를 옮기면서 가능해진 일이었다. 한정임은 순간순간 혁명의 고마움을 진정 가슴 떨리게 느끼고 있었다.

한정임은 고데에다, 금방 마사지한 피부가 안 상하도록 화장은 살짝 하고 나서 공주나 귀부인이 된 것 같은 달뜬 기분으로 미장원을 나섰다. 동창들과 약속한 소공동의 그릴까지는 걸어가기 알맞은 거리였다.

거리에는 4월의 햇살이 눈부시고, 가로수에는 새 잎들이 파릇파릇 피어나고 있었다. 한정임은 별을 단 남편을 상상하며 숨을 한껏 들이켰다.

2층의 '빠리 그릴'에는 서너 명의 동창들이 먼저 와 있었다.

「어머 애 정임아, 넌 어쩜 갈수록 더 예뻐지니?」

「그러게 말야, 기집애. 무슨 비결이 있는 거니? 사람 샘나게시리.」

「비결이야 확실하지. 남편 잘 만난 거.」

그들은 왁자하게 한정임을 맞이했다.

「얘들아, 이렇게 막 떠들어도 되는 거니? 이거 영⋯⋯.」

한정임이 얼굴을 약간 찌푸리며 문 쪽으로 눈길을 돌렸다.

「얘, 그런 염려는 집에 놓고 다녀도 돼. 여긴 싸구려 중국집 칸막이 방이 아니라 프라이버시를 제일 중시하는 일류급 양식집이야. 우리가 왜 하필 이 집을 골랐는데? 안심하고 웃고 떠들 수 있어야 할 것 아니니.」

「맞아, 그게 바로 이 집의 프라이드야. 그리고 손님 끄는 상술이고.」

「그야 오브코우스 하고도 물론이지. 그까짓 음식이야 맨날 먹는 거구, 우리가 만나는 건 인생을 해피하게 엔조이하자는 거니까 분위기가 좋아야지.」

그 여자들의 입에 오르고 있는 꼬부랑말은 그들이 대학물을 먹었다는 것을 보여주고 있었다. 그런 미국바람을 일으키는 데는 배운 사람들일수록 심했고, 여자들끼리는 경쟁이라도 하듯 한층 더했다.

곧 예약된 아홉 자리가 다 찼다. 그들은 비프스테이크부터 시켰다.

「무슨 소리야, 촌스럽게시리. 와인이야 기본 코스 중에 하나지.」

「맞아, 투피스 입었으면 하이힐 신어야지 고무신 신고 있으면 말이 돼? 레드냐 화이트냐만 정해, 어서.」

「대낮인데 술이 괜찮을까?」

「증말 애 유치해서 상대 못하겠네. 와인이 술은 무슨 술이야. 비어나 마찬가지로 음료수 중에 하나지.」

「얼굴 좀 빨개져도 괜찮아. 식사 끝나고 디저트 먹고 커피 마시고 하면서 얘기하는 동안에 알콜 기운 다 가셔.」

그들은 하나같이 파마머리에 양장차림이었고, 입술들이 새빨갛도록 진한 화장을 하고 있었다.

그들은 서울에서도 일류급에 드는 '양식 멋쟁이'들이었다. 시골은 여자들 거의가 다 낭자머리에 한복차림이었지만 서울은 절반이 넘게 파마와 양장으로 바뀌어 있었다. 급속도로 이루어지고 있는 그 변화에 따라

서울에서는 미장원과 양장점들이 날로 번창해 가고 있었다. 그 변화의 바람은 큰 도시에서 작은 도시로 차츰 불어가고 있었다.

「우리 동창들끼리 이렇게 모여앉으니 정말 오붓한 게 너무나 좋다.」

「그럼, 그럼. 두말하면 잔소리지. 까마귀도 제 땅 까마귀라는데 더 말해 뭘 해. 다시 못 올 청춘 시절 4년을 지지고 볶고 지낸 그 세월이야말로 평생을 가는 인연이지.」

「암, 그렇구말구. 졸업식 때 총장님께서 동창·동문의 인연은 부모 형제 다음가는 인연이니 평생 소중하게 간직하라고 하셨잖아. 살아갈수록 그 말씀이 새록새록 명언으로 느껴져.」

「어디 그 말씀만 하셨니? 세상의 절반을 차지하고 있는 여자의 역할은 두 가지 방법이 있다. 하나는 직접 사회에 진출하는 것이고, 또 하나는 남편들이 사회적으로 큰일을 하는 인물이 될 수 있도록 함께 노력하라는 것이었잖아. 그 말씀 역시 명언이시잖니?」

「그럼, 명언 중에 명언이지. 근데 말야, 나 한 가지 풀리지 않는 의문이 있어. 우리 대학 졸업생들이 그동안에 입법·사법·행정부의 핵심 실력자들의 아내로서 가장 많은 수를 차지해 왔다고 동창회에서 말했잖아?」

「아니, 동쪽에서 해 뜨는 걸 의심하지 너 그걸 의심하니?」

「어머, 너 잘났다! 왜 남의 말을 중간에서 치고 들어오고 그러니? 김 팍 새게.」

「어머, 익스큐스 미다 애.」

「그러니까 말야, 그 말은 틀림없이 믿는데, 그렇다면 혁명 이후로 서리 맞고 찬밥 신세 된 사람들도 그만큼 많지 않겠어? 그건 우리들 백그라운드가 그만큼 약해진 건데, 내 의문이 뭐냐면 말야, 고급 장교들의 아내도 우리 대학 출신들이 가장 많다는 말이 있긴 한데, 그게 사실이냐 아니냐 그거야.」

「어머머, 그것 참 중대한 문제다 애. 그것 좀 속시원히 알았으면 좋겠다.」

「그래, 동창회에서 발벗고 나서서 알아보라고 아이디어를 제공하면 어떨까?」

「괜히 헛수고들 안 하시는 게 좋을걸? 그동안 세상살이들 좀 해봤으니까 알겠지만, 공무원 사회에서 급수냐, 직책이냐, 어떤 게 더 낫지?」

「두말하면 뭘 해. 그야 당연히 직책이지.」

「잘 아네. 군대에서도 직책은 계급에 우선한다! 이 철칙을 몰라? 전방에 영관급 마누라들 100명 있으면 뭘 해. 중정 하사관 사모님 한 명 못 당하는데. 언더스탠드?」

「맞아, 맞아. 완투가 해브 예스야.」

「그러니 대위 사모님이야!」

그들은 고깃덩어리를 자르고, 씹고, 포도주를 마시고 하면서 쉴새없이 입들을 놀리고 있었다.

「애 난숙아, 식사 다 끝났으니까 커피 마시면서 회장으로서 한마디 해야 되지 않겠니?」

「응, 그래야지. 저어, 우리 여덟 사람은 이미 아는 거고, 정임이한테 간단하게 말할게. 우리 구미회(九美會:아홉 미녀들의 모임이라는 뜻)의 매월 모임을 뜻깊게 하고, 서로 상부상조하고, 요직에 있는 느네 낭군이 맡은 바 중임을 당당하게 수행할 수 있도록 돕기 위해 우리들의 작은 뜻을 모으기로 했어. 그게 뭐냐면, 우리 여덟이서 매월 30만 원짜리 계를 세 꾸찌씩 부어서 24개월을 만기로 했어. 액수를 더 키울 수도 있었지만 네가 부담스러워 할까 봐 우선 이렇게 한 거야.」

「뭐……, 뭐라구? 그게 무슨 소리야?」

한정임은 당황해서 동창들을 둘러보았다.

「무슨 소리긴, 다 알면서.」

「그까짓 걸 가지고 뭘 놀라고 그래?」

「싫어, 싫어, 나 싫어. 느네들 미쳤니? 어쩔려고 이런 일을…….」

한정임은 고개를 마구 흔들며, 매달 30만 원이면 1년이면 360만 원, 2년이면……, 그 거액에 가위눌리며 제각기 웃고 있는 동창들이 무서워지고 있었다. 그들의 남편은 공무원도 있었고, 판검사도 있었고, 사업가도 있었다. 30만 원은 남편의 1년치 월급보다 많았다.

교정의 한가로움에 비해 총학생회실의 분위기는 심각했다. 담배연기 자욱한 속에서 열띤 의견들이 오가고 있었다.

「문제는 이번의 양주 린치사건이 지난 5월에 발생한 파주의 린치사건과 같은 연장선상에 있다는 점입니다. 다시 말해 달 수로 한 달 차이이지 날 수로는 보름이 못 되는 사이에 린치사건이 연달아 자행되고 있다는 것은 미군들의 안하무인의 만행인 동시에 우리나라 정부의 무대책과 국민들의 무관심한 방관 때문인 것입니다. 이 치욕적인 문제를 해결하는 데 우리 대학생들이 나서지 않으면 누가 나서겠습니까.」

「그렇습니다. 6·25 참전 16개국 중에서 아직도 태국군과 터키군과 미군들이 주둔하고 있는 우리의 현실에서 미군들의 횡포는 너무나 심합니다. 최근 2년 동안에만 해도 린치사건이 대여섯 건이 넘었습니다. 신문에 난 것만 이런데 신문에 나지 않고 덮인 것들까지 다 합하면 그 수가 얼마이겠습니까. 이건 보통 심각한 문제가 아닙니다. 우리는 더 이상 이 문제를 묵과해서는 안 된다고 생각합니다.」

「예, 미군들의 린치사건은 우리 국민 전체를 모독하는 행위이고, 우리 민족의 자존심을 짓밟는 만행이 아닐 수 없습니다. 그 문제를 묵과해서도 안 되고, 방관해서도 안 되는 건 분명한데, 우리 앞에 가로놓인 큰 난관이 문제입니다. 그건 다름이 아니라 미국이나 미군 문제로 항의를 하거나 데모를 하게 되면 그 이유는 불문하고 무조건 반미로 몰고, 반미는 곧 용공으로 둔갑하는 게 우리의 현실입니다. 쿠데타 이후 미국과의 관계를 우방으로는 모자라 혈맹이라고 강조해 대고 있는 상황에서 이 난

관을 어떻게 피하면서 우리의 목적을 달성할 수 있을지 문제 아니겠습니까? 무슨 묘안이 없을까요?」

「예, 그 견해는 백 번 옳습니다. 그러나 반공을 국시의 첫 번째로 삼고 있는 한 그 그물을 무사히 피해갈 수 있는 묘책이나 묘안은 아마 없지 않을까요. 우리의 주장이 옳고 명분이 당당하면 정면으로 밀고 나가는 길밖에 없을 것입니다. 모든 저항과 투쟁에는 억압이 따르게 마련이고, 거기서 야기되는 고통과 상처는 오히려 더 영광스러울 것입니다. 그 교훈은 4·19혁명이 잘 보여주고 있습니다. 우리는 4·19정신으로 재무장하고 투쟁에 나서야 할 것입니다.」

「예, 좋은 의견입니다. 그러나 지금 국민 감정이 좋지 않은 상태에서 너무 정면으로 밀어붙였다간 자칫 잘못하면 '양키 고 홈'이 될 수 있고, 그렇게 되면 북에서 내세우고 있는 미군 철수와 맞아떨어지게 되어 수사기관에서 기다리고 있는 함정에 영락없이 빠지는 결과가 되고 맙니다. 그런 행위는 결코 용기가 아니라 무모함이나 어리석음일 것입니다. 무엇을 어떻게 할 것인지 방법론에 대한 신중한 접근이 필요하지 않을까 합니다.」

「예, 좋습니다. 이 시점에서 안건의 혼선을 피하기 위하여 정리하고, 순서대로 표결을 해나가는 것이 좋을 것 같습니다. 지금 미군 린치사건에 대해 항의데모를 어떻게 할 것인가의 여부, 또 하나는 어떤 방법으로 행동화해야 정치적 오해나 누명을 피하면서 최대한의 효과를 낼 수 있을 것인가 하는 두 가지 안건이 나와 있습니다. 먼저 우리가 집단항의에 나설 것인가의 가부를 묻겠습니다. 찬성하시는 분 거수해 주십시오.」

의장의 물음에 여덟 명 전원이 팔을 뻗쳐올렸다. 그들은 단과대학 학생대표들이었다.

「예, 만장일치로 우리 대학 학우 전체가 항의데모를 감행키로 가결되었습니다. 그럼, 두 번째 안건에 대한 구체적인 방법이나 묘안들을 지금부터 기탄없이 내주시기 바랍니다.」

회의장이 갑자기 조용해지면서 여기저기서 담배연기가 진하게 피어오르기 시작했다. 담배를 빡빡 빨아대는 그들의 얼굴은 심각하게 찡그려져 있었다. 그러나 그들의 침묵은 깨지지 않고 시간의 두께만 더해가고 있었다.

「어떻게, 묘안들이 잘 떠오르지 않습니까? 그럼 선배님들의 고견을 좀 들어보는 것이 어떻겠습니까?」

「예, 좋습니다.」

「예, 그렇게 합시다.」

「저어, 선배님들께서 한 말씀해 주셨으면 합니다. 죄송합니다.」

의장이 몸을 반쯤 일으키며 뒤쪽을 향해 예를 갖추었다.

그 뒤쪽에는 두 사람이 회의석과는 동떨어진 자리를 만들어 앉아 있었다. 그중의 한 사람은 원병균이었고, 그 옆의 사람은 중국집 모임에 나왔던 얼굴이었다.

「에에……, 지금 여러분이 봉착해 있는 문제가 통일운동에 있어서나, 미국과의 문제에 있어서나 가장 까다롭고 어려운 점일 것입니다. 아까 여러분들이 개진했던 의견들은 다 옳고 현명한 판단입니다. 우리는 학생운동을 전개하되 그 어떤 경우에도 용공으로 몰리거나 빨갱이로 몰려서는 안 됩니다. 그건 반공 기득권 세력들이 사용하는 가장 성능 좋은 백전백승의 무기이고, 이쪽에서는 치명상을 당하게 되기 때문입니다. 이번 미군 린치사건은 여러 가지 이유가 있지만, 가장 큰 이유는 한국과 미국 두 나라 사이에 미군들의 각종 범죄행위를 규제하고 심판할 수 있는 법이 없다는 사실입니다. 그건 창경원의 야수들을 서울 시내에다 그대로 풀어놓은 것과 마찬가지로 끔찍스러운 일입니다. 그 법, 이미 이름은 정해져 있는 한미행정협정을 너무 늦었지만 지금부터 하루라도 빨리 체결하라고 촉구하는 것을 명분으로 내걸고, 비폭력 평화시위를 하되,

대대적으로, 지속적으로 전개하는 겁니다. 물론 한국 국민은 한미 우호를 바라며, 한미 우호를 돈독히 하는 첩경이 한미행정협정의 시급한 체결이라는 내용의 성명서를 설득력 있게 요령껏 잘 작성해야지요. 그럼 용공으로 몰리는 것을 피하면서, 국민적 호응을 불러일으킬 수 있지 않을까 합니다.」

원병균의 말은 진지하고 침착했다.

그들은 더 이상 다른 의견을 내놓지 않고 원병균의 말을 그대로 안건으로 채택해 통과시켰다. 그리고, 다른 대학과의 연대를 위해 데모 준비는 완료하되 날짜는 유동적으로 해두었다.

「어디 가서 차나 한잔하지.」

원병균이 일어서며 옆자리의 친구를 바라보았다.

「좋은데, 차보다는 왕대포 한잔이 어떤가?」

「또 민경섭의 풍류 나온다. 아무거나 좋으니까 어서 나가자구.」

둘이는 후배들에게 손인사를 남기고 회의실을 나섰다.

「박 형은 왜 안 보이지? 바쁜가?」

민경섭이 담배를 빼들며 물었다.

「글쎄, 앞으로 이런 자리에서 박준서 보기 어려울걸.」

「아니, 무슨 일 생겼어?」

민경섭은 라이터로 불을 켜려다 말고 걸음을 멈추었다.

「음, 무슨 일이 생기긴 생겼지. 어서 걸어, 술이 기다리는데.」

「누구누구처럼 마음이 변한 건가?」

「그건 아니구, 가서 자리잡고 얘기하자구. 얘기가 좀 길어.」

원병균은 손가락 두 개로 담배를 달라는 표시를 했다. 민경섭은 원병균에게 담뱃갑을 건네며 중얼거렸다.

「결과가 학생운동에서 떠나는 거라면 얘기가 길든 짧든 그게 그거지 뭐. 그거 참 서운한데. 박 형은 아주 든든한 동지였는데.」

그들은 말없이 담배만 피우며 교정을 가로질렀다. 해질녘인데도 6월 초순의 더위는 벌써 땀기운을 느끼게 했다. 여름은 나무마다 무성해지고 있는 잎들의 그 찬란한 푸르름 위에 군림하고 있었다.

원병균과 민경섭은 왕대폿잔에 남실남실 따른 막걸리를 단숨에 비웠다. 쌀이 부족해 정부와 재건국민운동 본부에서 혼분식을 장려하다 못해 감독을 하고 있는 상황이라 막걸리는 이미 예전의 막걸리가 아니었다. 쌀이란 한 톨도 들어가지 않고 '밀가루 막걸리'라고 소문나 있었다. 그래도 그런대로 막걸리 맛은 났고, 마시면 틀림없이 취했다.

「뭐 긴 얘기 시시콜콜 다 할 것 없고, 결론적으로 줄여서 말하자면 말야, 아버지가 학비를 완전히 끊어버리고, 당신네 회사에 취직을 시켰어.」

「오라, 그럴 거라는 말은 진작 있었잖아? 결국 아버지가 승리의 깃발을 올리셨군. 별수없지. 생산 능력 없는 자 앞에서 돈처럼 막강한 무기는 없으니까.」

「아버지의 힘 앞에 굴복하긴 했는데, 사학과를 나와 가지고 건설회사에서 어떻게 견디어 나갈지 박준서가 참 딱해.」

원병균이 한숨을 쉬었다.

「이렇게 말하긴 좀 뭐하지만, 그 아버지가 돈만 좀 있고, 무식하기는 이를 데 없으면서, 반공주의는 무조건 최고로 신봉하는 속물족 아니야?」

「귀신이네.」 원병균은 픽 웃음을 흘리고는, 「근데 그분이 그렇게 한 것은 아들을 운동과 차단시키려고 그런 것만이 아니야. 세상의 변화에 맞추어 회사조직을 강화하는 데 박준서의 힘도 필요했던 거야」 하며 술잔을 들었다.

「그게 무슨 소리야?」

「거 지난 1월에 발표한 제1차 경제개발 5개년 계획 있잖아. 그걸 사업가인 박준서의 아버지는 큰 기회가 온 것으로 받아들인 거야.」

「홍, 사업가로서 눈치 빠른 건 좋은데, 그게 정말 계획대로 추진된다는 보장이 어딨어. 5개년 계획이고 국토건설단 창설이고 다 장면정권에서 계획했던 것이고, 더구나 떡이 있어야 굿을 할 텐데 돈은 어디 있고, 군인들이 뭘 또 알아야 말이지. 벌써 말들이 많잖아.」

「글쎄, 문제가 없는 건 아닌데 경제학 교수 얘기 들어보니까 꼭 비관적인 것만은 아니야. 케네디가 장기적 경제발전을 위해 원조정책을 현금차관으로 바꾸었고, 한·일회담에서 보상금을 받을 것이고, 독일 같은 데서 차관을 얻게 되면 자금문제는 해결되고, 거기다가 부정부패 없이 군대식 조직력과 추진력으로 밀어대면 뜻밖에 잘될 수도 있다는 거야.」

원병균의 말은 그저 무덤덤했다.

42
거기도 지옥

「이봐 윤 씨, 일어나 한술 떠.」

「이, 이따가……, 이따가…….」

자리에 누운 남자가 눈을 감은 채 들릴 듯 말 듯 입술을 달싹거렸다.

「이따가는 언제 이따가. 찬도 읎는 밥 다 묵을 때 항꾼에 한술 떠야
제 이따가 혼자서 무신 맛으로 묵어지겠어. 자아, 기운 채리고 일어나
드라고.」

천두만이 그 남자를 일으키려고 했다.

「아니……, 아니……, 나 비위가 상하고……, 토해질라고 하니까……,
괜찮아, 이따가……, 이따가…….」

눈을 뜬 그 남자는 손을 저어댔다. 눈을 뜨자 그의 마르고 색깔 나쁜
얼굴은 더욱 병색 짙어 보였다. 퀭한 눈에 눈동자가 힘없이 풀려 있는
탓인지도 몰랐다.

「토해질라고 해? 이거 병원에 가봐야 되는 것 아닌가?」

「글씨 말이시. 몸살치고는 아조 되게 앓는 심이기는 헌디.」

「이거 몸살이 아닌지도 몰라. 오늘이 나흘짼데 자꾸 더 심해지잖아?」

밥상에 둘러앉은 세 남자가 서로를 쳐다보았다.

「아니야……, 내 병 내가 다 알아. 곧 일어날 거니까……, 내 걱정 말고……, 어서들 먹고 일 나가……, 일.」

그 남자는 힘겨웁게 말하고는 눈을 뜨고 있는 것조차 힘들다는 듯 도로 눈을 감았다.

「우리 겉은 신세 몸떵이 하나 믿고 사는디 워찌 저런지 몰르겄네. 워째야 쓰까 이.」

천두만이 낮게 혀를 차며 숟가락을 들었다. 다른 두 사람도 근심스런 얼굴로 밥을 떴다. 그들의 남루한 입성처럼 밥상에는 가난이 흐르고 있었다. 반찬이라고는 덤불김치 한 가지뿐인데 밥은 그릇마다 푸짐하게 담겨 있었다. 쌀을 찾기 어려울 지경인 보리밥은 그릇에 담긴 것보다는 위로 솟긴 것이 더 많아 보일 정도였다. 부두노동을 해야 하는 그들은 그 고봉의 밥을 금세 먹어치웠다.

「윤 씨, 밥 꼭 먹어야 해.」

「윤 씨, 밥이 보약인 거 알제? 처자석 생각혀서 억지로 묵어야 써.」

「그렇지 그럼. 처자식들이 우리만 바라보고 있잖아. 기운 내.」

그들은 누더기나 다름없는 짐받이를 하나씩 들고 집을 나섰다. 짐을 어깨에 질 때 받치는 그것은 깁고 기워 입다가 못쓰게 된 헌옷으로 만든 것이었다.

「병원이든 약국이든 돈이 있어야 가지. 몸이 아파도 그저 누워서 낫기를 기다려야 하는 팔자들이니 원.」

「그러게 아프지를 말아야 하는데, 그게 어디 뜻대로 돼야 말이지.」

「워디 병이 안 나게 생겼간디. 니나 나나 묵는 것은 부실허제, 날이날마동 일은 뼛골 빠지게 심들제, 모다 골병든 몸덜 아니라고. 언제꺼정

이러고 살아질란지 원.」

그들의 말은 시름겨웠다.

천두만은 네댓 달 전에 자신이 앓았던 몸살을 생각했다. 손가락 하나 까딱할 기운이 없었고, 전신 마디마디가 아프지 않은 데가 없었고, 머리카락까지 들뜨고 욱신거리는 것 같은 지독한 몸살이었다. 날이 바뀌는 줄도 몰랐는데 정신을 차리고 보니 사흘이 지나 있었다. 그때 자신도 병원이나 약국에 가지 않았다. 돈이 없는 것은 아니었지만 그건 병원이나 약국에 갖다 바칠 돈이 아니었다. 병이 나도 병원에 가지 않는 것이 그들 부두노동자들의 처지였다.

「오늘은 일거리가 뭐지? 설마 또 쎄멘트는 아니겠지.」

「어이, 징허게 그런 소리 말어. 어지께 그 뿌연헌 먼지 숨맥히게 마신 것도 정떨어지는디.」

「오늘은 어떻게 좀 '재수가 땡'하지 않을래나. 쌀이 바닥날 때라 어디서 쌀이 들어올 것도 같은데.」

그들은 부두로 들어서며 오늘의 일거리를 점치고 있었다.

그건 부두노동자들이 매일 아침 지치지도 않고 신경 쓰는 일이었다. 왜냐하면 배에 싣고 내리는 물건에 따라 일하기의 쉽고 어려움이 크게 달라지는 탓이었다. 어제처럼 시멘트를 운반하게 되면 뿌연 돌가루 먼지를 숨이 막히도록 들이마셔야 하고 온몸에 뒤집어써야만 했다. 그렇다고 돈을 더 많이 받는 것도 아니었다. 시멘트 먼지를 하루 종일 들이마시다 보면 목이 칼칼하다 못해 콕콕 쑤시면서 아렸다. 그리고 그 먼지를 온몸에 뒤집어쓰다 보면 전신이 가렵고 따끔거렸다. 그러나 돈 내고 목욕을 할 수 없으니까 적당히 털어내고 말았다. 그러다 보니 온몸의 근질거림과 스멀거림은 며칠을 갔다. 시멘트와 똑같이 고역스러운 작업이 비료 운반이었다. 비료 포대에서도 뿌연 먼지가 일어나 사람을 못살게 굴었다.

노동자들이 가장 좋아하는 것이 양곡 운반이었다. 그중에서도 쌀이 단연 인기였다. 운반을 하는 동안 눈치껏 쌀을 입에 몰아넣어 생쌀로라도 허기를 메꿀 수 있기 때문이었다. 그래서 쌀 운반이 있는 날은 '재수가 땡'이라고 했다.

「오늘은 비료 운반이다. 농사철이 한창이라 급히 써야 하니까 빨리빨리 일을 해치우도록.」

반장의 작업 지시였다.

「아이고, 사람 잡네.」

「연달아 왜 이래 이거.」

「이건 해도 너무하잖아.」

여기저기서 불평이 터져나왔다.

「입 놀리는 자가 누구야. 유감 있으면 앞으로 나와서 해. 당장 '고향 앞으로' 해줄 테니까!」

반장이 눈을 부라리며 고함쳤다.

노동자들이 일시에 조용해졌다.

천두만은 아까부터 고개를 푹 떨구고 앉아 있었다. 무슨 일거리가 안 겨지건 입을 놀릴 필요가 없었다. 이 신세에서 벗어나지 못하는 한 맡겨지는 일을 꼼짝없이 할 수밖에 없었다. 반장의 한마디에 다들 고양이 앞에 쥐가 되어버리는 것은 이 일자리나마 잃을까 봐 겁이 나서였다. 반장이 늘 위세당당한 것은 일자리를 구하는 사람들이 그의 앞에 줄을 서 있는 탓이었다.

「작업 개시 10분 전!」

반장의 외침을 따라 노동자들은 담배에 불을 붙였다.

천두만은 담배연기를 내뿜으며, 언제까지 여기 있어야 하나 하는 생각을 또 하고 있었다. 아무리 생각해도 여기는 오래 있을 곳이 못 되었다. 통장의 말대로 날마다 일거리는 많았다. 그러나 층층이 상전이 많은 것이 탈이었다.

그놈의 상전 때문에 여기에 발을 붙이면서부터 돈을 뜯겨야 했다. 그 패거리들이 부당한 짓을 한다는 것을 다 알면서도 수많은 노동자들이 어찌할 방도가 없었다.

「작업 개시 3분 전. 전체, 일어섯!」

반장의 구령에 따라 반원들은 일제히 일어서며 짐받이를 어깨에 걸쳤다.

천두만이 부두에 찾아들었을 때 일자리를 얻으려면 '교제비'를 써야 한다고 귀띔해 준 건 좌판을 편 막국수장사 아주머니였다.

「어쩌겠수. 일자리 구하는 사람들이 너무 많으니. 뒤로 교제비 안 쓰고는 어림도 없어요. 맨입으로는 되는 게 없는 세상 아니유.」

「얼매나 써야 되는디요?」

천두만은 별로 놀라지 않았다. 서울살이를 하면서 '기름칠'을 해야만 돌아가는 세상 이치를 모르지 않았다.

「그게 아무리 못해두 두 장은 써야지요, 아마.」

아주머니는 손가락 두 개를 펴보였다.

「두 장?」

천두만은 얼른 감이 잡히지 않았다.

「2천 환 말이우.」

「2천 환……」

천두만은 눈길을 내리깔았다. 천 환도 아니고 생돈 2천 환이 없어지는 건 좀 과하다 싶었다.

「왜, 그만한 돈이 없으슈?」

「그걸 누구헌테 믹여야 허요? 헛방구가 안 돼얄 것잉께로.」

「그야 걱정 마세요. 내가 잘 아는 반장한테 줄을 대줄 수가 있어요.」

「믿어도 되겠소?」

「그럼요. 교제비를 미리 주는 게 아니라 반장이 일할 사람을 만나보고, 일 잘하겠다고 점찍으면 돈은 일 나가는 날 주는 거니까요.」

「점찍어요?」

「아 예, 힘을 잘 쓰게 생겼나 어쩌나 보는 거지요. 유식한 말로 면접보는 거 있잖우. 날마다 기운 쓰는 일인데 몸이 실해야 하잖아요. 아무리 교제비가 있어도 약골은 못 뽑혀요. 아저씨는 그럴 걱정 없으니 잘됐네요.」

「나 하로가 급헝께 얼렁 소개혀 줏씨요.」

「그런데……, 그게…….」

그 아주머니는 무슨 말인가를 입에 담고 실실 웃었다.

「워째, 무신 헐말 더 있으씨요?」

「그거 있잖아요, 방 소개할 때 복덕방에 주는 거.」

「복덕방에 주는 거?」

천두만은 어리둥절했다.

「소개비 모르세요, 소개비?」

아주머니가 답답하다는 듯 말을 해버렸다.

「이, 아짐씨헌테 소개비 내놓으라고라? 디려야제. 얼매요?」

천두만은 어이없어하면서도 일을 그르쳐서는 안 된다는 생각에 흔쾌한 척 말했다.

「많이도 말고 한 장이면 돼요.」

「천 환?」

천두만은 소스라치게 놀랐다.

「이 아저씨가 막차 타고 어젯밤에 서울역에 내리셨나? 아무리 인심사나운 세상이라지만 그리 비싼 소개비가 어딨어요. 100환 한 장 말하는 거지요.」

아주머니가 머릿수건을 만지며 비식 웃었다.

「이것도 한 장, 저것도 한 장 헝께 촌놈이 워디 땅짐을 허겄소. 소개비도 자리 정해지면 디리는 것이제라?」

천두만은 선수를 치고 들었다.

「예, 그리 하세요.」

반장을 다음날로 만났다.

「쌀 몇 가마니 질 수 있소?」

뼈대는 큰 편이었지만 노동자 티는 전혀 나지 않는 반장이 천두만을 살피며 물었다.

「두 가마니는 쉽게 지는디요.」

「지게에 말고 어깨에 말이오.」

「어깨에는 한 가마니 올리제라.」

「여기 노동자들 중에 누구 아는 사람들 있소?」

「아무도 읎는디요.」

「됐소. 하루만 기다리시오.」

천두만은 반장과 헤어지고 나서도 왜 그가 노동자 같지 않은지 의문이 풀리지 않았다.

노동자들은 비료 먼지를 뒤집어쓰며 배와 부두를 연결하고 있는 긴 널빤지를 타고 분주하게 오락가락하고 있었다. 비료 포대 두 개씩을 어깨에 올린 그들은 어떤 율동을 하듯이 뛰고 있었다. 대여섯 발짝씩 간격을 띄워 줄줄이 뛰고 있어서 어느 한 사람만 걸어갈 수 없는 흐름을 이루고 있었다.

그런데 그들의 가벼운 뜀박질은 탄력 좋게 낭창낭창 춤을 추는 널빤지를 밟으면서부터 시작되고 있었다. 긴 널빤지 위에는 앞서 출발한 사람이 한두 명은 있게 마련이고, 짐까지 진 그들의 뜀박질로 널빤지는 쉴 새없이 출렁거렸다. 그런데도 그들은 그 출렁거림을 잘도 타넘고 있었다. 널빤지에서 아래 바닥까지는 서너 길 높이였고, 그 바닥은 바닷물

머금은 시커먼 뻘밭이었다. 한순간 자칫 잘못하면 여지없이 곤두박힐 판이었다. 그러지 않아도 일제시대부터 이어져온 그 상하역작업으로 많은 사람들이 죽고 다쳤다는 소문이 떠돌고 있었다.

그들의 휴식시간이란 따로 없었다. 저 멀리 있는 큰 배에서 물건들을 실어오거나 실어가는 작은 배들이 자리바꿈을 할 때 그들은 잠깐씩 주저앉아 담배를 피우거나 물을 들이켰다. 그런데 변소에 가는 사람은 별로 없었다. 철을 가리지 않고 땀을 흘리는데다 힘겨운 일로 체력 소모가 큰 탓이었다.

그런데 그들이 서글퍼지는 것은 점심시간이었다. 아침 8시부터 다섯 시간 동안 줄기차게 짐을 지고 뜀박질을 해댔으니 그들의 배는 텅텅 비어 있었다. 그들은 쇠도 녹일 만큼 허기에 몰리고 있었다. 그러나 그들에겐 배가 든든하게 먹을 돈이 없었다. 그들은 반장이나 노조 간부들이 찾아가는 어엿한 식당은 엄두도 못내고 싸구려 좌판으로 몰려갔다. 좌판에는 감자보리밥, 막국수, 돼지비계감자죽, 밀개떡, 고구마 같은 것들이 그들을 기다리고 있었다. 그들은 제각기 형편에 따라 좌판을 골라 앉았다. 국에 김치까지 나오는 감자보리밥이 최상품이었고, 돈이 없는 사람은 다 식어빠진 고구마 한두 개로 허기를 달랠 수밖에 없었다.

천두만은 돼지비계감자죽 한 그릇을 받아들었다. 말이 돼지비계감자죽이었지 돼지비계는 찾기가 어려웠고, 비계에서 나온 기름기에 감자와 통밀이 섞인 죽이었다. 막국수보다 그것을 먹는 것은 묽은 비계 기름기라도 몸에 담자는 것이었고, 감자와 통밀이 속을 든든하게 해주었다.

천두만은 서울에서 지게질을 할 때와는 달리 여기 와서는 점심을 거르는 일이 없었다. 돈벌이가 좋아서가 아니었다. 지게질은 일거리를 만날 때만 쉬엄쉬엄 하는 일이었다. 그러나 이곳 부두일은 하루에 12시간씩 줄기차게 해대야 했다. 그런 숨가쁜 형편에 돈 아까워 점심배를 곯았다가는 황천길을 부르는 거나 다름없었다. 일을 하다가 맥없이 쓰러지는 사람들은 거의가 점심을 먹지 못한 탓이었다.

「어, 어, 저기 서부 활극 벌어졌네.」

「그래, 영화관에 구경 못 가는데 어디 화끈하게 한판 붙어봐라.」

「좋다, 좆같은 세상 조져라, 조져.」

그들은 밥을 먹다 말고 저쪽에서 벌어지고 있는 싸움판을 향해 목청을 높여댔다. 천두만도 천천히 그쪽으로 눈길을 돌렸다.

두 사람이 주먹질 발길질을 해대고 있었다. 그런데 가까이 있는 사람들은 말리려는 기색 전혀 없이 그저 구경만 하고 있었다. 그게 이곳 부두의 인심이었다. 수천 명이 들끓는 부두에서는 싸움판이 벌어지지 않는 날이 없었다. 개인끼리 싸우는 것만이 아니라 어떤 때는 일거리로 시비가 붙어 패싸움이 벌어지기도 했다. 개인끼리 벌어지는 싸움은 거의가 돈 때문이었다. 벌이가 시원찮은데도 여기저기서 노름판은 성했고, 거기서 빌려주고 빚지고 한 돈이 싸움으로 이어졌다. 어쩌면 벌이가 시원찮으니까 손쉽게 돈을 몰아잡을 욕심으로 노름판에 말려드는지도 몰랐다. 그리고, 살기가 힘들어서 그런지 어쩐지 노동자들은 사소한 일에도 걸핏하면 화를 내며 욕지거리를 했고, 그건 곧 주먹다짐으로 이어지고는 했다. 그런 거친 판에서는 기운 세고 싸움 잘하는 사람이 왕일 수밖에 없었다. 천두만은 노름 같은 것에는 아예 눈도 돌리지 않았고, 싸움도 피하려고 애를 썼다. 그러나 맞고는 살 수 없는 일이어서 싸움하는 요령을 날로 배워가고 있었다. 싸움도 기운으로만 하는 것이 아니라 기술이었다.

「저거, 저거, 싸움하는 것들이 뭐 저래. 닭싸움하는 것도 아니고.」

「그러게 말야. 화끈하게 한판 붙지도 않고 벌써 지쳤나.」

「그렇기도 하겠지. 점심 먹을 새도 없이 싸우기 시작했으니 지칠 만도 하지.」

「아서라 말아라, 그만들 싸워라. 부자들 푼돈도 아닌 돈으로 치고 박고 해봤자 몸만 상한다.」

천두만은 뒷사람에게 자리를 내주고 일어났다. 아침밥에 비해 배는 반도 안 찼다. 그 아쉬움과 함께 고향 산천이 떠올랐다. 그리고 고향 냄새가 물큰 풍겨왔다. 참 이상한 일이었다. 고향이 떠오르면 꼭 냄새까지 풍겨왔다. 그런데 그 냄새는 두 번 맡으려 하면 더는 나지 않았다. 처음 풍긴 냄새는 그리도 짙고 선명했는데 왜 두 번째는 맡을 수 없는 것인지 알 수가 없었다. 그래서 고향은 더욱 그리웠다. 그리운 만큼 돌아가고 싶었다. 기름기 자르르 도는 쌀밥을 잘 익은 배추김치 쭉쭉 찢어 걸쳐 배 터지게 먹었던 그 고향으로 돌아가고 싶었다. 고구마 그들먹하게 윗목에 쌓아둔 사랑방에서 이런 얘기 저런 얘기 하며 새끼를 꼬고 망태기를 짜다가 밤이 깊어지면 대숲에서 참새몰이를 한바탕하고, 참새구이와 생두부를 안주삼아 막걸리 내기 윷판을 벌리곤 했던 그 고향으로 돌아가고 싶었다. 그러나 돈은 뜻대로 모아지지 않고 세월만 속절없이 흘러가며 고향하고는 자꾸 멀어지는 것 같아 고향 생각을 할 때마다 외로움이 커지면서 하염없이 눈물겨웠다.

30분의 점심시간이 끝나고 오후 작업이 시작되었다. 언제나 오후 작업은 더 힘이 들었다. 오전 작업으로 기운이 빠진데다가 점심들이 부실한 까닭이었다. 그렇다고 게으름을 피울 수도 없었다.

「빨리 해, 더 빨리! 농땡이 까면 알지. 걸리면 국물도 없어.」

그런 사정을 환히 알고 있는 반장들이 부쩍 설치고 다니며 외쳐댔다. 국물도 없다'는 그들의 말은 그저 엄포가 아니었다. 그들의 비위에 조금만 거슬려도 당장 '모가지'였다. 사람들은 줄서 있는 판이고, 새 사람이 들어오면 그들은 '교제비'를 챙길 수 있었다. 노동자들의 목숨은 그들이 휘둘러대는 지휘봉 끝에 달려 있었다. 조금만 게으름을 피워도 모가지였고, 별 이유 없이 미움을 사도 모가지였고, 기운이 좀 딸리는 것 같아도 모가지였고, 반장을 흉보았다는 엉뚱한 모략에도 모가지였다.

그러나 아무리 억울해도 따지거나 대들 수가 없었다. 반장은 혼자가 아니었고 그들 뒤에는 막강한 힘을 발휘하는 노조가 버티고 있었다. 200명이 넘는 반장들은 하급이긴 했지만 엄연한 노조의 간부였다.

「어, 어, 저거 누구야!」

창고를 향해 뛰고 있는 행렬 속에서 한 사람이 비틀비틀하더니 푹 고꾸라졌다. 그 바람에 비료 포대 두 개가 그 사람을 덮칠 듯하며 아슬아슬하게 땅에 굴러떨어졌다.

「최 씨 같은데, 최 씨.」

「아니야, 황 씨야.」

그 사람 앞에 있던 사람들은 아무것도 모르고 그냥 창고를 향해 가고 있었고, 뒤를 따르고 있던 네댓이 그에게로 몰려들며 비료 포대들을 내렸다.

「맞아, 황 씨야.」

「뒤집어, 조심해서 뒤집어.」

사람들은 힘을 합쳐 그를 바르게 눕혔다.

「이거 정신을 잃었잖아.」

「아이구, 이 얼굴 봐라. 이거 원…….」

의식을 잃은 그 사람의 한쪽 광대뼈 부분은 쓰러지면서 땅에 사정없이 부딪쳐 피가 흐르기 시작하고 있었다. 그 으깨진 살갗에는 흙이 묻고 자디잔 돌들이 박혀 있었다.

「황 씨, 황 씨, 정신차려.」

「이거 어떻게 해야지? 빨리 찬물 뿌려야 되잖아?」

그들은 어찌할 줄을 모르며 두서가 없었다.

「거기 뭐 하는 거야! 단체로 농땡이 까는 거야!」

그때 고함을 치며 반장이 뛰어오고 있었다.

「황 씨가 쓰러졌어요.」

「기절을 했어요.」

그들은 어물어물하며 반장보고 보라는 듯 쓰러진 사람 옆에서 조금씩 물러났다.

「이거 어쩐지 비실비실한다 했더니 결국 요 꼴이군.」 반장은 짜증스럽게 내뱉고는, 「이봐, 뭣들 하고 있어. 너희들은 빨리 비료 옮기고, 거기 너희들, 빨리 뛰어와. 빨리.」 그는 창고에서 비료를 부리고 발길을 되돌린 사람들을 향해 소리쳤다.

반장 앞에 뛰어온 세 사람 중에 천두만도 끼어 있었다.

「빨리 저쪽 그늘로 들어 옮겨.」

한 사람은 황 씨의 두 다리를 잡고, 두 사람은 상체를 받쳐들었다. 천두만은 축 늘어진 황 씨를 내려다보고 걸으며 집에서 앓고 있는 윤 씨를 생각했다. 그리고, 여름 땡볕 속에서 쓰러져 허망하게 죽어갔던 몇몇 사람을 생각했다.

「됐어, 여기 두고 빨리 가서 일해.」

반장이 세 사람에게 명령했다.

「저 사람 무슨 병 들었나?」

「병이라면 골병이지 뭐. 또 사람 잡는 여름이 시작됐으니 원.」

두 사람은 한숨을 쉬고 혀를 찼다. 천두만은 말없이 걸으며, 황 씨가 윤 씨 같기도 했고, 자신이 황 씨 같기도 했고, 서글픈 생각이 뒤엉키고 있었다.

길어지는 해가 지고 어스름이 깔려서야 하루 일이 끝났다. 노동자들은 반별로 작업표에다 도장을 누르고 부두에서 벗어났다.

「윤 씨, 윤 씨, 몸은 좀 워뗘?」

천두만은 방문을 열며 인기척을 낼 겸 물었다.

그러나 윤 씨 쪽에서는 아무 기척이 없었다. 천두만은 가슴이 덜컥 해서 다급하게 윤 씨를 들여다보았다. 입을 반쯤 벌린 윤 씨는 가쁜 숨을 몰아쉬고 있었다.

「윤 씨, 나여. 몸이 잠 나슨 것이여 워쩐 것이여?」

천두만은 윤 씨를 흔들었다.

윤 씨의 눈꺼풀이 바르르 떨렸다. 그리고 한참이나 걸리는 듯싶게 눈을 떴다. 그러나 희멀건한 눈은 아침보다 더 심하게 풀려 있었다. 그 눈이 사람을 알아보는 것 같지 않았다. 바싹 탄 입술이 약간 달싹이는 것 같더니 눈꺼풀이 스르르 내려앉고 말았다.

「참말로, 앓아도 엄청시리 앓네.」

천두만은 혀를 차고 돌아앉으며 아침에 차려놓고 간 밥그릇 뚜껑을 열어보았다. 밥은 서너 숟가락을 뜬 흔적이 남아 있을 뿐이었다.

그때 두 사람이 돌아왔다.

「밥얼 이리 못 묵었시니 큰일이시. 사람을 못 알아보는 것 같고, 자꼬 더 심해지는 것 같은디…….」

천두만은 두 사람을 물끄러미 쳐다보았다.

「이거 어쩔라고 이러지?」

「큰일이네. 이걸 어째야 좋아?」

방바닥에 주저앉는 두 사람의 한숨소리가 겹쳐졌다.

「안 돼겠구마. 쌀죽을 잠 쒀야제.」

천두만이 무릎을 짚으며 무겁게 몸을 일으켰다.

「당번은 나야. 천 씨는 그냥 있어.」

「배 씨는 얼렁 우리 밥이나 혀. 혼자서 두 가지 일을 워찌 혀.」

처지가 같은 네 사람은 사글세방 하나를 얻어 자취를 했다. 방이 더 컸더라면 다섯이나 여섯이 되었을 것이다. 시골에 처자식을 둔 부두노동자들은 생활비를 최대한 아끼려고 그런 식으로 덩어리를 이루었다.

윤 씨는 눈만 풀린 것이 아니라 몸도 다 풀려 일어나 앉지를 못했다.

「되았어, 되았어. 죽잉께 그냥 믹여도 넘어가.」

천두만은 윤 씨의 입에 죽을 떠넣기 시작했다. 그러나, 윤 씨는 서너 번 받아먹는가 싶더니 더는 입을 열지 않았다.

「윤 씨, 먹어야 살지 이러다가 큰일나.」

「처자식들을 생각해서라도 억지로 먹어야 해.」

「곡기 끊고 병 이기는 장사 없는 법이여.」

그들의 성화에도 윤 씨는 입을 열지 않았다.

저녁을 먹은 그들은 담배를 끄기가 바쁘게 픽픽 쓰러지듯 했다. 하루 종일 중노동에 시달린 그들은 마구 덮쳐오는 잠을 이기지 못했다. 네 사람이 눕자 방에는 빈틈이라고는 거의 없었다. 후줄그레한 옷들은 네 벽에 걸려 있었다.

「어이, 천 씨, 배 씨, 빨리 일어나봐. 윤 씨가 이상해!」

그들은 윤 씨에게로 달겨들었다. 천두만은 그의 손을 잡다가 섬찟하게 끼쳐오는 냉기에 손을 얼른 놓았다. 윤 씨는 이미 몸이 식어 있었다. 그들은 아무 말도 못하고 한동안 굳어져 있었다.

「으쩌겠어. 다 팔잔디.」

천두만이 돌아앉으며 꽁초를 꺼냈다.

「빨리 집에 연락해야지.」

「전보를 쳐야겠지. 주소부터 찾아보자구.」

그들은 윤 씨의 주머니를 뒤지기 시작했다.

「아니, 이거 돈이잖아.」

「그렇네. 꽤 되는 것 같은데?」

「이건 주소고.」

윤 씨의 주머니에서 나온 돈은 두 번, 세 번 접혀 주소와 함께 들어 있었다.

「아이구 이 사람, 돈을 이렇게 가지고도 병원엘 안 가보다니. 쯧쯧쯧…….」

「고것이 집에 보낼 돈이었제 병원에 갈 돈이었간디.」

천두만이 담배연기를 내뿜으며 퉁명스럽게 말했다.

「빌어먹을, 결국 장례비 되고 말았잖아.」

「그나저나 어쩌지? 이리 두고 일 나갈 수도 없고.」

「가서 말허고 장례 치를 때꺼정은 일 못허는 것이제 어째.」

「못해도 사흘은 걸릴 텐데, 그래도 봐줄까?」

「즈그도 사람인디 그것꺼지야 야박허게 허겄어?」

「그래도 누가 알아? 그 인정사정없는 놈들이.」

「그려서 짤리면 여그 떠부러. 여그서 금뎅이 캐는 것도 아니고, 여그서 허는 고생 딴 디 가서 허면 이만 못헐 것이 머시여, 잡녀러 것!」

천두만이 카악 가래를 돋우었다. 그건 감정으로 솟은 말이 아니었다. 오래 전부터 되작거려온 생각이었다.

「천 씨 말도 맞어. 알짜는 다 노조에 뜯기면서 평생 골 빠지게 일해 봤자 거지꼴 못 면해.」

「그렇다고 어디로 가겠어. 이 더러운 목숨.」

그들은 한꺼번에 한숨을 토해냈다.

노조에서는 각 회사를 상대로 상하역작업의 노임 결정을 도맡고 있었다. 그런데 그 노임은 노동자들에게 정확하게 분배되는 것이 아니라 미리 노조 운영비라는 것을 떼냈다. 노동자들은 일거리에 따라 회사에서 받는 상하역비가 얼마인지 알 수가 없었고, 노조에서 정해놓은 일당대로 계산해서 받을 수밖에 없었다. 그게 의심스럽고 억울했지만 따지고 들 수가 없었다. 몇 년 전에 어떤 똑똑한 사람이 그걸 따지려고 노동자들을 규합하다가 어느 날 바다에 시체로 떠올랐다는 소문이 퍼져 있었다. 그 때 경찰에서는 그 죽음을 자살로 처리했다는 거였다. 노조의 높은 간부들이 요정 출입을 한다는 것은 모르는 사람이 없었다. 그리고 반장들까지 짐 한 번 어깨에 올리지 않고 그 운영비에서 월급을 받고 있었다.

「산 사람은 그래도 또 먹어야겠지.」

식사 당번이 밖으로 나가면서 중얼거렸다.

「나가 가서 반장헌테 말허고 올랑만.」

아침을 먹고 나서 천두만이 방을 나섰다.

43
산다는 것

「의장 각하께서는 시간이 촉박하시어 유감스럽게도 여기까지 못 오시고 바로 서울로 떠나시며 여러분의 장도를 축하하셨다. 아! 바로 저기저 헬리콥터로 의장 각하께서 떠나신다.」

「우우우…….」

「워어어…….」

연병장에 도열해 있던 건설대원들은 다함께 야유를 터뜨렸다. 저 멀리서 헬리콥터는 그 특유의 느릿하고 어설픈 몸짓으로 날아오르고 있었고, 그동안 단상에 버티고 서 있던 '그러니까' 건설대장은 쫓기듯 아래로 내려가고 있었다. 명령에 절대복종해야 하는 건설대원들의 그런 태도도 문제였고, 서슬 퍼렇던 건설대장의 그 졸장부 같은 반응은 더욱 문제가 아닐 수 없었다. 아니, 그는 어쩌면 건설대원들의 반감에 기죽은 것이 아니라 최고회의 의장을 상면할 기회를 놓쳐 대원들의 반발에 신경 쓸 겨를이 없을 만큼 낙망한 것인지도 몰랐다.

오늘은 건설대원들의 작업완료일이었다. 그런데 때마침 인근 부대를 방문하게 된 최고회의 의장이 그들의 종료식에도 참석한다고 했다. 그 준비로 건설대에는 며칠째 비상이 걸려 대청소, 시설정비, 제식훈련, 용모단정까지 정신없이 돌아갔다. 그런데 대원들보다 더 바쁘게 설친 것이 대장이었다. 그는 열 장이 넘는 차트를 급조했고, 긴장과 흥분 속에서 차트를 넘겨가며 브리핑 연습하기에 연일 열중했었다.

건설대원들은 오후 2시부터 세 시간이 넘게 도열해 있었는데, 역시 최고회의 의장은 그리 쉽게 가까이에서 볼 수 있는 사람이 아니었다. 헬리콥터는 느린 것 같으면서도 금방금방 잠자리가 되고, 파리가 되고, 하루살이가 되는가 싶더니 아득한 하늘 저 끝으로 가뭇없이 자취를 감추고 말았다.

「씨팔, 우린 이제 어쩌라는 거야?」

「좆이나, 이제 자유다, 자유!」

「쭈아, 밤새도록 쐬주나 까는 거야!」

그들은 거리낌없이 마구 외쳐댔다. 그 외침대로 그들은 정말 자유였다. 얼마 전까지만 해도 그들을 통제하고 있던 기간요원들도 맥빠진 대장을 따라 슬슬 본부 막사로 물러가고 있었다.

그들은 내일 아침기차로 서울로 떠나게 되어 있었다. 떠나기 전까지 지켜야 할 주의사항은 최고회의 의장을 기다리며 귀 아프게 들었으니까 상호간에 볼일은 다 끝난 셈이었다. 이제 남은 것은 하룻밤 새우고 단체로 청량리역까지 기차를 타고 가는 일뿐이었다.

「다시 한 번 강조한다. 아무리 사소한 그 어떤 기물도 파손해선 안 된다. 여기에 있는 모든 기물은 국민의 혈세로 된 국가의 재산이다. 그리고 여러분이 떠나면 즉시 교체되는 국토건설단원들이 모든 시설물을 사용하게 되므로 그들에게 추호의 불편을 줘서는 안 되는 것이다. 만약 그 어떤 기물이든 파손하는 경우에는 소속에 따라 소대·중대·대대가 연대책임을 지게 된다. 연대책임이 뭔지 잘 알지! 더 설명하지 않는다.」

그들이 귀가 닳게 들은 주의사항이었다. 병역기피자들이 자신들과 똑같은 조건으로 군복무를 때우려고 자신들의 뒤를 따라온다는 사실에 그들은 적이 위로를 받으며 기분이 좋아지고 있었다. 자신들만 억울하게 당한 줄 알았는데 그게 아니었던 것이다. 그러니 그런 위협적인 주의사항을 되풀이하지 않아도 기물을 파손할 리가 없었다.

「가자, 해방촌으로! 술이다, 술!」

「으라싸싸, 마시자, 마셔!」

「아싸라비야, 빠구리도 트자, 빠구리!」

그들은 거칠 것 없이 연병장을 벗어났다. 그 기세는 거세고 험하기까지 했다.

그들이 말한 해방촌은 군부대 옆에 이루어진 소형 도시였다. 그냥 동네나 마을이라고 하기에는 술집에서부터 여자까지 온갖 것들이 없는 것 없이 다 있었고, 도시라고 하기에는 그 규모가 체면 없이 너무 작아 천상 '소형 도시'라고 할 수밖에 없는 그곳은 군부대가 자리잡으면서 생겨난 것인지, 원래 있었던 동네 가까이 군부대가 주둔한 것인지 모를 일이었다. 그런데 해방촌이라는 이름만큼은 군인들이 붙인 것이 분명했다.

그러나 그들을 반기는 곳은 해방촌만이 아니었다. 물이 있는 곳이면 어디든지 꼭 물고기가 있듯 해방촌까지 10리 남짓한 사이에 집 네댓 채씩 모인 간이마을이 서너 군데 있었다. 그런 데도 술집이 있고, 여자가 있고, 가게가 있었다. 그들 건설대나 군대 사병들의 빈약하기 그지없는 주머니에 기생하는 인생살이였다.

「멀리 가면 뭐 별수 있나, 먼저 자리잡는 게 장땡이지.」

「공자님 말씀. 멀리 간다고 술맛이 더 좋으냐, 계집맛이 더 좋으냐.」

끼리끼리 모여 간이마을로 찾아드는 사람들이 생기기 시작했다.

「형님, 우린 어떻게 할까요?」

한 사내가 서동철 옆으로 다가서며 물었다. 얼핏 보더라도 예닐곱 명의 사내들이 서동철을 에워싸듯 하고 걷는 것이 금방 표가 났다.

「우리 평생에 언제 여기 또 오겠어? 해방촌에 가서 정식으로 작별하고 떠나야지.」

서동철의 말이었다.

「예, 그렇게 하지요.」

서동철의 걸음이 빨라지자 뒤따르는 사내들의 걸음도 빨라졌다. 그들의 작업복은 남루할 정도로 낡아 있었고, 얼굴들은 햇볕에 그을릴 대로 그을려 새카매져 있었다. 군살이라고는 전혀 없이 새카맣게 탄 얼굴과, 그 속에서 유난히 빛나고 있는 눈들, 그 얼굴 얼굴들은 쇠처럼 강하고 견고해 보였다.

서동철 일행은 술집에서 방 하나를 차지하고 앉았다. 서동철은 앉자마자 아무 말 없이 빈 술상 위에 돈을 꺼내놓았다.

130원—, 그것은 오전에 받은 한 달 치 품삯인지 월급인지 그랬다. 석 달 전까지는 매달 1,300환을 받았고, 화폐개혁이라는 것이 되면서부터 130원으로 변했다. 막벌이 지게꾼의 이틀 품삯 정도밖에 안 되는 그 돈으로 할 수 있는 일이라고는 아무것도 없었다. 그들은 술을 한바탕 마시며 목이 터지도록 노래를 부르는 것으로 심신을 풀었다. 그러고 나면 이빨은 닦을 수 없게 되고, 머리는 서로서로 가위질을 할 수밖에 없었다. 그 돈으로 치약 하나를 사고 이발을 하면 마땅했던 것이다. 그나마 담배는 화랑이 배급 나와 그 돈으로 술맛이나마 볼 수 있었다.

그들은 모두 130원씩을 내놓았다.

「형님, 무슨 술로 하실까요?」

서동철의 옆에 앉은 사내가 돈을 몰아잡으며 서동철에게 물었다.

「30원씩은 다 비상금으로 집어넣어. 다들 누가 마중 나올 것도 아니고, 버스 타고 집에들 가야지. 술은 소주로 하고.」

무표정한 얼굴로 서동철은 나직하게 일렀다.

「아니 형님, 청량리에 딱 내리는 그 순간부터 지가 왔따로 책임지겠습니다. 때 빼고 광 내는 것부터 시작해서, 불고기에 양주로 배 콱 채우고, 쪽쪽 빠진 까이들하고 몸 풀고, 택시로 집에까지 착 가도록 지가 화끈하게 끝내겠습니다. 거럼요, 청량리라면 지 체면이 있지요.」

한 사내가 신바람 나게 말했다.

「야 도끼, 너 정신차려. 그리고 너희들도 잘 들어. 우리는 이제 자유의 몸이 되지만, 그렇다고 옛날 같은 세상이 온 건 아니야. 이치들이 젤 싫어하는 게 뭔지 알아? 우리들이 다시 되살아나는 거야. 멋모르고 우리가 떼거리로 설치면 어떻게 되는지 알아? 그대로 콩밥이야. 단장님 하늘나라로 보내는 것 봤지? 지금은 때가 아니야. 너희들은 앞으로 상당 기간 감시당한다는 것을 알아야 해. 얌전하고 점잖게 참고 기다리는 거야. 다들 무슨 말인지 알지?」

서동철이 사내들을 휘둘러보며 싸늘하게 말했고, 그들은 다같이 짧고 낮게 대답했다. 서동철이 말한 단장님이란 4·19 전날 밤 고대생들 습격을 주도한 죄로 혁명재판에서 사형 언도를 받고 형장의 이슬로 사라진 이정재를 가리키는 것이었다.

「자아, 우리는 이 강원도 산골에 처박혀 헛고생한 것이 아니다. 우리 일곱이 이렇게 만나려고 여기에 왔다. 우리 쎄븐크럽의 양양한 앞길을 위하여, 부라보!」

서동철이 소주잔을 높이 들며 외쳤다.

「부라보!」

그들은 다같이 술잔을 들며 기운차게 목소리를 맞추었다.

완력과 사람 됨됨이를 보아가며 여섯을 고른 것은 결코 우연이 아니었다. 유행가에서도, 상점 간판들에서도, 서로 오가는 말에서도 운 좋고 재수 좋다고 대유행하고 있는 '럭키 쎄븐'이 되게 하고 싶었다. 그리고,

1단계 핵심조직으로는 일곱이면 아주 적당했다. 그 7이라는 숫자에서 서동철은 북두칠성을 생각하기도 했다.

「증말 국방부의 시계도 돌긴 돈다니까.」

「난 이런 날이 영영 안 올 줄 알았어.」

「우리도 이젠 당당한 애국자야. 삽과 곡괭이만 가지고 이 험한 산골에 닦은 길이 도대체 얼마냐 그기야.」

「거럼, 거럼. 우린 빽적찌근한 애국자들이시며 제대장병님들이시지. 크크크크……」

그들은 저녁도 먹지 않은 빈속에 소주를 들어붓듯이 마셔댔다.

술집에는 건설대원들이 넘쳐나고 있었다. 그들은 시끌시끌하게 떠들어대며 취해갔고, 여기저기서 젓가락장단을 치며 온갖 노래들을 부르기 시작했다. 어떤 사람들은 빽빽 고함을 질러대는가 하면, 마구 욕을 퍼부어대기도 했다.

「자아, 우리 그만 일어날까? 아까 말한 대로 더럼 타지 않게 깨끗한 폼으로 여기 뜨자구. 알겠어?」

서동철이 술기운 번진 눈으로 사내들을 휘둘러보았다.

「알겠습다, 형님.」

「예, 치사하게 폼 구기면 안 되지요.」

그들은 비틀거리며 몸을 일으켰다.

「형님, 트위스트로 휘나레를 장식해야 되잖아요?」

한 사내가 몸을 비비꼬아 흔들었고,

「그야 당연하지.」

서동철의 말이 떨어지기 바쁘게 서너 명의 사내가 노래를 시작하며 몸을 흔들고, 다른 사내들도 술기운에 들떠 휩쓸려들었다.

「노오란 샤쓰 입은 말 없는 그 사람이 어쩐지 나는 좋아……」

그들은 숨가쁘게 노래를 빨리 불러대며 제멋대로 몸을 비비틀어 흔들어대고, 제 뜻대로 몸을 비비꼬아 몸부림쳐대며 몸살이 나고 있었다. 그건 미국에서 새로 건너온 트위스트란 춤이었다. 격식도 형식도 없이, 서로가 짝을 이루지도 않고 제각기 흩어져 미칠 듯한 몸놀림을 하는 그 춤은 어찌 된 영문인지 삽시간에 유행바람을 일으켰다. 젊은이들의 놀이나 모임에서는 뒤풀이로 꼭 트위스트가 등장할 정도였다. 때마침 나타난 가수 한명숙의 〈노란 샤쓰의 사나이〉가 춤하고 딱 잘 어울려 노래와 춤은 한꺼번에 두리둥실 유행바람을 타고 있었다.

한바탕 춤을 추고 난 그들은 숨을 헐떡거리고 땀을 삐질거리며 밖으로 나왔다. 상점들의 흐린 불빛들이 세상을 가득 뒤덮은 어둠을 가까스로 밀어내며 길을 겨우 밝히고 있었다. 그 어둠침침한 길을 술 취한 건설대원들이 비틀거리고 소리지르고 노래부르며 우왕좌왕하고 있었다.

「야아, 헌병 일등병! 우리 낼 서울로 뜬다. 이제 너희들이 어쩔래!」

「예, 축하합니다. 어서들 돌아가세요.」

「이봐, 헌병 상병! 동대문에 와서 무슨 일 생기면 이 백곰을 찾아, 백곰.」

「용산에 와선 이 통뼈를 찾고.」

「예, 예, 감사합니다. 빨리 돌아가세요.」

헌병들도 다른 날과 달리 그들을 아주 부드럽게 대했다.

「야, 이거 빠구리 트고 싶어 환장하겠네, 이거!」

서동철의 패거리 중에서 한 사내가 사타구니를 훔치며 소리쳤다.

「안 됐다, 몸풀 돈이 있어야 말이지.」

「아니, 우리 30원씩 있잖아. 그걸 다 합치면 긴 밤 값은 되는데, 그걸로 단체입장 할인 받아줄 의리 있는 년 어디 없을까? 이 애국자들을 이별하는 기념으로 말야.」

「야 이 순 도둑놈아, 두 사람 몫은 가지고 사정을 해야지 그게 말이라고 해? 아무리 닳아지지 않는 구멍이라고.」

「되나, 안 되나 내기해 볼까?」

「이봐, 이봐, 하룻밤만 참어. 다 된 잔치에 코 빠뜨리지 말고.」

서동철이 그 사내의 어깨를 툭툭 쳤다.

「조선호텔요? 거긴 외국인들만 출입할 수 있는 곳 아닙니까?」

이규백은 대학 선배 최 검사를 보며 되물었다.

「이 사람 참 순진하긴. 순진도 지나치면 병이야.」 최 검사는 어이없다는 듯 헛웃음을 치고는,「물론 내국인은 투숙금지에 출입금지지. 허나 세상 무슨 일에나 특례라는 게 있잖아. 국회의원의 면책특권이나 외교관의 치외법권 외에도 그 직종과 직위의 특수성에 따른 당연한 예우가 이것저것 생기는 것 아닌가. 우리 법조인들이 누리는 혜택도 그들 못지 않지. 조선호텔의 출입이 자유로운 것도 그렇게 이해해 두게.」 그는 마치 공부 가르치듯이 말했다.

「예예……, 그런데 무슨 일입니까? 그쪽 얼굴도 모르고…….」

이규백의 말은 조심스러우면서도 마땅찮은 기색이 드러나고 있었다.

「뭐 간첩 접선하라는 것 아니니까 시간이나 어기지 말어. 내 체면이 있으니까. 그리고, 자네 얼굴은 그쪽에서 알고 있어.」

최 검사는 묘하게 웃으며 돌아서고 말았다.

이규백은 더 무슨 말을 꺼낼 수가 없었다.

최 검사는 중학교 2년 선배이면서 대학교까지 겹선배였다. 그의 집안은 대를 물린 천석꾼이라 그는 고등학교 때부터 서울로 유학했다. 그런데 그의 아버지는 어떻게 정치바람을 타고 국회의원에 출마했다가 연거푸 낙방을 하면서 그 많은 재산도 다 거덜을 냈다. 그리고 화병으로 저승객이 되고 말았다. 어쨌거나 중·고등학교 1~2년 선배는 하느님과 동창생이라고 하듯 이규백도 최 검사의 말을 꼼짝없이 들을 수밖에 없었다.

하룻밤 숙박비가 최고 5천 원까지로, 일반 경찰의 두 달치 월급으로 소문난 조선호텔은 과연 으리으리했다. 드높은 천장과 벽은 영화에서 본 것처럼 서양식으로 호화롭게 치장되어 있었고, 바닥에는 구두를 신고 밟기 두려울 정도로 무늬 고운 카펫이 푹신하게 깔려 있었다. 이규백은 그런 낯선 분위기에 자연스럽게 적응하려고 미리 마음을 가다듬고 다스렸지만 번들거리는 큰 유리문을 밀고 안으로 들어서는 순간 그만 주눅들며 감정이 헝클어졌다.

야, 이젠 그놈의 촌티 좀 벗어버려. 초가집이고 헛간 같은 기억들을 어서 내던지라니까. 넌 이제 대한민국의 법관이야, 법관. 장관도 국회의원도 부러울 것 없는 최고급 신분이라구. 저까짓 것들에 뭘 기죽고 그래.

이규백은 허리를 펴고 고개에 힘을 주고 걸으며 자신을 꾸짖고 일깨우고 있었다. 그러나 푹신푹신하게 밟히는 카펫의 감촉은 너무 얼떨떨하면서도 걸음걸이를 자꾸 어색하게 만들었다. 그리고 한국사람보다 훨씬 많은 외국사람들이 생소한 만큼 신경 쓰였다.

「이 검사님이신가요?」

이규백이 커피숍으로 들어서는데 양복을 말쑥하게 빼입은 종업원이 다가서며 물었다.

「예, 그런데요.」

「예, 안내해 드리겠습니다. 손님께서 기다리고 계십니다.」

이규백은 그런 기민한 친절도 어색하기만 했다. 그러나, 벌써 자신을 알아보고 종업원을 보낸 상대방에게 긴장을 느꼈다.

「어서 오십시오, 이 검사님. 처음 뵙겠습니다. 저는 김가희라고 합니다.」

뜻밖에도 여자가, 멋을 있는 대로 부린 40대 중반의 여자가 아주 익숙한 몸짓으로 인사를 했다.

이규백은 직감적인 거부감을 느끼며 사무적으로 대했다.

「예, 이규백이라고 합니다.」

자리에 앉으며 이규백은 그 겨울의 기억이 선명하게 되살아나고 있었다. 가정교사 자리를 구하려고 만났던 그 부잣집 여자, 학생증을 조사하고, 수학 실력을 묻고, 그러나 고향이 전라도라는 것 때문에 냉정하게 외면을 했던 여자. 그때부터 지나치게 멋을 부린 거만스러운 40대 여자들에 대해서는 이상하게도 거부감이 발동하고는 했다.

「네, 최 검사님께 말씀 많이 들었습니다. 서로 믿는 선후배님 사이시라지요?」

여자는 무척이나 겸손한 태도를 취했다.

이규백은 여자의 그 겸손에 더 비위가 상하고 있었다. 가난한 고학생 앞에서는 그리도 차가웠던 거만이 검사 앞에서는 간사하게도 겸손으로 바뀌고 있었다.

「예……, 용건이 무엇인지요?」

이규백은 전혀 다른 여자를 같은 여자로 취급하며 무뚝뚝하게 물었다.

「어머 차암, 검사님도…….」 여자는 반지를 두 개나 낀 손으로 진주 귀걸이를 만지는 척하며 무안함을 눈웃음으로 살짝 가리고는; 「최 검사님께서 좋은 말씀 안 하시던가요?」 하며 다가앉는 몸짓을 지었다.

「아니오, 아무 말도 안 했어요.」

그때 이규백의 머리를 번뜩 스치는 게 있었다. 혹시 최 선배 중매쟁이?

「네, 최 검사님께서 재미있게 하려고 일부러 그러셨군요. 제가 최 검사님 장가 보내드린 사람이에요.」

여자는 살찐 턱을 끌어당기며 힘을 주었는데, 그 순간 얼굴에 거만스러움이 확 드러났다.

이규백은 그런 여자의 얼굴을 묵살하며 커피잔을 들었다. 그의 의식 속에는 강숙자의 얼굴이 떠올랐다. 그는 자신도 모르게 솟는 신음을 커피를 넘기며 눌렀다. 강숙자에게 당한 모독은 뜻밖이었고, 강숙자가 그런 의식의 소유자라는 것도 전혀 뜻밖이었다.

「최 검사님께서 이 검사님 문제도 저더러 책임지라고 하셨어요.」

최 선배는 엄청나게 부자인 사업가의 사위가 되었다. 그는 결혼생활에 만족하고 있었고, 자신에게 그런 여건이 돌아온 것을 당연하게 생각했다.

「최 검사님의 조건에 못지않은 데가 있어요. 신부감의 학벌도 최고고, 미모도 떨어지지 않아요.」

고등고시 합격자들의 신원은 며칠이 안 되어 고급 뚜쟁이들이 다 파악한다고 했다. 몇 년 전부터 대학생들 사이에서는 출세의 한 방법으로 장가 잘 가는 것을 꼽는 풍조가 생겨났고, 특히 고등고시 합격자 태반은 권력 있거나 돈 많은 집의 사위가 되는 것을 보너스 정도로 생각했다.

「장차 정계로 진출해도 얼마든지 뒷바라지할 뜻도 가진 집안이에요. 언제든지 좋으니까 한 번 만나보시는 게 어떠실지요?」

자신도 강 의원이 사위를 삼으려고 할 줄은 몰랐다. 법관이라는 위력이 새삼스러웠고, 돌변하는 세상 인심에 현기증이 일어날 지경이었다. 그런데 정신차리라고 따귀를 후려갈긴 것이 강숙자였다.

「그리고……, 그 집이 마음에 안 드시면 그런 수준의 집들이 또 많으니까 아무 걱정하실 게 없어요.」

「예, 좀 생각해 보도록 하지요.」

「혹시 마음에 두신 자리가 있으신지…….」

「아닙니다. 너무 갑작스러워서…….」

「아 네에, 혼사는 중매인부터 겹겹이 인연이 맞고, 운대가 맞아야 성사되는 것이죠. 저는 10여 년 전부터 30년 길운이 뻗친 덕에 지금까지 단 한 번도 궂은 꼴 본 일 없이 가운이 불같이 일어나 잘들 살고 있어요. 최 검사님을 보세요. 좀 생각해 보시고 연락 주세요.」

여자는 공손하고 세련된 몸짓으로 이규백 앞에 명함을 밀어놓았다.

「예, 그러지요.」

이규백은 명함을 집어들고 일어섰다. 강숙자의 목소리가 쟁쟁히 울리고 있었다.

「제가 얼마나 실력 없는 돌대가린지 잘 아시잖아요. 저 같은 걸 언제 한번 결혼 상대로 아니, 애정의 대상으로 생각해 본 적이 있으세요? 지지리 공부 못하는 것으로 사람 취급을 하지 않았으니 여자 취급은 더구나 하지 않았겠지요. 그럼 솔직하고 당당하게 저의 아버지한테 말하세요. 결혼 못하겠다구요. 저도 분명히 말하겠어요. 애정 없는 결혼 못한다구요.」

첫 번째 만나서 강숙자가 한 말이었다.

「네에? 차마 말 못했다구요? 네, 그동안 은혜를 입어온 난처한 입장 이해할 만하네요. 좋아요. 제가 책임질 테니까 모든 걸 다 저한테 떠넘기세요. 저는 아버지의 소유물이 아니고, 더구나 아버지의 편한 세상살이를 위해 아무렇게나 써먹어도 되는 도구도 아니니까요.」

강숙자의 말은 첫 번째보다 더 냉정하고 단호했다.

마주보고 앉은 사람이 투명한 얼음벽 저편에 있는 것처럼 느껴진 것은 처음이었다. 그리고, 남자와 여자의 관계에서 잘못을 지적당하며 창피를 무릅쓴 것도 처음이었다. 그뿐만 아니라, '여자'가 똑똑하다고 느낀 것도 처음이었다.

그 처음 당하는 여러 일들 앞에서 자신이 한 일은 아무것도 없었다. 그저 멍하니 우두커니 당하면서 자신이 꽤나 못났다는 것을 깨달아야 했다.

강숙자를 처음 만났을 때 모든 일은 끝난 것이었다. 두 번째는 만나지 말았어야 했는데 주책없이 연락을 했던 것이다. 연애 경험이 없어서 판단을 잘못한 것이 아니었다. 거부의 뜻을 알면서도 자꾸 연락을 하고 싶었다. 왜냐하면, 단둘의 만남을 갖기 전에는 아무런 감정이 없었고, 아니 좀더 솔직하게 말하자면, 그녀의 말마따나 대가리가 깡통인 계집애로 무시했었는데 거침없는 공박을 속수무책으로 당하고 나니 한겨울에 찬물로 낯 씻은 것처럼 정신이 번쩍 들며 강숙자가 딴사람으로 보이고, 가슴에 이상한 파동이 일어났다. 주책없이 그 이상야릇한 감정의 파장은 심해져 갔고, 그런 심중을 표하고 싶은 욕심으로 두 번째 만남을 가졌던 것이다.

그런데, 자신의 생각은 너무나 큰 오산이었다. 그녀는 머리가 나쁜 것이 아니라 공부를 열심히 안 했을 뿐이고, 여자가 수학·영어 좀 잘했다고 시건방진 것보다는 그런 것 약간 잘 못했어도 착하고 귀여운 게 낫고, 그런 열등감을 잘 감싸주면 자신이 부잣집 딸에게 가져야 하는 부담감이나 열등감을 쉽게 해소할 수 있으리라 생각했었다.

그러나 그녀의 두 번째 공격은 아주 엉뚱했다. 자신에게 화살이 겨누어질 줄은 전혀 예상하지 못했고, 자신은 그 공격 앞에서 말 한마디 못한 채 창피를 뒤집어써야 했다. 그녀의 말은 퍽 완곡한 것 같았지만 그 이면에는, '야, 넌 비겁하고 파렴치한 놈이야. 힘 안 들이고 세상 편하고 쉽게 살려고? 미안하지만 난 네놈의 도구가 되어줄 수는 없어' 하는 야유가 숨겨져 있었다.

「사람이란 게 너무 우습지 않아요?」

강숙자는 서늘한 웃음과 함께 이 말을 남기고 떠났다.

그 웃음은 분명 경멸의 웃음이었다. 그런데 그 말뜻은 아리송하고 모호했다. 그러나 거기에는 부정의 의미가 확실하게 담겨 있었다. 그녀에게 참혹하게 짓밟혀 버린 것을 느끼며, 삶의 인식에 있어서 그녀가 무척 똑똑하다는 것을 인정하지 않을 수 없었다.

「참, 강 의원님이 점찍었다고 소문났던데 진행은 잘돼 가요?」

고시 합격을 축하해 주려고 만나자마자 김선오가 묘하게 웃으며 물었다.

「소문이 늦네.」

「왜, 무슨 딴 일이 있어요?」

역시 김선오는 머리 빠르게 대응해 왔다.

「채였어.」

「누가? 형이?」

김선오는 뜻밖이라는 표정으로 어이없어했다. 그건 강숙자에게 고3 때의 선입관을 가진 채 고등고시에 막 합격한 자다운 얼굴이었다.

「그 여자 함부로 생각하지 말어. 우리한테 수학, 영어 배웠던 선입감 가지고 대해선 곤란해.」

「그동안 변했다 그건가요? 고3 영어 실력이 중3 정도도 안 됐었는데…….」

그러니 달라졌으면 얼마나 달라졌겠느냐는 투로 김선오는 픽 웃었다.

「중1 실력이 안 되면 어때? 그까짓 영어가 사람 만들어주나?」

그 뒤로 강숙자에게 문득문득 연락이 하고 싶었다. 그러나 자신의 진심을 전달하기에는 장애가 너무 많았다.

이규백은 조선호텔을 나서며, 또 강 의원한테서 연락이 오면 어떤 식으로든 그 일을 매듭 짓기로 했다. 그동안 어물어물해 왔던 것은 마땅하게 할말이 없기도 했고, 무언가 한 가닥 미련이 남아 있기도 했었다. 그러나 이제 새 대상이 나타난 것이다. 그런 결혼 풍속을 사회 일부에서는 속물 근성이라고 비난했다. 그러나 그런 비난에 신경 쓸 겨를이 없었다. 앞으로 먹이고 가르쳐야 할 동생들과 조카들을 생각하면 그만 가위가 눌렸다.

44
산 넘고 강 건너

새벽빛 속에서 어둠은 흐릿흐릿 스러져가면서 자욱한 안개의 자태는 차츰 선명하게 드러나고 있었다. 안개발이 어찌나 무성한지 멀리 보이는 야산들은 중턱까지 흥건하게 잠겨 있었다. 모난 데 없이 부드러운 곡선을 이루고 있는 야산 봉우리들은 마치 안개 위에 둥실 뜬 듯하며 더 포근하고 정다워 보였다. 집들도 논도 다 가려버린 안개는 넓고 넓은 바다를 이루고 있었다.

해남댁은 고갯길을 내려가며 무슨 슬픔 같기만 한 안개에 망연히 정신을 팔고 있었다. 그녀는 안개를 볼 때마다 가슴 가득 차는 슬픔을 느꼈다. 그리고 긴긴 포구에 넘실거리고는 하던 안개를 생각했다. 그 어느 곳의 안개도 포구의 안개를 당하지 못했다. 포구의 안개는 그저 젖빛이 아니었다. 젖빛에 알듯 말듯 푸르스름한 기색이 숨어 있었다. 햇살을 받은 모시결에서 언뜻언뜻 푸른 색조가 내비치는 것처럼. 그건 바다색이 묻어난 것인지, 갈잎색이 물든 것인지 알 수가 없었다. 그 안개 속에는 세 아이의 얼굴이 실려 있었다. 잊으려고 할수록 가까이 다가오는 세 아이는 사무치는 그리움이고 쓰라린 슬픔이었다. 그리고 아프고 또 아픈 죄됨이었다.

「다리 아프제?」

등짐을 지고 묵묵히 걷던 황춘길이 뚜벅 물었다.

「아니, 아니어라.」

해남댁은 마음을 들킨 것 같아 멈칫 놀라며 등에 업은 아이를 추슬렀다. 아이는 곤히 잠들어 있었다.

「인자 쪼깐만 참으소. 요리 고생시런 장돌뱅이 신세 곧 면허고 자리잡고 살게 될 것잉게.」

「금메 몰르것소. 그래도 될랑가.」

해남댁이 하르르 한숨을 쉬었다.

「맘이 병이라고 안 혀? 인자 그 생각 싹 잊어뿌러. 그간에 잘 피해 댕겠응께 경찰에서도 그만 맘 닫았을 것이여.」

「아이고메, 저 사람들이 듣겄소.」

해남댁이 진저리를 치며 빈 주먹질을 했다.

「사람이 워째 그리 겁이 많여. 저 사람들 귀가 열댓 발이나 되가니.」

그들 앞쪽에는 짐들을 이고 진 열댓 명의 남녀가 가고 있었다. 장날을 따라 밤길을 걷느라고 무리를 이룬 장돌뱅이들이었다.

「경찰 소리는 평생 허덜 말란 말이오. 그 소리만 들으면 자다가도 경기 일난게.」

해남댁은 울먹이는 소리를 했다.

「알겄어, 알겄어. 자네 안심시키자고 역부러 헌 소린디 그리 겁을 묵으면 나가 낯이 읎제 이. 좌우간에 우리가 요리 빨르게 돈 모튼 것은 다 자네 공이여. 자네가 보배랑게.」

황춘길은 해남댁에게 정겨운 눈길을 보냈다.

「음마, 그 무슨 낯뜨거운 소리다요. 고생이야 다 당신이 혔제라.」

타고난 웃음기로 인상 좋은 해남댁의 얼굴에 부끄러운 웃음이 어렸다.

「워디가, 자네가 고무신 땜질을 골라내지 안 했음사 나야 머시가 돈벌이 잘되는지 이적지 몰랐을 것이구만. 자네는 눈치 빨르고 영리허고, 많이 갤찼으면 아조 크게 되았을 인물이여. 나 겉은 놈헌테넌 과만허제.」

「얼라, 소쿠리비행기 태우지 마씨요. 아무리 많이 배운다고 여자가 무신 큰 인물이 되야라.」

해남댁은 부끄러우면서도 그 칭찬이 결코 싫지 않았다. 황춘길의 말은 그냥 입에 발린 소리가 아니었다. 늘 그런 마음으로 대하면서 알뜰살뜰하게 위해주었다. 그래서 거처 없이 장 따라 떠돌면서도 정이 깊어져 갔고, 떼어놓고 온 자식들에게로 쏠려가는 마음도 어느 만큼 다독거릴 수 있었다. 더구나 어서 빨리 돈을 모으려고 몸을 사리지 않고 일하는 열성은 고생을 달래주는 믿음을 키웠다.

사람을 둘이나 죽이고 야반도주를 할 때 오로지 생각한 것은 고향에서 멀어지는 것이었다. 황춘길은 서울로 가자고 했다. 서울에는 벌어먹을 것도 많고, 특히 사람들이 많아 몸을 숨기기 좋다는 것이었다. 그러나 자신이 반대했다. 고향에서 너무 멀어지면 자식들과 영영 이별이 될 것 같았고, 더구나 원수는 외나무다리에서 만나더라고 어느 길목에서 시동생과 덜컥 마주칠 수도 있었다. 고향에서 멀리 떨어지되 전라도땅을 벗어나지 않기로 했다. 그래서 전라북도땅을 밟게 되었다.

그 다음에 닥친 문제가 무엇을 해먹고 살 것인가였다. 농사를 지으며 한곳에 붙박혀 사는 것은 위험했다. 어느 농촌이든 외지에서 드는 사람들은 금방 표가 나게 마련이고, 농촌 마을이란 모두 한집안 식구처럼 모르는 것이 없이 사는데 아무리 말을 꾸며댄다 해도 자칫 잘못하면 내력이 들통날 수도 있었다. 가장 안전한 것은 몇 년 동안 떠돌며 사는 것이었다. 그러나 무엇을 하며 떠돌이로 살 수 있을 것인가. 수중에 돈이 많은 것도 아니었다. 그렇다고 도회지를 돌며 둘이서 막일을 해먹을 수도 없었다. 자신은 자꾸 배가 불러오는 형편이었다.

그러던 어느날 장터를 돌아다니다가 황춘길이 생각해 낸 것이 장돌뱅이였다. 떠돌며 살기는 그것처럼 좋은 것이 없었다. 그러나 농사밖에는 장사를 아는 것이 아무것도 없었다. 장사를 잘못 시작했다가는 돈만 까먹고 알거지가 될 수도 있었다. 며칠을 생각하다가 궁리해 낸 것이 고무신 땜질이었다. 그건 장사 수완이 필요한 것이 아니었고, 기계만 장만해서 기술을 익히면 손님은 저절로 오게 되어 있었다. 그전에 가끔 장터에 나가면 구멍 난 헌 고무신을 새것처럼 땜질해 내는 그 기술이 신기해 눈여겨보고는 했었다. 땜쟁이 옆에는 언제나 헌 고무신이 줄지어 놓여 있어서 돈벌이도 잘되었다.

「기술? 그것은 걱정 말어. 나가 덕석 잘 짜고 가마니 잘 짜기로 소문났잖여. 손끝 재주 부리는 것은 누구보담 잘헐 자신 있응께 나헌테 맡겨둬.」

이렇게 말한 황춘길은 그날부터 눈에 띄지 않게 땜쟁이를 지켜보기 시작했다. 땜질기계 설치하는 것, 밑에다 불 때는 것, 고무신의 땜질 자리에 깡통 줄질 하는 것, 땜질할 고무를 자르는 것, 고무신과 고무에 고무풀을 칠하는 것, 고무신을 땜질틀에 넣고 고정시키는 것, 고무신이 열을 너무 많이 받아 타지 않게 땜질틀에 물을 적시는 것, 고무신을 땜질틀에 얼마나 오래 두는가 하는 것, 단 하나도 놓치지 않고 샅샅이 눈에 담았다.

「인자 되얏어. 눈감고도 다 헐 수 있어.」

장돌뱅이들의 뒤를 따라 열흘 동안 장터를 돈 황춘길이 자신 있게 말했다.

「그려라? 나도 여자들이 허는 일은 눈감고도 헐 수 있구만이라.」

해남댁이 화답하듯 말했다.

「글먼 자네도 땜질에 나스겄다 그것이여?」

황춘길이 눈을 크게 떴다.

「안 글먼 나 뒤로 제껴놓고 첩 얻어서 여자가 허는 일 시킬라요?」

해남댁이 새침해져 눈을 흘겼다.

「와따, 베락 맞어 죽을라고. 자네가 심든께 나 혼자서 다 헐라는 것이제.」

「그래 갖고 돈은 언제 벌게라. 나도 여자가 허는 일 헐라요.」

땜쟁이들 옆에는 조수격인 여자들이 붙어 있는 경우가 많았다. 땜쟁이들의 아내가 분명한 그 여자들은 주로 땜질기계 밑의 불을 보고, 깡통줄질을 하고, 물을 떠오고, 손님들에게 돈을 받고 하며 남자들을 돕고 있었다. 그 일들을 남자 혼자서 다 한다면 돈벌이가 그만큼 줄어들 것은 더 말할 것이 없었다.

「근디, 그것도 기술인디 눈으로만 봐갖고 되겠는게라? 지게질이고 낫질이 눈으로 많이 봤다고 되는 것이 아니디끼.」

해남댁이 걱정스럽게 말했다.

「이, 나도 그 생각으로 맘이 찜찜허기는 헝마. 근다고 누구보고 연습시켜 도랄 수도 읎고……, 천상 기계럴 사서 우리가 연습혀 봐야 되덜 안컸어?」

「그리라도 혀야겄제라. 글고 기계고 고무고 고무풀이고 다 워디서 구허는지도 쫙허니 알아야 허덜 안컸는게라? 긍께 우리가 우리 신 때움시로 요런 야그, 저런 야그 걸쳐감서 고런 것을 사리살짝 알아내는 것이 으쩌겄소?」

「나 그런 재주 뻴라 읎는디.」

「음마, 여자 홀기는 재주는 있고라? 고샅에서 나헌테 허디끼 맘묵으면 무신 일얼 못허겄소.」

해남댁이 퉁을 놓으며 휜창 돌아나게 눈을 흘겨댔다.

「와따메, 낯뜨겁구마. 그 야그는 왜 또 혀. 고것이 워디 내 죄간디. 항시 살살 낯꽃 좋은디다가 젖통 크고 방뎅이할라 커서 남정네 가심에 불붙인 거그 죄제.」

황춘길은 능청스레 말하며 비식이 웃음을 물었다.

「워메, 저 시커먼 뱃속 보소. 워쨌그나 나허고 항꾼에 나스는 것이오 이.」

「근디 우리 신은 안직 빵꾸가 안 났는디?」

「아이고, 꼭 구녕이 뽕 나야 때우요? 구녕 나기 전에 미리 때우는 것이 더 낫제. 우리 신 밑창이 곧 구녕 날라고 아실아실허니 창호지 다 되았소.」

「허 참, 당신은 워째 그리 똑똑허고 꾀가 많혀. 남자 두 몫 헌당께로.」

그들은 땜쟁이 앞에 고무신을 벗었다.

「으쩌까? 금방 안 되는디. 딴 신 읎소?」

고무신에 깡통 줄질을 하고 있던 여자가 줄이은 열댓 켤레의 신들을 보라는 듯 눈짓하며 말했다.

「암시랑않소. 장 볼 것 다 보고 이따가 대장간서 낫만 찾으면 된께 우리 걱정 말고 순서대로 혀주씨요. 우리는 여그서 기둘림서 귀경이나 헐라요.」

해남댁은 거침없이 받아넘기며 황춘길에게 앉으라고 눈짓했다.

「이, 그러면 되았소. 요것이 무신 귀경거리야 될랍디여만」

여자가 손놀림을 멈추지 않으며 눈짓으로 자리를 권했다.

「참 기술도 좋으시오 이. 두 양반이 워찌 그리 존 기술을 지녔을께라?」

해남댁이 은근하게 말을 꺼냈다.

「요것이 기술은 무신 기술이겠소. 그저 밥 빌어묵고 살겄다고 허는 천헌 짓거리제.」

여자는 이렇게 대꾸하면서도 결코 기분 나쁜 기색이 아니었다.

「음마, 천허기넌 머시가 천혀라. 다 못쓰게 된 고무신을 요렇타께 새 고무신맹키로 맹글어내는 기술이 얼매나 기맥힌 기술이라고라. 요것이 워디 아무나 허는 일이겄소.」

「글씨요, 그리 생각혀 주는 사람 벨라 읎는디.」

해남댁을 흘끗 쳐다본 여자의 얼굴에 흐뭇한 웃음이 어렸다.

「사람덜이 맘얼 안 써서 그렇제 요것이 얼매나 고마운 일이요. 돈 쪼깐 내고 신을 배나 오래 신게 혀주는디.」

「허, 그 아짐씨 말마동 복받을 말만 허시네 그랴. 낯꽃이 좋아서 긍가 어찐가 워찌 그리 부처님 맘을 지녔소.」

땜틀을 풀며 땜쟁이가 쿠렁한 소리로 말했다.

「야아, 이 사람이 본시 맘이 그리 곱구만이라.」

기회라는 듯 황춘길이 말을 섞고 들었다.

「음마, 음마, 예펜네 자랑 머시라고 욕묵는지나 알고 그런 소리 허요?」

해남댁의 말에 땜쟁이도 여자도 웃음소리를 냈고,

「팔푼이제 워째. 내사 자랑헐 마누래 읎는 것보담 마누래 자랑험서 팔푼이 소리 듣는 것이 훨썩 좋구만.」

황춘길의 대꾸에 땜쟁이와 여자의 웃음소리가 더욱 커졌다.

「근디 돈벌이는 잘되시는게라?」

친근해진 분위기를 틈타 해남댁이 나긋하게 물었다.

「새끼덜 딜꼬 그냥 그작저작 사요. 새끼덜이 읎음사 돈이 재미지게 모타질 것인디, 새끼덜이 넷이나 되고 봉께 믹일라 입힐라 갤칠라 허니라고 밑 빠진 독에 물 붓기단 말이오.」

「이 사람아, 또 그놈에 죽는 소리여. 소작질허든 때에 비허먼 부자된 것 아니여. 자꼬 그리 죽는 소리 허먼 오든 복도 달아나는지나 알고 혀.」

땜쟁이가 목청 크게 겉질러댔다.

「아이고 참, 소작질허든 때는 야그허지도 마씨요. 고것이 워디 사람 사는 것이었습디여. 진작에 팔자 잘 고친 것이제.」

「긍께 복 달아날 소리 씸벅씸벅 해쌓지 말란 말이여.」

「아, 알기야 허는디 사람 욕심이 워디 그렇소. 말 타면 경마 잽히고 잡덜 않으요.」

「말이나 못험사 밉지나 않제. 그리 돈 욕심이 나면 재료나 넉넉허게 챙겨얄 것 아니여. 고무풀이 요리 달랑달랑 해갖고는 오늘 쓰기도 모지래게 생겼어.」

「음마, 음마, 또 나 타박허고 드요? 술 묵니라고 그것 안 챙긴 것이 누군디. 나 없으면 타박헐 사람 없어서 어찌 살 뻔했습디여? 어채피 오늘 전주서 묵어가야 헝께 애껴감서 칠허씨요.」

「허, 말은 오지게 잘혀. 그려, 요놈으 금 간 틀도 새것으로 바꽈야 헝께.」

「그 틀도 아직 쌩쌩헌 것을 당신이 술 묵고 쌈판 벌이다가 내붙쳐서 공연시 쌩돈 깨묵는 것 아니오.」

「어허, 당신은 나 없으면 타박헐 사람 없어서 어찌 살 뻔혔어?」

「대낮부텀 사랑쌈이 깨소금맛이요 이.」

해남댁이 쿡쿡 웃었고, 황춘길도 뒤따라 허허허 웃었다.

「얼랴, 나도 몰르게 허다 봉께 우세 샀네. 들어서 알겠제만 저 남정네가 그리도 뻔뻔하고 염치읎다요.」

여자가 쑥스러운 듯 웃으며 코밑을 씩 훔쳤다.

「워떤 집이나 남정네들 다 그렇제라.」

해남댁이 환하게 웃으며 맞장구를 쳤다. 그러나 그 웃음은 딴 기쁨의 표현이었다.

「어허, 초록은 동색이랑께. 짜아, 우리는 담배 한 대썩 꼬실립시다.」

땜쟁이는 황춘길에게 불쑥 담배를 권했다.

「아이고, 비싼 궐련을.」

황춘길도 더없이 밝게 웃으며 담배를 뽑았다.

해남댁과 황춘길은 그들 부부보다 한발 늦게 다음날 전주로 향했다.

「근디 전주 워디까? 그것꺼정 물을 수도 옰고 말이시.」

전주로 들어서며 황춘길이 사방을 두리번거렸다.

「참말로, 걱정도 팔자요. 서울 김 서방 집도 찾는다는디. 우선에 장터 찾아가고, 거그서 철물점 찾아가고 허면 될 것 아니겠소.」

해남댁의 말은 매웠다.

「허허 참, 나도 솔찬이 똑똑헌 축에 드는디 워째 자네 앞에서는 반편이가 되는지 모르겄당께로.」

황춘길이 헛웃음을 흘렸다.

땜질기계를 파는 철물점에서는 생고무와 고무풀도 갖추어놓고 있었다. 땜틀을 적시는 대걸레나 고무가루로 옷 버리는 것을 막기 위해 무릎을 덮는 천은 만들어 쓰라고 했다.

「쏠쏠허게 돈벌이 되는 직업을 골르기는 잘 골랐는디 초장에는 조심해야 헐 것이오. 기술이 모지래 헌 고무신 태와묵고 새 고무신 사내는 사람덜이 적잖은게. 그런 덤테기 안 쓸라면 미리 고물상에서 헌 고무신한 열 커리 사다가 기술 손에 익히는 것이 좋을 것이오.」

상점주인이 이른 말이었다.

「야아, 우리도 그럴 생각이었구만이라. 고물상이 워딘게라?」

해남댁은 연상 머리를 조아리며 물었다.

「여그서 얼매 안 머요. 그러고 이런 도회지보담은 살기 궁헌 촌 장터를 찾아댕기는 것이 좋을 것이오. 가난헌 사람이 많애야 신 때와 신는 사람도 많은게.」

「야아, 고맙구만이라.」

황춘길이 깊이 절을 했고,

「장사 잘해 갖고 자주 찾아뵙겄구만이라.」

해남댁도 허리가 반으로 접혔다.

여자 고무신과 남자 고무신 다섯 켤레씩을 고물상에서 사가지고 그들은 사람 눈길을 피해 강변으로 나갔다. 눈여겨본 대로 기계를 설치하고, 불을 지피고, 깡통 줄질을 하고, 고무풀을 바르고……, 고무신 한 짝을 땜틀에 고정시킬 때까지 그들은 한마디 말도 없었다.

「되았소. 담배 태움시로 한숨 돌리씨요.」

해남댁이 긴 숨을 내쉬며 이마에 드리운 머리카락을 쓸어넘겼다.

「허, 무신 소 잡을 대사 친다고 땀이 다 나고 그려?」

황춘길이 담배쌈지를 꺼내며 안쓰러운 듯 해남댁을 바라보았다. 날씨가 서늘한데도 해남댁의 콧등에는 땀이 송글송글 맺혀 있었다.

「음마, 사둔네 넘 말 허요 이.」

해남댁이 머릿수건을 벗어 황춘길에게 내밀며 따스한 웃음을 지었다. 황춘길의 이마에도 땀이 번들거리고 있었다.

고무 눋는 냄새가 퍼지기 시작하고, 손잡이 짧은 대걸레로 땜틀에 물을 적시고, 달구어진 쇠판 위에서 물방울들이 '아이고 뜨거워 죽겠다'는 듯 소란스러운 소리를 내며 들뛰고, 고무 냄새는 더 심해지고, 땜틀에서는 김이 오르고……, 그들은 걱정과 기대와 초조가 엇갈리는 얼굴로 서로를 쳐다보다가 기계에 눈길을 돌리다가 했다.

물을 서너 번 적신 다음 황춘길이 조심조심 땜틀을 풀었다. 고무신 안에 든 신틀을 빼내자 남자 고무신 한짝이 김을 내며 자갈밭에 떨어졌다.

「안 돼야! 뜨거!」

황춘길이 소리치며 해남댁의 손목을 붙들었다. 고무신이 떨어지자 그것을 집으려고 해남댁이 성급하게 손을 뻗쳤던 것이다.

「아이고메, 간 떨어지겄소.」

해남댁이 민망한 듯 웃음지으며 곱게 눈을 흘겼고,

「애 안 떨어졌응께 다행이시. 영리헌 사람이 워쩐 미련헌 짓이여?」

황춘길도 눈총을 쏘며 물고 있던 곰방대를 뻑뻑 소리나게 빨아댔다.

해남댁은 고무신이 식기를 기다리지 못하고 마음 급하게 깡통의 물을 부었다.

「아이고 으쩌끄나! 설익은 감자시.」

고무신을 집어든 해남댁이 토해낸 말이었다.

「워디 보세. 영 틀려부렀능가?」

당황한 황춘길이 덤벼들었다.

네모난 땜질자리 한쪽이 붙지 않고 들떠 있었다.

「설익기는 혔어도 워디 첫술에 배불르간디? 그려도 요만허면 첫솜씨로 그댁잖덜 안 혀?」

황춘길은 고무신을 높이 치켜들고 바라보며 ㅎㅎㅎㅎ 웃었다.

「맘 급해 너무 일쩍 꺼냈는갑소.」

해남댁은 울상을 풀지 못한 채 아쉬워하고 있었다.

「이, 그것이 그럴 수도 있고 말이시……, 거 머시냐, 그 자리에 고무풀이 덜 묻었을 수도 있고……, 기계가 새것이라 안직 질이 안 나 그럴 수도 있을 것이고……, 또 머시냐, 너무 다급허니 찬물얼 찌끌어 고무가 쪼깐 오그라들어 그런지도 몰를 일이구마. 워쨌든 간에 연습헐 신이 따뿍 많은께 아무 걱정 말드라고. 자꼬 연습하다 보면 물리가 티덜 안 컸어?」

「얼라, 일속 다 아는 기술자맹키로 워찌 그리 대목대목을 착착 짚는다요?」 해남댁은 새삼스러운 눈길로 황춘길을 쳐다보고는, 「다 맞는 말인 상 싶은께 싸게싸게 또 혀봅씨다」 하며 헌 고무신 한 짝을 집어들었다.

고무신 땜질은 남모르게 이문이 큰 장사였다. 기계값은 안 치고 생고무와 고무풀이 들어간 것으로만 따지면 다섯 배도 더 남는 장사였다. 기계값을 넣고 계산하더라도 너끈히 세 배는 넘는 장사가 아닐까 싶었다.

「자네가 참말로 용허시. 요것이 이리 오진 요술방맹인지 워찌 알았드랑가, 금메.」

「용허기는이라, 봉사 문고리 잡은 것이제라. 당신 기술이 용해서 벌이가 더 잘되는 것이오. 심드는디 술도 한잔썩 허고 그씨요.」

그들은 이렇게 서로 보듬어가며 장날을 따라 장돌뱅이들과 함께 밤이
슬을 맞으며 산을 넘고 강을 건넜다.

「아이고, 아이고, 나가 큰절이라도 혀야 쓰겄네. 시상에 이리 고마울
일이 또 있능가. 시상에 이리 좋을 일이 또 있능가. 나가 애 아부지가 될
지는 몰랐는디……, 그냥 그리그리 살다가 아무 표식도 읇이 가불 줄
알았는디…….」

해남댁이 몸을 풀어 아들인 것을 안 황춘길은 울먹이면서 해남댁의
손에다 얼굴을 부벼댔다.

해남댁은 비로소 황춘길이 남편이 된 것을 의식했다. 그러나 한편으
로는 슬그머니 겁이 나기도 했다. 자기 자식이 생겼으니 황춘길의 마음
이 변할지도 모른다는 생각이 고개를 들었다. 혹시 두고 온 세 자식을
멀리하려고 하지 않을까……. 다시 그 다짐을 받고 싶었다. 그러나 그
건 속마음일 뿐 차마 말을 꺼낼 수는 없었다. 그 말이 행여나 황춘길의
기쁨을 깨지나 않을까 하는 염려가 생기기도 해서였다.

해남댁은 7일 만에 몸을 추스르고 일어났다.

「아니, 워쩔라고 이려. 삼칠일이 당아 멀었는디 워째 이려?」

황춘길의 눈이 휘둥그레졌다.

「나가 부잣집 마나님이오? 삼칠일 다 찾아 묵음서 구둘장 지고 누웠
게. 그간에 까묵은 돈만도 얼맨디.」

해남댁은 머리를 빗으며 입에 물고 있던 비녀를 쪽찐 머리에 야무지
게 꽂았다.

「이 사람아, 자네 넋 나갔능가? 애 낳고 삼칠일 몸 보존허는 것이야
하늘이 정헌 이친디. 그 이치 벌로 생각허다가 평생 고생허먼 워쩔 판
이여.」

「와따, 배불른 소리 마씨요. 모내기허다가 배아퍼 집에 들어와 혼자

애 낳고, 지 손으로 미역국 낄에 묵고 또 나가 모내기 허는 여자가 있는 것 보도 못했소? 글고 오래 쉬어야 사흘 지내면 물동우 이고, 호맹이 들고 밭에 나가고 허는 것이 예사 아닙디여? 그에 비허면 나는 너무 호강했소. 내 몸이 물탱이 아닝께 아무 걱정 마씨요.」

「그야 똥구녕 찢어지게 간난헝께 죽지 못해 허는 억지제 그것이 워디 사람이 헐 일이여.」

「음마, 우리는 시방 배 터지게 부자요? 날마동 이 비싼 여관비 물어감서 삼칠일 채우다가는 우리 그간에 번 돈 다 털어묵고 쪽박신세 돼야 부요.」

「아, 돈 멀라고 버는디? 요런 때 쓸라고 번 것 아니드라고? 글고 닳아지도 썩지도 않는 기술 있응께 또 벌면 되는 것이고.」

「아이고, 속 편헌 소리 마씨요. 나만 까묵는 것이 아니라 당신도 일얼 못 댕긴께 이중 삼중으로 손해가 나고 있단 말이오. 더 여러 말 말고 오늘보톰 일 나습씨다.」

「아, 시끄러! 사람 나고 돈 났제 돈 나고 사람 났어. 나가 냄편잉께 나가 시키는 대로 혀. 자네는 찍소리 말고 여그서 삼칠일 채와. 일은 오늘보톰 나 혼자 나슬 것잉께. 알겄제!」

황춘길은 버럭 소리지르며 해남댁과 한 몸이 된 이후 처음으로 화를 냈다.

「……」

해남댁은 물끄러미 황춘길을 바라보았다. 그의 정이 너무 고맙고, 그가 더없이 남자답고 든든하게 여겨졌다.

아이를 업고 먼 길을 걷고, 장터에서 젖을 먹여가며 일을 하는 것은 무척 고달프고 힘겨웠다. 또한, 혼자 외롭게 살아와서 그런지 아이를 끔찍하게 애지중지하는 황춘길은 아이에게 고생시키는 것을 못내 안타까워했다. 그래서 어서 돈을 모아 어딘가 한곳에 자리잡아야 한다는 것은 둘 사이에 자연스럽게 합쳐진 뜻이었다.

햇살이 퍼지기 시작하면서 안개의 높이가 금방금방 낮아지고 있었다. 보이지 않던 산줄기가 드러나고, 대숲이 보이고, 초가집들이 나타났다. 장돌뱅이들의 발길도 점점 빨라지고 있었다.

장터로 들어선 그들은 국밥집부터 찾아들었다. 국밥집은 먼 길을 온 장돌뱅이들로 북적거렸다.

「다 묵은 사람은 싸게싸게 자리 뜨드라고.」

「아닌디. 술도 한 말 묵어야 쓰겄는디.」

「에이, 기왕 묵을라면 한 말로 되가니. 두 말 묵어부러.」

「아이고, 그만 일어나자. 쥔 아짐씨헌테 붕알 홀치기 전에.」

어느 장터의 국밥집이건 장날이면 이렇듯 자리가 모자랄 지경이었다.

자리잡고 앉자마자 해남댁은 아이에게 젖을 물렸고, 황춘길은 들고나는 많은 손님들에게 눈을 팔고 있었다.

「솜씨만 좋다면야 일이 잠 궂어서 그렇제 장사 중에 밥장사 당헐 것이 옳겄제라. 사람이 안 묵고는 못 사는 법이고, 맛 좋다 소문나면 문지방 닳아지게 되야 있응께. 그라고 딸린 입 다 얻어묵고 곱절 장사는 된께 궂은 것 견딜만도 허요. 근디, 그 솜씨라는 것을 워디 타고나기가 쉬웁디여?」

황춘길은 어느 국밥장수의 말을 곱씹고 있었다

「짜아, 시장헌디 얼렁덜 드시써요.」

건장한 주인남자가 국밥을 그들의 식탁에 옮겨놓으며 걸쭉하게 목청을 뽑았다. 그 말은 어서 먹고 나가라는 말이기도 했다.

「나가 밭매기나 길쌈은 서툴러도 음식 맹그는 솜씨는 넘헌테 안 지요. 나가 시집살이 편케 헌 것도 그 음식 솜씨 덕이었구만이라. 명절 때나 제사 때 음식 해내면 손끝 매시랍고 여물다고 시어무니 입이 벌어졌고, 동네 큰잔치에는 꼭 불려댕겼구만요. 장터마동 소문난 집 다 묵어봐도 나 간에는 안 차요. 나 꼭 국밥장사 헐랑만이라.」

서너 달 전부터 아내가 하기 시작한 말도 황춘길은 되새기고 있었다.

「무신 생각을 그리 허고 기시요. 얼렁 묵고 가서 전을 필 생각은 안 허고.」

아이에게 젖을 물린 채 국밥을 뜨던 해남댁이 남편을 핀잔했다.

「이, 자네가 장허고 이쁘단 생각.」

황급하게 숟가락을 들며 황춘길이 이빨 드러나는 웃음을 희멀건하게 지었다.

「미쳤소, 누구 듣는구마.」

재빨리 눈을 흘긴 해남댁은 고개를 숙이며 국밥을 입에 떠 넣었다.

45
서울로 가자

「짜아, 찬바람 살살 일어남서 성냥 쳐질러대는 호시절 시작되었응께 싸게싸게 손덜 놀려. 우리가 하로 늦으면 딴 공장헌테 치인께 요것꺼정 다 허고 점심 묵어야 써. 옆사람허고 새살 까면 당장 모가지여, 모가지!」

공장장은 성냥개비더미에 둘러앉은 여공들을 휘둘러보며 으름장을 놓았다. 성냥개비들은 흡사 봉분처럼 쌓여 있어서 이쪽에서 저쪽에 앉아 있는 사람이 보이지 않았다.

「야, 느그 머허고 자빠졌어 시방! 대갱이가 깨져야 발이 빨라지겠냐. 죽사리 치기 전에 발에 발통 달어.」

공장장은 넓은 마당에다 대고 소리질렀다.

두 사내가 무슨 상자 같은 것을 하나씩 들고 헐레벌떡 뛰어들었다. 그들이 들고 있는 네모진 것에는 자디잔 꽃들이 빨갛게 피어난 것처럼 성냥개비 수백 개씩이 촘촘히 꽂혀 있었다. 그건 자잘하게 쪼갠 나무에 화약을 묻혀 성냥개비를 만드는 틀이었다. 화약을 햇볕에 말려 안으로 운반하는 거였다.

하이고, 염병허고 자빠졌네. 발써 12시가 넘은 지 언젠디 요리 일거리를 퍼부서대냐. 성냥 잘 폴리면 사장만 좋아났제 우리 월급을 올려주기럴 하냐, 밥 한 끄니럴 주기럴 허냐. 공장장 저놈도 악질 중에 상악질이여. 아이고, 지리산 호랭이가 칵 씹어가라.

김선오의 여동생 김명숙은 배고파 속이 쓰린 것을 느끼며 욕을 질경거리고 있었다. 그러나 뒤죽박죽이 된 성냥개비들을 빨간 대가리가 위로 오게 간추리는 그녀의 손가락들은 거의 보이지 않을 지경으로 빠르게 움직이고 있었다. 다른 여공들의 손가락도 자동으로 작동되는 신속한 기계들처럼 쉴새없이 움직였다. 손가락들은 마치 무슨 마술을 부리는 것 같았다. 그 잽싼 움직임을 따라 뒤엉킨 성냥개비들은 놀랍도록 빠르게 간추려져 사각의 성냥통에 담기고는 했다. 그건 사람의 손이 한 가지 일에 숙달되면 얼마나 예민하고 정확하게 기계 역할을 해내는지 보여주는 한 가지 실증이고, 신비스러움이었다. 담배공장에서 담배를 담는 공원들이 한 번 집으면 틀림없이 스무 개비고, 돈을 세는 은행원들이 돈을 한 손에 잡았다 하면 100장이라는 것도 다 그런 숙달의 결과일 거였다.

무덤을 이루며 쌓여 있던 성냥개비들은 별로 오래 걸리지 않아 자취를 감추었다. 성냥통은 쌓이기가 바쁘게 사내들이 옮겨갔다.

「아이고메 허리야.」

「워메, 워메, 다리에 쥐나네.」

「아이고 엄니, 옆구리야.」

일을 마친 여공들은 이런 소리들을 신음처럼 물며 등을 두들기고, 다리를 주무르고, 기지개를 켰다.

「아이고, 이놈으 팔자 징허다. 그래도 살라면 개떡이라도 하나 묵어야제.」

「몰르겄어, 사는 것이 뭔지. 개떡이라도 묵는 팔자보고 징허다면 죄받제.」

「지랄허고 밥 때는 잘도 돌아와. 가난헌 사람덜 골리디끼.」

이런 시름겨운 말들을 흘리며 그들은 흩어져 갔다.

「니 오늘은 머 묵을래?」

공장을 나서며 김명숙이 함께 가출한 친구 나복녀에게 물었다.

「뭐시가 묵을 만헌 것이 머 있냐. 국수에 개떡에 풀빵뿐인디. 하도 그런 것만 묵응께 인자 씬물이 난다.」

나복녀가 기운 없이 중얼거렸다.

「야가 시방 무신 호강 날라리헌 소리여. 그런 것도 입 못 다시고 배 탈탈 곯는 아그덜이 들으면 아조 이뻐라고 허겄다.」

「몰르겄다. 나 어지께밤에 엄니 꿈 꿈스로 흰 쌀밥에 미역국에 갈치속젓 묵었다. 고런 것 묵어본 것이 언젠지 아시무락하다.」

나복녀가 슬프디슬픈 얼굴로 폭 한숨을 쉬었다.

「미친 가시네, 홍어회는 안 묵고? 니는 워째 엄니 꿈허고 묵는 꿈을 꼭 함께 꾸냐? 나는 엄니 꿈을 꿀라도 잘 안 꿔지는디.」

「니야 맘이 강단진께 그렇제. 워쩐 가시네가 꼭 머시매맹키로 집 생각도 잘 안 해지고 그냐. 니넌 하여간에 징헌 년이여.」

「글면 으쩌냐. 집 나왔응께 성공혀서 당당허게 들어갈라면 맘 강단지게 묵어야제. 우리 아부지가 항시 머시라고 혔는지 아냐? 사람은 맘이질로 중허다. 맘얼 돌뗑이맹키로 묵으면 이 세상에서 안 될 일이 읎다. 산도 떠옮기고, 하늘도 뚫는다. 우리 아부지넌 그런 맘으로 일혀서 논을 다 장만헌 것이여. 나는 아부지 그 말을 믿어. 나도 나가 원허는 대로 꼭 성공허고 말 것이여. 니도 이빨 악물고 심내야 써. 니 그간에 도회지 여자들 삐까뻔적하게 사는 것 눈 아프게 봤지야? 그리 한분 못 살아보고 촌구석서 느그 엄니나 우리 엄니맹키로 고상고상험서 한평생을 살아야 헌다고 생각혀 봐. 위메, 징상시러라. 나는 칵 죽어뿔제 그리는 안 살어.」

김명숙은 어깨를 떨며 진저리를 쳤다.

「그려, 나도 그려서 집 안 나왔냐. 근디, 벌이가 요래 갖고 우리가 바래는 대로 될 날이 오기는 오겄냐?」

나복녀의 파리한 얼굴에 그늘이 스쳐갔다.

「요래 갖고는 안 되제. 골 빠지게 일혀 봤자 도로아미타불잉께. 기둘려, 방직공장에 취직만 되면 신세 쫙 피게 된께. 방직공장은 여그보담 월급이 두 배나 많은께로 돈이 금세 모타져. 니나 나나 돈얼 띋길 디가 읎잖여.」

「근디 그것이 하늘에 별 따기라는디…….」

「아이고 가시네야, 또 금세 심 빠지는 한숨이냐. 나가 또 민정이 만내볼 참이여.」 김명숙은 힘주어 말하고는, 「그래도 국물 있는 국수가 낫겄지야?」 하며 나복녀의 팔을 잡았다.

「아이고, 국수나마나. 으쩌겄냐, 살라면 그것이라도 묵어야제.」

그들이 받아든 것은 국수가 아니었다. 반은 풀죽 같기도 했고, 반은 잘게 토막난 국수발이 섞여 있었다. 그건 국수를 빼면서 생긴 밀가루 반죽 찌꺼기와 국수발 부스러기를 모아다 끓인 것이었다. 값이 싸고 국물에 사카린을 넣은 단맛 때문에 가난한 공원들은 그것 한 사발씩으로 점심을 때웠다.

「근디 민정이가 무신 심이 있을랑가?」

사발에 든 것을 한 숟가락 떠넣은 나복녀가 목소리를 낮추었다.

「갸럴 뽑아준 사람이 있응께.」

「근다고 우리도 뽑아줄랑가……?」

「민정이가 애쓰겄다고 혔어.」

「갸는 워찌 그리 존 빽이 있는고. 그 사람이 누구랴?」

「공장서 솔찬이 높은 사람인디, 같은 고향사람이당가 워쩐당가, 워쨌든 잘 아는 사람이랴.」

「근디 말이여, 둘이 다 안 돼고 혼자만 되면 으쩌냐? 니 혼자 갈 판이여?」

나복녀의 얼굴에는 불안한 기색이 역연했다.

「음마, 숭헌 년. 니넌 그럴 챔이여?」

김명숙이 헛웃음을 쳤다.

「나야 죽어도 안 그려.」

「근디! 우리가 집 나섬서 손꾸락 걸었지야. 죽어도 함께 죽고 살아도 함께 살자고. 또 손꾸락 걸어야 쓰겄냐?」

「아니여, 되얏어.」

나복녀가 쑥스러운 듯 웃으며 고개를 저었다.

김명숙은 제발 방직공장에 취직이 되기를 빌었다. 성냥공장은 월급이 너무 박했다. 하루 10시간이 넘게 일을 하는데도 사글세 내고 자취 비용을 빼고 나면 거의 남는 것이 없었다. 겨울이 닥쳐도 양말 한 번 마음놓고 사지 못하고, 날이날마다 성냥개비를 다루느라고 손이 거칠어져도 크림 한 병 선뜻 사기가 어려웠다. 그러니 한 번에 두 편씩 본다는 변두리 영화관이나마 가는 것은 엄두를 낼 수 없었고, 고향에서는 눈 피해가며 슬쩍슬쩍 따먹었던 감 하나 사먹을 수가 없었다. 그런데도 수중에 모아진 돈은 몇 푼이 되지 않았다. 집이 여기라서 사글세만 내지 않았더라면 돈을 꽤 모았을 거였다. 그러나 그건 부질없는 생각이었다. 결국 그동안 집주인만 좋은 일 시켰을 뿐이고 자신들은 헛고생한 셈이었다. 이제 와서 집으로 돌아갈 수는 없는 일이고, 돈을 모으려면 방직공장에 취직하는 길뿐이었다.

그런데 복녀가 불안스러워하는 것처럼 민정이를 꼭 믿을 수는 없었다. 민정이는 방직공장으로 옮겨가면서 애를 써보겠다고 했지만 몇 달이 지났는데도 아무 기미가 보이지 않았다. 성냥공장 여공들은 누구나 월급 많은 방직공장으로 옮겨가고 싶어했다. 그러나 연줄이 없어 속만 태우고 있었다. 그들은 방직공장에 취직하려면 빽이 있거나 뒷돈을 써야 한다고 수군거렸다. 자신이 그런 것처럼 다른 여공들도 빽도 없고 돈도 없는 신세들이었다.

며칠이 지나 공장에서 이미영의 모습을 볼 수가 없었다.

「미영이 인자 더는 못 보게 되얏어.」

누군가 공장장의 눈을 피해 소곤거렸다.

「워째? 모가지 당혔가니?」

낮은 소리가 건너갔다.

「피이, 팔자 고친 것이여.」

「머시여? 존 디로 시집가?」

공장장의 발길이 이쪽으로 돌려지자 속삭임이 끊어졌다. 그 침묵은 한동안 이어졌다.

「취직혀서 서울로 짠짠바라바라여.」

공장장이 등을 보이며 저쪽으로 걸어가자 다시 속삭임이 이어졌다.

「서울? 무신 자린디?」

문득 목소리가 높아졌다.

「얼랴, 더 크게 소리질러.」

「알았응께 싸게 말혀.」

「허, 방구 뀐 놈이 큰체시.」

「그려, 나가 잘못혔응께 얼렁 말허드라고.」

「차장으로 갔어. 뻐스 차장.」

「뻐스 차장?」

다시 공장장이 이쪽으로 오고 있었다. 여공들은 언제 딴전을 피웠나 싶게 일손들을 잽싸게 놀리고 있었다.

김명숙은 이미영을 생각하느라고 일손이 헛놀고는 했다. 서울……, 버스 차장……, 혼자 갔을까……, 겁나지 않았을까…….

점심시간이 되자 여공들은 공장을 벗어나 이미영에 대한 이야기를 하기에 정신이 없었다.

「미영이 갸가 서울에 줄이 있었는갑제?」

「아닐 것이여. 서울 뻐스가 차장을 다 여자로 바꿈서 사람이 모지랜다는 소문이 있덜 안 혔어?」

「이, 그런 소문이 돌았제.」

「근디 미영이 갸가 보기허고 달르게 겁이 읎네. 워찌 서울 올라갈 생각을 혔는고, 여자 몸으로.」

「혼자 갔으까? 누구허고 함께 간 것 아닐랑가?」

「그야 몰르것어. 워쨌그나 돈 많이 벌면 서울 아니라 워디는 못 가것어?」

「근디 차장은 벌이가 존 것이여?」

「하면, 여그다 대것어? 미영이가 서울 험헌지 다 암스로도 갔을 때야 벌이 존 것 보고 갔것제.」

「근디 미영이 그것이 영 쑹허시. 워찌 그리 쥐도 새도 몰르게 티럴 안 낼 수가 있을꼬?」

「그야 당연지사 아니여? 그런 일 미리 소문나 옆에서 콩 치고 퐅 치고 해대서 졸 것이 머시가 있어. 공장만 일찍 쫓겨나게 되제. 입 딱 봉허고 월급날꺼정 일혀 갖고 돈 야물딱지게 챙겨간 것이 을매나 속 차고 똑똑혀.」

「그나저나 이리 입들만 놀리고 있을겨?」

「안 글면? 떼까마구맨치로 싹 다 서울로 올라가?」

「아이고, 실답잖은 소리덜 그만 혀. 잘 묵지도 못헌 속에 배만 더 고픈디. 아무나 서울물 묵어지는 것 아닝께.」

「기왕지사 돈벌이 나섰으면 톡톡허니 한판 벌어보기는 벌어봐야 허는디. 워찌 서울 갈 질이 읎을랑가?」

「큰 탈 났다. 미영이 그것 땀새 다들 가심에 바람들어. 가자, 또 일헐 시간 다 되얏어.」

김명숙은 여공들의 말을 듣고만 있었다. 그러나 속마음에서는 물결이 일고 있었다. 그전에 별 관심없이 들어넘겼던 소문이 갑자기 마음을 흔들고 있었다.

「명숙아, 우리도 서울 가는 것이 으쩌겄냐? 벨 가망도 읎는 방직공장 바래고 있덜 말고.」

공장으로 돌아가며 나복녀가 불쑥 말했다.

「야가 겁 없는 소리 허는 것 잠 보소. 서울은 여그 광주허고는 달버.」

김명숙은 나복녀의 마음이 얼마나 이끌리고 있는지 알면서도 이렇게 말했다. 그녀의 뇌리에는 큰오빠가 떠올라 있었다.

「얄궂어라. 통 겁 없는 가시네가 워찌 그리 뜨광혀? 광주고 서울이고 타향이기는 매한가지 아니여? 글고 서울도 사람 사는 동넨디 지가 무서우면 을매나 무서울 것이냐.」

「야가 시방 맘 급허다고 묵을 밥인지, 안 묵을 밥인지 몰르고 숟가락 드네. 광주야 같은 전라도고 말이 똑같은께 한집안 식구나 같제만, 서울 가봐라. 말부텀 싹 달라서 금방 촌티 나고, 촌것들로 무시당헌단 말이여. 근디 무신 일이 잘 풀리겄냐? 글고 눈감으면 코 비가게 인심도 사납다고 안 혀? 누구 줄이 있으면 몰르까 쌩짜배기로 나댔다가는 신세 망치기 딱 좋단 말이여. 요렇타게 성공혀서 고향에 돌아가야제 신세 망쳐서야 되겄냐?」

김명숙은 나복녀를 골목으로 몰듯이 말했다.

「신세 망쳐서야 안 되제…….」

나복녀가 시무룩해졌다.

김명숙은 서울에서 큰오빠를 만나면 어쩌나 하는 두려움이 앞서 있었다. 아버지만큼 무섭고 어려운 큰오빠를 맞닥뜨리게 되면 여지없이 집으로 끌고 갈 거였다. 광주에서 언니에게 잡히면 이겨낼 자신이 있지만 서울에서 큰오빠한테 잡히면 그날로 영영 감옥살이를 면치 못할 것만 같았다. 그동안 광주에서도 언니를 만난 일이 없는데 광주보다 몇 배가 크다는 서울에서 큰오빠와 마주치기가 그렇게 쉽겠는가 하는 생각도 없지 않았다. 그러나 서울 가는 일은 망설여지기만 했다.

김명숙은 몸이 달아 남민정을 빨리 만나려고 했지만 그게 쉽지 않았다. 평소에는 서로 끝나는 시간이 늦고 질정이 없는데다, 쉬는 일요일도 같지 않았다. 그래서 보름이 지나서야 겨우 만날 수 있었다.

「거그 일허기는 으쩌냐? 기술은 많이 늘고?」

김명숙은 마음이 급하면서도 인사부터 차렸다.

「일이야 성냥공장이 편했는지도 몰르제.」

남민정이 시름겹게 대꾸했다.

「머시여? 그리 심들어?」

김명숙이 의아스럽게 남민정을 쳐다보았다.

「전에 말혔디끼 한시도 앉지럴 못혀. 그려도 성냥공장서는 앉어서 일허덜 안 혔냐. 하로 내내 서 있다 보면 다리고 발등이고 팅팅 붓는다.」

「그런 것이야 앉어서 일헌다고 워디 안 그러드냐. 앉어서 일허면 허리고 오금쟁이고 얼매나 아프드냐. 똑같이 심드는 판에는 월급 배나 많이 주는 디가 천당이제.」

나복녀가 말을 받았다.

「하면, 두말허면 잔소리제. 위째, 우리 일 잠 손써 봤냐?」

김명숙은 기회가 이때라는 듯 눈치보고 있던 말을 쏟아놓았다.

「금메……, 알아보기는 혔는디……, 그것이 글씨…….」

남민정은 옹색한 기색으로 말을 얼버무리고 있었다.

「안 되겄다 그것이여?」

나복녀가 마른침을 삼켰다.

「아니, 그것이 아니고 말이여……, 긍께 그것이……, 저어 머시냐…….」

「아이고, 무신 말인디 그리 뜸딜이고 그냐. 우리찌리 못헐 말이 머시가 있냐. 속 씨언허니 말해 뿌러.」

나복녀가 바짝 다가앉았고,

「알 만허다. 맨입으로 안 되고 그짝에서 바래는 것이 있다 그것이지야?」

여지껏 남민정을 빤히 쳐다보고만 있던 김명숙이 말했다.

「가시네, 눈치 한나는 싸네.」

남민정이 슬쩍 눈흘김을 하며 가벼운 웃음을 지었다. 아까에 비해 꽤나 홀가분한 기색이었다.

「얼랴, 그런 소문이 참말인가 부네? 얼매나 바래는디?」

나복녀가 금세 풀죽으며 물었다.

「그것이 말이여……, 긍께 느그 그냥 그대로 있어.」

「야가 시방 누구 놀리는 것이여 머시여. 니넌 존 디 취직허고 우리보고는 그 지옥서 그대로 죽사리치라고? 우리도 니가 낸 만치 내고 취직헐 것잉께 된똥 누대끼 말 심들게 허지 말고 톡 까놓고 속씨언허니 말해뿌러. 맨입으로 되는 일이 하나또 옳는 시상에 그것이 숭도 아니고, 뒷돈 쓰고 월급 많이 받어 볼충허면 손해날 것 옳는 일 아니여? 싸게 말혀.」

김명숙은 다부지게 말하고 들었다.

「가시네, 철 다 든 것맹키로 말허고 그네.」

남민정이 어색하게 웃음지었다.

「하면, 객지생활이 얼맨디 철이 안 드냐. 나 시상 돌아가는 물정 다 안께 싸게 말이나 혀.」

「근디 말이여, 요런 소문나면 절대로 안 되는디.」

「야가 시방 무신 소리여. 우리럴 못 믿겄다 그것이냐?」

「미쳤다냐, 다 우리 일인디. 죽었으면 죽었제 입 안 놀릴 것잉께 안심허고 말혀. 그런 일 소문 냄사 지 발등 지가 찍는 것 아니여?」

나복녀도 제때 다짐을 했다.

「그것이 말이여, 벨 기술이 읎어도 되고, 들고나는 일이 많은 여자들은 그냥 작업반장들이 알아서 뽑는디, 그 사람들이 돈욕심을 내는 것이여. 긍께로 말이여……, 석 달 치 월급을 줘야 혀.」

남민정은 끝말을 빠르게 해치웠다.

김명숙과 나복녀는 멍한 얼굴로 아무 말이 없었다.

「근디 그것을 한목에 안 내도 돼야. 우리가 다 목돈 읎는 처진께.」

「취직혀서 벌어준다 그것이제?」 나복녀는 남민정에게 확인하고는, 「글먼 괜찮허덜 안 혀?」 하며 김명숙에게 눈길을 돌렸다.

「석 달 벌어 싹싹 주면 그간에 굶어죽을라냐?」

김명숙의 말이 비꼬였다.

「무슨 소리여? 굶지 않을 만치만 빚내서 살면 되제.」

남민정이 답답하다는 표정을 말했다.

「빚? 우리 겉은 것들 누가 꽁짜로 빚 줄 리 읎고, 천상 딸라변 얻어야 허는디, 딸라변 썼다 허면 이자가 금세 본전 잡아묵고 신세 망치는 것 니도 알지야?」

김명숙의 어조가 거세졌다.

「글면 공연시 말을 꺼냈는갑다.」

남민정의 얼굴이 새침해졌다.

「그것을 한 달 반 치로 깎자고 헐 수는 읎을 것이고, 이러면 으쩌겄냐. 석 달 치를 주는디, 한 달에 반달 치썩, 여섯 달에 갚자고 말이여.」

「글씨, 그것 잘 몰르겄는디.」

「가서 그리 야그혀 봐. 우리 사정 잘 말험서 말이여. 일은 열성으로 잘 헐 것잉께 우리겉이 불쌍헌 사람들 잠 도와도라고 혀.」

김명숙이 사정조로 말했다.

「그려, 나가 가서 사정을 혀보고 금방 연락헐 것잉께 기둘리고 있어.」

남민정과 헤어진 그들은 한동안 말없이 걸었다.

「참말로, 해도 너무헌다. 한 달 치나 받아묵을 것이제 석 달 치가 머시다냐. 순 도적놈 심뽀 아니여?」

나복녀가 볼멘소리를 했다.

「베룩에 간을 빼묵을라고 헌다는 말이 무신 소린지 인자 알겄다. 참 무섭고 징헌 눔에 시상이다.」

김명숙이 긴 한숨을 쉬었다.

「글고 보면 성냥공장이 양반이여. 빽도 돈도 읎이 취직혔응께.」

「긍께로 월급이 쥐꼬리만허제. 성냥공장 월급이 많애져서 서로 들어갈라고 줄스면 거그도 또 변허겄제.」

「근디, 니가 말헌 대로 안 된다고 허면 워쩔 심판이여? 나 인자 성냥공장은 죽어도 싫은디.」

「그야 그때 가서 생각혀. 나도 성냥공장 더 댕기고 잡은 맘은 읎응께.」

며칠이 지나도 남민정한테서는 아무 연락이 없었다. 김명숙과 나복녀는 더 기다리지 못하고 남민정을 찾아갔다.

「사정을 혀봤는디 그리는 안 된다는 것이여.」

「글먼 그렇다고 연락을 혀줘얄 것 아니여.」

「연락 안 허면 일이 틀린 것으로 알지 알었제.」

「무슨 소리여. 그리 안 되면 그 짝서 바래는 대로 혀야제.」

「음마, 인자 와서 그런 소리 허면 멀혀. 바로 딴사람이 들어와 부렀는디.」

「머, 머시여?」

「멀 놀래고 그려. 월급 좋은 디 취직허고 잡은 사람들이 줄나라비 슨 것 다 암스로. 서운케 생각덜 말고 딴 디 알아봐.」

김명숙과 나복녀는 집으로 돌아오며 말 한마디 하지 않았다.

「가자, 서울로.」

김명숙이 방바닥에 주저앉으며 느닷없이 한 말이었다.

「서울……?」

나복녀가 어리벙벙한 얼굴이었다.

「여그서 그런 돈 띧김서 취직헐라고 말고 우리도 서울 가서 차장질 허자. 크게 될라면 어채피 서울 가야 헝께.」

「서울서는 또 맨입으로 되겠냐?」

「그야 가봐야제. 똑같이 돈을 띧기드라도 서울서 띧기는 것이 낫제.」

「그려, 그려, 서울로 가자.」

46
되받은 보복

「느네 어머니 사건이 첩보 관계가 아니라 다행이다. 휴가가 너무 늦었지만 잘 쉬고 무사하게 귀대하기 바란다. 어머니 일은 너무 속상해 하지 말고.」

연대 방첩대 상사가 유일민에게 휴가증을 내밀었다.

「예……..」

유일민은 눈길을 떨군 채 휴가증을 받아들었다. 휴가증을 통해 상대방의 냉기가 손끝으로 타고 오르는 것 같은 기분을 그는 느끼고 있었다. 방첩대가 그렇듯 그 상사도 무시무시한 공포의 대상이었다.

사병들치고 헌병대나 헌병 좋아하는 사람은 없었다. 더구나 방첩대는 그 이름만 듣고도 누구나 기가 질리고 피하려고 들었다. 그런데 유일민은 몇 달 전에 그 방첩대에 끌려갔었다. 상사는 숨도 쉴 수 없는 공포 분위기 속에서 심문을 해댔다.

「네 어머니 지금 어디 있지?」

「너, 여기가 어딘지 알지? 어머니 편지 마지막 받은 게 언제야?」

「네 동생 유일표가 휴학한 걸 모른다고? 동생 편지 못 받은 건 얼마나 됐어?」

상사는 전혀 모르는 것들을 따져 물었고, 그러는 사이에 자신의 관물대가 샅샅이 뒤짐을 당한 것을 나중에 알았다.

「제가 편지를 받고, 안 받고는 중대 서무계가 다 알고 있지 않습니까.」

유일민이 폭행을 당할 위기에 몰리며 할 수 있는 말은 이 한마디뿐이었다.

그런데 그 말의 효과는 너무나 놀라웠다. 한 가지씩 물을 때마다 점점 성난 짐승의 형상으로 변해가던 상사가 그만 맥이 풀리며 독기가 사라지고 말았다. 그 야만적인 편지 검열이 오히려 사람을 살려준 거였다. 모든 사병들의 편지는 중대의 서무계 손을 거치지 않고는 밖으로 나갈 수도, 안으로 들어올 수도 없었다.

「사건의 진상이 완전히 밝혀질 때까지 외출금지야. 신상을 위해 얌전하게 협조하는 게 좋아.」

그러니 바로 앞에 다가온 정기휴가가 이루어질 리 없었다. 만약 휴가를 내보내 준다 하더라도 방첩대의 말대로라면 찾아갈 곳이 없었다. 어머니는 밤새 고향을 떠나 행방이 묘연해졌고, 동생 일표는 자취방에서 갑자기 사라져버린 것이었다. 그리고 학교도 휴학을 했다는 것이다.

여기까지 알아낸 경찰은 더 이상 어찌할 수 없는 벽에 부딪치게 되니까 자신에게까지 손을 뻗쳐온 것이다. 그들은 군대에까지 수사를 확대하는 자신들의 머리에 무릎을 쳤을지도 모른다. 그러나 그런 것을 다 예상했다는 듯이 어머니와 동생은 편지를 끊은 지 두 달이 넘고 있었다.

유일민은 스스로 수사관이 된 것처럼 날마다 그 사건에 몰입했다. 무슨 일이 벌어진 것인지 풀어내려고 추리하고 또 추리했다. 그러나 실마리가 잡히는 것은 아무것도 없었다. 아버지가 내려와서……? 유일하게 떠오른 의혹이었다. 그러나 현실성이 거의 없었다. 아니, 아버지가 내려올 수는 있었다. 그러나 어머니나 동생이 아버지를 따라 그렇게 무모하게 행동할 리가 없었다. 혹시 동생은 몰라도 어머니는 이 나라 수사기관이 허깨비가 아니라는 것을 너무나 잘 알고 있을 터였다.

「협조하는 게 서로에게 좋아. 수사관들도 사람이야. 괜히 감정 돋우다 잡히면 그땐 참 곤란해. 어디 숨을 만한 데가 있지 않겠어?」

「서울에는 아는 사람이 하나도 없습니다.」

「이봐, 혹시 너의 아버지가 내려왔다고는 생각 안 해?」

「글쎄요…….」

「평소에 말야, 만약 아버지가 내려오면 어떻게 해야 되겠다 하는 생각은 식구들끼리 좀 해보지 않았어?」

「예……, 동생들은 어려서 그렇고, 어머니하고는 딱 잘라서 말하지는 않았습니다만, 자수를 권유해야 한다는 뜻을 가지고 있었습니다.」

방첩대 상사는 불쑥불쑥 불러 이런 식으로 심문을 하고는 했다.

그런데 동생한테서 편지가 온 것은 여섯 달이 지나서였다.

"형, 그동안 너무 오래 편지 못해 정말 미안해. 집안에 그럴 일이 있었다. 지금 어머니가 경찰서에 잡혀 조사를 받고 있으니까 길게 쓸 여유가 없어 간단하게 쓸게.

어머니가 선희를 데리고 갑자기 서울로 이사를 온 것은 지난 2월 말이었어. 50만 환짜리 계를 든 어머니는 곗돈을 타가지고 고향을 뜬 거야. 그건 계획적인 것이 아니고 식당이 처분된 것과 곗돈 타는 것이 어떻게 비슷한 시기가 되자 어머니는 그런 마음을 먹게 된 것 같애. 지난 날 어머니가 당했던 것에 대해 앙심이 생기게 된 것 말야. 난 처음에는 놀랐지만, 어머니를 속인 세상에 그런 보복을 결심한 어머니의 심정을 이해할 수 있었고, 세상을 향해 그렇게 강하게 대드는 어머니의 용기가 걱정이 되면서도 눈물겨웠어. 어머니는 누구를 위해 그 겁나고 괴로운 일을 하셨겠어.

난 고민 끝에 어머니를 안전하게 지켜야 한다고 결론 내렸어. 그래서 모든 방법을 다 동원했었는데, 우리는 결국 8개월 만에 경찰에게 붙들리고 말았어.

그런데……, 경찰에서는 곗돈에는 별 관심이 없이 엉뚱한 오해를 하고 있어. 형, 알지? 그 문제. 나는 그동안 몸을 감추었던 것이 그렇게 큰 의심을 사리라고는 미처 생각하지 못했어. 어머니도 돈 지킬 생각만 하시느라고 나하고 마찬가지셨나 봐.

어머니는 언제 풀려나실지 알 수가 없어. 형, 미안해. 일을 이렇게 꼬이고 망치게 하려는 것이 아니었는데……."

사건의 전모가 너무나 황당해 유일민은 한동안 멍하니 앉아 있었다. 어머니의 그런 행동도 딱했고, 휴학까지 하면서 어머니를 지키려고 나선 동생의 행동은 더욱 어처구니가 없었다.

그러나 한편으로 생각하면 그런 일을 저지른 어머니의 심사를 충분히 이해할 수 있었고, 어머니의 행위에 눈물겨워한 동생이 일을 그렇게 몰아갈 수밖에 없었을 심정도 가슴 아팠다. 어쩌면 세상에 대한 어머니의 보복감보다도 동생 일표의 보복감이 더 컸을지도 몰랐다. 휴학까지 감행하며 그 일처리에 나선 일표의 행위는 결코 단순하지 않았다. 고민 고민하다가 끝내 마음에도 없는 철학과를 선택할 수밖에 없었던 것은 일표가 겪은 최초의 좌절이었고, 휴학은 그런 좌절을 자신에게 안긴 세상에 대한 보복감의 표출이었고, 저항의 한 방법이 아닐 수 없었다. 그 행위에서는 대학을 다니고 싶어하지 않는 자포자기의 심정까지 느껴지고 있었다.

유일민은 동생의 편지를 가지고 방첩대를 찾아갔다. 자신이 받고 있는 의심에서 벗어나려는 것만이 아니었다. 하루라도 빨리 휴가를 나가려면 방첩대에서 의혹의 눈초리를 거두어야 했다. 그리고 동생의 편지

를 믿게 된 방첩대의 영향력이 경찰에 역으로 작용해 어떤 효과를 나타
낼 수 있기를 기대하기도 했다.

「이거, 어머니가 당한 것에 대한 보복이라니 무슨 소리야?」

방첩대 상사는 편지에 눈길을 박은 채 물었다.

「예, 재작년에 어머니가 곗돈을 떼인 적이 있습니다.」

「이런 놈의 일이 있나. 액수가 얼마였는데.」

상사는 유일민에게 눈길을 돌리며 혀를 찼다.

「50만 환, 같은 액숩니다.」

「어머니는 그렇다 치고, 이거 문제는 동생 아니겠어? 일을 아주 골치
아프게 만들었단 말야. 동생이 몇 살인데 이래? 말썽꾼인가?」

「예, 대학 1학년인데 생각이 좀 짧았던 것 같습니다.」

「이거 참, 느네 집안은 특히 조심해야 해. 긁어 부스럼 만들면 안 된
다구. 괜한 짓 잘못해서 그동안 경찰들 잔뜩 열 받게 만들어놓고, 의
심을 살 대로 샀으니 그게 다 풀리자면 앞으로 시일이 얼마나 걸리겠
어.」 상사는 담배연기를 내뿜으며 혀를 차고는, 「너 휴가는 좀 기다려.
빨리 경찰 쪽의 상황을 알아보고 결정할 테니까.」 그는 먼저 휴가 문제
를 꺼냈다.

「네, 상사님!」

유일민은 거수경례를 붙였다.

유일민은 휴가 출발을 하기 전에 소대장을 따라 중대장실로 갔다. 물
론 다른 사병들은 거치지 않는 과정이었다.

「방첩대에서 판단을 내려 휴가를 보내는 거니까 우리 중대로서는 안
심하겠는데, 어때, 믿어도 되겠지? 좋아, 뭐, 꼭 대답할 건 없어. 난 최
고학부를 다닌 너의 이성을 믿는다. 가서 편히 쉬고 무사히 귀대해라.
그럼 이번에 늦어진 건 다음 휴가에서 선처하겠다. 알겠나!」

중대장은 '알겠나'를 느닷없이 소리 높여 외쳤다.

「옛! 심려 끼치지 않겠습니다.」

유일민은 차려를 하고 있는 부동자세가 더욱 빳빳해지도록 힘을 넣으며 중대장의 목소리에 못지않게 소리쳤다.

「좋았어, 좋았어. 역시 말을 잘 알아듣는군. 어서 가서 잘 쉬고 돌아와.」

중대장은 흡족하게 웃으며 고개를 끄덕였다.

유일민은 중대장의 그런 확답을 듣고 싶어하는 불안한 심리를 이해할 수 있었다. 간부후보생 출신인 중대장은 육사 출신들에게 밀려 계급정년의 위기에 처해 있었다. 진급에 혈안이 된 중대장이 가장 두려워하는 것은 부대원들이 저지르는 이런저런 사고들이었다. 그런 중대장의 입장에서 보면 자신은 분명 위험스러운 존재고 두통거리라는 것을 유일민은 잘 알고 있었다.

「내무반 생활하기 고달프지? 따돌림당하고 있는 것 대강 아는데, 참고 견디도록 해. 나도 빨치산을 하다가 죽은 아버지를 둔 아이들은 몇 명 보았지만, 유 일병 너 같은 경우는 첨이다. 더구나 군대에서 대하게 되니까 내무반원들이 더 심하게 피하는 걸 거다. 소대장으로서 내가 어떻게 해야 하는지 참 괴롭다. 어차피 병역의무는 필해야 하고, 기왕 시작한 군대생활이니까 참고 이겨내도록 해.」

육사 출신 소대장이 유일민의 어깨를 어루만졌다.

「예, 고맙습니다.」

유일민은 그만 가슴이 뭉클해졌다. 남들이 다 떠나는 정기휴가를 못 떠나게 되면서 누가 발설을 한 것인지 그 사유가 알려졌다. 그리고 소대원들의 따돌림이 시작되었다. 소대장이 그 사실을 알고 있다는 것은 뜻밖이었다.

유일민은 그동안 따돌림을 당하며 자신이 문둥병이나 또다른 전염병 환자가 되었음을 느꼈다. 소대원들은 병이 옮아 붙을까 봐 미리미리 피하고 입을 봉했다. 일병들을 구타하는 맛으로 산다고 하는 상병들이 주먹다짐에서 제외할 지경이었다. 밤마다 한바탕씩 매타작을 하지 않고는 언제 맞게 될지 몰라 잠이 오지 않았던 때가 오히려 그리워졌다. 그 대신 변소 청소 같은 궂은 일이나 고된 사역에 내몰렸다. 어렸을 때부터 겪어왔던 그 어떤 소외감보다도 강한 외로움 속에서 따돌림이 일종의 견디기 어려운 고문이라는 것을 새삼스럽게 느껴야 했다.

유일민은 서울로 달리는 버스에 흔들리며 어머니를 하루빨리 풀려나게 할 수 있는 방법을 생각하고 또 생각했다. 그러나 신통한 방법은 떠오르지 않았다. 8개월 동안이나 잘 피해 있다가 어쩌다가 잡히게 된 것인지……, 돈을 그대로 되돌려 주면 죄는 어떻게 되는지……, 브라질 이민은 갈 수 있는 것인지……, 아버지는 무엇을 하며 살고 있는지……, 이런저런 생각들이 얽히고설켜 마음이 어지러웠다.

유일민이 시내버스를 타고 미아리고개를 넘은 것은 짧은 겨울해가 질 무렵이었다. 길음시장 앞에서 내린 유일민은 주소를 꺼내들고 가까운 가게로 서둘러 들어갔다.

성북동 골짜기의 판자촌에 비해 미아리의 무허가 판자촌은 넓고 넓은 밀림이었다. 평퍼짐한 야산들을 먹어치우며 제멋대로 자리잡은 판자촌은 끝이 어디인지 모르게 펼쳐져 있는데다가, 좁고 꼬불꼬불한 길들은 비탈을 따라 오르락내리락 춤까지 추었고, 번지수는 어디가 어딘지 분간을 할 수가 없도록 들쑥날쑥 오락가락이었다. 유일민은 어두운 찬바람 속을 세 시간 넘도록 헤맨 끝에 가까스로 집을 찾아냈다.

「큰오빠, 큰오빠!」

누이동생 선희가 왈칵 울음을 터뜨렸다.

「선, 희, 야……」

놀란 눈으로 누이동생을 바라보며 유일민의 가슴은 순식간에 눈물로 젖고 있었다.

몰라보게 여윈 누이동생의 얼굴은 핏줄이 푸르게 드러나도록 창백했고, 두려움과 슬픔의 그늘까지 짙게 배어 있었다. 울음을 참으려고 입술을 깨물며 눈물을 흘리고 있는 그 모습이 못 견디게 가엾고 안쓰러웠다.

「작은오빠는……?」

유일민은 누이동생의 어깨를 감싸안으며 다독거렸다.

「엄니 일로 날마동…….」

누이동생의 고향말에서 유일민은 물큰 어머니를 느꼈다. 세상을 떠난 누나의 목소리가 그랬듯이 누이동생의 목소리에도 어머니가 고스란히 담겨 있었다.

「그래, 엄니 일은 어찌 되고 있냐?」

「돈을 도로 다 뺏어가고도 재판을 받아야 헌당마.」

선희는 또 울먹였다.

「재판을…….」

유일민의 어깨가 처져내렸다.

「참, 큰오빠 저녁밥 히야제.」

선희는 부리나케 밖으로 나갔다.

유일민은 깁고 또 기운 누이동생의 양말을 보며, 저게 여고 1학년이 되어야 하는데 학교는 어쩌고 있나, 하는 생각이 문득 떠올랐다. 2월에 갑자기 고향을 떠났고, 일표가 휴학을 할 정도로 숨어 지낸 형편이었으면 무슨 문제가 있을 거라는 생각이 누이동생을 보자 구체화되었다.

유일민은 벽에 몸을 부리며 눈을 감았다. 몸이 가눌 수 없이 무거워지며 땅속으로 한정도 없이 가라앉기 시작했다. 이대로, 그냥 이대로 식구들이 모두 파묻혀 버렸으면……, 그렇게 살벌하게 서로 총을 겨누고 있는데 통일은 까마득하기만 하고……, 언제까지 이런 일을 당하며 살아야 하는 건지……, 무슨 희망이 있는가……, 끝없이 감시당하고 의심받고 짓밟히면서 사느니 차라리…….

「경찰은 우리한테 보복하려고 작당을 했어.」

통금 예비 사이렌이 울리고 나서야 지쳐 돌아온 유일표가 대뜸 한 말이었다. 그는 임채옥이 유일민에게 선물했던 윈드재킷을 입고 있었다.

「……?」

동생을 쳐다보는 유일민의 얼굴에 불안과 의문의 기색이 드러났다.

「경찰은 엄니를 사기죄로 몰아 징역을 살리려고 작정을 했다니까. 왜냐면 거주지를 옮길 때에는 사전에 꼭 신고하라는 명령을 어긴 것에 대해 쓴맛을 보이고 또, 8개월 동안 우리를 찾느라고 쌓일 대로 쌓인 분을 풀려는 거야.」

「그거 너무 넘겨짚는 것 아니냐?」

「아니, 확실한 근거가 있어. 내 말 잘 들어봐. 엄니가 잡혀가게 되자 경찰이 뒤집어씌우는 혐의에서 벗어나기 위해서도 곗돈 사건을 다 실토하지 않을 수가 없었어. 그리고 돈도 다 내놨고. 그런데도 경찰에서는 엄니를 사기죄로 모는 거야. 그래 내가 여기저기 알아보니까, 피해를 입었던 당사자들이 돈을 다 되돌려 받았으니까 처벌을 원치 않으면 그냥 풀려날 수 있다는 거야. 그래서 나는 진정서를 만들어가지고 그 사람들의 도장을 받으려고 광주로 내려갔어. 그런데 그들은 벌써 딴 진정서에 도장을 찍은 다음이었어. 경찰에서는 그들에게 돈을 되돌려 주며 엄니를 법에 따라 엄중 처벌해 달라는 진정서를 만들어 그들의 도장을 받은 거야.」

「……」

유일민은 고개를 푹 떨구며 화랑담배를 꺼냈다.

「형, 담배 피워?」

유일표는 성냥을 그어 형이 빼문 담배 끝에 갖다 댔다.

「너도 담배 피우냐? 자아, 피워라.」

유일민은 동생을 지그시 바라보며 담배를 권했다.

「아니, 저어……」

「괜찮아, 피울 나이가 됐으니까 피워야지. 어서 뽑아.」

유일표는 멋쩍어하며 조심스럽게 담배를 뽑았다.

그들 형제는 말없이 담배만 피우고 있었다. 침묵의 형제처럼 방 안에 담배연기만 가득 퍼지고 있었다.

유일민은 다음날 아침 일찍 동생을 따라 구치소로 어머니 면회를 갔다. 아직 업무가 시작되지도 않았는데 면회 신청실에는 서울역 3등 대합실처럼 사람들이 가득 차 있었다. 그런데 서울역 3등 대합실은 늘 와글와글 시끌벅적한데 면회 신청실의 사람들은 하나같이 근심 걱정 어린 얼굴로 소리 없이 가만가만 움직이고 있었다.

유일민은 그 많은 사람들에 놀라고 있었다. 어쩌다가 대학병원에 가보면 온 세상이 환자들로 가득 찬 것 같은 착각이 들듯 그는 똑같은 착각을 일으키고 있었다.

「형, 여기 있어. 신청하고 올 테니까.」

유일표는 바삐 접수창구 쪽으로 갔다.

유일민은 벽으로 붙어서며 담배를 꺼냈다. 경찰서로 어머니를 찾아간 적은 많지만 구치소로 면회를 온 것은 처음이었다. 추위가 끼쳐오는 것처럼 전신이 움츠러드는 초조감으로 유일민은 담배를 빨리 빨았다.

「죄는 무슨 죄요. 그놈에 돈 없고 빽 없으니까 억울하게 당하는 거지.」

「우리도 그렇소. 거 혁명이고 뭐고, 유전무죄 무전유죄라는 말은 끄떡도 하지 않고 그대로요.」

「흥, 혁며어엉? 빽이 군인으로 바뀐 것뿐인데, 군인빽 없으면 죽어나는 세상이오.」

「그래요, 우리 같은 사람들이야 어떤 세상이 오나 그저 당하기만 하지요.」

유일민은 옆사람들의 탄식 깊은 수군거림에 귀를 팔고 있었다.

군인빽! 그 한마디가 귀에 뻔쩍 띄었다. 군인빽……, 그러나 자신이 의지할 수 있는 군인은 단 한 명도 없어서 유일민은 담배연기만 짙게 내뿜었다. 오직 있는 것은 자신을 감시하는 군인들이 있을 뿐이었다.

유일민은 괴롭게 신음하며 또 두 사람의 얼굴을 지웠다. 이규백과 김선오의 얼굴이었다.

「이규백 형은 선배 덕에 서울에 떨어졌고, 김선오 형은 이번에 패스했어. 신문에서 그 이름 보니까 기분이 참 이상한데.」

동생이 버스를 타고 오면서 지나가는 말처럼 했었다. 그러나 그건 지나가는 말일 리 없었다.

유일표가 접수번호를 받아왔다. 시간이 지날수록 사람들은 꾸역꾸역 밀려들고 있었다. 접수번호 10단위씩 면회가 시작되었다.

「일……, 일……, 일민아…….」

큰아들을 보는 순간 소스라친 해촌댁의 입술은 심하게 푸들거렸다. 그리고, 눈물이 주르르 흘러내리며 창백하던 얼굴이 금세 벌겋게 상기되었다.

「엄니……!」

유일민은 울컥 울음을 쏟듯이 어머니를 부르며 철망을 붙들었다. 그의 얼굴에 철망의 마름모 무늬가 파일 지경이었다.

「이 에미가 쥑일 년이다…….」

이 말과 함께 해촌댁이 고개를 푹 떨구었다.

'이년이 쥑일 년이오' 하는 전라도 말은 자기를 최하로 낮추면서 자신의 잘못을 전적으로 시인하며 사죄하는 데 쓰는 말이었다. 그 말은 주로 손윗사람한테 쓰는 것이고, 동년배끼리도 잘 쓰지 않았다. 그런데 해촌댁은 자식에게 그 말을 쓰고 있었다. 그 얼굴이 상기된 것도 큰아들이 반가워서가 아니라 자신의 실수를 부끄러워함이었다.

「엄니, 아니에요. 그런 말씀 마세요. 건강은 어떠세요?」

유일민은 철망을 뚫고 저쪽으로 나아가려는 것처럼 앞으로 다가서며 숨가쁘게 말했다.

「나야 다 괜찮허다. 근디 니넌 몸이 으쩌냐? 전방 군대생활이 지옥이라든디.」

해촌댁은 목을 늘여 울음을 삼키며 철망을 잡고 있는 아들의 손을 더듬더듬 잡았다. 거칠고 마디 굵은 손이 떨리고 있었다.

「아니에요, 저는 건강해요. 아무 일 없이 편히 잘 있어요.」

「아니여, 니 나가 저질른 잘못으로 못헐 일 당하고 그랬지야? 경찰에서 부대에 연락했다고 허드라.」

해촌댁의 눈에서 새로운 눈물이 주르르 흘러내렸다.

다음 사람들의 시간에 밀려 면회실을 나오면서 유일민은 그 말을 하지 않은 것이 마음 아프고 괴로웠다. 빈말이더라도 '아무 걱정 말고 조금만 참으세요. 곧 풀려나게 될 거예요' 하고 말하고 싶었다. 그러나 그 말을 단순한 위로가 아니라 진짜로 믿게 될 것이 두려워 입 밖에 낼 수가 없었다. 어머니는 지금 물에 빠진 사람 지푸라기라도 잡는다는 형편에 처한 것만이 아니었다. 그동안 살아오면서 어머니는 큰아들인 자신의 말을 너무 믿었고, 자신은 어머니한테 허튼소리를 해본 적이 없었던 것이다.

「형, 서동철 형 풀려난 것 모르지?」

구치소 마당을 가로지르며 유일표가 형에게 담배를 내밀었다. 필터가 달리지 않은 서민용 '해바라기'였다.

「동철이가? 어떻게 됐나?」

유일민이 놀라움과 반가움을 한꺼번에 드러내며 묻다가 담배와 동생의 얼굴을 번갈아 쳐다보았다. 그 얼굴에 담뱃값은 어디서 나느냐는 의문이 실려 있었다.

「안심해. 나 그동안 쭉 돈벌이했어.」 유일표는 담배가 솟기도록 담뱃갑을 추스르며 씩 웃고는, 「얼마 전에 그 극장 앞을 지나는데 서동철 형이 떡 버티고 서 있는 거야. 어찌나 반가운지. 강원도 산골에서 건설대로 1년 동안 강제노동하고 풀려났대」하며 혀를 찼다.

「건설대……, 고생 많았겠구나…….」 유일민은 중얼거리듯 하고는, 「너 가정교사 하니?」 동생한테 관심의 고리를 그대로 걸고 있었다.

「형도 참. 대학이 한 계단 밑인데다 휴학생 꼴에 가정교사는 어떻게 구해. 영 시시하고 천한 일을 해. 그 대신 속은 아주 편하고 돈벌이도 괜찮아. 밤에는 야학 선생님 노릇도 하고. 그건 물론 무료봉사고.」

「시시하고 천한 일……?」

유일민은 동생을 빤히 쳐다보았다.

「그 대신 나라에서 권장하고 보탬이 되는 일이니까 더 알려고 하지 말어. 우리 서동철 형한테 가볼까? 몇 번씩이나 형 보고 싶다고 그러던데.」

유일표는 얼렁뚱땅 말머리를 돌렸다.

「그래, 마땅히 갈 곳도 없고…….」

전차에 몸을 실은 유일민은 언제부턴가 또 이규백과 김선오를 생각하고 있는 자신을 발견했다. 경찰은 검찰의 직속 하부조직에 지나지 않았다. 김선오는 연수생일 뿐이지만 이규백은 검사였다. 그러나 지난날 수사관 앞에서 자신과 안다는 사실 자체를 부인하고자 했던 그들의 모습이 또 떠올랐다.

「와따메, 요것이 누구당가! 과거급제헌 이 도령이여, 용궁서 살아 나온 퇴깽이여.」

서동철은 유일민을 와락 끌어안으며 반가워 어쩔 줄을 몰랐다.

「말도 마라. 전방서 다 죽다 살아 나온 일등병 유일민이다.」

유일민도 서동철을 마주 끌어안으며 판소리식 화답을 했다.

「둘이서 요리 딱 폼잡고 나타난께 영축없이 〈형제는 용감하였다〉시. 무신 바람이 분 기여?」

〈형제는 용감하였다〉는 서부영화 제목이었다.

「웅, 무슨 일이 좀 있어서.」

억지웃음을 짓는 유일민의 얼굴에 그늘이 스쳐갔다.

「무신 속상허는 일인갑는디? 집안에 무신 궂은일 생겼지야? 가자, 다방에 가서 야그허자.」

서동철은 쪽 빼입은 검은 양복깃을 펄럭이며 앞장서 길을 건넜다.

서동철의 눈치 빠른 성화에 유일민은 어머니 일을 이야기하기 시작했다. 서동철과는 동병상련의 관계라 그 일이 흉거리일 리 없었고, 앞일이 너무 막막하고 답답해 그저 하소연하고 싶은 원시감정도 없지 않았다.

「아니, 글먼 보복을 되받은 심이시? 고런 좆겉은 일을 당허고만 있으면 안 되제.」 서동철은 입술을 야무지게 훔치며 앉음새를 고치고는, 「고것얼 싹 해결허자면 빽이 있어야 되겠지야 이!」 그는 담배에 성냥을 칙 그어댔다.

「예, 군인빽이나 검사빽이……」

유일표가 말끝을 흐렸다.

「나헌티 맽겨. 길이 있을 것잉께. 깜빵살이 직전에 나럴 살린 빽이 있어!」

47
정치를 아시나요

강숙자는 따끈한 방바닥에 배를 깔고 엎드려 밥풀튀김을 주전부리하며 베토벤을 듣고 있었다. 관현악의 다채로운 음의 흐름을 따라 그녀의 목놀림과 손짓과 얼굴 표정은 섬세하고 예민하게 변화를 일으키며 조화되어 나아가고 있었다. 음을 완전히 소화하지 않고는 지을 수 없는 그 몸짓들은 지휘자의 모습과 다를 것이 없었다.

아아……, 베토벤! 당신은 너무나 잔인해. 어쩌면 그렇게 혼자서 다 해버릴 수가 있어. 모차르트, 쇼팽, 바흐 같은 사람들이 산이라면 당신은 거대한 산맥이야. 당신은 당신 자신이 천재라는 것을 알면서 그 좋은 곡들을 그렇게도 많이 썼으니까 세상에서 제일 최고로 행복한 사람이었지만, 그 천재성은 수도 없이 많은 음악도들을 무참하게 좌절시킨 잔인함이었어. 당신이 말년에 음악가로서는 치명적인 귀머거리가 되어간 것은 어쩌면 재주 모자라는 수많은 사람들이 좌절하면서 보낸 질시와 저주 때문인지도 몰라. 그러나 그 절망적 상황에서도 작곡을 포기하지 않은 열정과, 그런 비극적 운명 속에서 이 세상을 떠난 건 오히려 천재 예술가의 생애를 최고로 아름답게 꾸민 하늘의 완벽한 연출이었어. 베토벤……, 당신 음악을 좋아한다고 하면 음악을 안다고 하는 사람들이 흔히 묻는 말이, 베토벤의 어떤 곡을 좋아하느냐 하는데, 그거야말로 하나만 알고 둘은 모르는 얼간이들의 풋내 나는 짓이야. 당신 음악은 어떤 곡을 고를 수가 없어. 당신은 그것을 용납하지 않으니까 잔인한 천재지. 나는 당신의 음악을 송두리째 사랑하는 것이 나의 행복 중의 하나고…….

「어이 학상, 의원님이 싸게 오래여.」쾅 쾅 문 두들기는 소리와 함께 내쏘듯 하는 말이 들리고는, 「아이고, 밥이 나오기럴 혀, 죽이 나오기럴 혀. 맨날 귀창 떨어지게 이놈으 깽깽이만 틀어대니 원」하고 투덜거리는 소리가 멀어지고 있었다.

「별꼴이야. 저 아줌마는 입만 열면 한다는 게 밥 타령이고 죽 타령뿐이야. 아이구우우, 신경질 나.」

몸을 일으키며 문 쪽에다 눈을 째지게 흘긴 강숙자는 상체를 짜증스럽게 내둘렀다. 그녀는 아버지 대하는 것을 갈수록 진저리치고 있었다.

강숙자는 응접실의 문을 가만히 밀었다.

「뭐라고요? 경상도가 아니라서 곤란해? 같은 값이면 경상도라고? 하, 이거 듣기 좀 거북한 소린데. 그럽시다, 다시 전화합시다.」

전화통을 박살낼 듯이 송수화기를 떡치며 강기수는 「하, 요런 군발이 새끼들!」하고 내뱉었다.

강숙자는 자신도 모르게 어깨를 움츠렸다. 그녀는 아버지의 속타는 심정을 환히 알고 있었다. 개헌안이 국민투표에서 찬성을 얻게 되자 아버지는 군인들 쪽에 붙으려고 본격적으로 나섰다. 그러나 그 일은 순조롭게 풀려가지 않았다.

「너 말야, 이번엔 잔말 말고 김선오하고 결혼해!」

강기수는 성난 얼굴로 내쏘며 담배를 빼물었다.

「네에?」

강숙자는 아버지의 그 느닷없는 말에 놀라기도 했지만, 일부러 더 놀라는 시늉을 해보였다.

「뭘 그리 놀래? 이번에 또 시건방지게 까불면 가만두지 않는다.」

강기수는 담배연기를 내뿜으며 부릅뜬 눈으로 딸을 노려보았다.

강숙자는 속으로 픽 웃었다. 이규백은 보름 전쯤에 거창하게 약혼식을 했다. 그는 아버지에게, 저는 결혼을 하고 싶은데 따님이 저를 싫어합니다, 해서 모든 책임을 자신이 떠안을 수밖에 없었다. 부잣집 딸에게 부랴부랴 장가가면서 그 방패막이로 자신을 잘 이용해 먹은 그의 약은 머리에 결코 실망하지도 기분 상하지도 않았다. 그러나 '검사'라는 자리를 쉽게 얻은 그 여자에게 슬그머니 배가 아팠다. '검사 사모님'은 결코 값싼 액세서리가 아니었다.

「근데 아빠 김선오한테 애인이 있는 걸 알기나 하세요?」

강숙자의 입가에 엷은 비웃음이 스치고 지나갔다.

「아니, 뭐, 뭐라고? 그놈이 허락도 없이…….」

강기수는 몸을 반쯤 벌떡 일으켰다가 소파에 도로 주저앉았다.

강숙자는 얼른 입을 막았다. 하마터면 웃음이 터질 뻔했다.

「너, 그 상대가 누군지 아냐?」

「몰라요.」

강숙자는 이야기가 길고 복잡해지는 것이 싫어서 짧게 잘랐다.

「알았다. 내가 다 알아서 할 테니까 넌 따라오기만 해. 나가 봐라.」

강기수는 반도 안 탄 양담배 꽁초를 마구 잉끄려 껐다.

요런 느자구 반푼어치도 없는 새끼덜 보소. 요것덜이 불난 집에 부채질허자고 나대는 것이여, 갓끈 떨어졌다고 시퍼보고 놀아나는 것이여. 대가리 검은 짐승은 키우덜 말라고 혔는디, 요 보초 읁는 새끼덜이 이 천하에 강기수를 배신허겄다 그것잉가? 하! 그리만 되면 느그넌 끝장나는 것이여. 이 강기수는 군발이덜헌테 가지 몇 개 뿐질러진 것이제 아조 뿌리꺼정 뽑힌 것이 아닝께.

강기수는 새 담배에 불을 붙이며 노여움을 간신히 다스리고 있었다. 그는 김선오에게만 노여움을 느끼는 것이 아니었다. 이규백에게도 똑같이 느꼈다. 아니, 어쩌면 이규백에 대한 감정이 더 클 수도 있었다. 이규백 그놈은 딸의 환심을 살 노력은 거의 하지 않았고, 자신에게 어떤 도움 한번 청하지 않고 딴 여자를 구해버렸다. 그 서운함은 문득문득 배신감으로 바뀌려고 해 가까스로 참아오고 있었다. 그런데 김선오마저 벌써 애인이 있다니……. 딸에게 큰소리를 치긴 했지만 기분은 영 찜찜하고 지랄 같기만 했다. 고뿔 따라 몸살 들고, 몸살 따라 염병 들더라고 군인들이 난장판을 친 다음부터 모든 일이 뒤틀리고 비꼬이는 게 제대로 풀리는 것이 없었다.

강기수는 서둘러 양복을 갈아입고 약속 장소로 출발했다. 그는 자가용 지프의 앞자리에 앉아 손잡이를 틀어잡으며 끄음 된 숨을 내쉬었다. 심장의 벌떡거림이 자주 일어날 만큼 요즘은 불안과 초조가 더 심해지고 있었다. 5·16이 터지면서 불안과 초조의 첫 번째 파도가 덮쳐왔다. 두 번째 파도는 정치정화법 발동이었고, 개헌안의 국민투표 찬성이 세 번째였다. 그 파도들은 갈수록 심해지면서 구 정치인들을 바닷속 깊이 수장시키려고 들었다. 그 위험도는 해방 직후의 상황과 별로 다를 것이 없었다.

제3공화국 개헌안이 확정되면서 정치상황은 긴박하고 복잡하게 돌아가기 시작했다. 군인들이 자기네가 내건 민정이양의 약속을 어기고 새 당을 만드는 것은 이미 공개된 비밀이었다. 구 정치인들로서는 그건 살인 음모와 다를 것이 없었다. 강기수는 그 위급상황 속에서 살아날 궁리에 몰두한 지 오래였다. 그는 불안과 초조 속에서도 남들에게 뒤지지 않을 자신은 있었다. 그는 양손에 든 칼을 맘껏 휘둘러댈 참이었다. 하나는 돈이었고, 다른 하나는 튼튼한 지역구를 가진 배짱이었다.

「의원님, 어서 오십시오.」

요정에서 강기수를 맞이한 것은 이규백의 선배 최 검사였다. 고향이 같은 그는 이미 오래 전부터 강기수의 정치 그물망 안에서 혜택을 누려 오고 있었다. 이규백이 그의 덕을 본 것은 바로 강기수의 은밀한 작용의 결과였다.

「이거 참 죄송하게 됐습니다. 손님께서 먼저 와 계시다니요. 이제부터 벌주는 내리시는 대로 달게 받겠습니다.」

강기수는 처음 보는 젊은 남자와 악수를 나누며 능란하게 너스레를 떨었다.

「무슨 말씀이십니까. 우리도 얼마 안 됩니다.」

젊은 남자는 사복을 입었는데도 군인 냄새가 금방 드러났다.

그들이 자리잡고 앉자 곧 술상이 들어왔다.

「매담, 여기 양귀비 뺨치는 것들로 대령해. 빨리빨리.」

강기수가 재빨리 눈짓을 했고,

「네, 미스 코리아 뺨치는 애들이 곧 들어옵니다. 많이 예뻐해 주세요.」

마담이 눈을 찡긋하며 나갔다.

「의원님, 하실 말씀을 먼저 하시는 것이 어떠실지요.」

그야말로 파리가 앉았다가 미끄러져 낙상을 할 만큼 머리에 포마드를 많이 바른 최 검사가 두 사람 사이에서 눈동자를 빨리 굴렸다.

「암, 그럽시다. 거 자고로 술자리에선 음담패설 아닌 얘기는 짧을수록 좋은 법이니까 내가 간단하게 일언(一言)을 하지요.」 강기수는 책상다리를 더 단단하게 조이고는, 「김 국장님께서 그동안이나마 많이 겪으시고 많이 생각해 보셔서 잘 아시겠지만, 정치라는 게 그게 군사 작전하고는 상당히 다르지 않습니까? 아니, 지금까지는 적수인 야당이 없이 계엄하에서 혼자 한 정치였으니까 오히려 군사 작전보다 더 성공률이 높을 수도 있었지요. 허나, 앞으로 군정을 끝내고 야당과 맞붙는 정치를 하게 되면 정말 상황이 달라지게 됩니다. 다시 말해 정치를 하는 데 있어서 구 정치인들이 백전노장이고 능구렁이들이라면 군 출신들은 이등병이고 실뱀에 지나지 않는다 그겁니다. 듣자 하니, 군 출신들이 구 정치인들 중에서 주로 젊은 층들만 접촉하고 50대 이상은 사람 취급을 하지 않는 모양인데, 예, 서로 젊으니까 그럴 수 있고, 덜 때문었다고 그럴 수도 있어요. 허나 세상은, 정치는 그리 간단한 게 아니라니까요. 제 소견으로는 대민 정치의 권력이란 두 가지, 금력과 조직력이 합해져서 이루어진다고 생각합니다. 그런데, 금력과 조직력이 더 강한 것이 어느 쪽입니까? 또, 정치 수완이 능한 것이 어느 쪽입니까? 예, 복잡하게 말할 것 없이 한마디로 잘라 말해서, 금력으로 협조하고 조직력으로 협력할 의사가 있는 사람들까지 도맷급으로 외면해서 원수 만들 뿐만 아니라 결국 야당세까지 키워주는 일을 해서야 되겠습니까?」 미리 준비된 그의 말은 그동안 쌓여온 감정만큼이나 길었다.

「예, 일리 있는 말씀입니다. 제가 오늘 한 가지는 확실하게 말씀드릴 수 있습니다. 우리가 나이 든 층을 무조건 배척하지 않는다는 사실입니다.」

국장이라는 서른대여섯 나 보이는 젊은 사람은 강기수를 똑바로 쳐다보며 말했다.

「아 예, 현명하신 처사이십니다.」

귀밑머리 희끗희끗한 강기수는 깍듯하게 예의를 갖추고 있었다.

「언제 다시 뵐 수 있었으면 합니다.」

「예, 언제든지 불러만 주십시오. 제가 바로 고등실업자 아닙니까. 허허허허…….」

「아 참, 그렇기도 하군요.」

젊은 국장이 소리 낮추어 강기수의 헛웃음을 따라 웃었다.

화장품 냄새 짙게 풍기며 꽃답게 예쁜 아가씨들이 들어오고, 돌고 도는 술잔을 따라 음담패설의 농도도 진해지면서 술자리는 흥건하게 어우러져 가고 있었다.

강기수의 능란한 눈짓에 따라 아가씨들의 술잔 세례를 집중적으로 받으며 젊은 국장은 허물어지기 시작하고, 옆에 앉은 아가씨는 진한 콧소리로 아양 떨며 야하고 감칠나게 유혹하고, 술기운에 들뜬 젊은 혈기는 수치도 염치도 모르는 불길로 타오르고 있었다.

그래, 놀아라, 맘껏 놀아라. 너희 군발이들이 요정에 환장한다고 나쁜 소문이 파다한데, 그야 미치는 건 당연하지. 군인 시절에 언제 맛을 봤어야 말이지. 너희들도 요정 정치에 서서히 물들어 가는 건데, 그거 괜찮아. 세월 따라 썩지 않는 게 없고, 정치는 적당히 썩어야 할 맛도 나고 제대로 돌기도 하는 거야.

술기운 도는 시야 저편으로 아가씨의 유방을 더듬고 치마를 걷어올리고 하며 정신이 없는 젊은 국장을 물끄러미 바라보면서 강기수는 빙그레 웃고 있었다.

국장의 연락을 기다리며 강기수는 닷새를 보냈다. 오재섭을 위시해 젊은 의원 네댓이 신당 창당에 합류했다는 정보가 들어왔다. 강기수는 놀라 그들의 명단을 확인해 보았다. 다행히 한인곤의 이름은 없었다.

사흘이 또 지나갔다. 그런데 최영찬의 합류 정보가 잡혔다. 강기수는 가슴이 덜컥 내려앉으며 곧 전화를 걸었다. 그런데 최영찬은 시침을 뚝 뗐고, 더 캐묻자 그만 전화를 끊자고 했다.

「배신자! 근데 이놈들이 나를 뭘로 보고……」

담배에 불을 붙이는 강기수의 손이 부들부들 떨렸다.

남재구는 구백구십구, 천을 세고는 더 견딜 수가 없어서 또 이불을 걷어차며 일어났다.

「아이구, 또 일어나요? 그냥 좋을 대로 하지 괜히 속 썩이고……, 나도 잠 못 자게⋯⋯.」

잠에 취한 아내의 투정이 잠 속으로 녹아들고 있었다.

남재구는 방바닥을 더듬어 담배와 성냥을 찾기 시작했다.

앉은뱅이책상 위에 있는 사발시계의 야광바늘이 새벽 3시를 가리키고 있었다. 천까지 세고 일어나 앉기를 벌써 네 번째였다. 오늘 밤도 또 뜬눈으로 새우게 될 모양이었다.

남재구는 담배에 불을 붙였다. 성냥 불빛에 차동욱 대위와 한인곤의 얼굴이 겹쳐졌다. 남재구는 괴로운 신음을 담배연기와 함께 내뿜었다. 두 사람 사이에서 우왕좌왕하며 잠을 잃은 것이 벌써 1주일이 넘고 있었다.

「대대장님, 시간이 없습니다. 지금 최종 점검 중인데, 자천타천으로 희망자들이 너무 많아 좀 골치 아픕니다. 바로 연락 주십시오.」

차동욱 대위의 전화였다. 그에게 남재구 자신은 아직도 '대대장님'이었다. 자신이 대대장이었을 때 차동욱은 소위로 소대장이었다.

「한인곤 전 의원을 접촉하기 위해서 사전에 정보 점검을 하는데 선거본부장 겸 1급 참모로 대대장님이 드러난 겁니다. 대대장님 성함을 보고 얼마나 놀라고 반가웠던지⋯⋯.」

예편을 당한 뒤로 처음 만난 차동욱은 대위가 되어 있었고, 그 계급에 어울리지 않도록 그는 중대한 일을 맡고 있었다. 그는 그날 새벽에 한강을 건너온 주력부대 지휘관 중의 한 사람이었고, 이제 군사혁명의 중심부를 이루는 세력권 안에 자리잡고 있었다.

「난 민주당과 장면 총리를 옹호할 생각은 추호도 없어. 나는 집권 당시에도 민주당의 고질적인 파벌 싸움과 장면정권의 무능에 대해서 누구보다 앞장서서 비판했었어. 그러나 민주당이나 장면정권이 잘못했다고 해서 불법의 쿠데타가 합법화될 수는 없는 일이야. 그런데 이제 와선 한 술 더 떠서 어쩐다고? 정당을 만들고, 군복을 벗고, 정치를 해? 저희들 스스로 내건 혁명공약이란 약속을 저희들 스스로 깨부시며 불법을 밥 먹듯 저지르는 자들이야.」

군사정권이 그들의 혁명공약에 명시된 대로 '본연의 임무로 복귀'하지 않고 집권 연장을 꾀하고 있는 조짐은 개헌안을 국민투표에 부치기 훨씬 이전부터 나타났다. 증권 파동, 일제 '새나라' 자동차 수입 같은 사건들이 창당을 위한 정치자금 확보로 소문났다. 그때마다 한인곤은 군사정권의 거듭되는 부당한 행위에 분노하고는 했다.

「대대장님, 저는 정치는 잘 모릅니다. 그러나 애국해야 한다는 것만큼은 그 누구보다 투철합니다. 그런 견지에서 볼 때 구 정치인들에게 정권을 무조건 넘긴다는 것은 그야말로 고양이떼에게 생선가게를 맡기는 격이 아니고 무엇입니까. 그래서 지금 우리가 하는 작업은 구 정치인들 중에서 그래도 양심적인 인사들은 골라내고, 또 여러 분야에서 실력 있고 진실한 전문가들을 두루 영입하자는 것입니다. 저는 지금도 대대장님께서 베풀어주신 은혜를 잊지 못하고 있습니다. 이번 기회에 그 은혜의 천분의 일이라도 갚게 해주십시오.」

차동욱 대위의 태도는 간곡했다. 그가 은혜를 입었다고 머리 조아리며 고마워하고 또 고마워해서야 까맣게 잊어버렸던 그 일이 어렴풋이 떠올랐다.

군복을 입으면 그 누구든 사람이 보이지 않고 계급과 직책만이 보일 뿐이듯 소위 차동욱도 일개 소대장일 뿐이었다. 굳이 색다른 것을 찾자면 육사 후배라는 것 정도였다. 그런데 차 소위가 특이하게 눈에 띈 것은 대대 연병장에서 벌어진 총검술 시범 때였다. 차 소위의 총검술은 어찌나 힘차고, 절도 있고, 기민한지 탄복할 지경이었다. 6·25 때 국군이 인민군에게 처음서부터 끝까지 치명타를 당한 것이 박격포 공격과 육박전이었다. 그 두 가지는 보병의 기본훈련 부족을 말하는 것이었고, 육박전의 피해는 바로 총검술 미숙에서 생기는 것이었다.

'사단에서 총검술 제일가는 대대로'라는 목표를 정해놓고 차 소위를 앞장세워 매일 총검술을 시키기 시작했다. 그러던 어느 날 차 소위에게 급보가 날아왔다. 아버지가 생명이 위독해 대수술을 받게 되었다는 거였다. 보름 동안 특별휴가를 내보냈다. 그리고 차 소위의 소대는 자신이 직접 통솔했다. 그런데 위암 수술을 받은 차 소위의 아버지는 석 달을 넘기지 못하고 세상을 떠났다. 급히 조의금을 모아 다시 한 달 특별휴가를 내보냈다. 그는 장례 다음에 더 마음 써야 하는 장남이었다.

「그자들이 착각을 해도 이만저만 착각을 한 게 아니야. 개헌안 국민투표에서 투표율 85퍼센트에, 찬성률 79퍼센트가 바로 저희들을 지지하는 것으로 믿는다니까. 아전인수도 유분수지, 그게 말이나 되는 소리야? 정권욕에 눈이 어두워지니 뵈는 것이 아무것도 없는 거지. 어쨌거나 군인들이 정치를 해서는 안 돼. 나도 그렇게 주의를 하려고 해도 나도 모르게 나오는 그 명령하는 버릇, 무조건 밀어붙이려는 버릇, 그게 군인들의 고질병인데, 그런 사람들이 정치하면 뻔하잖아. 지금 당하고 있는 것과 별로 다를 것 없는 독재정치 연장이지.」

한인곤은 젊은 층에게 그들의 손길이 뻗쳐오기 시작하자 반가워하기는커녕 이런 태도를 분명히 했다. 구 정치인들의 뒷골목에서는 누구누구가 교섭을 받았고, 누구누구가 손을 쓰고 다니고, 누구누구는 줄을 잘못 잡아 돈만 사기당했다는 등 온갖 소문들이 날마다 퍼져나오고 있었다.

「대대장님, 대대장님께서 장관이든 국회의원이든 직접 못하실 분입니까? 억울하게 예편당하셨던 것을 그때 부하 장교들은 다 알고 있었습니다. 이제 그 사실이 오히려 훌륭한 경력이 될 수 있습니다. 그건 제게 맡겨두시고, 이번 기회를 억울하게 꺾이신 능력을 다시 발휘하는 계기로 삼으십시오. 사적으로는 입신할 수 있고, 공적으로는 애국할 수 있는 절호의 기회입니다.」

차동욱 대위의 말은 그동안 애써 잠재워 왔던 사나이의 욕망에 불을 붙이는 자극제였다. 땅속 저 깊은 곳에서 흘러다니다가 지반이 약한 곳을 만나면 마구 솟구쳐 오르는 마그마처럼 그동안 좌절과 고독과 인내의 흙으로 덮고 또 덮었던 사나이의 욕망은 그 자극을 받자마자 뜨거운 열도로 꿈틀거리기 시작하며 아무데로나 솟구치려고 했다.

「한 번 배신한 자 두 번 배신한다는 말 있잖아. 만군으로 독립군 등뒤에 총질한 친일파가 또 한 짓이 쿠데타 주동이야. 자네 알지? 만군의 만행을. 자네와 내가 광복군으로 임정에 있지 않고 만주에서 활동했더라면 그자가 우리의 등뒤에 총질을 한 거라고. 그런 자가 일으킨 쿠데타에 야합해 뭘 해? 국회의원? 맙소사, 그것들이 사람을 잘못 봐도 한참 잘못 봤어. 그자들 수뇌부에 만군과 일본군 장교 출신들이 한둘이 아닌 걸 자네도 잘 알지? 난 그자들과 맞서 싸우는 정치를 하기로 결심했어.」

그들을 만나고 온 한인곤의 반응이었다. 그 단호한 태도는 백 번 옳았다. 먹고 살기 위해, 생목숨 굶어죽을 수는 없으니까 어떻게 친일을 할 수도 있는 일이었다. 그러나 경찰이나 일본군 노릇만은 해서는 안 되었다. 독립군이나 독립운동가들이 단 한 명이라도 활동하고 있는 이상 경찰이나 일본군으로 친일한 자들의 범죄는 용서가 안 되는 것이다. 그런데 해방 직전까지도 독립군이나 독립운동가들은 도처에 많았고, 감옥에 갇혀 있는 사람들은 2만 명을 헤아렸다. 한인곤 앞에서 사나이의 욕망은 싸늘하게 얼어붙었다.

「대대장님, 현실을 직시하십시오. 미국에서도 혁명정부를 인정했고, 그동안의 대대적인 사회 정화작업의 성공, 획기적인 농어촌 고리채 정리의 성공 등으로 그 정치력까지 신임하게 되어 미국이 인정하는 한국의 차기 정치세력은 우리밖에 없습니다. 대대장님은 지금 나이로 인생의 황금기를 맞이하고 계십니다. 사회적 지위와 명예도 나이에 걸맞게 황금빛으로 빛나야 하지 않겠습니까? 대대장님이 뭐가 모자라서 남의 선거참모 노릇이나 한단 말입니까?」

차동욱 대위의 이런 부채질에 사나이의 욕망에는 거짓말처럼 또 불이
확 붙었다. 그 종잡을 수 없는 감정의 변화는 스스로도 알 수가 없는 일
이었다. 한인곤의 말을 들으면 그 말이 옳았고, 차동욱 대위의 말을 들
으면 그 말이 또 옳았다. 그 복잡미묘한 감정의 변화는 사람에 따라 일
어나는 것만이 아니었다. 시간에 따라서도 전혀 다르게 변화를 일으켰
다. 이상하게도 밤에는 차동욱 대위의 말대로 신당에 입당하고, 국회의
원에 당선되고, 두 번째 또 당선되고……, 출세의 황금마차를 타고 탄
탄대로를 끝없이 달렸다. 그런데 낮에는 차동욱 대위의 말은 간곳이 없
고 한인곤의 말만 떠올랐다. 한인곤의 말은 그른 데가 하나도 없었다.
그들이 새로운 정치세력을 구축하려는 것은 분명 또다른 불법적 음모였
다. 이중 삼중으로 죄짓고 있는 자들의 행위를 막지는 못할망정 야합을
해서는 안 될 일이었다.

「빨리 그쪽 말 들어요! 남들은 못 들어가서 난린데. 양심이 뭐 밥 먹
여줘요!」

느닷없는 외침에 놀라 남재구는 고개를 돌렸다. 아내는 마른 입맛을
다시며 돌아눕고 있었다. 그 일로 꿈을 꾼 것인지 아내의 잠꼬대는 생시
에 하는 말처럼 또렷했다. 그러나 정작 아내는 생시에 그런 말을 입에
담은 적이 없었다. 자신이 예편당하고 판자촌을 전전하면서 한숨은 많
이 쉬었지만 그런 식의 말로 원망하거나 투정한 일은 없었다. 그렇지만
취중 진언이라고 했듯 아내의 그 잠꼬대는, 평소에 가슴에 쌓이고 쌓였
던 말이 잠결에 터져나온 것일 수도 있었다.

그런데, 아내의 잠꼬대는 어느 순간 자신의 말이기도 한 것을 남재구
는 섬뜩하게 깨닫고 있었다. 그런 식의 말은 자신의 가슴 어느 한구석에
웅크리고 있다가 문득문득 고개를 들고는 했다.

「그래, 이제 와서 친일파고 뭐고 따져서 어쩌겠다는 거야?」

「그러게 말야. 따져봤자 말짱 헛것 아냐. 다 그 사람들이 잡고 있으니

몰아낼 수가 있나, 처벌할 수가 있나.」

「그래 글쎄. 떠드는 놈들 입만 아프다니까. 현실이 어떻게 돌아가는지 모르는 촌놈들이 하는 짓이야.」

「맞아, 세상 물정 모르는 촌놈들이 괜히 촌스럽게 구는 거야. 다 지나가 버린 것 따져서 뭘 해.」

「그럼, 그럼. 제놈들이 그 시절에 살았으면 별수 있었을 것 같애? 막말로 그 시절에 친일은 아무나 할 수 있었는 줄 알아? 무식하고 못나면 친일도 못했다구. 더 왈가왈부할 것 없어.」

친일 문제에 대해 대부분의 사람들은 이런 반응을 보였다. 십중팔구 이런 사람들 앞에서 친일파를 비판한 사람은 꼼짝없이 '촌놈'이 될 수밖에 없었다. 그런 경우를 당할 때면 남재구는 가슴 한구석에 숨어 있던 생각이 음험하게 고개를 쳐들고 일어나는 걸 느끼곤 했다.

날이 밝아오면서 남재구는 아슴아슴 잠 속으로 빠져들었다. 정치를 해보고 싶었다. 그러나 그 욕구를 가로막는 것은 한인곤을 배신한다는 죄책감이었다. 그 생각은 두 마리 거대한 황소가 되어 엎치락뒤치락 승부 없는 싸움을 계속하고 있었다.

찌뿌드드한 몸으로 늦은 아침밥을 먹고 있는데 한인곤한테서 전화가 왔다. 이튿날 만나자는 연락이었다. 남재구는 전화를 끊으며 괜히 아내의 눈치를 봤다.

「그 사람들 창당이 며칠 안 남았어. 우리 쪽에서도 그에 맞서 움직이기로 했네. 이제부터 본격적인 싸움이 시작된 셈이지. 그 싸움의 일차 성패는 국회의원을 어느 당에서 더 많이 내느냐에 달렸잖아. 자네 수고스럽지만 내일부터 천안에 내려가 좀 단속을 시작했으면 좋겠어. 그동안 너무 방치했었거든. 어떤가, 갈 수 있겠나?」

「음…….」

남재구는 보일 듯 말 듯 고개를 무겁게 끄덕였다.

다음날 집을 나선 남재구의 발길은 시청 앞에서 서울역 쪽으로 향하
지 않고 북창동 쪽으로 돌려졌다.

48
핏줄이라는 끈

"선태10일조6시착경모."

김선오는 쪽마루에 걸터앉아 하숙집 아주머니가 건네준 전보를 하염없이 내려다보고 있었다. 지친 기색이 짙게 드러난 그의 얼굴이 차츰차츰 어두워지고 있었다.

비싼 전보 요금을 아끼느라고 아무리 길고 복잡한 사연이라도 기본요금의 범위인 10자 이내로 작문을 해야 하는 건 전보 치는 상식이었다. 그러다 보니 전보 문안에는 뜻을 압축하느라고 한자들이 동원되고, 우체국에서는 타전되어 오는 대로 한글 표기를 해버리니 거의 모든 전보문은 언뜻 보기에 무슨 암호문 같기가 십상이었다.

"선태가 3월 10일 아침 6시 서울역에 도착한다 어머니."

이런 내용이 10자로 줄여진 것이었고, 전보를 친 목적인 '마중요망'이라는 흔한 전보 용어는 어쩔 수 없이 생략되어 있었다. 전보는 어머니가 친 것으로 되어 있지만, 전문을 짠 것은 동생 선태의 솜씨였다.

10일이면 내일이었다. 어머니를 앞세운 것 하며, 하루의 여유도 없이 전보를 친 것이며, 동생의 계획적인 의도가 감추어져 있었다. 동생은 이쪽에서 꼼짝을 하지 못하도록 효행작전과 기습작전을 동시에 펼치고 있었다. 그 지능적인 밀어붙이기 전술……

김선오는 어깨가 처져내리게 한숨을 토했다. 그리고, 전보를 구겨쥐며 담배를 빼물었다. 마치 고등고시에 합격하기를 기다렸다는 듯 앞을 가로막고 나서는 근심 걱정은 한두 가지가 아니었다. 아니, 그 근심 걱정들은 고등고시 합격이 무슨 구세주나 되는 것처럼 그동안 숨죽여 왔던 것이 사실이었다.

「선오야, 니 알지야? 명숙이 동상 찾는 거. 싸게 찾아내라, 싸게.」

고등고시에 합격하여 이규백과 똑같은 순서를 거쳐 강 의원을 따라 고향에 내려가자마자 어머니가 한 말이었다.

김선오는 합격의 기쁨이 깨지면서 마음이 금방 어두워지고 말았다. 어머니의 애타는 마음을 모르는 것이 아니었다. 자신의 시험공부 때문에 그동안 찾는 것을 미루어온 것도 어머니로서는 너무나 긴 세월이었을지 모른다. 그런데 문제는, 자신이 고등고시에 합격하기만 하면 명숙이를 곧바로 찾게 된다고 어머니가 굳게 믿고 있는 점이었다. 고등고시 합격을 만사형통하는 것으로 알았고, 천하를 얻는 것으로 믿어온 어머니였다.

「예, 알았어요. 너무 다급하게는 생각하지 마세요.」

「하이고, 그 무신 태평시런 소리여. 지집허고 사기 그럭허고넌 내돌리면 금간게 안 된다고 혔는디, 금메 그것이 재앙 떤 것이 폴새 얼매난 말이여.」

어머니는 가슴을 치고 안타까워하면서도 '집 나갔다'거나 '가출'이라는 말을 애써 피해 '재앙 떤 것'이라고 했다. 딸의 잘못을 어떻게든 작게 줄이고자 하는 어머니의 마음이었다.

어머니의 당부를 받고 또 받으며 서울로 올라왔지만 누이동생 명숙이를 찾아낼 묘책이 없었다. 몇 달에 걸쳐 어머니는 줄기차게 같은 내용의 편지를 보내왔고, 자신은 고작해야 신문광고를 생각해 보며 자꾸 짜증이 쌓여가고 있었다.

그런데 얼마 전 동생 선태한테서 느닷없는 내용의 편지가 날아왔다. 이제 면사무소 직원을 그만두고 정식으로 대학을 가기 위해 서울에서 학원에 다녀야 되겠다는 내용이었다. 그 편지는 판검사 연수를 받고 있을 뿐인 자신의 입장에서는 느닷없는 것인지 모르지만, 그동안 대학 진학의 꿈을 접으며 고생해 온 동생으로서는 너무 오래 기다린 일인지도 몰랐다.

동생에게 흔쾌한 내용의 편지를 보낼 수 없었던 것은 연수생 신세 때문이 아니었다. 첫 근무처 발령을 어디로 받을지 불안하기 그지없는 상황이었다. 또 어떻게 재주를 넘고 수완을 부린 것인지 군부세력이 새로 창당한 민주공화당에 들어간 강 의원의 태도가 싸늘해지고 말아 앞날이 막막해졌다. 강 의원은 자신의 유일한 백이었다. 그런데 사윗감 문제로 강 의원의 감정이 그렇게 상할 줄은 몰랐던 것이다.

「자네, 연애하는 상대가 있다면서?」

강 의원이 대뜸 물었다.

「네에……?」

김선오는 약간 당황하며 강 의원의 눈치를 살폈다.

「이러언 참! 이제 보니 최연소합격자 꿈이 깨진 건 그놈의 청춘사업 하느라고 시간 뺏겨서 그렇군?」

「아, 아닙니다. 실은 따님이 소개해 준 여학생인데…….」

「뭐라구? 숙자가?」

「예, 같은 과 친구를 소개해 줘서 사귄 건데…….」

「이런 놈의 일이 있나! 헌데 숙자는 상대가 누군지 모른다고 하잖았

나. 이 기집애가 도대체 무슨 생각을 하고 사사건건 일을 망치고 드는 거지? 됐어, 자네 나가봐!」

얼굴이 벌겋게 달아오르도록 화를 내며 강 의원이 소리쳤다.

그 뒤로 강 의원은 전혀 딴사람처럼 변해버렸다. 인사조차 제대로 받지 않는 형편이니 근무지 문제는 아예 꺼낼 수조차 없었다.

판검사의 첫 근무지 발령이 빽잔치에다 빽전쟁이라는 것을 모를 사람은 거의 없었다. 모든 빽이라는 것이 학연·지연·혈연·돈·권력 다섯 가지가 서로 이중 삼중으로 작용하면서 형성되듯 판검사의 경우도 마찬가지였다. 그런데 강 의원의 외면을 당해버렸으니 일은 망칠 대로 망친 것이었다. 남들이 다 고르고 남은 가장 나쁜 지방도시로 밀려갈 수밖에 없는 노릇이었다. 강 의원의 필요에 의해서 서울 근무를 하게 되리라고 믿은 태평스러웠던 꿈은 수습할 방법이 없이 산산조각이 나고 말았다.

그 사태 수습을 위한 유일한 방법은 애인을 강숙자로 바꾸는 것이었다. 그러나 그건 실현성이 전혀 없는 몽상이었다. 자신으로서도 원치 않는 일이었지만, 강숙자가 받아들일 리 만무였다. 강숙자는 이미 이규백 선배도 거부한 여자였다. 머리 나쁘고 공부 못한다고 맘놓고 무시해 왔던 여자에게 오히려 희롱당하는 느낌이었다. 어쩌면 강숙자는 이렇게 궁지에 몰려 있는 자신을 멀리서 바라보며 통쾌해 할지도 몰랐다.

이런 암담한 형편에 동생 선태가 무작정 상경한다니 난감하기 그지없었다. 김선오는 새삼스럽게 장남이라는 중압감에 짓눌리며 담배를 깊이 빨았다.

「난 집안을 생각하면 세상 살아갈 자신이 없어. 형수님이라도 있으면 모르겠는데……」

검사가 된 다음에 술이 취한 이규백이 한 말이었다. 동생 셋에 조카 셋, 그리고 어머니까지 일곱 식구가 이규백의 등에 얹혀 있는 입들이었다.

김선오도 세상 살아갈 자신이 없기는 마찬가지였다. 자신은 동생들이 다섯이니 이규백 선배보다 입 하나가 적을 뿐이었다. 그 동생들을 먹이고 입히는 것만이 아니라 가르치기까지 해야 할 것을 생각하면 앞길이 막막하기만 했다.

김선오는 다음날 신새벽에 봄기운 서린 안개를 헤치며 서울역으로 나갔다. 이런저런 생각들로 밤잠을 설친 탓에 몸이 찌뿌드드했고, 동생에게 반가움을 느낄 수 없는 스스로의 감정에 김선오는 놀라고 있었다.

30분쯤 연착한 야간열차는 승객들을 토해내기 시작했다. 그나마 30분 연착이면 꽤나 성적이 좋은 편이었다. 값싼 완행 야간열차에 어울리는 가난한 촌사람들이 앞다투어 출찰구로 나오면서 역은 역답게 시끌덤벙해지고 요란벅적해졌다. 마중 나온 사람들이 외치고, 짐꾼들이 다투며 소리치고, 여관과 여인숙의 심부름꾼들이 손님을 잡으려고 이리 뛰고 저리 뛰고 있었다.

사람들은 끝도 없이 몰려들고 있구나. 서울이 좋긴 좋은 모양이지…….

세 군데로 사람들을 쏟아내고 있는 출찰구들을 살피며 김선오는 사람들이 무작정 서울로 몰려드는 데 대해 아무런 정치적 대비책이 없는 것을 못마땅하게 생각하고 있었다.

「야, 선태야! 여기다, 여기!」

김선오는 자신도 모르게 소리쳤다. 동생이 저쪽 끝의 출찰구로 나오고 있었다. 동생의 얼굴을 보는 순간 반가움이 불쑥 솟았다.

「성, 나왔네 이!」

김선태가 눈길을 떨구며 중얼거렸다.

「엄니 무고허시냐?」

김선오는 동생의 말을 못 들은 척하며 어머니의 안부를 물었다. 동생은 제 자신의 우격다짐 행동에 신경이 쓰이는 모양이었다.

「이, 암 일 읎이 무고하싱마.」

대학생용 새 가방을 추스르며 대꾸하는 김선태의 사투리는 투박했다.

「허, 색시 구함이라. 급하긴 급한 모양인데, 직업은 있으신가?」

「그래도 니노지 구함이라고 안 써서 다행이네. 형씨 재주 좋으셔.」

두 청년이 김선태의 어깨를 툭 치고 지나치며 쿡쿡거리고 웃었다. 그제서야 김선오는 동생이 검정물을 들이지 않은 국방색 야전잠바를 입고 있다는 것을 깨달았다.

「너 헌병한테 걸렸구나?」

김선오는 얼른 동생을 끌어당기며 돌려 세웠다. 아니나 다를까, 야전잠바 등에는 검은 페인트로 '색시 구함'이라고 크게 씌어 있었다.

「잡새끼들이 이리역서 겁주고 염병얼 허드랑께.」

김선태의 성난 투덜거림이었다.

「그러니까 검정물을 들여 입어야지, 그게 규칙인데. 더 붙들어두지 않고 기차 태워 보내줘서 그나마 천만다행이다. 어서 가자.」

김선오는 '색시 구함'이 창피하고도 쑥스러워 동생의 어깨를 쳤다.

「치, 인자 물 안 딜여 입어. 당헐 것 다 당혔는디.」

김선태는 오기 박힌 말을 내뱉으며 걸음을 떼어놓았다.

김선오는 동생의 말을 더 탓하지 않았다. 군수품 부정유출을 막느라고 헌병들은 민간인들이 입은 군복도 단속했다. 그런데 그 단속법이 꽤나 인정스러운 데가 있어서 군복을 벗겨가지 않고 기왕 입은 것이니 검정물이나 들여 군복 같지 않게 입으라고 헌병들은 등판에다 검은 페인트나 빨간 페인트로, 하루라도 빨리 검정물을 들이게 하는 망신스러운 문구들을 마구 써댔다. 색시 구함, 나 장가 보내주, 눈물의 내 청춘, 같은 것은 그래도 점잖은 것이었고, 나는 개새끼다, 숫처녀 없음, 나는 빠구리 왕, 같이 야한 것도 있었다. 헌병대의 원칙은 '염색'이라고 쓰게 되어 있었는데 그 정도로는 물을 안 들이고 그냥 입고 다니니까 빨리 물을 들이게 하려면 심하게 써야 한다는 것이었다. 그러나 그 문구는 군대에서 고생하는 헌병들의 불평 불만이나, 젊은 사내들의 성적 욕구를 그런 식으로 표출시키는 것이기도 했다.

그런데 그 야하고 낯뜨거운 문구를 아랑곳하지 않고 군복을 그대로 입고 다니는 사람들도 가끔 있었다. 그건 물들일 돈이 없다기보다 일종의 반발이고 오기였다. 그런데 김선태는 바로 그 선언을 한 것이었다. 김선오는 그 말에서 세상을 향한 동생의 감정을 느낄 수 있었다. 그리고 그건 형이라는 존재인 자신에 대한 뒤틀린 감정의 표현이기도 했다.

하숙집에 돌아오니 고3인 안종원은 등교 전에 한 시간씩 공부하는 제2외국어학원에 가느라고 방은 비어 있었다. 합격을 하고 나서도 김선오는 안종원을 가르치는 일을 계속했다. 동생이 동요하지 않도록 그대로 머물러달라는 안경자의 부탁도 간곡했고, 시험에 합격을 했을 뿐 갑자기 흥부박이 하늘에서 떨어지는 것도 아니어서 거처를 옮길 수도 없었다. 그런데 동생이 느닷없이 밀어닥쳤으니 당장 잠자리부터가 문제였다.

「자아, 배고프지? 많이 먹어라.」 김선오는 동생 앞으로 밥상을 약간 밀어놓고는, 「선태야, 너 내가 서울에 근무할 줄 알고 상경을 한 거냐?」 고 나직하게 물으며 동생에게 눈길을 보냈다.

「글먼, 서울이 아니여?」

밥을 뜨다 말고 김선태는 눈을 휘둥그렇게 떴다. 그 반응은 놀라움만이 아니라 그 무슨 말도 아닌 소리냐는 기색까지 드러내고 있었다.

「글쎄, 아무래도 서울에 떨어지기가 어려울 것 같다. 지금 뭐라고 말하기는 곤란한데 여러 가지 사정 때문에 지방 도시로 가게 될 확률이 높다.」

「아니, 고것이 무신 소리여, 시방! 성 겉은 사람이 서울 안 떨어지면 누가 떨어진댜? 성언 강 의원님 사우 된다는 소문이 짜헌 판인디 말이여.」

당황한 기색이 완연한 김선태의 목소리는 밖으로 퍼져나갈 정도로 커졌다.

「그거 다 헛소문이니까 믿을 것 없고, 우선 그 정도 알아둬라.」

「아니 글먼, 그 시건방구진 가시네새끼가 이규백 검사 때맹키로 성도 싫다고 헌다 고것이여?」

「어허, 그런 말 함부로 하는 것 아니야. 그게 그런 게 아니니까 넌 그 일에 관심 쓰지 말어.」

「……!」

눈길을 떨구는 김선태의 입에서 가늘고 긴 한숨이 흘러나오고 있었다. 그 한숨이 지어내는 것처럼 얼굴에 짙은 그늘이 덮이고 있었다.

「차차 의논하기로 하고 좀 쉬어라. 일찍 돌아올 테니까.」

김선오는 밥을 먹는 둥 마는 둥 하고 집을 나서다가 하숙집 주인에게 동생의 점심을 부탁했다.

「네에, 아무 걱정 말고 다녀오세요. 뜨신 밥으로 해 올릴 테니까요.」

주인여자는 환하게 웃으며 더없이 싹싹했다.

김선오는 그 넘치는 친절에 정을 느끼기보다 등골 서늘한 냉기를 느끼고 있었다. 그 친절은 친절이 아니라 인간의 간사함이고 약삭빠름이었다. 시험에 합격하고 나자 주인여자는 말할 것도 없고 식모아주머니까지 확 달라졌다. 그전에는 밥 때에 친구가 오더라도 그 밥상 그대로에 밥 한 그릇을 더 얻어먹는 것만도 여간 어렵지 않았다. 아주 노골적으로 눈치하고 구박하는 것이 서울 인심이었다. 그런데 고등고시 합격은 모든 사람들을 한순간에 굴복시키는 위력을 발휘했다. 야간 통행금지를 단속하는 경찰들부터 골목의 구멍가게 아저씨까지 굽실거리게 만들었다. 동생은 그 출세의 유혹에 현혹되어 있었다. 아버지가 그렇고, 자신이 그랬듯 그 집착과 집념은 동생도 다를 게 없을 거였다. 아니, 자신의 성취 때문에 동생은 더욱 자극받고 흥분되어 있을지도 몰랐다.

집을 나서는 김선오의 뇌리에 큰누이동생 광자의 모습이 문득 떠올랐다. 광자도 마침내 공부할 기회가 왔다고 무작정 올라올지 모를 일이었다. 왈칵 끼쳐오는 두려움에 김선오는 그만 머리를 감싸잡았다.

학교 선생을 꿈꾸는 광자의 집념도 여지껏 꺾이지 않고 끈질기게 살아 있었다.

김선오는 전차에 흔들리며 부잣집 사위가 된 이규백 선배를 생각했다. 부잣집 사위가 되어 형제와 조카들의 시급한 문제를 해결하는 데 얼마나 도움이 되었는지 알 수가 없었다. 결혼하고 나서 몇 번 만났지만 차마 먼저 말을 꺼내 물을 수가 없었다. 이 선배는 집안 이야기는 입도 뺑끗하지 않았는데, 어쩌면 일부러 그러는지도 모를 일이었다. 처가 덕을 본다는 것, 그건 남자로서 치사하고 창피스러운 노릇이었지 자랑스럽고 떳떳한 일일 수는 없었다. 어떻게든 덕을 볼수록 이 선배는 그 이야기를 피하고 싶었을 것이다

김선오의 눈앞에는 박자영의 모습이 떠올랐다. 그녀는 지난달에 대학을 졸업했다. 대학을 졸업한 여자들은 누구나 그 다음 순서가 시집가는 것이었다. 그런데 박자영은 그런 내색을 전혀 하지 않았다. 만나면 정치 사회적인 문제를 화제로 삼기를 즐겼고, 대학원에 진학해서 공부를 계속하는 것에 관심이 쏠려 있는 것 같았다. 그러니 자신은 결혼 이야기를 아예 비칠 수도 없었다. 팬히 가난하기 짝이 없는 형편에서 무슨 덕이라도 보려는 것처럼 오해받기 십상이었다.

일과가 끝나자마자 김선오는 하숙으로 돌아와 동생을 가까운 여관으로 옮겼다.

「논이 몇 마지기 남았지?」

김선오는 몰라서 묻는 것이 아니었다. 궁한 형편을 동생에게 확인시키려는 것이었다.

「닷 마지긴지 몰릉가?」

그것도 모르냐는 듯 김선태는 퉁명스럽게 쏘아댔다.

「그래, 너 내가 서울에 근무 못해도 혼자 자취하면서 공부할 수 있겠냐?」

「하면.」

「그래, 급한 대로 논을 팔아다가 쓰도록 해라.」

「논얼?」

김선태는 눈을 부릅떴다.

김선오는 동생을 바라보며 조용히 웃었다. 그 눈의 의미를 충분히 아는 까닭이었다. 동생은 1년 동안 면사무소 직원을 하며 그 논을 더 줄어들지 않게 지켜왔고, 그건 바로 아버지의 뜻을 받들었다는 의미였던 것이다.

「더 두고 봐야 알겠지만, 판사가 되든 검사가 되든 나라에서 주는 월급을 받고 살아야 하니까 당장엔 식구들 생활비 하기도 넉넉찮을 것이다. 그러니 네가 공부하자면 별수없다. 논은 그 논 그대로 얼마든지 다시 사들일 수 있으니 걱정 마라.」

김선태는 의아스러운 눈길로 형을 바라보고 있었다.

「너 요새도 그 남자 자주 만나니? 연수도 다 끝나가나 본데 시기 맞춰 결혼이나 하시지 그래. 춘삼월 호시절도 되었겠다, 좀 좋아? 만천하 여성들이 부러워하는 법관 나리의 사모님 되시는 게.」

야금거리는 생과자처럼 말도 야금거리듯 비아냥거리는 투로 하며 강숙자는 샐샐 웃고 있었다.

「말 마. 며칠 전에도 만났는데 얼굴은 우거지상이고 기분은 우중충한 게 그 사람은 춘삼월이 아니라 엄동설한이다, 엄동설한. 결혼 같은 말 꺼낼 수도 없다 얘.」

박영자가 입술을 삐죽했다.

「아니, 왜 그러실까? 천하를 다 얻으신 왕자님께서? 더군다나, 방직회사 딸이나 제분회사 딸은 아니지만 그래도 장래가 환히 밝은 건설회사 따님까지 척 애인으로 두신 분이 또 모자라서 그리 저기압이실까?

알다가도 모를 일이네, 그거.」

「괜히 비꼬고 그러지 말아. 자세히 말은 안 하는데 그 사람도 고민이 한두 가지가 아닌 눈치야. 며칠 전에는 동생이 공부한다고 무작정 상경해 자취방을 구해준 모양이고, 요새 더 속상하는 고민은 아무래도 서울에 발령을 받지 못할 것 같은 형편인가 봐.」

박영자는 성냥개비를 부러뜨리며 두 번, 세 번 혀를 챘다.

강숙자는 속으로 환성을 질렀다. 그건 보나마나 아버지에게 보복을 당하고 있는 결과였다. 그러나 다시 보면 그건 자신이 쏜 총이 명중한 것이었다. 자신의 말을 듣고 아버지는 그에게 애인이 있다는 것을 확인했고, 감정이 상한 아버지가 그의 뒤를 봐주지 않으니 그는 줄 끊어진 연 신세가 될 수밖에 없었다. 그런 보복이 박영자한테는 약간 미안하기도 했지만, 박영자 그것 또한 괘씸한 데가 없지 않았다. 연애를 시작하고서도 2년 가까이나 감쪽같이 속여왔던 것이다. 그 배신감을 생각하면 박영자가 그 정도 일로 속상하는 것은 고소한 맛이 없지도 않았다. 지난날 세 쌍이 뚝섬으로 놀러가는 자리를 마련했던 것은 자신이 유일민과 어찌해 보려는 것이었는데, 과일을 딴 것은 엉뚱하게 박영자였다. 그것 또한 배아파 그냥 넘길 수 없는 문제였다.

「얘, 너도 속상하는 모양이구나? 근데 왜 가만있니?」

강숙자는 정말 안됐다는 듯 표정을 바꾸며 박영자의 감정을 살짝 건드렸다.

「가만히 안 있으면 내가 어떡해?」

「뭐라구? 너 참 답답하구나. 느네 아버지 같은 거창한 빽을 뒀다 어디다 쓰려고 그러니? 네 아버지 정도면 법조계에 아는 사람이 한둘이 아닐 텐데.」

강숙자는 그야말로 불난 집에 부채질하는 심보로 말했다.

「그런 속 편한 소리 하지 말어. 난 아직 아빠한테 연애하는 것 입도 뻥끗 안 했어. 아빠 연애 절대금지론자니까.」

「흥, 그렇지도 않으실걸. 그냥 법대생이었으면 물론 연애 못하게 하셨
겠지. 고등고시 열 번쯤 떨어지고 상건달 될 위험성이 다분하니까. 그치
만 지금은 다르잖아? 떡 하늘의 별을 따신 분인데 사업하는 데도 그런
사위는 꼭 필요하니까 대환영이실걸. 맘 놓고 아뢰어봐.」

「싫어. 결혼하자는 낌새도 안 보이는 남자를 내가 먼저 아빠한테 소개
해? 난 자존심도 없니? 더구나 그 사람 문젤 해결해 주려고 말야.」

박영자는 우울한 얼굴로 고개를 저었다.

「자존심? 글쎄에……, 여자 자존심, 그거 중요하지. 여자가 먼저 결
혼하자고 나서고 설칠 수는 없잖아? 지금 그 남자 콧대가 하늘 높은 줄
모르는 판에 말이야.」

강숙자는 입을 여는 순간과는 정반대로 말을 엇나가게 하고 있었다.
애초에는 '자존심만 내세우지 말고 먼저 결혼 눈치를 보여보라'고 말하
려고 했었다. 그러나 그건 김선오가 은근히 바라고 있는 것일 수 있어서
말을 바꾸어버렸다.

「그렇다니까 글쎄. 내가 먼저 그런 눈치를 보이면 괜히 몸달아 안달하
는 것 같고, 내 값 내가 떨어뜨리고, 그게 사람이 할 짓이 아니잖니. 그
래 정반대로 나가는 작전을 쓰는 거야.」

「정반대 작전?」

「응, 대학원에 진학해 공부 계속하겠다구. 그 말 듣고 몸달면 결혼 말
꺼내라구 말야.」

「근데 반응은?」

「물어 뭘 해? 쇠귀에 경 읽기니까 지금 이런 말이 오가고 있는 거 아
니니?」

그 순간 강숙자는 박영자를 한 번 더 곯려주자는 생각이 들었다. 그건
김선오를 골탕먹이는 것이기도 했다.

「너, 그거 좀 이상하지 않니? 그 머리 좋다는 천재께서 네 말뜻을 전혀 못 알아듣지는 않았을 텐데?」

「그거 무슨 뜻이지?」

박영자는 동글한 눈을 빛내며 바짝 다가앉았다.

「어머, 너도 정신차려 애! 사랑에 눈이 멀면 곰보도 안 보이고, 째보도 안 보인다더니 그 쉬운 말도 무슨 뜻인지 못 알아먹어? 너 있잖니, 그 사내가 네 말 다 알아들으면서도 음흉하게 못 알아듣는 척하면서 딴 여자와 널 살살 저울질하고 있는지도 모른다 그런 말이야. 너 알지? 고등고시에 패스한 치들한테는 그날로 뚜쟁이들이 대여섯씩 달라붙고, 안 하무인이 되신 '사(士)'자 취득자들께선 돈 많고 예쁜 신붓감들을 열댓 명씩 놓고 제일 맘에 드는 것으로 고르느라고 정신없이 신바람이 나고 있다는 거 말야.」

강숙자는 겨드랑이고 옆구리고 간질간질한 것을 느끼며 박영자의 속을 푹푹 질러대고 있었다.

「어머머, 맞어, 맞어! 그럴지도 몰라.」 박영자는 반사적으로 반응하며 엉덩방아를 찧고는, 「글쎄에……, 설마 그 사람이 그럴까……? 설마…….」 실눈을 지은 그녀는 고개를 갸우뚱거렸다.

「어머, 애 좀 봐. 춘향이띠로 순진하게 놀고 있네. 너, 믿는 도끼에 발등 찍히고, 설마가 사람 잡는다는 말 모르진 않겠지? 그래 좋아, 그 사람이 너밖에 모르는 젊은 베르테르라고 쳐. 그 사람한테라고 뚜쟁이들이 안 붙니? 벌들이 아무 꽃에나 앉고, 파리들이 어떤 생선이든 가리지 않고 앉는 것처럼 뚜쟁이들은 고등고시만 패스했으면 누구든 가리지 않고 달라붙는다 그거야. 애, 애, 뚜쟁이들이 조건 좋은 신부감들을 마구 내놓으면 남자들 맘이 어떻게 되겠니? 너 백화점이나 시장에 가서 물건들 구경 많이 해봤지? 처음엔 별로 살 마음이 없다가도 좋은 것들을 자꾸 보게 되면 어떻게 되지? 마음이 동하잖아? 바로 그 견물생심 말이야.

남자 마음도 그렇게 되는 거라구. 그치만 구경하는 게 죄는 아니잖아.」

「어머 애, 정말 그럴 수도 있겠구나. 여자들이 그놈의 '사' 자 돌림에는 사족을 못 쓰는 게 사실이니까.」

박영자는 그만 울상을 지었다.

「그래, 판사·검사·변호사·의사·박사·약사를 찾아 여자들이 미치는 참 재미있는 세상이지. 안 그래?」

박영자의 얼굴이 일그러지는 만큼 속이 박하사탕을 먹은 것처럼 화해지는 것을 느끼며 강숙자는 턱 끝을 까딱거리고 있었다.

「애, 너 솔직히 말해 봐. 이규백 씨도 싫다고 하고, 김선오 씨한테도 전혀 관심이 없고, 넌 그런 직업이 싫은 거니?」

「어머, 애 좀 봐. 내가 뭐 성인군자니? 그런 거 싫어하게. 나도 그런 알짜 직업 좋아하는 속물기 많은 기집애잖아. 사람이야 많으니까 차차 골라봐야지 뭐.」

강숙자는 의미 모호한 웃음을 샐샐거리며 물잔을 들었다.

「기집애, 누구 살살 약 올리니? 아주 여유만만이구나.」

박영자는 눈을 흘기며 한숨을 폭 쉬었다.

「근데, 너 대학원 간다는 건 정말 헛폼인 거니? 1학년 때 교수 되겠다고 폼잡았던 꿈 버린 거야?」

강숙자가 자리를 고쳐 앉으며 색다른 기색으로 물었다.

「글쎄……, 그게 그러니까, 국민학교 1학년 아이들에게 장래 희망이 뭐냐고 물으면 거의가 다 대통령이고 장군인 것하고 비슷하겠지 뭐. 대학 신입생의 치기랄까 객기랄까 그런 것 아니겠어. 우리 1학년 때 교양과목을 국문과하고 합반 많이 했는데, 그때 국문과 애들치고 시인, 소설가 꿈 품지 않은 애들이 하나도 없었잖아. 근데 졸업하면서 보니까 시인, 소설가 된 사람은 두셋도 안 되었어. 꿈은 꿈이니까 꿈이고, 꿈은 이루어지지 않으니까 존재한다. 그게 인생 아니겠어? 난 공부를 해가면서 학문의 길은 어렵다는 것을 알았고, 나 자신의 한계를 깨달았어. 그게 내가 대학 4년을 통해서 얻은 수확이라면 수확이야.」

박영자는 그지없이 진지했다.

「그래, 넌 역시 이런 식의 무게 잡는 말을 할 때 가장 잘 어울려. 넌 선생이나 교수 폼이 좀 있긴 있는데, 솔직히 말하자면, 네가 교수 된다면 샘나고, 그만두겠대니까 서운하고, 사람 맘이라는 게 뭐 이러니?」

「기집애, 넌 너무 솔직해서 탈이야. 근데 자경이는 어찌 그리 통 만날 수가 없니?」

「걔 말도 마. 내가 못 본 지도 1년이 다 돼가. 걘 고등학교 때부터 공부를 재미로 한 앤데, 인간의 목숨을 다루는 의사가 되려면 최선을 다해 실력을 쌓아야 한다는 목표를 세우고 자나깨나 공부, 앉으나 서나 공부, 아주 공부하고 원도 한도 없이 궁합을 잘 맞췄으니까 공부 방해하지 말고 그냥 내버려두자. 그게 실력 있는 의사 하나 탄생시키는 데 거드는 게 되기도 하잖아.」

「그거 맞는 말이네. 학문을 하려고 해도 바로 자경이 같은 그런 기질을 타고나야 해. 그저 공부가 재미고 흥미고 취미고 특기고 그런 특별한 기질 말야.」

「그렇다니까. 자경이가 딱 그런 밥맛 없고, 매력 없고, 재수 없는 미련한 애야. 걔는 글쎄 영어 단어를 외우는데, 누구나 연습장이 새까맣게 되다 못해 구멍이 나도록 써대고 난린데, 걔는 그런 일 한 번도 없이 단어장만 가만히 들여다보고 있으면 끝이야. 그리고 수학 문제를 푸는 재미로 이틀이고 사흘밤이고 새우는 영 골치 아프고 정떨어지는 애라니까. 걔가 거기다가 잘난 척하고 뻐기고 했으면 그건 구제의 여지가 없는 영원한 인간 말종이었을 텐데, 공부 외에 제가 모자라는 게 뭔지 알았고, 도둑영화 보는 스릴도 느껴보고 싶어하고, 보통 우등생들하고는 뭔가 달랐어. 걘 정말 훌륭한 의사가 될 거야.」

「그래, 좋은 머리를 타고난데다가 노력까지 끈질기고 줄기차게 해대니 문자 그대로 금상첨화지 뭐니. 걔가 훌륭한 의사가 되면 좋지. 그런 애가 친구인 것은 우리의 영광이기도 하니까.」

「아이구 징그러. 사람을 어찌 찢고 째고 그러는지.」

강숙자는 몸서리를 치며 어깨를 부르르 떨었다.

「그래, 의사는 꼭 필요한 존재들이지만 직업으로서는 너무 징그럽고 끔찍하고 그런 면이 없지 않아. 그만 가자.」

박영자는 외로운 기색으로 손가방을 챙겨 들었다.

북한땅을 발걸음도 못해보고 사학과를 나왔다고 할 수 있을 것이며, 세계 일주를 못하더라도 유럽 여러 나라들을 한 번도 돌아보지 못하고 역사학을 공부했다고 할 수 있는가 하는 회의에 빠져 토인비의 『역사의 연구』를 읽고 있다가 박영자는 김선오의 연락을 받았다.

「순천으로 발령을 받아 내일 떠나게 되었습니다. 자주 편지 드리지요.」

검사가 되었다는 김선오의 말을 들으며 박영자는 순천이 어디인지 알 수가 없었다.

49
꽃빛 모정

 낭자한 선혈처럼 동백꽃들이 피고, 뒤를 이어 먼 야산으로는 진달래
꽃들이 연분홍 고운 자태를 드러내고, 그에 질세라 산수유꽃들이 샛노
란 미소를 지으며 한순간에 피어나고, 땅에서는 온갖 풀들이 파릇파릇
용솟음하는 약동 속에서 쑥들이 지천으로 솟아나며 4월은 달음박질쳐
오고 있었다.
 포구의 훈풍에 실려오는 4월은 벚꽃을 피워내고, 매화꽃을 피워내고,
배꽃이며 앵두꽃까지 흐벅지게 피어나게 했다. 그리고 논에서는 자운영
의 붉은 꽃물결이 넘실거리게 하고, 논두렁 밭두렁에도 민들레며 가지
가지 풀꽃들로 꽃잔치를 이루면서 강진의 봄은 한껏 무르익어 가고 있
었다.
 영암댁은 이슬아침의 어스름을 밟고 마당으로 내려서며 한숨을 쉬었
다. 그러나, 저절로 흘러나온 한숨에 놀라며 영암댁은 재빨리 숨을 멈추
었다. 혹시나 그 요망한 한숨이 아들 규백이에게 액운을 끼치게 할지 모

른다 싶었다.

영암댁은 마음을 다잡으며 왼손에 들고 있던 빈 물동이를 이었다. 그러나 마음 한구석에 자리잡은 시름은 스러지지 않았다. 그 시름은 규백이가 출세하면 깨끗하게 씻기고 사라져 그 자리에 웃음과 기쁨이 넘칠 줄 알았다. 그렇지만 아들이 검사가 된데다가, 부잣집 사위까지 되었지만 그전부터 가슴 어둡고 무겁게 해왔던 근심 걱정은 말끔하게 가시지 않고 거의 그대로 남아 있었다.

며느리를 얻었다고 하지만 천 리 밖에 있으니 아침마다 물동이 이는 신세를 면할 길이 없었고, 부잣집 사위라고 해서 돈을 풍족하게 보내주는 것도 아니었다. 서울로 이사 가서 어머니 대접을 받는 것도 아니고, 그렇다고 넉넉하게 살지도 못하고, 그거야말로 남들에게 면목이 서지 않는 일이었다.

「조금만 참고 기다리세요. 초년생이라 월급도 형편없고……, 처가 덕이라는 것도 남자 체면이 있잖아요……. 어쨌든 동생들이나 조카들은 제가 다 알아서 할 테니까 다른 걱정 마시고 마음 편히 가지세요.」

아들이 못내 옹색해 하며 한 말이었다. 겉보리 서 말만 있어도 처가 덕 안 본다고 했다. 서로 그 말을 피해섰다. 바늘방석인 아들의 입장을 너무 잘 알면서도 또 한편으로 서운함과 실망스러움을 떼칠 수가 없었다.

사립문을 밀치던 영암댁은 무언가가 발에 걸리는 것을 느꼈다.

「워메, 요것이……!」

영암댁은 깜짝 놀라며 물러섰다. '……머시다냐' 하는 말이 끝나기 전에 머리를 치는 생각이 있었다.

요것이 밤에 왔다 갔구나!

영암댁은 땅바닥에 놓인 보퉁이에서 며느리의 냄새를 진하게 맡았다.

요것이 행여…….

영암댁은 물동이를 놓고 다급하게 사립을 뛰쳐나갔다. 고무신이 벗겨질 만큼 허둥지둥 고샅을 내달았다. 당산나무 아래까지 이르렀지만 아침안개 희부옇게 서린 동구 그 어디에도 며느리의 모습은 보이지 않았다.

「워째 빈손으로 여그꺼정 나왔소? 멀 찾으요?」

소쿠리를 인 여자가 영암댁을 알은체했다.

「이, 벨일 아니오. 무담씨 그냥……, 고것이 긍께…….」

영암댁은 우물쭈물하며 돌아섰다.

썩을 것, 워쩔라고 발걸음을 헌다. 잽히는 날에는 황천길일 판인디.

영암댁은 그제서야 며느리에 대한 배신감과 미움이 새파랗게 살아오르는 것을 느꼈다. 며느리는 바람만 피운 것이 아니라 살인죄인까지 되었고, 그 수치와 창피는 작은아들 규백이의 고등고시 합격으로 더욱 표나게 도드라졌고, 입놀림감이 되었다. 그저 세월이 흘러가기만 기다렸고, 세월의 효험으로 이제 잊을 만큼 잊어가고 있는데 어쩌자고 나타났는지 모를 일이었다.

영암댁은 벌떡거리는 가슴으로 보퉁이를 집어들었다. 혹시나 누구 눈에 띌까 무서워 영암댁은 보퉁이를 치마폭에 감추며 부랴부랴 방으로 들어갔다.

규백이헌테 똥물 튕길라…….

방 안 아랫목에는 손자 손녀 셋이 곤히 잠들어 있었다. 아이들이 곧 깨어나기라도 하는 것처럼 영암댁은 보퉁이를 뒤로 감추었다.

저것덜 중에 누가 꿈이라도 꿀란지 몰르것네. 핏줄은 땡기는 것인디…….

이 생각으로 가슴 두근거리며 영암댁은 손자 손녀를 내려다보았다. 그 가엾은 것들이 어느 때 없이 가슴 아리게 했다. 느닷없이 에미까지 잃고 풀기 없고 기 없이 자라고 있는 어린것들이었다.

시물 과부는 혼자 살아져도 서른 과부는 혼자 못 산다등마 아그덜을 싯이나 낳은 몸이라서 그랬등가…….

영암댁은 또 그 생각을 하며 손자 손녀를 등지고 윗목으로 앉았다.

보퉁이를 풀자 검정고무신 세 켤레가 먼저 드러났다. 영암댁은 떨리는 손으로 고무신을 옮겼다. 그 아래 공책 대여섯 권과 연필 한 다스가 놓여 있었다. 영암댁은 목이 메며 공책과 연필을 들어냈다. 그 아래 아이들 옷이 가지런히 놓여 있었다.

영암댁은 빠른 손놀림으로 옷 사이사이를 들춰보았다. 다시 공책들을 하나씩 들어 살펴보았다. 그러나 아무것도 더 나오는 것은 없었다.

그려, 지가 무슨 헐말이 있을 것이여…….

영암댁은 행여나 무슨 쪽지글이라도 있지 않나 했었다. 아무 흔적 남기지 않은 것이 당연하다고 생각하면서도 마음 한구석에는 왠지 서운함과 아쉬움이 없지 않았다. 외간남자와 배를 맞춰 자식 셋을 버리고 도망간 그 못된 행투를 절대로 용서할 수 없는 증오심은 시퍼렇게 날을 세우고 있는데도, 그 뒤편에는 미운 정 고운 정 들며 한솥밥 먹은 세월이 무심할 수가 없었다.

되밟을 길이 따로 있제, 이 길은 안 되야. 한 분 끊은 인연, 아무리 씨리고 아프드락도 다시는 발걸음 말어. 더군다나 살인죄인 아닌개벼…….

영암댁은 치마 끝으로 코를 훔쳤다.

「영암댁, 영암댁 기시오?」

밖에서 들려오는 소리에 영암댁은 소스라쳐 놀라며 허둥지둥 물건들을 챙겼다.

「안직꺼정 지무신다냐? 허기사 인자 농사일 읊어졌응께.」 이런 혼잣말에 이어, 「영암댁 지무시요?」 한결 커진 목소리가 울렸다.

「이, 누구요? 나가요, 나가.」

물건들을 마구잡이로 보자기로 덮어 반닫이에 몰아넣으며 영암댁은 다급하게 대꾸했다.

「밤새 안녕허신게라? 공연시 선잠 깨운 것 아닝가 몰르겄소.」

한 아낙네가 머릿수건을 벗으며 인사했다.

「아니시, 폴새 잠이 깼었네.」

영암댁은 얼굴을 훔쳐 시침을 떼며 무슨 일이냐고 눈으로 물었다.

「저어, 체럴 잠 빌리로 왔구만이라.」

「체? 무신 잔치 들었간디?」

「잔치는 무신……. 시아부님이 하도 입맛 읎어 허셔서 쑥버무리럴 쪼간 해디릴라고…….」

「잉, 폴새 쑥버무리 지 맛 날 철이 되았구만 그랴. 효부가 따로 읎네.」

영암댁은 부엌으로 가며 말끝에 한숨을 물었다.

「우리 체도 인자 다 못쓰게 되았네.」

영암댁이 체를 내밀며 혀를 찼다. 오래된 쳇바퀴에는 더께 앉은 손때가 검었고, 체 밑은 두 군데나 헝겊으로 땜질되어 있었다.

「음마, 못쓰기는이라. 앞으로도 한 10년은 잘 쓰겄소.」

아낙네가 체 밑을 비춰보며 환하게 웃었다.

「글씨, 물도 애껴 써야 복 받드라고 무신 물건이고 애껴 쓰는 것이야 존 일이제.」

영암댁은 마주 웃으며 고개를 끄덕였다.

「야, 근디, 검사 영감님헌티서넌 무신 존 소식이 있는게라?」

그것은 서울로 언제 이사 가느냐는 말이었고, 동네사람들이 영암댁에게 으레껏 하는 인사이면서 관심거리였다.

「안직 초년생잉께. 국사가 더 급허제.」

영암댁은 순식간에 턱을 끌어당긴 잣바듬한 자세를 취하며 대꾸했다. 그 얼굴에는 근엄한 기색까지 드러나 있었다.

영암댁은 작은아들의 이야기만 나오면 '검사 영감님'의 체면을 살리는 동시에 그 어머니로서의 체통도 살리려고 애썼다. '아직 초년생잉께. 국사가 더 급허제' 하는 대꾸도 아들의 말과 편지 내용을 생각하고 또 생각해 요약한 것이었다. 그 효과는 아주 신통했다. 누구나 그 말에 고개 끄덕이지 않은 사람이 없었고, 그 어머니에 그 아들이라며 자신과 작은아들을 함께 소쿠리비행기를 태우기도 했다.

「검사 영감님이 비문헐랍디여. 영암댁이야 인자 윗논에 물 실어놓은 팔자고, 기차표 사둔 팔잔께라. 사람이 한평상 삼스로 그리 달고 꼬시게 팔자 확 피는 일도 한 분은 있어야 허는디요 이.」

아낙네는 돌아갈 기미는 전혀 없이 수다를 떨며 차지게 입맛까지 다셨다. 영암댁을 바라보는 그 여자의 눈에는 부러움이 가득했다.

사람들은 누구나 그 아낙네처럼 영암댁하고 친하려고 했고, 무슨 이야기든 오래 하려고 했다. 그런 변화도 농사일을 하지 않게 된 것만큼 달라진 현상이었다. 작은아들은 더는 농사일을 하지 말라며 매달 생활비를 보내왔는데, 뼛골 빠지게 일을 해도 쌀밥을 먹을 수 없는 농촌사람들에게 손에 흙 안 묻히고 세 끼 밥 편히 먹을 수 있는 것은 더없이 부러운 팔자가 아닐 수 없었다.

이 사람, 저 사람을 상대로 작은아들의 이야기를 나누는 것은 영암댁의 크나큰 낙이었다. 별로 새로울 것 없는 이야기가 되풀이되는 것이었지만 영암댁은 전혀 지루하거나 싫증이 나지 않았다. 아들을 낳을 때마다 고추를 보고 보고 또 봐도 자꾸 보고 싶었던 것처럼 작은아들의 이야기도 골백번 되씹어도 새록새록 새롭고 단물이 나왔다.

「저어 머시냐, 판검사 허다가 나이가 듬직혀지면 국회의원도 해묵게 된다든디, 여그 검사 영감님도 그럴 맴이 있는게라?」

아낙네는 새로운 말을 꺼냈다.

「글씨, 사내대장부 맴이야 천하를 호령혀도 배가 안 찬다고 안 혀. 때만 됨사…….」

그까진 국회의원이 다여? 대통령도 허고 남을 인물이제. 이 말이 곧 나가려고 했지만 영암댁은 아들 전정을 생각해 실인심하지 않으려고 애써 되삼켰다.

「영암댁은 참말로 좋겄소. 아덜얼 낳아도 그런 아덜얼 낳아야 허는디.」 아낙네는 어깨숨을 푹 내쉬고는, 「워메, 이놈으 정신 좀 보소. 밥다 타겄네. 나 가요 이 」 하며 부리나케 내뛰었다.

영암댁은 하루 종일 그 물건들을 어떻게 해야 할 것인지 궁리했다. 아이들에게 저희들 에미가 사온 것을 털끝만치라도 눈치채게 해서는 안될 일이었다. 그 궁리를 하면서 한편으로 며느리에게 마음이 쓰여 해질녘까지 동네를 돌아다녔다. 혹시 누가 며느리를 보지 않았나 걱정이었고, 무사히 떠났기를 빌었다. 천만다행하게도 며느리는 그 누구의 눈에도 띄지 않은 것 같았다.

영암댁은 밤늦게까지 생각하다가 이틀 뒤에 오는 장날 사온 것으로 하기로 했다. 불륜을 저지른 에미가 사온 것들을 그대로 아이들에게 입히고 신기고 한다는 것이 마음 께름칙한 면은 없지 않았지만, 그 귀한물건들을 내다버릴 수도 없는 일이었다.

영암댁은 그 물건들을 표나지 않게 싸서 장을 보러 나섰다. 장으로 가면서 새로운 걱정이 떠올랐다. 며느리가 사온 옷이며 고무신이 아이들에게 맞지 않으면 어쩌나 하는 것이었다. 고무신은 어떻게 바꿀 수 있을지 모르나 옷은 그 어떤 상점에서도 바꿔줄 것 같지가 않았다. 옷을 산상점에서도 다시 바꾸는 것은 말썽이 많았다.

영암댁은 건성으로 장을 보고 점심나절에 집으로 돌아왔다. 세 아이를 불러 앉히고 보퉁이를 풀었다. 아이들은 환성을 지르고 손뼉을 쳐댔다.

큰아이부터 차례로 고무신을 신겼다. 거짓말처럼 다 맞았다. 옷을 입혔다. 옷도 맞춘 것처럼 다 맞았다. 영암댁은 좋아 들뛰는 아이들을 보며 목이 메었다.

5월의 들녘에 쏟아지는 햇살은 현란하게 눈부셨다. 유록색이 초록색으로 바뀌고 있는 들과 산의 푸르름은 꽃에 못지않은 아름다움으로 물결지고 있었다. 그 풋풋한 싱그러움 속에서 논밭은 서서히 황금빛을 머금으며 치장을 바꾸고 있었다. 계절이 부리는 요술을 따라 보리들이 익어가고 있었다.

작은 가방을 든 김광자는 들길을 타박타박 걷고 있었다. 자디잔 풀꽃들까지 만발하고, 나비들은 저마다 꽃에서 꽃으로 분주하게 날갯짓하는 생동감 속에서 김광자의 발걸음은 더없이 무겁고 맥없어 보였다.

「아니, 요것이 누구다요? 광자 씨 아니드랑가!」

어떤 남자의 갑작스러운 외침에 땅만 보고 걷던 김광자는 깜짝 놀라 고개를 들었다.

「허허, 내 눈이 보배는 보래랑께. 이 자전차를 막 비비고 감스로도 딱 봉께 광자 씨드란 말이여.」

자전거를 거침없이 자전차라고 하며, 자전거를 김광자 앞으로 바짝 들이대면서 헤벌쭉 웃는 것은 송동주였다.

「예에…….」

김광자는 어설픈 눈길로 송동주를 바라보며 억지웃음을 지었다.

「이, 시방 광주서 오는 질인갑는디, 상급 학교 갈 채비는 잘돼야 가고 있기는 허요?」

송동주는 자전거에 한쪽 다리를 걸친 채 담배를 꺼내며 김광자 앞으로 목을 늘였다.

「예, 그냥…….」

김광자는 상대방의 눈길을 피해 고개를 숙임막하게 돌렸다. 그 얼굴에 수심기가 더 진하게 스쳐갔다.

「무신 근심 있당가?」

송동주는 용개라이터를 켜며 불쑥 물었다. 그는 말끝을 올렸다 내렸다 멋대로 하고 있었다.

「아니, 근심은 무신……。」

김광자는 당황하며 가방을 들지 않은 손으로 옆볼을 훔쳤다.

「체, 월출산 아래 쪽집게 점쟁이년 속혀도 이 송동주 눈은 못 속히는디. 여자 혼자 몸으로 객지서 돈벌이 허기가 워디 쉽간디? 논 폴고 소폴아 사각모 쓰고 대학문 나온 남자들도 취직 못해 고등실업자로 판판이 세월아 네월아 허송세월허는 판인디 여자가 쉰 일이 아니제. 항, 여자가 쉰 일이 아니고말고。」

송동주는 말을 멈추고 담배를 깊이 빨아서는 소리나게 연기를 내뿜었다. 가슴이 뜨끔해진 김광자는 발길을 떼놓을까 말까 망설였다.

「여자는 나이 차면 시집 잘 가는 것이 질이여. 그것이 바로 만년묵기 취직잉께. 여자가 대학을 나온다고 산을 떠올 것이여, 높은 벼슬을 헐 것이여. 거 머시냐, 선오가 묵자 것 읎는 촌구석으로 발령이 나부렀응께 검사 오빠 덕을 보기도 파이 아니냐 그것이여。」

「나 그만 가볼랑마요。」

김광자의 얼굴이 싸늘해졌다.

「얼랴, 얼랴, 오해 마시드라고. 친구 동상이라 짠허고 걱정시러바 허는 말잉께로。」 송동주는 당황스럽게 손을 내젓고는, 「나가 핑허니 델다 줄팅께 여그 착 올라앉드라고. 새것이라 기운 짱짱허고, 사리살짝 궁글러가는 호시가 아조 기가 맥힌께。」 그는 바퀴테가 반짝거리는 새 자전거를 자랑하듯 말했다.

「아니구만요. 읍내 나가는 길인갑는디……。」

김광자는 얼굴을 찌푸리며 걸음을 옮길 기세를 보였다.

「이, 나도 강 의원님얼 만내로 가니라고 바쁘기넌 바쁜 몸이제. 강 의원님이 나 겉은 사람 손 안 빌리면 안 되는 시절이 또 왔응께로。」 송동주는 거만스런 표정을 지으며 꽁초를 튕기고는, 「허기사 처녀 총각이 자전차 항꾼에 타면 그렇고 그런 소문 짜허니 퍼져불겠제이. 근디, 그런 소문나도 손해볼 것 하나또 옳을 것인디. 보리나 나락은 쉴수록 좋제만 처녀가 쇠면 똥 친 작대긴께 맘 잘 묵어보드라고.」 그는 이미 빠른 걸음을 옮기고 있는 김광자의 등뒤에다 대고 속마음을 노골적으로 털어놓고 있었다.

그는 김광자를 보는 순간 검사를 처남삼고 싶은 생각이 강하게 동했던 것이다.

「저것을 진작에 등때기에 풀물 디래부렀어야 허는디 말이여.」

송동주는 멀어져 가는 김광자를 실눈을 뜨고 바라보며 쩝쩝 입맛을 다셨다.

등때기에 풀물 들인다는 것은 남녀가 밀밭이나 보리밭에서 남모르게 정을 통한 것을 뜻하는 거였다. 그 말은 「저 여자하고 어떤 사이야?」 하는 경우, 「등때기에 풀물 디래부렀제」 하며 곧잘 쓰였다.

「맘묵으면 뚫리게 되야 있는 것이 그 구녕잉께 때야 안 늦었제. 워디 두고 보드라고 잉!」

송동주는 이빨 사이로 침을 찍 내갈기며 자전거에 올라탔다.

「음마, 니 워쩐 일이다냐?」

텃밭을 일구고 있던 월하댁이 호미를 내던지며 큰딸을 맞이했다.

얼굴에는 반가움이 넘쳤지만 딸을 바라보는 눈에는 불안기가 언뜻 스쳐갔다.

「이, 자리 새로 옮기니라고 메칠 틈이 났구만이라. 그간에 무사허셨는 게라?」

김광자는 어머니의 흙 묻은 손을 잡으며 환하게 웃었다.

「워째 또? 더 존 자리가 났간디?」

「하먼이라. 일도 편코 월급도 좀 더 받을 자리가 생겼구만요.」

김광자는 미리 준비해 둔 말을 웃음과 함께 풀어냈다.

「아이고, 참말로 잘되얐다. 명숙이년 종무소식에 느그 오빠 일꺼정

실타래 꼬이디끼 꼬여 요놈으 집구석에 무신 액운이 끼쳐도 숭악하게 끼쳤는갑다 혔등마 그래도 삼시랑이 무심찮게 돕기는 돕는 게비다. 하면, 죄진일 옰옹께.」

월하댁은 딸의 손등을 쓸며 눈물이 크렁해졌다.

「오빠헌테서는 편지 안 왔습디여?」

김광자는 어머니의 다른 물음을 피하려고 얼른 말머리를 돌렸다.

「금메, 암 소식도 옰다 와.」 월하댁은 금세 울상이 되며 소매 끝으로 눈을 훔치고는, 「그려, 그 속이 속이 아닐 것인디 핀지허고 자시고 헐 맴이 있겄냐. 속 상허덜 말고 몸이나 성해야 헐 것인디」 하며 뭉텅이진 한숨을 토했다.

「엄니, 너무 상심 마시씨요. 매도 먼첨 맞는 것이 낫드라고 전부 다 공평허니 도회지로 시골로 번갈아감서 근무허는 것이랑께라.」

「하이고, 이 엠씨 맘 안 상허게 헐라고 그런 단말 허덜 말어. 이 엠씨 무식혀도 눈 있고 귀 있어서 다 아는디, 요놈으 시상에 공평헌 것이 워디가 있냐. 빽 있고 돈 있으면 죽은 사람 되살리는 것만 빼놓고 안 되는 것이 옰다고 안 혀. 느그 오빠가 실력이 옰냐, 인물이 못났냐. 빽 옰고 돈 옰응께 그 꼴 난 것이 아니여? 요런 썩고 망헌 놈으 시상에서 앞날이 캄캄허다.」

월하댁의 눈에서는 독기가 돋아나고 있었다.

「엄니, 꼭 그런 것만도 아니어라. 오빠가 일을 열성으로 허면 남보다 실력을 인정받을 수도 있고, 사람 잘 만내 빽이 생길 수도 있응께요.」

「아서라, 고런 시장시런 소리 말고, 강 의원님이 담 줄마 땀새 메칠 전보톰 내래와 있는디, 나가 찾아가 보는 것이 으쩌겄냐?」

월하댁은 딸을 마루로 끌어다 앉히며 정색을 했다. 월하댁은 그 생각을 순간적으로 한 것이 아니었다.

「엄니, 헛김만 빼지 마씨요. 강 의원님이 손을 써줄라고 혔음사 첨에

썼겄제라. 맥엄씨 성가시럽게 헌다고 미운털만 백힐 것잉마요.」

「음마, 아수운 사람은 나가 아니고 그 사람이여!」

월하댁은 파르르 기를 세웠고, 김광자는 어머니를 멀뚱히 바라보았다.

「아, 척 들으면 몰르겄냐? 출마허면 한 표가 아수운 판인디, 나가 맘 묵고 발벗고 나스면 수십 표럴 왔다리 갔다리 허게 맹글 수 있응게, 니가 우리 아덜 일얼 워찌 허겄냐 허고 담판을 짓겄다 그것이다.」

월하댁은 마룻장을 쳤다.

「엄니……」

김광자는 어이없는 얼굴로 어머니를 쳐다보았다. 그 일이 무모해서가 아니었다. 선거를 이용하려고 할 만큼 세상사에 밝은 어머니가 놀라웠고, 자식을 위해 그런 생각을 해낸 어머니가 애처로웠다.

「워째, 나 말이 가당찮게 딛기냐?」

월하댁의 기가 한풀 꺾이는 느낌이었다.

「엄니, 그러다가 강 의원님 성질 것질러 오빠헌테 더 손해 될란지도 몰르구만이라. 그 일 오빠허고 의논하는 것이 좋겄는디요.」

김광자는 어머니가 가장 마음 쓰는 오빠를 끌어들였다.

「금메……, 니 말 듣고 봉께 그도 그렇다. 나가 그리 나섰는디도 강 의원이 나 말 안 들어주고, 나가 딴 사람 편 들었는디 강 의원이 당선되야 불면 그때는 영 웬수지간 되는 것이제.」

월하댁은 또 마룻장이 울리도록 한숨을 토해냈다.

김광자는 속마음을 감춘 채 동생들과 즐거운 척 밤시간을 보내다가 잠자리에 들었다. 그러나, 먼 메아리로 울리는 목쉰 풀꾹새 울음소리가 가슴을 헤집고 들며 잠을 이룰 수가 없었다. 한 맺힌 여인의 넋이 환생하여 밤마다 목놓아 울고, 목이 잠겨 더 울 수 없게 되면 제 피를 토해 되마시며 또 울고 운다는 풀꾹새. 그 애절하고 사무치는 울음의 사연은 흡사 자신이 겪고 있는 쓰라림 같았다.

김광자는 풀꾹새 울음소리를 가슴에 켜켜이 쌓으며 속울음을 울다 겨워 시름시름 잠에 잠겨들었다.

「니가 김광자여?」

느닷없이 방으로 뛰어든 두 여자 중에 하나가 소리쳤다.

「그런디……, 누구다요?」

김광자는 영문 모를 위협을 느끼며 벌떡 일어섰다.

「누구기넌 누구여! 이동원이 본부인이시다.」

「요런 잘난 년아, 워디 디져봐라!」

두 여자가 동시에 외쳤다.

「무, 무신 소리다요……!」

김광자는 심한 현기증에 휘둘리며 비틀거렸다. 이동원이 기혼자라니, 도저히 믿을 수 없는 일이었다.

「이년아, 잡소리 말어!」

「저 잘난 년 낯짝을 싹싹 헤배부러!」

두 여자가 살기 돋혀 달겨들었고, 김광자는 두 손으로 얼굴을 감싸며 나둥그러졌다.

머리채를 끄들리고, 꼬집어 뜯기고, 짓밟혔다. 그리고 살림살이들도 박살났다.

「아으……, 아아……, 아……!」

김광자는 소리를 지르고 발버둥치다가 잠에서 깨어났다. 상체를 벌떡 일으킨 김광자는 벌떡거리는 가슴을 누르며 건넌방에 신경을 모았다. 집에 와서는 그 꿈을 꾸지 않으려고 했지만 아무 소용이 없었다. 다행히 건넌방에서는 어머니의 기척이 들리지 않았다.

그 사람 이동원은 착실한 은행원이었다. 회사의 돈을 저금하러 다니다가 마음을 열게 되었다. 그 사람은 대학을 가고 싶어하는 여자의 꿈을 이해해 주었을 뿐만 아니라 적극 뒷바라지해 주겠다고 했다. 선생이 되고자 하는 바람에도 한마음이 되어주었다. 그러다 보니 피하려고 애썼지만 깊은 관계를 짓고 말았다. 그 사람은 기혼자인 것을 속인 것만이 아니었다. 상대 출신이라더니 상고 졸업생이었다.

새벽녘에 깜빡 잠이 들었던 김광자는 동생들이 와자지껄 떠드는 소리에 잠이 깼다.

「와아, 성덜이 둘이 다 읎응께 닭똥집은 인자 나 차지다아!」

「음마, 놀아나네. 니까징 것이 머신디. 나이는 질로 쬐깐헌 것이.」

「요 가시네새끼럴 팍 그냥! 남잔께 근다, 남자! 남자 몰러?」

「까불지 말어. 니까징 것이 무신 남자여.」

「니 참말 까불래? 엄니보고 물어봐.」

칙칙하고 무거운 마음으로 김광자는 방을 나섰다. 동생들이 말다툼을 그치며 피해 앉았고, 어머니는 수챗가에서 닭털을 뽑고 있었다.

「아칙보톰 무신 닭을 잡으신다요?」

김광자는 어머니 옆에 쪼그려 앉았다.

「말도 마라. 니넌 몰르겄제만 엊저녁에 을매나 심허게 헛소리럴 헜는지 아냐.」

김광자는 그만 가슴이 덜컥했다.

「험헌 객지살이에 허해져서 그렇다.」

쏟아지려는 눈물을 참으며 김광자는 뒷간으로 발길을 서둘렀다. 어머니의 뜨거운 정 앞에 죄가 너무 큰 것을 느끼며.

50
새로 넘기는 세월의 책장

아침저녁으로 서늘해져 가고 있는 날씨에 비해 대통령 선거전은 날이 갈수록 뜨겁게 달아오르고 있었다. 그건 군사정권 2년 반 만에 탄생하게 될 새 대통령과 새 정부에 대한 일반 국민들의 관심이 커서 나타나는 현상이 결코 아니었다. 이 나라에서 생활 수준이 제일 높다는 서울의 국민학교 고학년 학생들 중에서 60퍼센트가 도시락을 싸오지 못하는 형편에서 국민 대다수는 생활고에 시달리느라고 정치에 별 관심이 없었다. 그런데 정권욕에 사로잡힌 두 세력은 국민들의 정서나 바람은 아랑곳하지 않고 자기네들의 목적만을 위해 격돌하고 있었다.

그 대표적인 인물이 민정당 후보 윤보선이고, 민주공화당 대통령후보 박정희였다. 그들은 국가 경영이나 국민 생활을 위한 정책은 뒷전으로 밀쳐놓고 인신공격으로 선거판을 달구고, 국민들은 그 정치굿을 먼발치에서 구경하고 있었다.

인신공격을 먼저 시작한 것은 윤보선이었다. 그는 정적인 박정희의 과거를 들춰냈는데, 유식하고 점잖은 말로 하자면 사상 논쟁이나 사상 시비였고, 직설적이고 노골적으로 말하자면 좌익분자 취급이고 빨갱이로 몰기였다. 사연인즉, 박정희가 여순반란사건에 개입한 중요 배후 인물이라는 것이었다.

이 느닷없는 폭로는 모든 국민을 한순간에 놀라게 할 수 있는 충격이었고, 일시에 시선을 집중시키게 하는 효과를 발휘했다. 그런데 박정희 쪽에서는 당하고만 있지 않았다. 그 치명적 공격을 전면 부인하고 나선 것이다. 그 정치굿은 세상사람들을 어리둥절하게 만들었고, 양쪽의 공방이 계속되면서 사람들에게는 우김질하기 좋은 심심찮은 구경거리로 변해가고 있었다.

「이거 어느 쪽 말을 믿어야 좋지? 윤보선이, 박정희, 둘 다 대학병원에 데려다가 배를 째볼 수도 없고 말야.」

「그야 윤 후보 말이 맞지. 대통령까지 한 윤 후보가 괜히 없는 말 하겠어?」

「그런 말 말어. 정치인들 말은 열에 아홉 마디가 거짓말인지 몰라서 하는 소리야? 대통령 되려면 무슨 소리를 못해. 똥줄 타는 판에.」

「이거 왜 이래. 거짓말도 할 게 따로 있지. 현재 권력에 총자루까지 쥐고 있는 게 박정흰데 그런 거짓말하다가 용코로 당하려고 그런 거짓말을 해?」

「그래, 그 말도 맞아. 아무 근거 없이 그런 중대한 말을 한 게 아닐 거라구.」

「아니, 그럼 그 증거를 속시원하게 확 내놔야 할 것 아냐. 확실하면 왜 증거를 못 내놓고 말로만 시끄럽게 하느냐구.」

「그렇기도 해. 증거를 딱 내놓으면 선거는 할 필요도 없이 되잖아.」

「그야 말 못할 사정이 있겠지. 윤 후보는 지금 야당 입장이니까 옛날 사건의 증거를 입수하기 어려운 사정 같은 것 말야.」

「이것 참 알쏭달쏭하다니까. 이쪽 말을 믿을 수도 없고, 저쪽 말을 믿을 수도 없고. 이러다가 투표 못하게 생겼어.」

「투표 못하면 말지 뭐. 언제라고 대통령이 밥 먹여줬나, 제길헐.」

「그나저나 박정희 그 사람도 거짓말은 이골나게 잘해. 혁명공약에 정권을 민정에 이양하고 군 본연의 임무로 돌아간다고 해놓고는, 그간에 민정에 참여한다 안 한다 몇 번씩 변덕을 부리더니 결국 대통령에 나서니 국민을 뭘로 아는 거야, 도대체.」

「그건 그런데, 그렇다고 윤보선은 뭐 별수 있고? 정치 잘못해서 쿠데타 당했으면 깨끗이 물러날 일이지 뭐 먹을 것 있다고 대통령 자리 지키고 앉아 허수아비 노릇 하는 건 뭐고, 그 자리에서 나왔으면 국민 앞에 체면 없게 됐으니 책임지고 정치를 그만둘 일이지 이제 와서 또 나한테 한 표 주시오 하고 있으니 이게 도대체 무슨 꼴인가 그래. 염치가 없어도 유분수고, 앞으로 딴 정치인들도 그런 꼴 그대로 배울 것 아니겠어.」

「말 말어. 정치인들 뻔뻔하고 양심 없는 것이야 전매특허 아니야? 보리밥 먹은 우리 배만 꺼지니까 그만 해.」

두 후보의 열렬한 공방에 비해 유권자들은 거의가 이런 식으로 냉소적인 가운데 10월의 나날이 가고 있었다.

무교동의 싸구려 대폿집에서는 술꾼들로 넘치고 있었다. 담배연기와 지짐질하는 기름 냄새가 자욱하게 어우러진 속에 술꾼들이 맘놓고 떠드는 소리가 왁자했다. 원병균과 민경섭은 또다른 사람과 함께 구석자리를 차지하고 앉아 불그레하게 술기가 올라 있었다.

「선배님, 술 더 취하기 전에 한 가지 의논드릴 게 있습니다.」

원병균이 기울어진 상체를 바로잡으며 말했다. 맞은편에 앉은 남자가 담배연기를 내뿜다가 원병균에게로 눈길을 돌렸다.

「저어, 아무리 생각해도 진로를 바꿔야 될 것 같아서요.」

「진로? 왜, 심정의 변화가 생겼어?」

그 남자도 앉음새를 고치면서 술기운으로 풀어졌던 얼굴이 정돈되었다.

「예, 심정의 변화라기보다는 현실적 조건이 문젭니다. 대학원을 나와 봤자 대학 쪽에 전혀 전망이 안 보입니다. 지금 있는 교수들이 한꺼번에 다 죽으면 모를까.」

「그야 새삼스러운 게 아니잖아? 중·고등학교에 적을 두고 계속 공부하면서 때를 기다리는 게 그 길 아닌가? 아니면 유학을 가서 학위를 따오든지.」

「예, 그게 정도라고 할 수 있는데, 집안 형편이 안 좋아져 유학 가기는 어렵게 됐고, 학자의 길이라는 것에도 점점 흥미를 잃어가고 있습니다.」

「홍, 심정의 변화가 전혀 없는 건 아니로군. 그래, 4·19를 계기로 자네가 학생운동에 앞장서는 걸 보고 그런 느낌을 안 가진 건 아니야. 그럼 어느 길로 가려고?」

「저어……, 그러니까……, 언론계가 어떨까 하고…….」

원병균은 술술 농담 잘하는 그답지 않게 말이 어눌해졌다.

「하! 이 신준호의 전철을 밟겠다?」

그 남자는 헛웃음을 치며 술잔을 들었다.

「이 친구는 글도 좀 쓸 줄 알고, 눈치 빠르면서도 능글맞기도 하니까 기자로 잘 어울리지 않겠습니까?」

민경섭이 거들고 나섰다.

「웅, 괜찮아, 괜찮아. 고생할 각오만 돼 있다면 남자가 한번 해볼 만한 직업이긴 하니까.」

신준호는 고개까지 끄덕이며 흔쾌하게 대꾸했다.

「됐다. 선배님 결재받았으니까. 이제 시험공부나 열심히 해라.」 민경섭은 원병균의 어깨를 툭 치고는, 「선배님, 선배님 신문사에 들어가는 게 어떨까요」 하며 신준호를 쳐다보았다.

「그거 나쁠 거 없지. 내가 도와주지 못해서 미안하지만 말야.」

「들어가는 거야 물론 제 실력으로 들어가야지요. 끌어주는 거야 그 다음부터고요.」

민경섭은 마치 제 일인 것처럼 싱글벙글했다.

「그래, 열심히 해서 일단 들어와. 우리 사회에서 그래도 아직까지 건전하고 진실하고 믿을 만한 데가 언론계니까.」

「무관의 제왕이고, 사회의 목탁 아닙니까.」

민경섭이 술잔을 들며 맞장구를 쳤다.

「글쎄, 그건 고등학교 교과서에 나오는 좀 지나친 과장이고, 거 5·16 때 봤지? 총칼의 위협 앞에서 모든 신문들이 여기저기 먹통으로 찍혀나가는 거. 신문이라고 현실 앞에서 제왕의 자유를 멋대로 누릴 수 있는 건 아니야. 그저 최대한의 목탁 노릇을 하려고 노력하는 것뿐이지.」

「그런 역할만이라도 얼마나 중요합니까. 그런데 참, 박정희 그 사람이 그렇다는 건 사실입니까, 아닙니까?」

민경섭이 화제를 바꾸었다.

「응, 그거? 사실이지.」

「예에? 근데 왜 그 사람은 사실이 아니라고 거짓말을 합니까?」

「정치가니까.」

신준호는 픽 웃으며 술잔을 들었다.

「그 사람 참 문제 아닙니까? 일본에 갈 때는 일본군 장교였다는 게 드러나고, 이번엔 사상 불온이 드러나고, 그런데 이젠 반공주의를 철저히 내세우는 건 뭡니까? 변신 잘하고, 모순투성이고, 무슨 생각을 하고 사는 어떤 식의 인물인지 통 이해할 수가 없어요.」

「글쎄, 우리 기자들도 모여앉으면 그 얘긴데, 뭐라고 결론을 내리지는 못하고 있어. 하여튼 문제가 많고, 복잡하고, 곤란한 인물이라는 생각들은 일치하고 있는데……, 한 가지 명백한 것은 파란 많은 우리 역사의 격랑 속에서 살아남기 위해 온갖 변신을 다한 전형적인 인물이라는 점이지.」

「선배님, 그건 단순히 살아남기 위한 어쩔 수 없는 행위가 아니라 개인적인 욕망을 달성하기 위해 수단과 방법을 가리지 않은 추한 기회주의 아닙니까? 지식인들이 입신출세를 위해서 약삭빠르게 표변하는 카멜레온 근성 말입니다.」

한동안 말이 없던 원병균은 일그러지는 얼굴로 말했다.

「응, 결론적으로 말하자면 그런 것이겠지. 역시 자넨 기자의 자질이 있군 그래.」 신준호는 입 가장자리에 의미 깊은 미소를 피워내며 고개를 끄덕이고는, 「그러니까 말야, 인간은 무엇이고, 얼마나 복잡·난해하며, 어느 정도까지 몰염치해질 수 있는 존재인가를 파악하는 데 좋은 연구 대상이야. 헌데, 그런 부류의 사람들이 너무 많은 게 우리 사회니까 특별하지도 않을지 모르겠군.」 그는 깍두기를 씹으며 쓴 입맛을 다셨다.

「그런데 선배님, 그 사람의 사상 문제가 사실인 것을 알면서도 왜 신문들은 그걸 안 밝히는 겁니까?」

민경섭의 불만스러운 말투였다.

「글쎄……, 그게 아까 말한 신문의 현실적 한계고 문제점 아니겠어. 또, 사상이니 이념이니 하는 건 얼마든지 변할 수도 있는 건데, 신문들이 그걸 일방적으로 보도해서 죄악시할 위험도 있고, 그 결과가 그의 정적을 돕는 쪽으로 작용하게 되면 그것 또한 큰 문제가 아닐 수 없지. 신문의 객관적 입장이라는 건 아주 복잡미묘해.」

「예에……, 그게 그렇게도 되겠군요.」

새롭게 깨달은 느낌으로 원병균이 신중하게 고개를 끄덕였고,

「예, 아주 중요한 말씀이신데, 그럼 박정희 그 사람이 무작정 부인만 할 것이 아니라 사상의 자유와, 거 뭐랄까, 이념 선택의 가변성을 전제로 모든 것을 솔직하게 털어놓고, 과거의 나와 현재의 나와는 다르다고 주장하는 것이 진실하고 떳떳한 태도 아니겠습니까?」

민경섭이 빠르게 말을 이었다.

「이 사람 참. 순진한 거야 순수한 거야? 선거판은 한가한 토론장이 아니야. 총알이 빗발치는 전투장이라구. 그런 말 꺼냈다간 상대방한테 집중포화를 당해 치명상을 입게 돼. 구경꾼인 유권자들은 군중심리에 휩쓸릴 위험이 많을 뿐 그런 이야기를 냉정하게 소화할 수 있는 논리성이나 판단력은 약하니까. 그리고 또, 과거의 좌익 경력이나 부역을 했던 경력을 가진 사람들이 여러 가지로 불이익을 당하고 있는 반공국가의 현실 속에서 그 파장이 어떻게 되겠어? 일파만파라는 말 있잖아? 상상할 수 없는 혼란이 야기될 거라구.」

「그것 참, 말씀 들고 보니 간단치는 않은 문제로군요.」 민경섭은 술잔을 들며 고개를 끄덕이고는, 「선배님의 기자 감각으로는 누가 당선될 거 같습니까?」 그는 호기심 많은 소년처럼 또 말머리를 돌렸다.

「그건 내가 자네들한테 물어야 할 취재감인걸? 거, 흔히 하는 말 있잖아? 선거는 뚜껑 열어봐야 안다고. 이번에야말로 막상막하, 오리무중으로 전혀 예측불허야. 자네들 느낌은 어때?」

「글쎄요, 식자층을 보면 윤보선이 될 것 같고, 일반 서민들 반응을 보면 박정희가 될 것 같고, 종잡을 수가 없어요.」

민경섭이 뚱하게 대꾸했고,

「선배님 판단으로 막상막하라면 군사정권이나 박정희는 그동안 대성공을 거둔 거나 마찬가지 아닙니까?」

원병균이 언짢은 기색을 드러냈다.

「음, 쿠데타를 인정하지 않는 지식인들로서는 마땅치 않겠지만, 그 사실을 부인할 수는 없지. 박정희와 그의 군사정권은 쿠데타의 정당성을 확보하고 민심을 얻기 위해 군사작전을 수행하는 식으로 신속하고 과감하게 혁명재판 진행, 깡패 소탕, 병역기피자 색출, 농어촌 고리채 정리, 경제개발 착수 등을 추진했는데, 그게 민심을 사는 데 일단 성공

한 셈이지.」

「예, 그런 일들이 정통성 없는 정권이 자기네 불법성을 희석시키려고 의도적으로 추진한 것이고, 그런 면에서 군사정권은 전형적인 과시정권이고 회유정권 아니겠습니까? 그 뻔한 술수를 알면서도, 제 입장에서 봐도 특히 혁명재판이나 기피자 색출 같은 것은 속시원하게 느껴진다니까요. 장면정권의 무능이 군사정권을 돋보이게 한 셈인데, 그 성공이 나라의 장래를 위해 다행인지 불행인지 영 헷갈린다니까요.」

원병균이 쓰게 웃으며 술잔을 들었다.

「자네, 그 말 한번 조리정연하게 잘하는군. 정치는 어차피 고급한 쑈라는 말이 있는데, 우리의 비극은, 그런 쑈를 군인들은 거뜬히 해냈는데 민간 정치인들은 그러지 못했다는 데 있어. 만약, 만약에 말이야, 국민들이 그 쑈에 박수를 보내 박정희를 합법적인 대통령으로 뽑아도 어쩔 수 없는 일이야. 그건 엄연히 국민의 뜻이니까.」

「선배님, 그렇지만 군사정권은 계엄령에다 총칼을 앞세워 그런 일들을 한 거고, 민간정권은 그런 수단을 동원하지 않은 차이가 있지 않습니까.」

민경섭의 따지듯한 어조였다.

「허! 그거 꽤 논리적인 지적이군.」 신준호는 민경섭을 빤히 쳐다보며 담배를 빼들고는, 「그게 말이야……, 이렇게 생각해 볼 수 있지 않을까? 군사정권에서 추진한 그런 일들은 나라를 바로잡기 위해서는 어느 정권에서나 해야 했고, 국민들이 원하고 호응하는 일이었어. 4·19, 그 혁명의 상황 속에서 정권을 수립한 장면정권은 그런 일들을 처리할 강한 의지를 세웠어야 했고, 국민의 불신으로 경찰력이 무력화된 상황이었으면 국가비상사태를 선포하고 군인들을 동원했어야 해. 그런 권한은 엄연히 법이 보장하고 있었거든. 그랬으면 혁명의 분위기 속에서 국민들도 대환영이었을 거야. 그런데 불행하게도 장면정권은 나라를 바로잡을 국가적 문제점도 투시하지 못했고, 국민적 요구를 파악할 능력도 없었고, 혁명적 정치를 추진할 의지도 없었어. 그러니 주어진 권한을 활용하지도 못하고 권력을 잃은 거지. 너무 가혹했나?」

신준호는 담배연기를 느리게 날리며 빙긋이 웃었다.

「아닙니다. 저는 그런 식으로는 전혀 생각해 보지 못했습니다.」

민경섭은 입을 꾹 다물며 생각 깊은 얼굴로 고개를 끄덕였다.

「선배님, 그런데 지난날 민주당에서 신풍운동을 일으켰던 양심적이고 참신한 젊은 정치인이란 사람들이 꽤 많이 민주공화당으로 옮겨가고, 그뿐만 아니라 4·19를 주동했던 인물들까지 그쪽에 가담하기 시작하는데, 그런 황당한 사태를 어떻게 이해해야 합니까?」

원병균의 취기 어린 얼굴에 분노의 빛이 드러났다.

「황당한 사태……, 황당한 사태라……」 신준호는 천천히 술잔을 비우고는, 「자네 그 사람들이 지사적인 태도를 취하면서 군사정권의 연장인 민주공화당에 맞서야 한다고 생각하는 모양이지? 나도 그러기를 바라고, 그게 대의명분에도 맞는 길이지. 허나, 지금은 독립투사가 필요한 식민지시대도 아니고 이념투쟁이 치열했던 해방 직후의 건국시기도 아니야. 흔히 말하는 불안한 평화의 시대야. 다시 말하면, 휴전상태의 평화라 해도 전쟁의 위험은 차츰 줄어들면서 정치는 경제발전을 외치고 있고, 사회는 잘살기 위해 몸부림치고, 미국은 군사정권을 지지하는 상황이야. 안정된 자본주의를 추구하는 이런 사회에서 투사나 영웅은 더이상 필요하지도 않고, 존재할 수도 없어. 너와 나는 모두 소시민적 야망에 사로잡히게 되고, 정치인들도 예외 없이 개인적 야망에 따라 안전성이 강한 세력 쪽에 야합하게 되는 거야. 이제 변신을 시작한 4·19세대를 놓고 비판의 소리가 많은데, 두고 보면 알겠지만, 그 변신은 갈수록 심해질거야. 4·19는 이미 과거고, 그들은 사회인이 되어 소시민적 가장 노릇을 해야 하고, 4·19 때처럼 투쟁해야 할 정치·사회적 문젯거

리는 없고, 서글프지만 당연한 결과 아니겠어? 그렇지만 너무 비관할
건 없어. 이런 시대가 대다수의 사람들에게 행복을 줄 수도 있으니까.
자, 술들 마시자구.」

세 사람은 함께 술잔을 들었다.

「야, 이거 왜 이래! 윤보선이가 무슨 자격이 있어.」

「이게 어디다 대고 삿대질이야, 삿대질이! 건방진 새끼 같으니라구.」

「뭐, 새끼! 너 말 다했어, 이새끼야!」

「이거 왜들 이래. 그러니까 술자리에서 정치 얘기하지 말랬잖아.」

저쪽 자리에서 네댓 명이 곧 주먹질을 하고 술상을 엎을 것처럼 소란
을 피우고 있었다.

「저기 난리 났군. 역시 정치 얘긴 저리 신나는 거야. 이만하면 됐으니
까 딴 집에 가서 한잔 더 하지.」

신준호가 헐어빠진 사각 봉투를 챙겨가지고 일어섰다. 가방 대용인
그 사각 봉투는 월급쟁이들의 상징 같은 것이었다.

「기운들 좋다, 한판 붙지 그래.」

민경섭이 코웃음을 흘렸고,

「단군 할아버지, 이 나라 앞길은 양양합니다.」

원병균은 느물느물 웃으며 입술을 훔쳤다.

선거전은 지방 유세를 거쳐 서울 유세에 이르러 막바지로 치닫고 있
었다. 그 열기에 휩쓸려 어디에서나 선거 이야기였다. 그러나 유일표는
선거에 아무 관심도 없었다. 두 사람 다 마땅찮아서가 아니었다. 며칠
남지 않은 어머니의 출감 날짜를 꼽으며 날마다 면회 다니는 것에만 마
음을 썼다.

서동철 형이 애를 쓴다고 썼지만 어머니는 끝내 풀려나지 못하고 실
형을 받았다. 서동철 형이 동원하려고 했던 빽이 뜻대로 되지 않았고,
변호사를 댈 돈도 없었다. 아니, 식당을 처분한 돈이 얼마간 남아 있었

다. 그러나 어머니는 끝끝내 그 돈을 변호사 비용으로 없애는 것을 거부
했다.

「니, 그 돈이 무신 돈인지 알지야? 변호사럴 대면 징역 안 산다고 콱
못을 쳐도 그 돈 안 쓸 판인디, 그런 확답도 읎는디, 나는 암시랑 않다.」

어머니는 그 돈이 세상을 떠난 누나의 육신이나 마찬가지라서 지키려
고 한 것만이 아니었다. 어차피 그 돈을 써서 무죄 확정의 보장이 없는
판에 두 자식이나 먹여살리려는 마음이었다.

「찾아가지 말아라. 괜히 그쪽 입장 난처하게 만들고, 우리는 서운한
마음만 커지게 된다. 아버지 때문에 엄니가 억울하게 옥살이를 하게 되
더라도 어쩔 수 없는 일이다. 그게 우리 운명이다.」

형이 부대로 돌아가며 한 말이었다.

그러나 몸이 달아 견딜 수가 없어서 이규백 형의 주소를 알아냈고, 효
자동 집을 찾아갔다. 집 앞을 몇 번이나 왔다갔다하다가 끝내 대문을 두
들기지 못하고 돌아섰다. 2층 양옥집의 위세도 거리감이 있는데다가,
큰 대문의 사각 돌기둥에 붙은 이규백이라는 문패는 생소하기 짝이 없
었다. 허름한 장학사의 방 하나에 늘 핏기 없는 얼굴로 앉아 있었던 가
난한 이규백 형이 그런 집의 주인이라는 것이 전혀 실감이 나지 않았다.

「검사들치고 반공주의자 아닌 사람은 하나도 없어. 그 직책상 그렇기
도 하고, 그 직책을 맡으면서 사람이 변하기도 해. 그러니까 폭력배한
테는 좀 관대할 수 있어도 용공 냄새를 풍겼다 하면 그 사람들은 가차
없어.」

어떤 선배가 한 말이 퍼뜩 떠올랐다. 형의 말보다 더 강한 힘을 발휘
하는 그 말에 떠밀려 발길을 돌리지 않을 수 없었다.

유일표는 어머니가 출감하는 날 아침 일찍 누이동생을 데리고 서동철
에게로 갔다. 서동철은 그동안 서너 차례 어머니 면회를 함께 갔었고,
출감하는 날에는 꼭 동행하려고 했다. 서동철은 자기 집안에 속상하는

일이 있는데도 만날 때마다 어머니 일을 잊지 않고 챙기고는 했다.

서동철은 누이동생을 찾으려고 못내 속태우고 있었다. 그가 건설단으로 끌려가 있는 동안 손아래 누이동생이 생활고를 견디다 못해 돈벌이를 하려고 집을 떠난 것이었다. 병약한 어머니와 세 동생을 위해서였다. 그런데 집에서도 누이동생의 거처를 모르고 있었다. 누이동생은 돈만 보낼 뿐 편지 한 장 없었던 것이다. 누이동생이 몹쓸 곳에 있다고 생각한 서동철은 누이동생을 찾으려고 혈안이 되어 있었다.

「머시가 배운 것이 있냐, 기술이 있기럴 허냐. 남자도 돈벌이허자면 코피 터지는 요 험헌 시상에 무식헌 처녀가 쉽게 돈벌이헐 디가 워디가 있겄냐? 술집 아니면 거그, 뻔할 뻔 자 아니여?」

서동철의 이런 말에 유일표는 아니라고 할 말이 없었다.

서동철은 아가씨들을 둔 서울의 술집들을 훑고 다녔고, 그래도 효과가 없자 사창가를 뒤지기 시작했다.

「나가 호강은 못 시켜도 세 끼 밥 지대로 믹여서 착헌 놈 골라 시집보내 줄라고 혔는디. 갸가 지넌 굶으시롱도 동상덜헌티 고구마 한나라도 더 믹일라고 애쓴 인정 많은 물건이여. 다 나가 못나고 빙신이라 요런 일 생긴 것인디, 무신 수로든 찾아내고야 말 것이여.」

술이 잔뜩 취한 서동철이 한 말이었다. 그런데 그의 눈에서 눈물이 흘러내리고 있었다. 유일표는 예상 못한 서동철의 눈물에 놀랐고, 그가 누이동생에게 오빠의 정만 가진 것이 아니라 가장으로서의 책임까지 느끼고 있다는 것을 알 수 있었다.

서동철은 검정 양복을 매끈하게 차려입고 극장 앞에서 기다리고 있었다.

「여그 뚜부허고 소금 샀다.」

서동철이 빙긋 웃으며 보자기에 싼 것을 선희에게 내밀었다.

「두부하고 소금은 왜요?」

유일표가 물었고,

「체, 몰르는 것도 많다. 소금 뿌려 잡귀 쫓고, 뚜부 자셔야 다시는 그놈의 지옥 출입 안 허제.」

서동철이 큰소리로 대꾸했다.

「아, 예에……, 이런 것까지…….」

유일표는 가슴 저려 말이 제대로 나오지 않았다.

「시간 안직 멀었응게 워디 가서 모닝커피나 한잔허고 가제.」

서동철이 앞장섰다.

서동철의 말뜻을 알아들은 선희는 작은 보퉁이를 가슴께에 받쳐들고 두 사람 뒤를 바삐 따라갔다.

「니 누구 찍어줄 챔이냐?」

달걀 노른자위가 잘 섞이도록 커피를 저으며 서동철이 물었다.

「아직 모르겠어요.」

유일표는 심드렁하게 대꾸했다.

「나는 박정희 찍어주기로 결정 봤다.」

「예에……?」

「와따, 불총 맞은 멧도야지맹키로 워찌 그리 놀래고 그냐?」

「…….」

유일표는 정신 나가지 않았느냐는 눈길로 서동철을 쳐다보고만 있었다. 그런데 서동철은 느린 손놀림으로 담배에 불을 붙이며 비식비식 웃다가 입을 열었다.

「그려, 니가 그리 놀랠 만허제. 1년 간 똥줄 빠지게 그 꼬라지 당허고도 무신 초친 맛으로 박정희 찍을라고 허냐 그런 뜻이겠제? 근디 말다, 그 쬐깐헌 사람이 좌익을 했다고 안 혀? 따지고 보면 그 사람이 한 시절에 우리 아부지허고 동지였던 심인디, 고것이 신통방통하고 솔찬허덜 안 혀?」

「……!」

「그만 가자, 시간 늦겠다.」

서동철은 몸을 일으켰다.

며칠이 지나 투표일이 되었다. 유일표는 망설이고 망설이다 투표장으로 나갔다. 그냥 기권을 하면 그 표가 악용될 수 있었다.

유일표는 기표소에 들어가 투표용지를 펼쳤다. 다시 잠깐 생각했지만 마음의 변화는 생기지 않았다. 붓두껍을 들어 두 사람 이름 아래 꾹 꾹 눌렀다. 생애 최초로 얻은 투표권이었다.

박정희가 15만여 표 차이로 대통령에 당선되었다. 그런데 전라남도에서 몰표가 나왔다. 그러자 '박정희는 전라도 덕에 대통령 되었다'는 말이 금세 퍼졌다.

부정선거를 규탄하며 윤보선이 '내가 정신적 대통령'이라고 한 말이 신종 유행어가 되는 가운데 알쏭달쏭한 소문이 퍼지기 시작했다. 여순반란사건에 연루된 사상 문제가 터지자 박정희는 고심한 것이 아니라 무릎을 쳤다는 것이다.

그 야릇한 소문을 일순간에 휩쓸어버린 사건이 터졌다. 케네디 대통령의 암살이었다. 대통령 자리를 확보한 박 의장은 죽은 대통령을 만나러 여유롭게 비행기에 올랐다.

51
양지식물

　시내를 질주하는 '새나라자동차'들은 서울의 새로운 명물이었다. 유려한 곡선의 세단 승용차가 드물었던 서울 거리에서 그 조그마한 일제 자동차의 맵시는 단연 돋보였다. 매끈한 생김에 색깔까지 색색으로 고운 그 차들에 비해 헌 상자 모양의 시발택시 꼴은 영 초라하고 볼품이 없었다. 기왕이면 다홍치마라고 사람들은 누구나 새 택시를 타려고 했다. 그러다 보니 시발택시는 손님까지 줄어드는 이중의 피해를 입고 있었다.

　그런데, 누가 붙인 이름인지 '새나라자동차'라는 이상한 이름에는 교묘한 정치 선전이 스며들어 있었다. 그러나 일반 대중들은 새 차의 멋에 홀려 그런 은밀한 정치 의도까지는 눈치채지 못하고 '새나라자동자, 새나라자동차'를 입맞추어 불러댔다. 우리말의 기본 율조인 3·3조라서 부르기 쉬운 그 이름의 '새나라'는 어디인가. 그거야 넓게 잡으면 5·16 이후의 군사정권이 다스린 나라부터 말하는 것이었고, 좁게 잡으면 대통령 선거 이후의 박정희정권이 다스릴 나라를 가리키는 것이었다. 사람들은 무심결에 자동차 이름을 부르면서 자신들도 모르게 박정희정권을 새 나라로 착각하는 대중최면에 빠져들고 있었고, 모든 신문이나 잡지들도 무턱대고 그렇게 표기하여 한 정권의 정치 의도는 대성공을 거두고 있었다.

정동진은 새나라자동차를 잡으려고 시발택시를 두 대째 그냥 보내고 있었다. 조선호텔 같은 고급 호텔에 들어가자면 아무래도 멋진 차를 타야 했다.

"지금부터 정오 뉴스를 알려드리겠습니다."

노래가 끝나면서 울려온 소리였다. 정동진은 전파사 쪽으로 고개를 돌렸다.

"오늘도 국회에서는 4대 경제흑막 사건으로 불리는 증권 파동, 새나라자동차 수입, 워커힐 신축, 빠찡고 사업 인가를 둘러싼 진상 규명을 놓고 여야 간에 치열한 공방전이 전개되었습니다. 야당에서는 계속 국정감사를 주장하는 반면 여당에서는 이를 거부하는 것인 바……."

빌어먹을, 또 저 소리야? 정신나간 놈들, 의석 수는 형편없이 적으면서 국정감사는 무슨…….

정동진은 혀를 차며 시계를 보았다. 더는 시간 여유가 없어서 시발택시를 잡아탔다.

정치하자면 정치자금이야 당연히 필요한 거지 무슨 말들이 많아. 저희들이 못 먹었으니 배 아프다 그거지. 흥, 너희들이 아무리 떠들어봤자 쇠귀에 모기 울음소리고, 곰 발바닥 바늘로 쑤시기지 별수 있냐. 이제 시대는 완전히 달라졌어.

정동진은 코웃음을 치며 전적으로 여당 편을 들고 있었다. 그의 그런 입장은 예편을 당하고 나서 한인곤에게 군사정권을 비난했던 것과는 정반대의 태도였다.

정동진은 조선호텔로 거침없이 들어갔다. 호텔 로비에는 전과 다르게 외국인들은 거의 보이지 않았다. 그럴 수밖에 없는 것이, 처음의 외국인 전용은 언제부터인지 흐지부지되다가 워커힐을 외국인 전용 호텔로 새로 지었던 것이다. 그 호텔 나이트 클럽에서 수영복 차림의 반나체로 다리를 쩍쩍 들어올리는 야한 춤을 춘다는 것이 개업 두어 달 만에 벌써 비난의 소리를 키우고 있었다. 아무리 돈을 버는 것도 좋지만 외국인들 앞에서 그게 할 짓이냐는 것이었다. 애인끼리 대낮에 손을 잡고 다니는 것이 흉거리인 세상에서 그런 야한 춤이 지극히 상스럽고 한국인의 체면과 자존심을 훼손하는 것이라는 인식은 퍽 자연스럽고 당연한 것인지도 몰랐다.

「아니, 벌써 와 계셨군요.」

정동진은 임상천 사장과 반갑게 인사를 나누었다.

「당연히 제가 먼저 와야지요. 어서 앉으십시오.」

여전히 군살 없이 좁은 얼굴에 강단져 보이는 인상과는 달리 임상천은 아주 공손한 태도를 취했다.

「오 의원은 몇 시지요?」

정동진은 목소리를 착 낮추었다.

「예, 2시에 여기 3층입니다. 눈을 피해 방을 하나 잡아놨습니다.」

임상천도 낮은 소리로 말하며 눈동자를 굴려 위를 가리켰다.

「임 사장님은 언제나 빈틈이 없으십니다. 그럼 우린 뭘 좀 먹어야지요?」

정동진은 만족스러운 표정으로 담배를 꺼냈다.

「예, 시장하실 텐데 식사하셔야지요.」 임상천은 종업원을 향해 손짓을 하고는, 「저어, 한 의원한테는 무슨 연락이 없었습니까?」 그는 더 낮은 소리로 물었다.

「왜, 무슨 연락이 왔던가요?」

담뱃불을 붙이다 말고 정동진은 문득 긴장했다.

「아닙니다. 전혀 아무 연락이 없어서 궁금해서 그럽니다. 이번에 당선이 되긴 했지만 고전을 면치 못했고, 비용도 많이 들었을 텐데…….」

「아, 예……. 그 사람 부친께서 워낙 기반이 튼튼하신 분이니까요.」

「예, 저도 대충 알고 있습니다만, 촌 부자라는 게 국회의원 선거 두 번이나 치르고 나서도 괜찮은 건지 모르지요. 지난번 당선되고 나서 밑천 뽑을 새도 없이 5·16 당했으니 재산이 축나도 엄청나게 축났을 거거든요.」

「그야 그렇겠지요……, 예에…….」

상대방의 속내가 얼른 잡히지 않고 미심쩍어 정동진은 두루뭉실하게 대응하며 신경을 곤두세웠다. 임상천을 소개해 준 것이 한인곤인 이상 임상천이 한인곤을 도와주자고 나오면 어찌할 도리가 없는 처지였다.

「더구나 이젠 야당이 됐으니. 그분은 매제가 힘쓰는 자리에 있다면서 왜 당을 안 옮겼는지 모르겠어요.」

「그 사람 젊어서 군에 있을 때부터 나름의 고집이 있고 자존심이 강했어요. 말을 안 하니까 깊은 속은 모르지만, 아마 박 의장의 친일 경력을 용납하지 않았을 겁니다. 그 사람은 자신이 광복군이었다는 긍지가 높았고, 그런 만큼 친일파들이 득세하는 세상을 괴로워했고, 나라 망칠 징조라고 늘 한탄했어요.」

종업원이 비프스테이크를 두 사람 앞에 차례로 놓았다. 그들의 말이 잠시 중단되었다.

「그 생각은 옳은데, 현실은 현실 아닙니까. 더구나 정치는. 자아, 드시지요.」

임상천은 의자를 끌어당겼다.

「예…….」

정동진은 나이프와 포크를 들며 슬그머니 짜증이 일고 있었다.

사업가들 속은 깊은 바닷속을 알기보다 어렵다더니 저 친구도 여간내기가 아니라니까. 도대체 무슨 꿍꿍이속이 있는 거야, 이거.

「저어, 어떻게 생각하실지 모르겠는데, 이번에 한 의원한테 당선 축하 인사를 좀 하는 게 어떻겠습니까?」

임상천의 목소리는 속삭이듯이 낮아졌다.

「아, 예……, 헌데 당이……, 괜찮겠습니까?」

정동진은 주저하는 눈길로 임상천을 빤히 쳐다보았다.

「예, 기관 쪽에서 알면 좋아할 리가 없지요. 그렇지만 얼마든지 쥐도 새도 모르게 할 수가 있습니다. 정부기관 상대로 하는 사업이 다 그렇지만 특히 우리 사업은 한쪽만 가지고는 곤란하거든요. 여가 기관총이라면 야는 소총은 되거든요. 기관총 피하고 소총에 맞아죽는 일이 얼마든지 있으니까요. 더구나 알고 있던 선은 잘 지켜나가야지요. 어찌 생각하십니까?」

「예, 안전하기만 하다면…….」

정동진은 속마음을 싹 감추고 태연한 척 무게 실어 대꾸했다. 그러나 정동진은 임상천의 술수에 적이 놀라며, 그가 자신보다 한 수 위라는 것을 인정하지 않을 수 없었다.

「예, 그럼 자세한 것은 차차 의논하지요.」 임상천은 고기를 씹다 말고, 「참, 비프스텍끼에 와인이 빠져서는 안 되지요?」 하며 팔을 번쩍 치켜들었다.

식당 안은 전과 다르게 무척 소란스러운 분위기였다.

「좌우간 사업이 잘돼야 할 텐데…….」

「예, 지금까진 무난했고, 앞으론 번창일로일 겁니다. 정 사장님과 제가 명콤비인데다가, 새 정권의 실력자들이 누굽니까? 앞으로 8년은 탄탄대롭니다. 환히 열린 우리 앞길을 위해 건배합시다.」

임상천은 비로소 목소리가 커지며 술잔을 들었다. 두 개의 유리잔이 부딪치며 쟁그랑 맑고 경쾌한 소리를 냈다.

두 사람은 느긋하게 점심을 먹으며 서로간의 정이 얼마나 깊고 두터운가를 확인하고 즐기는 것처럼 집안 이야기를 꺼내며 흥겨워지고 있었다.

「글쎄요, 그놈이 공부를 좀 한다고는 하는데, 모르겠습니다, 제가 바라는 고등학교에 합격해 줄 것인지.」

정동진의 말투는 퍽 겸손했다. 그러나 흐뭇해 하는 얼굴에는 자만이 깃들어 있었다.

「그야 아버님 닮았을 테니 틀림없겠지요. 씨는 못 속인다고 하지 않았습니까.」

임상천의 인심 후한 덕담이었다.

「두고 봐야지요. 크는 애들은 어찌 변할 줄 모르니까요. 따님하고 아드님은 여전히 학업에 충실하겠지요? 가만있자, 따님은 벌써 졸업할 때가 다 되지 않았습니까?」

「예, 그게 벌써 졸업반이 되었습니다. 참, 말 나온 김에 부탁을 드려야 되겠는데, 어디 건실한 청년이 있으면 좀 중매를 서주십시오.」

「혹시 애인이 있는데 아버님이 모르고 하시는 말씀 아닌가요?」

정동진이 싱긋 웃었다.

「아니, 아닙니다. 저는 연애 같은 건 절대 반대고, 걔도 말을 잘 들으니까 제가 보장합니다.」

임상천은 자리를 고쳐 앉으며 정색을 하고 말했다.

「예, 저도 불장난 같은 자유연애라는 걸 안 좋아하는데, 요즘 젊은이들 풍조는 이상하게 변해가고 있지 않습니까. 중매결혼은 틀렸으니까 연애결혼을 해야 한다고 야단들이고, 실제로 자유연애하는 젊은이들이 날로 달로 늘어가고 있거든요. 대낮부터 길거리에 어깨 맞대고 활개치는 젊은 남녀가 얼마나 많습니까. 몇 년 전만 해도 보기 드문 일 아니었습니까?」

「그게 다 양풍이 잘못 들어와 세상 망치고 있는 징조입니다. 그래서 저는 그따위 짓 하지 못하게 딸한테 단단히 교육시키고, 철저하게 감시하고 있습니다.」

터무니없이 힘이 들어가 있는 임상천의 말에서는 열기까지 묻어나고 있었다.

「예, 그거 잘하시는 겁니다. 여자는 무조건 순결하고 정숙해야 하는데, 요새 떠돌아다니는 말 좀 보십시오. 자는 딸도 다시 보자, 자나 깨나 딸 조심. 이런 흉측한 말이 떠돌아다닐 정도로 세상은 망조가 들었습니다.」

그 말은 '꺼진 불도 다시 보자, 자나 깨나 불조심'이란 표어를 변조시킨 것이었다.

「그러니까 딸자식 가진 사람들 정신 바짝 차려야지요. 아무튼 제 딸 문제는 빈말로 듣지 마십시오.」

「예, 명심하겠습니다. 술 석 잔 얻어먹도록 해야지요.」

그들은 시간에 맞추어 예약해 둔 방으로 올라갔다. 응접실이 따로 마련되어 있는 특실이었다.

약속시간에 정확하게 손기척이 울리고, 안으로 들어선 것은 국회의원 오재섭이었다. 늘씬한 몸에 미남형인 젊은 그는 한껏 멋을 부리고 있었다. 4·19바람을 타고 민주당의 젊은 의원들이 일으켰던 신풍회 운동 때 골덴 작업복을 입었던 모습은 찾을 수가 없었다.

「두 분은 참 욕심도 많으시지. 바다는 메워도 사람 욕심은 못 메운다고 하더니, 그 말은 두 분 사업 욕심을 두고 하는 말 아닌가요?」

두 사람과 악수를 하고 난 오재섭은 먼저 소파에 주저앉으며 말을 던졌다.

「예, 계집 욕심은 죄가 되지만 일 욕심은 죄가 안 되니까요…….」

「예, 사업이란 걸 하다 보면…….」

임상천과 정동진은 오재섭의 모호한 말에 이렇게 애매하게 대응하며 눈치를 살폈다.

　「그렇겠지요, 정치나 사업이나 할수록 크게 하고 싶겠지요.」 오재섭은 담배를 꺼내 천천히 불을 붙이며 뜸을 들이고는, 「저쪽에서 오케이했어요.」 담배연기와 함께 그들에게 던진 선물이었다.

　「아이고 고맙습니다, 의원님!」

　「애쓰셨습니다, 의원님!」

　두 사람이 한꺼번에 허리를 꺾었다.

　「그러지 말고 편히들 앉아요.」 오재섭은 다리를 꼬아 올리고는 「알지요? 요새 강화되고 있는 것. 저쪽 일에 추호의 빈틈도 없어야 합니다. 절대 먼지 안 나게 하세요.」 그는 두 손목에 쇠고랑 채워지는 시늉을 해보였다.

　「여부 있겠습니까. 티끌 하나 묻어나지 않도록 하겠습니다. 지금까지 보아오셨다시피.」

　임상천이 양복 속주머니에서 무엇인가를 꺼낼 듯 말 듯하며 머리를 조아리고 또 조아렸다. 젊은 오재섭의 당당함과 중년인 임상천의 굽실거림은 너무나 대조적이었다.

　「그리고, 잘 아시겠지만, 납품 물자들의 질을 꼭 유지해야 합니다. 벌충하겠다는 욕심이 앞서 불량품 만들었다가 망가진 사람들 많잖아요. 갈수록 좋은 일 많을 텐데 길게 보세요, 길게.」

　「예, 아무 걱정 마십시오. 그런 멍청한 짓 절대 하지 않을 것입니다.」

　「난 또 모임이 있어요.」

　오재섭이 담배를 그대로 재떨이에 던지고 몸을 일으켰다.

　임상천이 잽싸게 따라붙으며 반으로 접힌 봉투를 오재섭의 양복 주머니에 넣었다. 오재섭은 뒤도 돌아보지 않고 방문을 밀었다.

　「역시 젊은 사람이라 박력이 있어요. 장래성도 있고, 우리가 사람은 잘 골랐어요.」

임상천이 소파에 몸을 부리며 담배를 꺼냈다. 그의 입에서는 안도의 긴 숨이 휘파람 소리를 내며 흘러나오고 있었다.

「젊은 사람이 참 재주가 좋아요. 재빠르게 양지로만 뻗어가는 게.」

정동진이 마주 앉으며 담배에 불을 붙였다. 가라앉은 그의 어조는 오재섭을 부러워하는 듯한 느낌을 풍겼다.

「예, 그거 보통 재주는 아니지요. 학벌 좋겠다, 머리 좋겠다, 눈치 빠르겠다, 그런 능력으로 정치가 뭔지 일찌감치 터득한 거지요. 저쪽에서도 그런 능력 알아보고 끌어당긴 거구요. 사람이란 게 누구나 힘있는 쪽에 붙게 마련이지만, 특히 저렇게 요령 좋은 사람은 야당정치 못하는 법입니다.」

「글쎄요, 그런 사람이 어떻게 한인곤 같은 사람하고는 가까웠는지 모르겠군요. 성격이 서로 정반대인 것 같은데…….」

정동진이 고개를 갸웃갸웃했고,

「그야 같은 당에 있을 때 얘기고, 그러니까 결국 다른 길로 갈라진 것 아닙니까. 어찌 보면 정 사장님도 정치에 관심이 많으신데, 혹시 정계 진출 꿈을 품고 계신 건 아닙니까?」

무슨 비밀스런 상자를 열듯 임상천은 조심스럽고 은근하게 물었다.

「아, 아닙니다 저 같은 게 무슨 자격이 있다고…….」

정동진은 당황하여 손까지 저었다.

「거 무슨 겸손의 말씀이십니까. 자격이야 육군 준장 경력이면 충분하지요. 남자치고 정치에 관심 없는 사람 별로 없지만, 저도 장교생활 해봐서 아는데, 군출신들은 특히 정치에 매력을 느끼게 돼 있습니다. 부하들을 마음대로 다루었던 그 막강한 권력행사가 몸에 배 있거든요. 그 권력을 다시 행사하고 싶은 꿈을 갖는 것, 그거 하나도 나쁠 것 없는 일입니다. 사람은 누구나 돈·권력·명예를 갖고 싶어한다는 말이 있는데,

그건 역시 명언 아닙니까? 그런데 제가 보기로는 그 세 가지 중에 제일 중요한 것이 돈입니다. 돈만 많으면 나머지 두 가지는 별로 힘 안 들이고 굴러 들어오게 돼 있으니까요. 정 사장님, 돈부터 열심히 버십시다. 개처럼 벌어 정승처럼 쓴다는 말 있잖습니까. 두말할 것 없이 돈이 왕입니다. 일제시대에도 그랬는데 요새 세상에는 더 말할 게 있나요. 안 그렇습니까?」

정동진을 쳐다보는 임상천의 눈이 반들반들 빛나고 있었다.

「예, 맞는 말씀입니다. 열심히 해야지요.」

정동진은 가슴 후련한 감동 같은 것을 느끼며 맞장구를 쳤다. 임상천의 말은 바로 자신의 마음을 그대로 풀어놓은 것이었다.

「예, 힘내십시다. 세상만사 돈 놓고 돈 먹깁니다. 누구 눈에 안 띄게 정 사장님이 먼저 나가십시오.」

그들은 소파에서 일어났다.

정동진은 조선호텔을 벗어나자 피로감이 몰려오는 것을 느꼈다. 세상만사 돈 놓고 돈 먹깁니다. 너무 상스럽고 지나치게 노골적인 임 사장의 말이 강한 여운으로 울리고 있었다. 그 말은 야바위꾼들이 손님을 불러모으며 입에 달고 있는 타령이라 천하기는 했지만 솔직한 면도 없지 않았다. 따지고 보면 세상 돌아가는 것을 한치도 틀림없이 꼬집어낸 말이었다.

돈·권력·명예……. 돈이 나머지를 해결한다? 그럼 임 사장도 정치에 꿈이 있다는 것인가? 그래, 아니꼬운 것 참아가며 오 의원 같은 젊은 사람에게 고개를 숙일수록 권력을 갖고 싶은 욕심은 더 커질지도 모른다. 도대체 돈은 얼마나 있어야 정치에 나설 수 있는가.

정동진은 이 생각 앞에서 더 기운이 빠지는 피곤을 느꼈다. 국회의원 선거에 나서면 1억 원 하나는 날아간다고 했다. 그래서 국회의원 되려고 설치다가 패가 망신할 뿐만 아니라 사돈네 팔촌까지 망하게 한다는 말은 아이들도 다 알 정도였다. 1억 원에 비하면 자신이 2년여 동안에 벌어들인 돈은 돈도 아니었다. 집을 늘려 이사했고, 200만 원짜리 집을 하나 사서 전세를 놓은 것이 전부였다. 이런 식으로 간다면 권력을 잡는 다는 것은 영원한 꿈으로 끝날 수밖에 없었다.

그러나 그동안 벌어들인 돈은 결코 적은 것도 아니었다. 다섯 식구가 먹고 입고 살았고, 아이들 공부까지 시켰다. 그리고, 작지만 사무실까지 운영하면서 그 정도 모은 것은 군에 있을 때에 비하면 엄청나게 번 것이었다. 그전의 집은 별 하나를 달고 나서 장만한 것이니까 자그마치 15년이 넘게 걸린 셈이었다.

역시 돈벌이에는 사업밖에 없었다. 그러나 손쉽다고 소문난 군납업도 전혀 손쉽지가 않았다. 군납업 전체는 분명 크고 큰 고래였다. 그러나 먹이가 큰 만큼 뜯어먹으려는 입들도 수없이 많았다. 서로가 큰 고깃덩어리를 차지하려고 다투다 보니 빽이 동원되고 돈이 오가지 않을 수 없었다. 그런데 돈은 한두 군데 들어가는 것이 아니었다. 크게는 납품 결정에서부터 작게는 물건을 납품할 때, 물품대를 받을 때 요소요소마다 이른바 기름칠을 해야 했다. 5·16 이후 사회전반의 부패일소를 외쳐댔지만 그 뿌리 깊은 돈거래는 은밀한 장막 뒤에서 끄떡없이 이루어지고 있었다. 그렇게 새나가는 돈은 이익금을 깎아먹게 되고, 돈은 생각만큼 빨리 모아지지 않았다.

「동업은 부자지간에도 안 하는 법이라는데, 괜찮을까요? 당신은 사업에 사 자도 모르고, 그 사람은 사업에 이골이 났고……」

아내는 못내 불안해 하고 걱정스러워했다.

「너무 염려하지 마. 자금도 없고 경험도 없으니까 사업 배운다 치고 당분간만 하는 거야. 날 좀 속인다 해도 수업료 바친다고 생각하면 돼.」

동업의 조건은 자신이 성사시키는 건에 대해서 이익을 반분하는 것이었다. 미심쩍은 부분이 전혀 없지는 않았지만 지금까지는 그런대로 손발을 잘 맞춰온 셈이었다.

「준장님, 정 준장니임……..」

누군가의 외침에 정동진은 걸음을 멈추었다. 한 남자가 달리는 자동차는 아랑곳하지 않고 길을 가로질러 뛰어오고 있었다.

「안녕하십니까. 준장님!」

사복 차림에 허름한 대학생용 비닐가방을 든 남자는 행인들의 눈길을 개의치 않고 정동진에게 거수경계를 올려붙였다.

「아니, 이게 누구요? 윤 중령!」

정동진은 자신도 모르게 거수경례로 인사를 받고 상대방과 손을 마주 잡았다.

「참 오랜만입니다, 준장님, 그간 별고 없으셨습니까?」

「난 그저 그런데, 윤 중령은 어찌 된 거요?」

「예, 보시다시피 찬밥 됐습니다. 준장님 예편당하고 몇 달 뒤에 말입니다. 준장님, 어디 가서 차나 한잔하시지요.」

「아, 그럽시다. 다방 저기 있네.」

두 사람은 걸음 가볍게 걷기 시작했다.

「진작 찾아뵙고 싶었는데 연락처를 알 수가 있어야지요. 신수 좋아 뵈는데, 무슨 좋은 일 하십니까.」

윤 중령이란 남자는 커피잔을 들며 좀 수선스럽게 말했다.

「뭐, 그럭저럭 그렇소. 윤 중령은 어떻게 지내고 있소?」

정동진은 평소에 하는 대로 자신의 직업을 어물거려 덮었다.

「저야 뭐 중령 계급장 떼고 사회에 나와보니 뭐 이거 취직이 됩니까, 누가 알아주기를 합니까. 예비역 육군 중령은 생활전선에서 구두닦이만도 못했고, 넝마주이만도 못했습니다. 그렇다고 옛날 관록만 내세우며 폼만 잡고 앉아 처자식들 굶어죽일 수는 없는 일 아닙니까. 그래서 독한 마음먹고 이 일을 시작했습니다.」

소리 가락에 맞추어 고수가 북을 치듯 윤 중령은 말 끝에 맞춰 가방에서 무슨 종이를 꺼내 탁자 위에 착 놓았다. 그 순간 정동진은 그가 월부 책장사라는 것을 알았다. 그 새로운 직종의 사람들이 몇 번인가 사무실로 찾아들었던 것이다.

「이 세계문학전집으로 말씀드릴 것 같으면, 남녀노소 가릴 것 없이, 학식이 있고 없고 가릴 것 없이 누구나 한 번씩은 독파해야 할 인류 문화의 보고로서……」

윤 중령은 시골 장터의 약장수가 줄줄이 늘어놓는 것처럼 책 선전을 하기 시작했다. 정동진은 그런 윤 중령을 물끄러미 바라보며 담배에 불을 붙였다. 그렇게라도 새 세상을 헤치며 살아가려고 몸부림치는 옛 부하의 모습이 안쓰럽기도 하고 장하기도 했다. 그건 몇 년 전의 남재구 모습이면서, 또다른 자신의 모습이기도 했다.

「됐소, 됐소. 그 책값 얼마요?」

「아이쿠, 사주시게요, 준장님!」

윤 중령은 벌떡 일어나더니 허리를 반으로 굽혔다.

「윤 중령은 이 책들 다 읽었소?」

카드에 기록을 해 건네며 정동진은 농담삼아 물었다.

「헤헤, 읽으려고 기를 쓰는데도 반에 반밖에 못 읽었습니다. 낮에 이러고 다니다가 밤에 책을 펴면 어찌나 잠이 쏟아지는지……」

윤 중령은 멋쩍게 웃으며 뒷머리를 긁적거렸다.

「그럴 거요, 사람 상대하는 일인데. 아무쪼록 열심히 하시오.」

정동진은 자리에서 일어났다.

「준장님, 불입금 다 끝날 때쯤 해서 새 책 갖고 다시 찾아뵙겠습니다. 준장님 댁 서재 하나 근사하게 꾸미는 일을 제가 맡겠습니다.」

윤 중령이 넉살 좋게 말했고,

「그러다간 우리 마누라한테 미움받을 텐데……」

앞서 나가는 정동진의 얼굴이 일그러졌다.

윤 중령과 헤어진 정동진은 생각난 김에 남재구를 찾아가 보기로 했다. 남재구가 한인곤을 등진 것은 충격이 아닐 수 없었고, 국회의원을 욕심내리라고 생각했던 그가 뒷자리에 머물러 있는 것이 이상했다.

「한인곤이 나를 보려고 안 해. 그야 당연한 거지. 그렇지만 나도 고민 많이 했어. 나도 남자고, 사나이의 꿈이 있는데, 도약할 수 있는 기회를 앞에 두고 어쩌겠어. 한인곤한테 두고두고 사죄해야지.」

술이 취한 남재구가 괴로워하며 한 말이었다.

남재구에 비하면 자신이 한인곤에게 한 잘못은 아무것도 아니었다. 한인곤이 예편당한 뒤에 만나기를 기피했던 것은 단순히 그가 쓸모없게 되어서가 아니었다. 군대에 대한 불평 불만을 토로하는 그와 자주 마주 앉기가 거북했고, 새로운 이야깃거리가 궁해졌고, 군대 얘기를 잘못해서 피해를 당할 우려도 있었다. 한인곤이 동업을 거부한 것도 그때의 일로 자신을 불신한 때문인지도 몰랐다. 그의 곧은 성격으로는 그럴 확률이 컸다. 그러나 임상천을 소개해 준 것을 보면 그는 역시 마음 넓은 데가 있었다. 어쨌거나 자신에게는 야당 국회의원인 한인곤보다 집권당 안에 자리잡고 있는 남재구가 더 필요한 존재였다.

바삐 걷던 정동진은 깜짝 놀라 뒤로 물러서며 손등으로 이마를 문질렀다. 그런 그의 화난 눈은 위로 치올라가 있었다. 그의 눈에 들어온 것은 네댓 개의 연통이었다. 거기서 떨어지고 있는 물방울이 하필이면 이마에 부딪친 거였다.

정동진은 손수건을 꺼내 이마를 다시 닦으며 혀를 찼다. 더 화를 내보았자 부질없는 일이었다. 어느 연통에서 떨어진 물방울인지 알 수 없었고, 설령 안다고 해도 그 사무실을 찾아가 당장 연통을 철거하라고 할 수도 없는 노릇이었다.

서울은 1월의 극성맞은 추위와 싸우느라고 모든 건물마다 연탄난로의 연통을 몇 개씩 매달고 있었다. 그 연통마다 누르께한 연기가 힘없이 풀풀 날리며, 연통이 수평에서 수직으로 꺾어지는 부분에서는 물방울을 뚝뚝 떨어뜨리고 있었다. 그 양철 연통들은 겨울철의 서울의 진풍경이 었고, 거리를 오가다가 연탄가스 섞인 불그레한 물방울을 몸에 맞기는 예사였다.

집권당의 위세를 부리느라고 그러는지 당사의 경비는 삼엄했고, 군인 비슷한 복장을 한 수위들도 턱없이 까다롭고 불친절했다.

「나 예비역 육군 준장 정동진이고, 남 국장하고는 군대 동기요!」

너무 비위가 상한 나머지 정동진은 이렇게 쏴질렀다.

「아 예, 장군님! 몰라뵈어 죄송합니다. 곧 연락 올리겠습니다.」

모자에 금테를 두른 수위장은 금방 태도가 변해 벌떡 일어나며 거수 경례를 붙였다. 그 경례하는 품이 군대물을 오래 먹은 하사관 출신쯤 되리라고 느끼며 정동진은 고개를 돌렸다.

권력— 그것 얼마나 매력적이고도 허망한 것인가. 별 하나를 달고 사단의 사열대 위에 서 있을 때, 장병들의 일사불란하고 의기충천한 사열을 받으면서 오늘의 이 초라한 나를 상상이나 했던가. 군악대의 연주는 박력 있게 울리고, 부대의 깃발들은 힘차게 펄럭이고, 충성을 맹세하는 장병들의 우렁찬 함성 속에서 사열을 받을 때면 머리끝에서 발끝까지 짜릿짜릿 퍼지는 쾌감은 말로 형용할 수가 없을 정도였다. 천하를 다 얻은 것 같고……, 남자로 태어난 보람에 가슴이 터질 것 같고……. 쾌감 중에 쾌감이라는 성적 쾌감도 그 쾌감에는 댈 것이 아니었다. 그러나 제복을 벗는 순간 그 황홀하고 막강한 권력은 간곳이 없고 초라한 한 인간의 몰골만 남아 있을 뿐이다. 권력무상이라는 말이 또 뼈저리게 사무쳐 오고, 다시금 박정희가 위대하게 보였다.

「여보게 동진이, 무슨 생각을 그리 하고 있나? 오래 기다렸어?」

「응? 아, 아니야…….」

정동진은 그 아쉽고 안타까운 생각에서 깨어나며 남재구와 어설픈 악수를 나누었다.

「이 사람, 왜 이리 오랜만이야? 벌써 몇 달이 지났잖아. 가세, 다방으로.」

　남재구는 활달한 기세로 정동진의 어깨를 쳤다. 위아래 감색 양복을 입은 그는 머리에 자르르 윤기가 흐르도록 포마드를 발랐고, 구두도 반짝반짝 빛을 내고 있었다. 한인곤을 등지기 전과는 너무 딴판의 모습이었다.

「말 마. 몇 번 전화를 했는데 통 연락이 안 닿더라구. 대통령 선거에 국회의원 선거 기간이라.」

「아아 참, 그랬군. 그땐 정말 몸이 열 개라도 모자랄 판이었으니까.」

　남재구가 껄껄 웃었다.

　딴판으로 변한 모습만큼 몸 전체에서 자신감이 넘치고 있는 남재구를 보며 정동진은, 음지에서 비실비실하다가 양지로 옮겨심자 팔팔한 기운으로 푸르게 자라나는 식물을 생각했다.

「여보게, 자네 자리가 어찌 보면 국회의원보다 낫다며?」

　정동진은 남재구 옆으로 다가서며 낮게 물었다.

「누가 그래?」

「누가 그러긴. 국회의원 다 주무른다는 거 알 만한 사람이면 다 알아.」

「이런! 다방에 가선 말 조심해.」

「알아. 며칠 새로 딴 데서 만나세.」

　그들은 서로의 어깨를 치며 웃었다.

52
건너서는 안 될 강

눈은 점점 더 폭설로 변하고 있었다. 겹겹이 싸인 억센 산들의 형체가 하얗게 지워져 가고 있었고, 어쩌다 나타나는 산간 집들도 눈 속에 묻혀 가고 있었다. 난무하는 눈발 속에 길만이 자동차들이 오간 흔적을 남겨 놓고 있었다. 버스는 그 흔적을 따라 차츰차츰 속력이 느려지고 있었다.

「눈이 와도 많이 올랑갑네?」

「하늘이 며칠을 두고 꾸물대더마는.」

「눈이야 오긴 와야제. 보리 농사도 그렇고, 요새 쌀값 뛰는 걸 봐도 그렇고.」

「그기야 그런데 왜 해필 오늘이라? 이러다가 서울 못 가면 우짜게.」

「그기 무슨 대순가. 암 데서나 자고 가는 기지. 강원도서 그러기야 예사 아닌고.」

촌영감 둘이서 곰방대를 맛있게 빨아대며 나누는 이야기였다.

어지럽도록 현란한 눈발의 난무를 차창을 통해 하염없이 바라보고 있던 임채옥의 귀가 번쩍 뜨였다.

그래, 서울에 못 가면 얼마나 좋을까!

임채옥은 하마터면 환성을 지르거나 손뼉을 칠 뻔했다. 어제 서울을 떠나오며 구름이 잔뜩 낀 하늘을 보고 눈이 오면 어쩌나 하는 걱정을 했을 뿐 그런 생각을 해내지는 못했던 것이다. 그리고, 버스가 인제를 출발하기 전부터 눈이 내리기 시작했지만 그런 기대는 떠오르지 않았다. 오로지, 유일민이 예비사단에 제대증을 받으러 가기 전까지는 사흘 여유가 있으니까 그동안에 이번에야말로 사랑을 완성시킬 생각에만 골몰했었다.

이건 하늘이 도우시는 거야. 하느님, 제발 버스가 서울에 못 가게 눈을 더 펑펑 내려주세요.

임채옥은 이렇게 빌며 자신도 모르게 유일민의 손을 더 꼭 쥐며 부르르 떨었다.

「왜, 추워?」

아이구, 멋없는 사람! 난 지금 열나서 죽겠단 말예요.

임채옥은 눈을 곱게 흘기며 고개를 저었다.

「무슨 생각하세요?」

임채옥은 더는 가까워질 수 없도록 다붙어 앉았으면서도 유일민에게 더 바짝 다가앉으며 물었다.

「어리석고 딱한 채옥이 생각.」

유일민이 희미하게 웃었다.

「피이, 저는요, 용기 없고 소심한 유일민 생각.」

「철없이. 채옥이가 부모님 속여가며 이렇게 날 자꾸 찾아오는 건 용기가 아니라 만용이고, 대담한 게 아니라 경솔이야.」

「또 도덕선생 같은 말 싫어요. 실은 제가 생각한 건요, 오빠하고 단둘이 이 강원도 산골 어딘가로 도망 오는 거였어요. 그래서 서울여관 같은 걸 하며 살면 얼마나 좋겠어요.」

이렇게 말하며 임채옥은 손가락으로 유일민의 손바닥을 살살 긁었다.

「……!」

유일민은 문득 긴장했다. 그리고, 얘가 이게 무슨 뜻인지나 알고 이러는가? 하는 생각을 했다. 자신이 들은 바로는, 애인 사이에 손바닥을 긁는 것은 사랑 행위를 하자는 뜻이라고 했다. 설마 임채옥이 그런 뜻을 알고 그랬을 것 같지 않았고, 자신이 군대에서 잡스러워진 거라고 생각하며 유일민은 입을 열었다.

「정말 철부지로군. 그런 걸 보고 망상이라고 하는 거야. 서울여관 같은 게 거저 하늘에서 떨어지나?」

「어머, 절 그렇게 맹탕으로 보지 마세요. 거 건달들이 쓰는 말 있잖아요. 저도 수도꼭지 빨며 서울에서 살았다구요. 오빠가 마음만 딱 정하세요. 그럼 제가 그 정도 돈은 당장 구할 테니까요.」

임채옥은 눈을 똑바로 뜨며 말했고, 유일민은 헛웃음을 흘렸다.

「그렇게 우습게 듣지 마세요. 우리 집에 그 정도 돈은 언제든지 있으니까요. 저희 엄마 아빠는 6·25 때 당해서 은행을 잘 믿지 않아요. 그래서 언제나 현찰 뭉치를 집 안에 숨겨두고 있어요. 그게 3·8따라지들이 버리지 못하는 병인데, 전 그 돈이 어디에 있는지 다 안단 말예요.」

「됐어, 됐어. 그런 말 더 하지 말아.」

유일민은 임채옥의 손을 놓고 담배를 꺼냈다.

「거 봐요. 오빤 겁쟁이고 못난이지.」

임채옥이 토라지며 고개를 창 쪽으로 돌려버렸다.

"화랑담배 연기 속에 사라진 전우야……."

담배연기와 함께 의식 저편에서 떠오르는 노랫소리였다. 유일민은 담배연기를 더 깊이 들이마시며 아른아른하고 혼곤한 의식 속으로 젖어들었다.

보리밥에 된장국을 먹으며 수없이 불렀던 노래. 전우는 사라졌지만 분단은 험상궂은 얼굴로 남아 있었다. 빽 없이 내던져진 사병 신세는 당연히 전방 배치였고, 그 세월 동안 진저리치게 확인한 것은 서로의 심장을 향해 총부리를 겨눈 분단의 험악함이었다. 무수히 생각해 보았지만 왜 그러고들 있어야 하는지 끝내 답을 얻지 못했다. 이념 때문이라고 하기에는 민족의 상처와 손실이 너무나 컸고, 민족의 비극을 외면한 어리석음을 탓하자니 이념의 벽은 너무 완강했다. 자신이 2년 넘게 젊은 세월을 바친 것은 분단을 지속시키는 데 실낱 같은 힘을 보탠 것일 뿐 더이상 아무런 의미도 없었다. 그리고 개인적으로는 이 땅에 사나이로 태어난 죄로 할례를 하듯 병역의무라는 통과의례를 치른 것뿐이었다. 그 의무이행이 아버지 때문에 의심받는 데에 무슨 도움이 될지 어떨지는 전혀 알 수가 없었다. 어쨌든 인생의 한 고비를 넘겼는데 앞길이 어떻게 될 것인지는 변함없이 막막하고 오늘의 날씨처럼 먹구름만 가득했다. 이런 상태에서 임채옥은 감당하기 어렵고 부담스러운 짐이었다. 고맙고 사랑스러운 감정과는 달리.

「이거 차가 왜 이래?」

「어, 어, 헛바퀴 돌잖아?」

「미끄러진다, 미끄러져!」

이런 외침과 함께 차 안이 금세 소란해졌다.

버스는 요란한 소리를 내는 것과는 반대로 정말 뒤로 미끄러지고 있었다. 눈 쌓인 오르막길을 오르지 못하고 뒷걸음질치고 있었다.

유일민은 얼른 담배를 던져 군홧발로 밟고 임채옥을 붙들었다.

「안 되겠어요. 다들 내려요. 어서 내려요. 어서!」

운전수가 다급하게 외쳤고,

「빨랑 내려요, 빨랑!」

「뭣들 해요. 빨리 내리라니까!」

여 차장과 남자 조수가 출입문을 열어 젖히며 소리쳤다.

승객들이 앞다투어 몰려나가고, 버스는 부르릉거리며 슬슬 미끄러져 내리고, 차 안은 소란스러움에다가 겁 질린 소리들까지 뒤범벅이 되고 있었다.

「빨리빨리 뛰어내려요. 안 죽어요.」

머뭇거리는 승객들의 등을 떠밀다시피 하며 남자 조수가 연상 외쳐댔다.

「가만있어. 내가 먼저 내릴 테니까.」

유일민은 앞세우고 있던 임채옥을 뒤로 끌고는 곧 뛰어내렸다. 그리고 팔을 뻗치며 소리쳤다.

「자, 빨리 손 잡고 뛰어내려!」

임채옥이 유일민의 손을 잡으며 뛰어내렸다. 그런데 그 뛰어내림은 발을 땅으로 향하게 한 게 아니라 온몸을 유일민을 향해 던지는 식이었다. 그 바람에 임채옥과 유일민은 한 덩어리가 되어 뒤로 벌렁 나둥그러졌다.

「오빠, 너무 멋져. 남자다운 폼이.」

눈밭에 쓰러진 채 임채옥이 능청스럽게 말했고,

「요런 맹랑한……, 빨리 일어나. 남들이 봐.」

유일민은 몸을 일으키면서, 무수하게 흩날리는 눈발 속에서 맑게 웃고 있는 임채옥의 모습이 그 어떤 꽃보다도 곱게 느껴졌다. 그 고운 모습에 또 하나의 모습이 겹쳐지고 있었다. 자신이 잡혀갈 때 형사들의 앞을 가로막고 나서던 여고생 임채옥의 모습이었다. 그때 그 모습과 울부짖음은 영원히 지워지지 않는 화인으로 자신의 의식 속에 박혀 있는 것 같았다.

「자아, 다들 차를 밀어요. 빨리 서울 가고 싶으면 차를 밀라구요. 이러다간 서울 못 가요.」

조수가 팔을 휘저으며 외쳐댔고, 남자들이 우르르 버스 뒤로 몰려갔다. 유일민도 그들 속에 섞여 있었다.

　임채옥은 유일민을 붙들어 못 가게 하고 싶은 것을 가까스로 참아내고 있었다. 그녀는 하늘을 우러러 온 얼굴에 눈발을 받으며 더 많이 더 많이 눈이 내리게 해달라고 빌고 있었다.

　헐어빠진 버스는 안간힘 쓴 사람들의 힘에 떠밀려 겨우겨우 오르막길의 고비를 넘었다.

　「이거 고갯길이 한두 군데가 아닌데 큰일났잖아.」

　「오늘 서울 가긴 다 글른 것 같수다.」

　「다 하늘의 뜻인데 못 가면 쉬어가는 것 아니겠소.」

　「쉬어가는 건 좋은데 쉴 데가 있어야 말이지. 이런 데서 발 묶이면 다 얼어죽소.」

　「에이, 그 무슨 험한 말을. 눈 더 심해지기 전에 여관 있는 데 도착하겠지요.」

　다시 차에 오르는 승객들 사이에서 오가는 말이었다. 그 말들의 공통점은 오늘 서울 도착을 이미 체념하고 있는 점이었다.

　눈발은 조금 수그러드는 듯하다가는 다시 기승을 부리며 퍼부어대고, 낡은 버스는 자꾸 눈이 쌓여가는 길을 위태위태하게 달리고 있었다.

　밭도 비탈밭이 많은 산 부자 강원도라 오르막길은 자주 나타났다. 그때마다 승객들은 모두 내리고, 남자들은 미끄러지고 넘어지며 버스를 밀어야 했다.

　「이거야 원, 뻐스가 상전이네.」

　「말 마슈. 그나마 고장 안 나는 걸 고마워해야지.」

　「이거 서울 가서 차비 몇 곱으로 돌려받아야 해. 죽을힘을 다 쓰면서 이게 무슨 생고생이야 그래.」

　승객들의 이런 투덜거림에 여 차장은 그저 죄송하다고 고개를 숙였고, 더벅머리 조수는 성난 얼굴로 하늘에 주먹질을 해대고 감자를 먹이기도 했다.

「거봐. 괜히 와서 이 무슨 고생이야.」

유일민은 임채옥에게 눈을 흘겼다.

「고생은요. 얼마나 재미있는데.」

임채옥은 유일민을 말끄러미 쳐다보며 상그레 웃었다.

「재미? 차암……」

유일민은 어이없어하며 담배를 꺼냈다.

「그렇잖구요. 이런 여행 언제 또 해보겠어요. 인생은 추억을 만들어
가는 것이라고 했는데, 오랜 세월이 지난 뒤에는 오늘 일이 얼마나 좋은
추억거리가 되겠어요. 안 그래요?」

「추억거리……」

유일민은 코로 담배연기를 흘려보내며 보일 듯 말 듯 고개를 끄덕였다.

네댓 번이나 더 버스를 밀어대고, 눈발의 기세는 여전히 거친데 날은
어둑어둑해지고 있었다.

「여기는 춘천입니다. 차가 더 못 갑니다. 여기서 자고 내일 아침 9시까
지 차부로 나오세요. 사람들이 많이 밀렸으니 빨리 여관들 잡으시구요.」

조수가 손나팔을 대고 외쳐댔다.

「밥값이고 여관비 없는 사람은 어쩌라는 거야, 이거.」

어떤 군인이 시비조로 소리쳤고,

「하늘 보고 달래요, 하늘.」

조수는 손가락을 세워 어두운 하늘을 찔러댔다.

승객들은 제각기 불평을 터뜨리고 투덜거리면서도 차에서 내리기 바
빴다.

하느님, 고맙습니다, 고맙습니다!

묵묵히 버스를 내리는 유일민을 뒤따르며 임채옥은 환호하고 있었다.

「밥 먹기 전에 여관부터 잡도록 하지.」

어둠 속을 몇 걸음 옮기던 유일민이 무뚝뚝하게 말했다.

순간적으로 그 말뜻을 알아챈 임채옥은 반발심과 실망감이 동시에 일어나는 것을 느꼈다. 그러나 그런 감정을 꾹 눌렀다. 사람들이 많이 밀렸다는 조수의 말에 기대를 걸며.

「네, 그렇게 해요.」

방을 따로 하나씩 구하려고 하는 유일민의 의도는 임채옥 앞에서 보기 좋게 깨져 나갔다. 여관마다 사람들이 몰려 방 하나를 구하기도 어려울 지경이었다.

유일민은 식당에서 밥을 먹으면서도 전혀 말이 없었다. 그 무거운 얼굴을 힐끔거리면서 임채옥은 샐샐 웃음짓고 있었다. 우리의 사랑은 운명이라니까요, 하는 말을 달게 곱씹으며.

「눈의 뜻말이 뭔지 아세요?」

식당을 나오면서 임채옥은 유일민의 팔에 매달렸다.

「글쎄⋯⋯.」

「축복!」

유일민은 아무 반응이 없이 걸음만 옮겨놓았다. 눈 밟히는 소리만 뽀드득 뽀드득 연약하게 울렸다. 한동안 걷던 유일민이 입을 열었다.

「채옥이, 우리가 이러고 있는 것을 채옥이 아버지⋯⋯.」

임채옥이 걸음을 멈추며 유일민의 입을 막았다.

「그런 시시한 말 꺼내지도 마세요. 내 인생은 내 인생이에요.」

임채옥의 말은 단호하고 싸늘했다.

유일민은 임채옥을 와락 끌어안고 싶은 충동을 느꼈다. 자신의 결함을 다 알면서도 무모하리만큼 맹목적으로 자신을 좋아하는 유일한 타인. 그 맹목의 순수가 가슴을 치고 마음을 흔들었다. 유일민은 자신의 입을 막고 있는 임채옥의 손을 떼내 꼭 잡으며 말했다.

「그래, 알았어.」

유일민은 하고 싶은 많은 말이 있었다. 그러나 그 말들은 임채옥을 설득시킬 수 있는 기능을 상실한 부질없는 소리에 불과할 따름이었다.

「오빠, 그런 말 있잖아요. 자식 이기는 부모 없다고.」

임채옥의 어조는 부드럽게 변해 있었다.

「…….」

유일민은 그 부드러운 말 속에서 섬뜩한 칼날을 느꼈다. 그 말은 자신이 품고 있는 체념을 해소시키려고 하는 것만이 아니었다. 끝끝내 부모를 이기고야 말겠다는 결의의 표현이기도 했다.

유일민은 아주 복잡미묘한 기분으로 여관방에 들어섰다. 난생처음 여자와 여관방에 들어서는 기분은 어색하고 거북하고 쑥스럽고 계면쩍고 두근거리고 두려운 것들이 뒤섞여 있었다. 호롱불이 밝혀진 방의 아랫목에는 요와 이불이 가지런히 놓여 있고, 그 위에 베개 두 개가 나란히 몸을 맞대고 있었다. 유일민은 그것을 얼른 외면했다.

「난 여기서 잘 테니까 채옥이는 저기 아랫목에서 자.」

유일민은 모자를 벗으며 퉁명스럽게 말했다.

「네, 알았어요. 세수나 하고 오세요.」

임채옥이 스카프를 벗으며 대답했다.

유일민이 세수를 하고 돌아오니 요와 이불은 베개 하나와 함께 윗목에 깔려 있고, 다른 베개 하나는 아랫목에 놓여 있었다.

「이거 아랫목으로 옮겨. 난 필요 없어.」

「윗목은 불기가 전혀 없다구요.」

「이거 대한민국 육군 병장을 어떻게 보고 하는 소리야? 영하 20도의 강추위 속에서 며칠씩 계속되는 기동훈련을 견뎌낸 몸이야.」

「그건 안 돼요. 세수하고 올게요.」

임채옥은 자르듯 말하며 방을 나갔다.

유일민은 담배를 피우며 잠깐 생각하다가 요를 아랫목으로 옮겼다.

그리고 이불을 길게 반으로 접어 윗목에 폈다. 이불 한 자락을 깔고, 한 자락을 덮으면 임채옥은 더는 다른 말 못하고 요를 쓰게 될 거였다.

「어머, 역시 머리 좋으신 분이라 다르군요.」

세수를 하고 돌아온 임채옥이 윗목의 이불을 보며 픽 웃었다.

「이건 머리하곤 상관없어. 군대에서 배운 요령이니까.」

야전잠바만 벗은 유일민은 군복을 입은 채로 이불 사이에 몸을 뉘었다.

「지금 기동훈련 하세요? 옷도 안 벗고 자게.」

임채옥이 작은 가방에서 손거울을 꺼내며 비꼬듯 말했고,

「그럼. 여긴 전방이니까.」

유일민이 쿡쿡 웃었다.

임채옥은 한동안 부스럭거리다가 일어나 호롱불을 껐다.

「편히 주무세요.」

「응, 채옥이도 잘 자.」

어둠 짙은 방 안에는 침묵이 가득 찼다. 차츰 시간이 지나면서 밖의 인기척도 사라졌다. 유일민은 잠을 자려고 애를 썼다. 그러나 그럴수록 임채옥 쪽으로 신경이 쏠리며 잠은 멀기만 했다.

뒤척이고 또 뒤척이고, 백까지를 세고 또 세고, 이런저런 일들을 생각하고 그러다가 유일민은 깜빡 잠이 들었다.

어디인지 모를 곳에서 임채옥과 발가벗고 그 일을 하는 꿈을 꾸다가 놀라 유일민은 잠을 깼다. 그러나 그건 꿈이 아니었다. 어떤 여자가, 아니 임채옥이 자신을 끌어안고 있었다.

유일민은 너무 놀라 몸을 벌떡 일으켰다. 그러나 고개만 약간 들렸을 뿐 몸은 꼼짝도 하지 않았다. 임채옥의 완강한 힘이 몸 전체에 느껴졌다.

「이러면 안 돼.」

유일민은 임채옥의 몸을 밀었다. 그 순간 그는 소스라쳤다. 손바닥에 닿은 것은 맨살의 감촉이었고, 그 느낌은 일직선으로 가슴에 뜨거운 충

격을 가했다. 그리고 임채옥이 알몸이라는 것을 알았다.

「이봐, 이러면 안 돼.」

유일민은 이제 두 손으로 임채옥을 떠밀었다.

「걱정 말아요. 다 제게 맡겨요.」

임채옥은 비로소 입을 열며 유일민을 더 힘껏 끌어안았다.

유일민은 두 손으로 임채옥의 알몸을 더 확실하게 느꼈다. 그리고 그녀의 체취가 물큰 코로 빨려들었다. 알몸의 감촉은 가슴에 뜨거운 물결을 일으켰고, 강한 살내음은 정신을 혼미하게 했다.

「안 돼, 안 돼!」

유일민은 목소리만큼 강하게 임채옥을 떠밀었다.

「가져요, 다 가져요.」

임채옥은 유일민의 힘을 당해낼 수 없게 되자 자신도 모르게 다리로 유일민의 하체를 감았다. 그리고 유일민의 입술에 키스를 퍼붓기 시작했다.

유일민은 아무 소리도 못하게 된 것만이 아니었다. 키스의 뜨거운 촉수는 전신을 불덩이로 달구었다. 그 열기는 온몸을 들뜨게 하면서 정신까지 혼란스럽게 흔들었다.

안 돼, 정신차려. 절대 안 돼.

유일민은 이제 자기자신에게 외치고 있었다. 그는 자신이 가지고 있는 자제력과 인내력을 믿고 있었다.

「으흥……, 으응……, 으음…….」

몸부림하듯 온몸을 요동 치며 키스를 퍼부어대는 임채옥은 기묘한 소리의 신음까지 흘리고 있었다. 그 끈적한 것 같기도 하고 비릿한 것 같기도 한 신음은 불덩이로 달구어지고 있는 유일민의 몸뚱이를 휩싸는 강한 바람이었다. 그 자극 심한 바람은 유일민의 몸뚱이에 활활 불길을 일으켰다. 그 불길은 흔들리고 어지러워지고 있는 정신을 삼키려고 들었다.

안 돼, 안 돼! 어서 밀어쳐!

유일민은 자신에게 채찍을 휘둘렀고, 다시 두 손으로 임채옥을 힘껏 떠밀었다. 그런데 손에 뭉클 잡히는 것이 있었다. 손을 넘쳐나는 그 둥근 감촉은 무서운 폭발력으로 오히려 유일민을 공격해 왔다. 유방의 탄력을 느끼는 순간 두 팔의 힘이 풀리면서 저 아래쪽이 요동 치기 시작했다.

안 돼, 안 된다니까!

유일민은 다시 채찍을 갈겨대며 평소부터 늘 믿어온 정신력을 붙들려고 했다. 그러나 몸뚱이는 의지를 배반한 채 맹렬한 불길로 타오르고 있었고, 정신력은 그 불길에 휩싸여 질식해 가고 있었다. 하체의 불타는 요동에 떠밀리며 유일민은 묘한 혼미 속에서 임채옥을 끌어안았다.

「가져요, 다 가져요.」

흐느낌 같은 임채옥의 목소리에 유일민의 몸뚱이는 마침내 폭발하고 말았다. 육체의 불길에 정신이 불살라 없어진 유일민은 순식간에 옷을 벗어던졌다.

유일민이 알몸이 되는 순간 임채옥은 이불 위에 몸을 부리고 죽은 듯 누워 있었다. 그 얌전해진 알몸을 불붙어 타고 있는 유일민의 알몸이 덮쳤다. 그들은 뒤엉켜 한 덩어리가 되면서 서로가 내뿜는 불기에 휩싸였다.

「아으……, 으으…….」

으깨진 신음과 함께 임채옥은 유일민을 더 세게 끌어안으며 부르르 떨었다. 자신의 처녀가 떠나가는 통증 속에서 임채옥은 마침내 사랑이 완성된 환희를 느끼며 눈물이 쏟아지고 있었다.

숨이 자지러지고, 의식이 가물가물해지고, 전신이 녹아내리는 절정의 회오리에 휘말리며 유일민은 오로지 남성의 격정에 몰입되고 있었다.

격렬한 몸부림이 가라앉으면서 유일민의 몸뚱이는 임채옥의 몸 위에 허물어져 내렸다. 그의 숨소리는 여전히 거칠었고, 온몸은 땀으로 젖어 있었다. 임채옥은 한 팔로 유일민을 감싸안고 다른 손으로 땀 밴 유일민의 등을 천천히 문질렀다.

「이젠 영원히 저는 오빠 거고, 오빠는 제 거예요.」

임채옥이 속삭였다.

「그래……, 그랬으면 좋겠다.」

유일민은 쉰 듯한 목소리였다.

「틀림없이 그렇게 돼요. 이젠 제 앞엔 아무 적도 없어요. 방금 가장 힘든 적을 무찔렀으니까요.」

「그럴까……?」

그들 사이에 잠시 침묵이 흘렀다.

「자아, 편히 누우세요. 힘드세요.」

임채옥의 힘에 실려 유일민은 이불 위로 벌렁 누웠다.

「우리 아랫목에 내려가 함께 자자.」

「피이, 싫어요.」

임채옥이 재빨리 몸을 일으켜 아랫목으로 갔다. 유일민도 뒤따라 이불자락을 끌고 아랫목으로 옮겼다.

임채옥이 몸을 수습하는 동안 유일민은 돌아앉아 담배를 피웠다. 건너서는 안 될 강을 건너버린 사실이 무슨 위협처럼 확대되어 왔다. 그러나 뜻밖에도 후회나 두려움은 크지 않았다. 유일민은 뒤늦게 자신의 마음 어딘가에도 임채옥을 원하고 있었음을 발견하고 있었다. 그리고, 임채옥의 부모를 향해, 이젠 자기들이 어쩔 거야, 하는 오기 같은 심사가 슬그머니 고개를 들기도 했다. 그건 임채옥이 자기 안에 들어와 있는 것 같은 착각이 일으키는 뱃심이었다.

「됐어요. 누우세요.」

마음을 막으며 피하고 피해온 육체관계가 일으키는 그 현격한 변화에 유일민은 새로운 사실을 깨닫고 있었다. 사랑에 있어서 육체란 정신을 능가하는 마력을 발휘하고, 사랑을 결속시키는 힘의 원천이었다.

임채옥은 목에까지 이불을 올려 덮고 있었다. 유일민은 담배를 끄고 이불 속으로 거침없이 들어갔다.

「아니, 이게 뭐야?」

유일민이 눕다가 말했다. 임채옥은 내의를 입고 있었다.

「왜요?」

「요런 새침데기. 얼른 벗어.」

「부끄러워요.」

임채옥이 얼굴을 가렸다. 그 몸짓에 유일민은 욕정이 꿈틀하는 것을 느꼈다.

「알았어. 내가 벗겨줄게.」

유일민은 이불 속에 몸을 눕혀 임채옥의 내의를 벗기기 시작했다. 임채옥은 몸을 부드럽게 놀려 옷 벗기는 것을 도왔다.

둘 다 알몸이 되자 그들은 서로 와락 끌어안았다. 서로 입술을 더듬으면서 다리와 다리가 감겼다. 목마른 갈증이라도 풀듯 그들은 한동안 뜨거운 키스를 나누었다.

「제가 어리석어 보여요?」

임채옥이 유일민의 가슴에 손가락으로 하트 모양을 그리며 물었다.

「아니 장해 보여.」

유일민은 임채옥의 팽팽한 유방을 조심스레 어루만지며 대답했다.

「저를 지켜주실 수 있어요?」

임채옥의 목소리가 떨렸다.

「응, 채옥이하고 평생 살고 싶어.」

유일민의 손은 임채옥의 배꼽께를 더듬어내리고 있었다.

「어머, 정말요? 사랑해요.」

임채옥은 유일민을 와락 끌어안았다.

「사랑해. 채옥이.」

유일민의 손은 임채옥의 거웃을 움켜잡았다. 그 순간 유일민의 가슴
에서 불길이 일며 그것이 불끈 곤두섰다. 임채옥의 몸이 열기를 발산하
며 경련을 일으켰다. 유일민은 자신의 건강한 남성에 환호하며 이불을
걷어찼다.

어둠에 익은 유일민의 눈앞에 임채옥의 알몸은 아름답게 드러나 있었
다. 유일민은 아까와는 다른 자신감으로 불붙는 몸을 임채옥의 알몸에
밀착시켰다.

바람소리가 멀리 비껴가고 있었다.

53
객지의 파도

남대문을 지난 버스는 태평로에서 막히고 말았다. 세종로 쪽으로 가
는 도로는 발이 묶인 버스며 택시로 가득 차 있었다. 그런데 서울역으로
가는 반대편 도로는 텅 비어 있었다. 그쪽을 달리던 자동차들은 세종로
저쪽에서 막혀 있다는 증거였다.

「이거 왜 이래. 무슨 행사하나?」

어떤 남자 승객이 투덜거렸다. 그게 신호이기라도 한 듯 다른 승객이
소리쳤다.

「이봐 차장, 무슨 일이야?」

차장 쪽에서는 아무 대꾸가 없었다.

「이봐, 안 들려!」

화가 난 승객의 목소리가 커졌다.

「내가 어떻게 알아요.」

승객에게 대거리하듯 차장이 카랑하게 쏘아질렀다.

「뭐야? 너 말 다했어? 어디다 대고 그따위 말버릇이야!」

손잡이를 잡고 서 있던 승객이 앞문 차장에게로 내달았다. 반쯤 찬 승객들의 시선이 그쪽으로 쏠렸다.

「아니, 아저씨가 왜 먼저 해라 하고 그래요? 존대는 못해도 반말은 하지 말아야 할 것 아니에요? 차장은 뭐 사람이 아닌 줄 아세요?」

차장은 한달음에 쏟아놓고 있었다.

「아니, 이게 건방지게 어디다 대고. 이걸 그냥!」

승객이 주먹을 치켜들었고, 다른 승객들 중에서는 고개를 끄덕이는 사람들도 있었고, 고개를 젓는 사람들도 있었고, 아무런 반응이 없는 사람들도 있었다.

「예, 때리세요. 차장은 식모나 마찬가지니까요.」

차장은 승객의 위세에 기가 꺾이지 않고 맞서고 있었다. 식모는 여자 직업으로 보수가 형편없었고, 더구나 나이 어린 식모들은 감히 돈을 바라지도 못하고 입만 얻어먹으면서 갖은 구박은 다 받고 살아 식모를 가장 천하게 여기는 세태였다.

「야 명숙아, 내려서 무슨 일인지 알아보고 와.」

때마침 운전수가 소리쳤다.

「네에, 알았어요 아저씨.」

차장은 아까와는 딴판으로 목소리 나긋하게 대꾸하며 버스 문을 열어젖혔다. 돌아서는 순간 승객에게 눈을 흘기며 입가에 비웃음을 문 그 차장은 김명숙이었다.

「아마 대학생들이 데모하나 본데.」

「또 무슨 데모요?」

「거 굴욕외교 반댄지 뭔지. 요새 정치인들이 한참 시끄럽잖아요.」

「아, 그 데몬지도 모르겠군요.」

창밖으로 눈길을 보낸 승객들 사이에서 오가는 말이었다.

「아저씨, 대학생들이 한일회담 반대 데몰 하는 거래요.」

김명숙이 차로 뛰어오르며 외쳤다. 운전수는 차장의 왕이더라고 그녀는 승객들을 무시한 채 운전수에게 보고하고 있었다.

「그래, 잘들 한다. 젊은 사람들이 데모할 건 해야지.」 운전수는 속시원하다는 것인지 마땅찮다는 것인지 모호한 말투로 말하고는, 「이 차 해지기 전에 종점 가기는 글렀수다. 내리실 분들은 내리세요.」 그는 담배를 빼들며 승객들을 향해 목청을 돋우었다.

「매국적 굴욕외교 즉각 중단하라!」

그때 대학생 이삼십 명이 인도로 뛰어가며 구호를 외쳐댔다. 세종로 쪽으로 달려가는 그들은 아마 뒤늦게 데모대에 합류하려는 모양이었다.

「에이, 대학생놈들이 하라는 공부는 안 하고…….」

「아니, 잘못은 굴욕외교요. 뭐가 몸달아 우리가 굽실거려요? 왜놈들한테 받아낼 건 톡톡히 받아내야지.」

차에서 내리는 승객들의 의견이 엇갈리고 있었다. 다른 버스들도 사람들을 부리고 있었다. 곧 버스에는 열 명 정도밖에 남지 않았다. 전진을 포기한 차들이 중앙선을 넘어 반대쪽으로 방향을 바꾸고 있었다.

「명숙아, 내려서 빠꾸 봐라.」

운전수의 지시였고, 명숙은 재빨리 차에서 뛰어내렸다.

「빠꾸 오라이! 빠꾸 오라이!」

김명숙은 버스 뒤에서 손짓하며 목청껏 소리치고 있었다. 그런 그녀의 행동은 무척 숙달되어 보였다.

버스는 다시 서울역을 돌아 서대문 쪽으로 방향을 잡았다. 김명숙은 다리 쉼을 할 겸 빈자리에 앉으며 배에 매단 작은 가방에서 돈을 꺼냈다. 바쁜 김에 마구 쑤셔넣은 지폐들은 구겨질 대로 구겨져 있었다. 김명숙은 빠른 손놀림으로 그 돈들을 펴며 종류별로 간추리기 시작했다. 그런데 그녀의 얼굴은 차츰 침울해져 가고 있었다.

이놈의 게 대체 뭐지? 종이쪽지에 그림 그린 게. 이 눈도 코도 없는 그림 그린 종이쪽지가 사람을 미치게 한다니까. 아무리 모으려고 몸살을 대도 잘 모아지진 않고, 사람 더럽고 치사하게 만드는 게 이 물건이야. 난 언제까지 이 짓을 해야지⋯⋯?

돈을 간추릴 때마다 골백번도 더 한 생각을 김명숙은 또 하고 있었다. 그 비참한 생각을 안 하려고 했지만 돈만 만지면 어김없이 떠오르곤 했다. 날마다 당하는 몸수색만 없었더라도 그 생각을 떼칠 수 있을지 몰랐다.

「야아, 손님 태워라.」

운전수의 말에 김명숙은 고개를 들었다. 버스는 서대문 네거리 정거장에 멈추고 있었다. 데모대를 잘 피해온 셈이었지만 김명숙은 불만스럽게 버스에서 내렸다. 데모 핑계삼아 그대로 길이 뚫리기를 기다렸더라면 한 탕쯤 까먹고 피곤한 몸을 쉴 수 있었을 터였다. 그러나 운전수는 차장과 달리 한 탕이 줄어들면 바로 수입이 주니까 차를 돌린 것이었다. 운행시간을 꼭꼭 맞춰야 하면서 한 탕, 한 탕에 목을 매달고 사는 운전수들도 딱하기는 자신들과 마찬가지여서 김명숙은 그 불만을 털어버리고 소리치기 시작했다.

「불광동 가요, 불광동! 자아, 불광동 출발해요.」

김명숙은 소리만 치는 것이 아니었다. 행인들을 향해 어서 타라는 손짓도 아주 자연스럽게 하고 있었다. 그런데 김명숙에 비해 뒷문 차장의 행동은 어딘가 서툴러 보였다. 괜히 앞문 차지를 한 고참이 아니었다.

빵! 빵!

경적이 울리며 차가 천천히 움직이기 시작했다.

「불광동 출발해요, 불광동! 빨리 오세요, 빨리!」

앞뒤 차장은 더 기세를 올려 손님들을 불렀다.

서너 명이 황급히 오르자 김명숙은 버스 옆구리를 쾅쾅 치며 무슨 가락을 뽑듯 했다.

「오라이이―.」

버스가 무악재를 넘고, 문화촌을 지나자 시골처럼 논이며 밭들이 나타났다. 서울 변두리인 그곳은 사실 농사를 짓고 사는 농촌이었다. 그런데 자꾸 서울 인구가 불어나면서 새 집들이 농토를 야금야금 먹어치우고 있었다. 서울은 신개발지구를 따라 사방팔방으로 나날이 넓어지고 있었는데, 그곳도 신개발지구의 하나였다.

김명숙은 논밭을 보면 꼭 고향 생각이 났다. 그건 무슨 고질병처럼 고쳐지지 않았다. 고향 생각은 곧 어머니 생각이었고, 이어서 형제들을 떠올리게 했다. 그런데 이상한 것은 오빠들이나 언니는 얼핏 지나가고 마는데 동생들의 모습은 오래 남아 속울음이 되고는 했다. 특히 막내동생 선진이는 어머니만큼 그립고 목메었다. 아직도 회충이 그리 많이 나오는지, 그동안 몇 번이나 좋은 회충약을 사 보낼까 하다가 마음을 접고는 했다. 성공하기 전까지는 절대 집에 가지 않기로 하늘에 맹세를 했는데, 주소가 알려져서는 안 될 일이었다.

버스가 종점에 도착하자 김명숙은 뒷문 차장을 데리고 총무과로 직행했다. 아무리 소변이 급하거나 배탈이 났더라도 피할 수 없는 길이었다. 총무과를 거치지 않고 먼저 변소로 갔다가는 '삥땅' 치는 것으로 여지없이 찍혔다.

김명숙은 무표정하게 총무과장의 책상 위에 가방이 달린 혁대를 풀어놓았다. 그리고 바지의 양쪽 주머니를 까뒤집었다. 그 기계적인 동작으로 얼룩지고 꾀죄죄한 주머니의 속이 보기 민망하게 드러났다.

「됐어.」

돈을 다 털어낸 총무과장이 빈 가방을 김명숙 앞에 던졌다.

그 옆의 여직원이 내미는 '기본'을 받아가지고 김명숙은 총무과를 나왔다. 그 기본이라는 돈은 '다음 탕을 뛸 때' 쓸 거스름돈이었다. 노선을 한 차례씩 돌아올 때마다 그 일은 똑같이 되풀이되었다.

김명숙은 변소로 가며 자신도 모르게 침을 내뱉었다. 하루에도 몇 번씩 당하는 일이면서도 그때마다 비위가 상하고 감정이 뒤틀렸다. 바지의 주머니 속을 까뒤집을 때면 속옷을 벗는 것 같은 수치심과 굴욕감이 끼쳐오고는 했다. 언제나 의심받고 감시당하고 있는 것, 그건 차장 일을 이중으로 힘들게 만들었다. 하루에 14시간씩 사람에 시달리는 일은 몸을 갉아먹었고, 끝없는 감시는 마음을 갉아먹었다.

김명숙은 사무실 옆에 이어 붙인 블록 가건물인 차장 대기실로 갔다. 그녀는 열댓 명의 차장들을 빠른 눈길로 살펴보았다. 그러나 복녀는 보이지 않았다. 버스에 실려 노선 어딘가를 달리고 있을 거였다.

빙신 겉은 가시네, 못나게 병은 들어갖고…….

김명숙은 딱한 복녀를 생각하며 빈 의자에 주저앉았다. 쌀가마나 바윗덩이가 얹힌 것처럼 몸이 갑자기 무거워졌다. 긴장을 풀자 새벽 5시부터 10시간을 넘게 시달린 피곤이 큰 파도로 덮쳐왔다.

날마다 이때쯤이면 전신은 결리고 쑤시고 묵지근한 게 아프지 않은 데가 없었다. 다리는 퉁퉁 부은 것 같고, 등은 짝짝 갈라지는 것 같고, 뻣뻣한 허리는 무너지는 것 같고, 뻑적지근한 어깨는 내려앉는 것만 같았다.

김명숙은 뜨거운 물이라도 한 잔 마셨으면 하는 생각을 하며 블록 벽에 머리를 기댔다. 아직 추위가 남아 있는 3월인데도 회사에서는 진작 연탄난로를 떼버려 따끈한 물 한 잔 마실 수가 없었다. 팔짱을 끼며 몸을 웅크린 김명숙은 눈을 감았다. 잠시 잠깐이라도 눈을 붙이려는 것이었다. 단 몇 분이라도 깜빡 번개잠을 자고 나면 몸을 가눌 수 없도록 무겁고 끈끈한 피곤은 표나게 가셨다. 꼭 거짓말 같은 그 신통한 효과를 차장들은 누구나 잘 알고 있었다. 그래서 대기실에만 들어오면 그들은 눈 붙이기에 바빴다. 환경적응력이 생겨서 그러는지, 너무 피곤해서 그러는지 그들은 눈을 감으면 이내 잠이 들었다.

김명숙은 14시간을 채우고 오후 6시에 버스에서 내렸다. 그녀는 돈가방을 총무과장 책상 위에 풀어놓았다. 그러나 이번에는 다른 때와는 달리 바지주머니 속을 까뒤집지 않았다. 김명숙은 여전히 무표정하게 사무실 반대쪽에 달린 문으로 걸어갔다.

김명숙은 그 문 앞에서 자신도 모르게 숨을 들이키며 눈을 질끈 감았다. 차장들이 하루 일과가 끝내면 반드시 통과해야 하는 문이었고, 그들은 누구나 그곳에 들어가기를 치떨리게 싫어했다.

김명숙은 어금니를 맞물며 그 문을 밀었다. 작은 사무실에는 열댓 명의 차장들이 비좁게 몰려 있었다. 말이 없는 그들의 얼굴은 하나같이 침울하고 찡그려져 있었다.

「다음!」

저쪽 문이 빠끔 열리자 남자 목소리가 울렸다. 그러자 차례를 기다리고 있던 차장 하나가 그 문으로 사라졌다.

김명숙은 또, 어서 이놈의 차장 노릇을 그만두어야 된다고 생각했다. 그러나, 매일 그 생각을 씹고 씹으면서 벌써 3년이 되고 있었다. 그 꿈을 이루기 위해서는 어쩔 도리가 없었다.

「다음!」

김명숙은 그 문을 밀고 들어갔다. 책상을 뒤로하고 버티고 선 남자를 쳐다보지 않고 김명숙은 그 앞에 섰다. 지체없이 남자의 두 손이 김명숙의 한쪽 팔을 더듬어내리기 시작했다. 김명숙은 눈을 꼭 감고 있었다. 남자의 빠른 손놀림이 김명숙의 다른 팔로 옮겨졌다. 김명숙은 마른침을 삼켰다. 남자의 손이 가슴 부분을 더듬기 시작했다. 김명숙은 멋진 은행원 아가씨들을 떠올렸다. 그 꿈이 이루어지기 전까지는 어떤 고통도 참아야 했다. 남자의 손이 왼쪽 젖가슴에 닿았다. 김명숙은 몸을 움츠렸다.

「똑바로 서 있어.」

이 말과 함께 남자의 손이 젖가슴을 더듬기 시작했다. 뱀에 감기거나 쥐가 파고드는 것 같은 끔찍스러운 감촉에 김명숙은 더 세게 어금니를 맞물었다. 남자의 손이 오른쪽 젖가슴으로 옮겨졌다. 김명숙은 문득 이상한 느낌이 들었다. 남자의 두 손이 한꺼번에 옮겨지지 않았고, 양쪽 젖가슴에 닿는 손길이 더듬는 것이 아니라 주무른다는 느낌이었다. 내가 잘못 생각하는 거겠지……, 잘려서는 안 된다고 생각하며 김명숙은 남자의 손을 내치고 싶은 충동을 가까스로 참아냈다. 그러나 남자의 손길은 분명 젖가슴을 주무르고 있었다.

「뭐 하는 거예요, 지금!」

김명숙은 눈을 부릅뜨며 내쏘았다. 그러나 목소리는 차가울 뿐 크지 않았다.

「너 아무래도 수상해. 단추 따!」

남자가 당황하는 것 같다가 금세 인상을 바꾸며 명령했다.

「치사하게 뻥땅 안 쳐요. 방금 다 조사했잖아요.」

「너 당장 잘리고 싶어? 의심 나면 빤스까지 벗기는 규칙 몰라서 까불고 이래?」

김명숙은 자신이 잘못한 것을 뒤늦게 깨달았다. 감찰과장은 제가 한 짓을 덮으려고 오히려 이쪽에다 덤터기를 씌우고 있는 것이었다.

김명숙은 속입술을 깨물며 손을 천천히 단추로 옮겼다. 사정을 하면 정말 의심을 사게 되어 옷을 홀랑 벗게 될 수도 있었다. 그렇다고 감찰과장이 한 음탕한 짓을 위에 알릴 수도 없었다. 그래 보았자 당하는 것은 이쪽이었다. 그들은 모두 한통속이었고, '그따위 골치 아픈 기집애'들은 다음날로 내쫓고 말았다. 얼마 전에 새로 온 이 감찰과장도 상무의 조카라나 뭐라나 그랬다. 김명숙은 단추 세 개를 따서 가슴을 열어 젖혔다. 그녀의 얼굴에는 독기가 서려 있었다. 감찰과정은 그녀의 기세에 눌리지 않으려는 듯 헌 내의 위로 젖가슴을 거칠게 더듬어나갔다.

「됐어. 단추 채워도 돼.」

그리고 감찰과장은 그녀의 배 부분을 더듬기 시작했다. 그런데 그 손길이 건성인 것을 김명숙은 느끼고 있었다.

감찰과장의 손이 아랫배를 지나 불두덩에 이르렀다. 눈을 질끈 감은 김명숙은 그렇게 느끼지 않으려고 하는데도 남자의 손이 거기서 멈칫했다. 그리고 손길은 사타구니를 거쳐 내려갔다. 김명숙은, 이렇게 살아서 뭘 하나 하는 생각을 멋들어진 여 행원들의 모습으로 떠밀었다.

종아리까지 다 더듬어내린 감찰과장이 퉁명스럽게 말했다.

「까불면 국물도 없어.」

미친 새끼, 공갈 때리고 자빠졌네. 젊은 새끼가 뭐 할 짓이 없어서.

김명숙은 마침내 지옥을 벗어나며 내뱉었다. 그들은 이 감찰실은 지옥이라고 불렀고, 총무과에서 이곳으로 들어서는 문을 지옥문이라고 했다.

미친년, 남보다 젖은 커가지고…….

김명숙은 합숙소로 무거운 발길을 옮기며 쓰디쓴 웃음을 흘렸다. 젖가슴이 큰 것은 어머니의 내림이었다. 집에서 도망쳐 나올 때는 젖꼭지가 커지면서 그 주위가 도도록 했을 뿐인데 몇 년 사이에 손아귀가 넘치도록 커졌다. 김치에 콩나물국만 먹으며 고생고생하고 사는데도 키가 크고 젖이 크는 것은 참 희한하기도 했다.

「보래 명숙아, 감찰과장 글마 그거 영 미친놈 아이가?」

구멍가게 옆에 서 있던 박보금이 다가서며 입을 열었다. 불쑥 고향말을 하는 게 기분이 나쁘다는 표시였다.

「왜?」

김명숙은 느낌이 이상했지만 전혀 내색하지 않고 물었다.

「이 말 니캉 내캉 비밀인데, 그놈마가 글쎄 빤스 속으로 손을 넣을라

안 카나. 니는 아무 일 안 당했나?」

「나야 뭐 너처럼 잘생긴 데가 있어야지. 너 인물에 반했는갑다.」

「무신 소리 하노, 징그럽구로. 나 걱정시러바 죽겠다.」

박보금은 한숨을 푹 쉬었다.

「걱정 마. 삥땅만 하지 않으면 돼.」

김명숙은 그냥 나오는 대로 말했다.

「삥땅 그거 누가 하고 싶어 하나. 사정은 급하제, 돈은 수중에 있제, 지도 몰르게 맘이 동하는 거 아이가.」

「그래, 가난이 웬수고 돈이 웬수지.」

김명숙도 한숨을 쉬었다.

「보래 명숙아, 우리 이래 당하고만 있을 끼가? 감찰을 여자로 바꿔돌라고 나스는 것이 어떻것노?」

「글쎄, 그렇게만 돼도 괜찮은데…….」

김명숙은 말끝을 흐리며 쓴웃음을 지었다. 새로운 이야기가 아니었고, 들어줄 가망도 없는 일이었다.

「니가 앞장서 나서보그라. 니사 똑똑허고 말도 잘하고 뱃심도 안 있나.」

「너 저 사람들 그리 겪어보고도 그런 소리 하니? 우리 다 쫓아내도 사람은 얼마든지 있어.」

김명숙은, 너 누구 밥줄 끊을 일 있어? 하고 내쏘고 싶은 것을 눌러 참으며, 그들이 항시 입에 달고 사는 말을 끌어다 댔다.

「그래, 내가 미친년이다. 하도 답답코 분해서 한 소린데, 그런 말 하고 나스면 저놈마들은 당장에 짤라뻘릴 기라. 우예 이리 사람값이 똥값이고?」

박보금이 그만 풀이 죽었다.

「배고픈 사람이 너무 흔해서 그렇지 뭐.」

김명숙도 탄식하듯 말하며 맥이 빠지고 있었다. 김명숙은 몸수색에

치를 떨면서도 막상 할말이 없었다. 날마다 징그럽고 분한 꼴을 당하면서도 돈을 감추었다가 들통나는 차장들이 더러 불거져 나오고는 했다. 그리고, 서로 입에 담지는 않지만 용하게도 돈을 숨겨 삥땅에 성공하는 애들도 있는 눈치였다. 솔직하게 말해 몸수색을 하지 않을 경우 삥땅 치지 않을 자신이 없었다. 그동안 자신도 수없이 돈욕심에 마음이 오락가락했었다. 돈을 보고 있으면 자신만은 꼭 들키지 않을 것 같은 생각이 들고, 그 생각은 자꾸 부풀어오르면서 정신을 혼란스럽게 했다. 그 간질간질한 유혹은 끈질기게 마음속에 살아 있었고, 그걸 떼치고 이겨내야 하는 고통은 여간 힘드는 게 아니었다.

감찰이란 남자들은 누구나 다 똑같았다. 음탕한 짓을 하지 않고 검사만 깨끗하게 하는 남자는 하나도 없었다. 감찰을 두고 이런저런 말이 많기도 했다. 감찰에게 들켜 몸을 내주고 무사하게 된 애들이 많다는 말부터, 예쁜 애들은 감찰이 눈감아 주어 계속 부수입을 올린다고 하는가 하면, 어떤 애들은 먼저 감찰에게 꼬리를 친다고도 했다. 그래서 회사에서는 감찰도 믿지 않아 너무 예쁜 애들은 아예 뽑지 않는다는 말도 있었다.

김명숙이 낯을 씻고 있는데 나복녀가 들어섰다. 김명숙은 세수를 하다 말고 나복녀를 걱정스럽게 쳐다보았다. 나복녀는 휘청거리듯 기운이 빠져 있는데다 얼굴은 핏기가 없다 못해 회색빛이었다.

워째 약이 안 듣는가? 저것이 저러다가 큰 탈 나는 것 아닐랑가?

김명숙은 또 마음에 그늘이 졌다. 그러나, 폐병이라는 게 하루이틀에 낫는 병이 아니라는 약사의 말을 위안으로 삼았다.

「복녀야, 심들지야? 물 떠놨응께 얼렁 가서 낯 씻쳐라.」

김명숙은 서둘러서 방으로 들어서며 말했다. 합숙소에 돌아오면, 특히 복녀하고 말할 때는 고향말을 썼다. 일부러 그러는 것이 아니라 저절로 그렇게 되었다.

「아니여, 얼렁 밥상 채래야제. 다덜 배고픈디.」

나복녀는 옷 벗기도 힘겨운 듯 느린 몸놀림을 하며 힘없이 말했다.

「상은 나가 채릴랑께 걱정 말고.」

「복녀 니사 을매나 좋노. 그리 위해주는 친구 됐시니. 내사 마 언제 봐도 부러바 죽겄다.」

박보금이 낯을 씻고 들어오며 가끔 하는 말을 또 했다. 그 뒤를 차장 하나가 따라 들어오고 있었다.

김명숙은 바삐 부엌으로 나갔다. 넷이면 다 돌아왔고, 밥상이 늦어지면 당번인 복녀에게 타박이 돌아갈 판이었다. 허기진 그들은 밥상 늦어지는 것을 제일 싫어했다. 합숙은 한 방에 여섯 명씩 했는데, 저녁밥은 야간근무하는 애들이 해놓고 가게 되어 있었다.

「하이고, 반찬 참 많네. 한일관 불고기나 한번 배터지게 묵고 죽으면 내사 마 소원이 없겄다.」

박보금이 쓴 입맛을 다시면서도 숟가락을 들었다.

다른 세 사람은 아무 말 없이 상으로 다가앉으며 숟가락을 들었다. 밥상에는 보리밥 네 그릇과 콩나물국 한 사발씩, 그리고 반찬은 고춧가루 설뿌린 김치와 어묵무침이 전부였다. 그 밥상만이 아니라 그들이 쓰고 있는 볼품없는 잎숟가락에서도 궁기는 흐르고 있었다.

그들은 그 이상 잘 먹을 도리가 없었다. 회사에서는 블록으로 엉성하게 지은 합숙소를 제공할 뿐이었고 모든 생활은 그들 스스로 꾸려나가야 했다. 하나같이 집안이 가난해 돈벌이를 나온 처지라 박봉에서 가장 큰 비중을 차지하는 것은 집에 보낼 돈을 떼내는 거였다. 한푼이라도 더 많이 보내려고 그들은 모든 생활비를 줄이고 또 줄였다. 그러다 보니 밥상에 궁기가 끼지 않을 수 없었고, 싸구려 옷 한 벌 제대로 사 입을 수가 없었으며, 목욕도 1주일에 한 번 하기가 어려울 지경이었다.

그러나 집에 연락조차 하지 않고 있는 김명숙이나 나복녀라고 더 나은 것은 아니었다. 그들은 집에 돈을 보내지 않는 대신 아낄 대로 아껴 꼬박꼬박 은행에 저금을 했다. 야간 여상을 나와 여 행원이 되고자 하는 꿈도 은행을 드나들면서 움튼 것이었다. 그러나 나복녀는 그 몹쓸 폐병에 걸려 벌써 반년이 넘게 아까운 돈을 까먹고 있었다.

「설거지는 나가 헐란다.」

나복녀가 먼저 밥상을 들고 일어났다.

「알겠어. 항꾼에 혀.」

김명숙은 뒤따라 나갔다.

설거지는 아주 수월했다. 반찬 그릇까지 말끔히 비어 있어서 두 번 씻고 어쩌고 할 것이 없었다. 일이 고된데다 밥상이 부실해 매끼 남기는 것이라고는 없었다.

「학생들은 워째 데모를 허고 근다냐?」

나복녀가 그릇을 엎으며 물었다.

「나도 몰르겄다. 일본서 돈을 받을라면 지대로 받으란단 것인디, 그 돈 지대로 받는다고 우리헌테 땡전 한닢 안 돌아올 것잉께.」

「그려, 우리 신세 필 날이 언제라고 있을랑가 모르겄다.」

나복녀가 자신의 얼굴빛 같은 한숨을 내쉬었다.

「얼랴, 또 그런 힘아리 읎는 소리. 맘 강단지게 묵어. 요렇타께 성공혀서 당당허니 낯 들고 집에 찾아가얄 것 아니여.」

김명숙이 힘주어 말했다.

「그러기는 그래야 허는디…….」

나복녀의 얼굴이 더 어두워졌다.

「복녀야…….」

김명숙이 눈짓했고, 나복녀는 고개를 끄덕이며 몸을 일으켰다.

방에 있던 두 사람은 어느새 잠들어 있었다. 누구나 저녁밥 먹고 나면 쏟아지는 잠을 이기지 못했다. 한잠씩 자고 나서 야간근무에서 돌아오는 동료들을 맞이하고 다시 자는 것이 그들의 생활이었다.

나복녀는 발끝걸음으로 살금살금 걸어 판자로 얽어 짠 옷장에 숨겨둔 약을 꺼냈다. 자신의 병을 아는 건 명숙이뿐이었다.

나복녀는 부엌으로 나와 한 움큼의 약을 입에 털어넣었다. 물을 마시고 약 넘기기를 힘들어하는 나복녀를 김명숙은 측은하게 바라보고 있었다.

김명숙은 나복녀가 약을 먹을 때마다 자신이 큰 죄를 지은 기분이었다. 나복녀를 가출하게 꼬드긴 것은 자신이었다. 지금 생각하면 가출해서 바로 서울로 못 올라온 것이 후회스러웠다. 바로 서울로 올라가는 것이 겁나고 무서워 낯익고 안심할 수 있는 광주로 간 것이 잘못이었다. 언니의 눈을 피해가며 성냥공장에서 보낸 2년은 허송세월이나 마찬가지였다.

「우리도 한숨씩 자자.」

김명숙이 때 절은 이불을 폈다. 나복녀가 허물어지듯 몸을 눕혔다.

54
알다가도 모를 일

「얌마, 너 정말 오리발 내밀고 이럴 거야? 쓴맛을 봐야 불겠어!」

형사가 고함을 지르며 흠투성이인 몽둥이로 책상을 내려쳤다.

「저, 정말입니다. 전 아무것도 모릅니다.」

허진은 엉덩이가 들썩할 정도로 놀라며 말을 더듬었다.

「이새끼 이거 안 되겠네. 이새끼야, 밤낮 한 울타리 안에서 사는 놈이 모른다는 게 말이 돼! 이새낄 팍!」

살기 도는 눈으로 허진을 노려보며 형사가 몽둥이를 치켜들었다.

「저, 정말입니다, 정말이라니까요.」

허진이 몸을 웅크리며 몽둥이를 피하려고 했다. 그러나 몽둥이는 여지없이 허진의 왼쪽 어깻죽지를 갈겼다.

「어쿠!」

허진은 비명을 토하며 시멘트 바닥에 나둥그러졌다.

「쌔애끼, 엄살 까고 자빠졌네. 골통 깨지기 전에 빨리 올라앉어!」

허진은 허둥지둥 의자로 올라앉았다.

「암마, 신사적으로 말할 때 불어. 괜히 귀한 몸 걸레쪽 되고 나서 후회하지 말고.」 형사는 담뱃갑을 꺼내 담배를 빼고는, 「이건 이제 시작일 뿐이야. 이걸로 한 50대 타작을 당하면 제아무리 악바리라도 다 토해놓게 돼 있어. 알아들어?」 그는 담배를 세워 책상을 톡톡 치며 낮고 싸늘하게 말했다.

한편, 취조실 밖의 사무실에서는 허진의 할머니가 울면서 소리치고 있었다.

「걔는 굶어죽었으면 죽었지 그런 나쁜 짓 할 애가 아니라구요. 집에서 잘못 가르치지도 않았고, 이날 이때까지 나쁜 짓 한 번 한 일이 없다니까요.」

「이거 봐요 할머니, 살인강도라도 부모나 할머니들은 다 그렇게 말해요. 지금 조사하고 있으니까 일 더 방해하지 말고 돌아가요. 자꾸 일 방해하면 공무집행방해죄로 할머니도 쇠고랑 찹니다. 가세요, 돌아가 기다리세요.」

형사 하나가 허진의 할머니를 밀어내려고 했다.

「놔요! 내가 이런 말 안 하려고 했는데, 우리 손자가 누군 줄 아슈? 독립투사 자손이요, 독립투사! 내 평생 고생하면서도 나쁜 짓 한 번 한 일 없고, 우리 진이도 할아버지 체면 생각해서 못된 짓은 한 일 없어요. 이래도 내 말 못 믿겠어요?」

어느새 허진의 할머니 눈에는 눈물이 가시고 없었다.

사무실 형사들의 눈길이 모두 허진의 할머니에게로 쏠려 있었다.

「허, 이 할머니 참……」

형사가 말문이 막히는지 고개를 딴 데로 돌리며 쩝쩝 입맛을 다셨다.

형사들이 수군거리기도 했고, 떫은 표정을 짓는 사람들도 있었다.

「할머니, 할머니가 이러지 말고 가서 아들을 보내세요, 아들.」

노인네를 돌려보내려고 형사가 짜낸 묘안이었다.

「아들? 죽었소. 아버지 덕에 평생 고생고생하다가 병들어 죽었어요.」

허진의 할머니 눈에 금세 눈물이 핑 돌고 목소리도 메었다.

「하, 이거 참…….」

형사가 고개를 떨구며 코밑을 훔쳤다.

「어이 정 형사, 그 할머니 이리 모시고 와.」

저쪽 큰 책상에 앉은 사람이 목청을 높였다.

「할머니, 할머니 마음 잘 압니다. 그러나 그 재건대에서 미제물건이 다량으로 적발됐고, 손자는 거기 부책임자니까 의심받는 건 당연한 것 아닙니까? 지금 말씀하신 것 들으니까 믿기는 하겠는데, 그렇다고 무조건 풀어줄 수는 없지 않겠어요? 빨리 조사해서 아무 관련이 없으면 바로 석방시킬 테니 아무 걱정 말고 돌아가서 기다리세요. 할머니가 이러시면 일만 늦어지니까요.」

형사 계장의 차분한 말이었다.

「괜히 조사한다고 죄 없는 사람 때리는 건 어떡하구요?」

「아닙니다. 안 때립니다.」

「그걸 어떻게 믿어요. 경찰서에 잡혀오면 죄가 있건 없건 열에 열 사람이 다 두들겨맞는 거야 세상이 다 아는 일인데.」

「아닙니다, 걱정하지 마세요. 제가 책임지고 못 때리게 하겠습니다.」

「그거 정말이시우?」

「그럼요. 틀림없습니다.」

「한 가지 똑똑히 알아두시우. 만약 우리 손자를 때렸다가는 내가 여기 와서 죽고 말 거요. 장손인 개는 내 목숨보다 중하니까. 알아듣겠수?」

「예, 그렇겠지요. 안심하고 돌아가세요.」

허진의 할머니는 그래도 미심쩍은 얼굴로 형사 계장을 따라 일어났다.

취조실로 아까의 형사가 들어섰다.

「뭐 좀 나오는 것 있어?」

「이새끼 오리발 까는데 조져대기 시작했으니까 곧 불겠지.」

취조형사가 내뱉었고, 아까의 형사가 그에게 귀엣말을 했다.

「뭐야, 독립투사? 아이구, 그 잘난 인간들.」

취조형사의 입에서 튀어나온 소리였다. 아까의 형사가 얼굴을 찡그리며 눈짓했다. 취조형사의 그런 반응은 해방 직후 몇 년 동안의 경찰 내부 분위기를 그대로 반영하고 있었다.

「적당히 해둬. 괜히 골치 아파. 강도사건도 아닌 그까짓 미제물건.」

아까의 형사가 책상 위에 놓은 담뱃갑에서 담배를 빼들었다.

「이거야 원, 족보 으시시해서 살겠나. 근데, 그런 집안 도련님이 재건대 신세는 또 뭐야? 수사고 뭐고 김새네.」

취조형사가 동료 쪽으로 몸을 돌리며 담배에 불을 붙였다.

「그야 살다 보면 별일 다 있겠지. 월급 더 받는 것 아니니까 눈치껏 해.」

「빌어먹을, 4·19 나서 꼴 우습게 되고, 5·16으로 더 납작하게 되고, 우리 신세 한심해. 그런데 이제 독립투사 끗발도 먹히니 원.」

취조형사가 투덜거렸다.

유일표는 재건대 야학으로 찾아온 허진의 할머니를 만났다.

「글쎄, 사흘이 지나도 안 풀어주고 계장이란 사람이 한다는 소리가, 보증 설 사람이 필요하다는 게야. 판검사나 국회의원 같은 사람으로 말야.」

허진의 할머니가 눈시울을 붉히며 한숨을 쉬었다.

「판검사요? 됐어요, 할머니. 아무 걱정 마세요.」

유일표는 서슴없이 말했고, 허진의 할머니는 의아하게 그를 바라보았다.

「할머니, 제가 잘 아는 사람이 있어요. 오늘 밤에 당장 찾아가서 부탁할게요.」

유일표는, 아까는 이규백 형이 떠오르는 대로 말한 것이었고, 이번에는 자신이 나서서 일을 꼭 해결하리라는 마음으로 말하고 있었다.

「어찌 그리 높은 사람을 다 아누. 헌데 그분이 도와주실까?」

「그럼요. 제가 형이라고 부르는 사람이니까요.」

「아이구, 우리 일표는 언제 봐두 인정 많구 든든해. 고마우이, 고마워.」

허진의 할머니는 주름살 많고 투박한 손으로 유일표의 손을 어루만지며 눈물이 그렁그렁했다.

「고맙긴요. 진이는 제 형젠데요.」

「아이구, 아이구, 이 말하는 것 좀 보게.」

허진의 할머니는 치마 끝으로 눈물을 훔쳤다.

유일표는 야학이 끝나자 곧장 효자동으로 갔다. 지난날 어머니의 사건에는 사상 문제가 연결되어 있어서 아예 부탁을 포기했었지만 허진의 문제에는 그런 게 전혀 없으니까 이규백 형이 도와줄 것을 믿었다. 더구나 이규백 형은 독립투사들을 높게 보고 친일파들의 득세를 비판하는 사람이었다.

어둠 속에서도 2층 양옥과 대문의 돌기둥에 붙은 문패는 전과 다름없는 거부감을 드러내고 있었다. 유일표는 자신의 몰골을 내려다보며 잠시 머뭇거렸다. 눈앞에는 방금 헤어진 넝마주이들의 모습이 가득했다. 검사라는 게 이렇게도 좋은 것인가……, 장학사에 묻혀 있던 이규백 형과 달라진 이규백 형을 전혀 실감할 수가 없고, 다시 보아도 그 생소한 거리감이 좁혀지지 않아 유일표는 전에 했던 생각을 또 하고 있었다.

유일표는 대문 여기저기를 더듬기 시작했다. 초인종이 눈에 띄지 않았고, 부잣집들은 자기네만 아는 데다 초인종 꼭지를 붙여둔다는 것을 떠올렸던 것이다. 한참 만에 그 꼭지를 찾아냈다.

초인종 꼭지는 놀랍게도 문패가 달린 오른쪽 돌기둥과 대문 사이에 손을 넣어야 하는 안쪽에 비밀스럽게 붙어 있었다. 그 작은 물건은 2층 양옥이나 돌기둥의 문패보다 더 강한 거부감을 나타내고 있었다. 가족 이외에 타인 사용 금지! 그 작은 것이 바락 소리치는 것 같아 유일표는 머뭇거렸다. 그는 애써서 지난날 다정하게 대해주었던 이규백 형을 떠올렸다. 자신이 의문나는 것을 이것저것 물을 때마다 이규백 형은 김선오 형과는 달리 차분차분 설명해 주고는 하며 대견해 했었다. 만약 여기가 김선오 형의 집이었다면 찾아올 마음을 먹지 않았을 것이다. 김선오 형은 겉으로 서글서글하고 사람 좋게 생긴 것과는 달리 이상하게도 묻는 것을 제대로 대답해 준 적이 없었다. 그러다 보니 정도 가지 않았고 믿음도 생기지 않았다.

유일표는 무슨 결심이라도 하듯이 자신도 모르게 숨을 들이키며 초인종 꼭지를 두 번, 세 번 눌렀다. 그리고 몸을 돌리다가 그는 깜짝 놀랐다. 대문 앞이 확 밝아졌던 것이다. 문패가 달리지 않은 왼쪽 돌기둥의 전등에 불이 들어온 거였다.

어지간히 사람 놀라게 하네. 과연 검사님 댁이라 다르긴 다르군.

유일표는 전등을 향해 눈을 흘기며 떨떠름한 웃음을 입가에 물었다.

「누구세요? 검사님이세요오?」

신발 끄는 소리와 함께 여자의 목소리가 나긋하게 울려왔다.

「저어, 여보세요, 이규백 검사님 좀 뵈러 왔는데요.」

황급히 말을 해놓고 유일표는 목소리가 턱없이 컸다는 것을 느꼈다.

저쪽에서는 잠깐 사이가 뜨더니 대꾸했다.

「검사님 아직 안 들어오셨어요.」 여자의 목소리에서 불친절함이 확 끼쳤고, 「왜 꼭 검사님처럼 초인종을 누르고 그래.」 여자의 군시렁거리는 소리가 잇따랐다.

「저는 후배 유일표라는 사람입니다.」

유일표는 대문이 열리기를 기다리며 말했다.

「예에……」

그러나 대문은 열리지 않았다.

「저어, 검사님 언제쯤 들어오실까요?」

「몰라요. 늦으신다고 하셨으니까.」

「늦으신다면 많이 늦으십니까?」

「몰라요. 댁은 지금이 몇 신지나 아세요? 이 밤중에.」

여자의 목소리가 싸늘하게 울려왔다.

「아 예, 이거 죄송합니다. 안녕히 계십시오.」

유일표는 얼떨결에 열리지 않은 문에다 대고 꾸벅했다.

여자가 뭐라고 투덜거리는 소리가 멀어지고 잠시 후에 대문의 전등이 꺼졌다. 유일표는 난감한 마음으로 어둠 속에 서 있었다. 그냥 돌아갈 수도 없고, 내일 다시 오자니 경찰서에 갇혀 있는 허진의 일이 너무 급했다.

좋아, 기다리자. 허진이 얼마나 고통스럽겠냐.

유일표는 마음을 정하고 담배를 빼물었다. 재건대 이용진 대장의 얼굴이 떠올랐다. 그 사람이 넝마더미 속에다가 미제물건들을 그렇게 많이 숨겨두었다는 게 도무지 믿어지지 않았다. 자기 아래 있는 넝마주이 애들에게 늘 나쁜 짓 하지 말라고 이르고, 자기도 아이들에게 분배하는 돈을 속이거나 깔아놓고 늦게 주는 일이 단 한 번도 없는 사람이었다. 그런 소문으로 다른 구역의 넝마주이들이 자꾸 모여들어 돌려보내느라고 골치를 썩일 정도였다. 허진을 도와주는 것도 그렇지만, 자기 돈 들여가며 야학을 운영해 가는 것은 존경스럽기까지 했다. 아이들에게 교재며 공책을 무료로 배급했고, 야학 운영비 일체를 떠맡고 있었다.

「사람은 배우고 알아야 사람이다. 나는 배운 게 없어서 이 꼴로 산다만 너희들은 나처럼 살아서는 안 된다. 열심히들 공부해라. 무식해서는 사람 노릇 못한다.」

이용진 대장이 늘 대원들에게 하는 말이었다. 그의 헌신에 존경으로 따르던 대원들이 이번 사건으로 받은 충격은 이만저만이 아니었다. 생기를 잃은 그들은 전혀 믿을 수 없다는 반응이었다.

유일표는 이규백의 집 앞을 오락가락하며 시간을 보내고 있었다. 그러나 이규백은 쉽사리 나타나지 않았다. 5월 말인데도 밤이 깊어서 그런지 바람결이 서늘했다. 유일표는 어깨를 부르르 떨며 몇 대째인지 모를 담배에 불을 붙였다. 고개를 젖히며 담배연기를 후우 내뿜다가 그의 눈길은 문득 하늘의 별들에 머물렀다.

달 없는 하늘에 별들이 초롱초롱했다. 서울 하늘에도 저런 별들이 있었는가……, 이런 생각과 함께 유일표의 의식 속에서는 고향 하늘이 떠올랐다. 서울생활이 벌써 6년째인데 그동안 별을 바라본 기억이 없었다. 서울생활의 삭막함이란 이런 것인가 하는 생각이 새삼스럽게 들었다. 고향에서는 무시로 바라보았던 밤하늘이었다.

「저그 저 북두칠성 뵈지야? 아부지도 시방 저 별을 보심서 우리 생각 허실란지 모른다.」

누나가 속삭이는 말이었다.

남들 모르게 아버지를 그렇게 그리워했던 누나는 자살을 하면서 아버지를 원망하지는 않았을까? 이건 마르크시즘과 사회주의를 어렴풋이 알게 되면서 얼마 전부터 하게 된 생각이었다. 아버지와 누나— 그건 너무 극적인 비극이었다. 사회주의 혁명에 실패한 아버지는 식구들을 버리고 북으로 갔고, 누나는 식구들을 먹여살리려고 요정에 나가 부르주아들의 노리갯감이 되다가 그 고통을 견디지 못하고 세상을 버린 것이다. 아버지가 그 사실을 알면 뭐라고 할 것인가?

그러나 그런 비극은 자신의 집에만 있는 것이 아니었다. 서동철 형은 그렇게 애를 쓰는데도 여태껏 여동생을 찾지 못하고 있었다.

어머니는 누나의 육신과 같은 돈을 지키려는 듯 미아리시장에 좌판 음식점을 차렸다. 아끼려고 애를 썼지만 어머니가 징역살이를 하는 동안 까먹은 게 있어서 광주에서 했던 것 같은 음식점은 엄두를 낼 수가 없었다. 형은, 방을 한 칸으로 줄여서라도 구멍가게 같은 것을 하라고 했다. 시장통에서 좌판을 벌이는 것이 너무 고생스럽다는 거였다.

「아니여. 배운 도적질이고, 부자 외상보담 거렁뱅이 맞돈이 나은 법이여.」

음식점은 해본 경험이 있고, 구멍가게는 외상이 많은데 밥값은 외상이 없다는 어머니 말이었다. 그러나, 볼품없고 한심스러운 좌판 음식점이라고 해서 자리는 거저가 아니었다. 권리금이라는 돈까지 톡톡히 치렀는데, 어머니는 그 자리가 재수 있는 좋은 자리라는 것을 큰 위안으로 삼았다. 그 자리에서 장사한 아주머니가 돈을 벌어 번듯한 음식점을 차린 때문이었다.

어머니는 장사에 열성인데 문제는 형이었다. 형은 제대를 하고 나서 전보다 더 말이 없고 우울해 보였다. 학교가 좋아서 그런지, 재수가 좋아서 그런지 복학을 하면서 가정교사 자리는 곧 구했는데, 형은 이상하리만큼 공부에 몰두했다. 집안 여건이 나쁘니까 타의 추종을 불허할 만큼 실력을 쌓겠다는 것인지, 그것밖에는 마음을 붙일 일이 없다는 것인지, 도무지 그 심사를 알 수가 없었다. 그렇게 공부해 봤자 그런 출신성분으로는 아무데도 써먹을 데가 없을 거라는 말을 몇 번인가 해버리고 싶었지만 꾹꾹 눌러 참았다. 혹시 그 여자하고 청춘사업이 잘못되었나 하는 생각도 들었지만 그것도 차마 물어볼 수는 없었다.

우애앵앵—.

느닷없이 울리는 소리에 유일표는 화들짝 놀랐다. 통행금지 예비 사이렌이었다. 버스는 다 끊긴 시간이었고, 줄기차게 뛴다고 해도 12시까지 30분 동안 미아리의 집에 도착하기는 아예 그른 일이었다. 그렇다고 파출소나 순찰을 피해 집에 간다는 것도 가능한 일이 아니었다.

검사가 뭐 이래!

유일표는 성깔이 돋다가 검사는 통금에 걸리지 않는 신분이라는 걸 깨달았다. 그는 잠시 망설이다가 파출소를 찾아가기로 했다. 여관비는 없고, 억지로 집에 가다가 걸려 구류를 사느니 통금 전에 파출소를 찾아가 하룻밤 신세를 지자는 계산이었다. 그리고 내일 아침 일찍 다시 찾아오면 될 일이었다.

「수고하십니다. 저는 유일표라고 하는데, 저쪽에 사시는 이규백 검사님을 기다리다가 그만 시간이 늦었습니다. 검사님은 아직 안 들어오시고, 저희 집은 너무 멀어 이렇게 찾아왔습니다. 선처 부탁드립니다.」

유일표는 파출소장 앞에 공손히 허리를 굽혔다. 친구들하고 놀다가 늦었다고 하려다가 그러면 괜히 말이 길어지고 어쩌고 할지 몰라 경찰의 상전인 검사를 팔기로 했다.

「아, 이규백 검사님? 어떻게 아는 사인데?」

파출소장이 유일표의 위아래를 훑었다.

「학교 선배님이십니다.」

「호오, 학생인가?」

「예.」

「학생증!」

파출소장은 손을 내밀었다. 유일표는 학생증을 꺼내주었다.

「됐어. 이따가 12시 되면 저 숙직실에 들어가 자. 여기 있다간 통금 위반자들하고 섞여 잠도 잘 수 없고, 잘못하다간 싸잡아 실려갈 수도 있으니까.」

「감사합니다, 소장님.」

유일표는 넙죽 절을 했다. 그 예기치 못한 후대가 정말 고맙지 않을 수 없었다. 그러나 문 옆에 놓인 긴 의자로 가면서 검사 빽의 대단한 효과에 마음이 서늘하면서도 허망해지고 있었다. 누구나 예사로 쓰는 '빽

없이는 살 수 없는 세상'이라는 말이 새삼스럽게 실감나고, 자신이나 허진 같은 인간들의 앞날이 더없이 암담하고 초라하게 느껴졌다.

유일표는 경찰서에 갇혀 있는 허진의 마음이 어떨지 짐작하기 어렵지 않았다. 허진은 3월 중순부터 본격적으로 시작된 굴욕외교 반대 데모에 열성으로 앞장섰다. 그는 내색을 하지 않았지만 남다른 감정으로 데모에 나서고 있는 것이 분명했다. 그의 할머니가 나라 위해 몸바친 사람들을 두 번 죽이는 것이라며 한일협상을 반대하는 것을 보면. 데모바람에 5월 들어 내각이 바뀔 정도로 데모는 갈수록 격렬해지고 있는데, 허진은 엉뚱한 일로 갇힌 몸이 되어 있었다.

허진은 2학년으로서는 어울리지 않게 학생회의 데모 지도부에 속해 있었다. 그건 그가 장학생으로 과대표인데다가 집안 내력이 한몫을 했을지도 몰랐다. 그는 재건대장 이용진의 도움으로 1년 동안 공부에 파묻히더니 검정고시로 대학에 들어갔다. 그런데 그는 고민 끝에 장학금 제도가 좋은 속칭 2류대학 상대를 선택했다. 할머니는 늙어가고 동생들은 어리고, 장학금을 받으면서도 아르바이트를 해야 할 그의 처지로서는 다른 길이 없었다.

통금 사이렌이 울리기 시작했다.

「학생, 저기 숙직실로 가서 자. 그 대신 기상은 4시야.」

파출소장은 자기 옆쪽을 가리켰다.

「예, 알겠습니다. 고맙습니다.」

유일표는 꾸벅 절을 하고 숙직실로 향했다.

그러나 유일표는 계속 잠을 설쳤다. 잠자리가 낯선데다가 시간이 갈수록 소리지르고 악쓰는 밖의 소란이 너무 심했다.

통금 해제 사이렌과 함께 유일표는 파출소를 나섰다. 안갯빛 어둠 속에 도시는 아직 잠들어 있었다. 푸른 가로수들만 상큼하게 깨어 있었다. 유일표는 앞으로 서너 시간을 어떻게 해야 할지 막막했다. 그는 무턱대고 걷다가 경복고등학교를 보고서야 자하문 밖을 생각했다. 고등학교 때 자하문을 거쳐 백운대까지 등산을 한 일이 있었다. 그는 산책으로 시간 때우기를 하기로 했다.

자하문 고개를 지나 아래로 내려가면서 유일표는 자신의 눈을 의심했다. 자하문 밖 골짜기는 몇 년 사이에 너무나 변해 있었다. 그때는 집 몇 채 없이 맑은 물 흘러가고 아름답던 한적한 산골이었는데 이젠 볼품없는 무허가 판자촌이 되어 있었다. 빈자리는 어디든 가리지 않고 생겨나는 판자촌에서 서울살이의 고달픔을 느끼며 유일표는 천천히 발길을 돌렸다.

지나가는 사람에게 두어 번 시간을 물어보고 유일표는 7시쯤에 이규백의 집 앞에 발길을 멈추었다. 그러나 선뜻 초인종을 누르지 못하고 망설였다.

어젯밤에 나왔던 여자가 부인인지 식모인지는 모르지만 그 냉정함이 초인종 누르는 것을 가로막았다. 그리고 세수도 하지 않은 자신의 몰골을 그 집안 사람들한테 보이는 것도 신경 쓰였다. 그뿐만 아니라 이른 아침부터 남의 집을 방문한다는 것은 기본예의에 어긋나는 일이기도 했다.

유일표는 이규백 형이 출근할 때까지 기다리기로 했다. 그리고, 그동안에 이규백 형한테 할말을 간결하게 정리해 두기로 했다.

8시쯤 해서 쪽문이 열리고 이규백이 모습을 드러냈다. 규백이 형 하고 부르려다 유일표는 멈칫했다. 분명 낯익은 규백이 형인데도 그 변한 모습이 모르는 사람 같은 거리감을 느끼게 했다. 혈색 좋게 살이 쪘고, 일류 멋쟁이 차림이었다.

「어, 이게 누구냐! 너 일표 아니냐.」

이규백이 먼저 유일표를 알아보았다. 그의 얼굴에는 반가움과 당황스러움이 엇갈리고 있었다.

「예, 그동안 안녕하셨어요.」

유일표는 꾸벅 인사를 하며 형이라는 말이 나오지 않는 것을 의식했다.

「이게 몇 년 만이냐. 날 찾아온 거냐?」

이규백이 손을 내밀었다.

「예, 뭘 좀 부탁드릴 게 있어서…….」

유일표는 악수를 하며 상대방의 눈치를 살폈다.

「부탁? 가자, 출근길이니까 정류장까지 가면서 얘기 듣자.」

먼저 걸음을 떼어놓는 이규백의 얼굴에 긴장감과 함께 싫은 기색이 스쳤다.

유일표는 한 걸음 늦게 발을 떼어놓으며 초인종을 안 누르기 잘했다고 생각했다. 규백이 형은 빈말로나마, 오래 기다렸느냐, 왜 들어오지 않고 밖에서 기다렸느냐고 묻지 않았다.

「저어, 제 친구 중에 할아버지가 독립투사인 애가 있어요.」

유일표는 미리 준비한 말을 빠르게 하기 시작했다.

유일표의 이야기를 들으면서 이규백의 얼굴은 차츰 편안하게 풀려가고 있었다.

유일표는 말을 다 마치기까지 미처 5분이 걸리지 않았다.

「짜식, 말솜씨는 더 늘었네.」 이규백이 씩 웃으며 유일표의 어깨를 치고는, 「친구 위해 새벽부터 열성 부리고 다니는 게 일표답다. 중부서랬지?」 하며 담배를 꺼냈다.

「예! 근데 언제쯤이나…….」

「오래 끌면 일표가 날 무시할 거 아냐? 오늘 바로 전화하지.」

「고맙습니다. 규백이 형.」

유일표는 자신도 모르게 고개를 깊이 숙였다.

「고맙긴. 참, 너 무슨 과에 다니냐?」

「철학과요.」

「철학과아?」

이규백이 뜻밖이라는 얼굴이었다.

「뭐, 문과 중에서 마땅히 갈 과가 있어야지요. 아버지 땜에.」

「……그랬구나, 그랬구나…….」

이규백이 찌푸린 얼굴로 고개를 끄덕이며 중얼거렸다.

유일표는 부랴부랴 집으로 가는 버스를 탔다. 그제서야 하루 동안 쓸물을 져 나르지 않았다는 생각이 떠올랐다.

「엄니, 물 조금만 기다리세요.」

어머니의 좌판 앞에서 뜀질을 멈추며 유일표는 숨을 헐떡였다.

「아이고, 늦은 밥 묵고 새벽장 가네. 성이 다 질러놓고 갔다.」

해촌댁은 웃음 머금은 얼굴로 눈을 흘겼다.

「이거 형한테 미안하게 됐네.」

유일표는 뒷머리를 긁적였다.

「근디, 니 안직 밥 안 묵었지야? 욜로 앉그라.」

「마수걸이도 안 했는데 그래서 되나요? 집에 가서 먹지요.」

「그런 걱정일랑 마시우. 학생 어머니는 벌써 서너 그릇 팔았으니.」

옆의 아주머니가 끼여들었다.

「그래요? 그럼 먹어야지요.」

유일표는 손바닥만한 난쟁이 결상에 주저앉았다. 좌판대와 그 세 개의 결상은 자신이 손수 짠 것이었다.

해촌댁은 작은아들 앞에 넘치게 담은 국밥 그릇을 놓아주었다.

「아주머니는 참 좋겠수. 두 아들이 다 상 받을 만큼 효자들이라. 아주머니는 말년에 이리 고생한 보람 톡톡히 누릴 거유. 얼마나 부러운지 원.」

옆의 아주머니가 국밥을 정신없이 퍼넣고 있는 유일표를 바라보며 말했다.

「효자는 무신…….」

해촌댁은 말은 이렇게 하면서도 흐뭇해 하는 기색이 얼굴에 그득했다.

「아이고, 세상에 이런 효자들이 어디 또 있겠수. 다 좋은 대학 다니지, 그러면서도 어머니 이런 장사 창피해 하지 않고 꼭꼭 물 져 나르지. 저리 자리 가리지 않고 밥 잘 먹어 어머니 맘 편하게 해주지, 저런 자식들이 어디 흔한가요. 요새 젊은것들 싸가지가 없어서 부모들 고생 통 모르는 게 예사 아니유. 여기 장사들 중에서도 제 부모가 하는 장사 창피해 얼굴 한 번 안 내미는 자식들이 수두룩해요. 그에 비하면 아주머니 아들들은 효자 중에 효자지요. 안 그래요?」

유일표는 얼굴이 근질거려 밥을 더 빨리 퍼넣고 있었다.

「얹힐라, 살살 묵어라.」

해촌댁이 작은아들에게 일렀다.

유일표는 학교를 거쳐 곧바로 재건대로 갔다. 데모바람으로 수업은 전혀 되지 않았다. 그러나 유일표는 허진의 일에 마음이 쏠려 오늘은 데모에 나설 수가 없었다.

데모의 열기는 갈수록 뜨거워지고 있었다. 학생들이 분노하는 것은 두가지 사실 때문이었다. 첫째는 뒤늦게 공개된 김종필과 오히라 사이의 메모가 이미 2년 전에 작성되어 국민을 속였다는 것이고, 둘째는 36년에 걸친 민족적 피해에 대한 보상이 고작 3억 달러에 지나지 않는다는 점이었다. 나머지 3억 달러는 되갚아야 할 빚인 차관이었다.

허진이 그렇듯 유일표도 학생들의 그런 비판에 전적으로 동감하고 있었다. 3억 달러는 아무런 구체적 근거 없이 주먹구구로 정해진 액수였고, 마땅히 제2의 매국으로 매도해야 한다고 생각했다. 사학과나 경제학과 교수들에 의하면, 36년 동안에 직접 간접으로 저질러진 400만에 달하는 살상, 농산물·광산물·임산물의 탈취, 동양척식주식회사가 전국적으로 농토를 강탈해 챙긴 부당이득, 강제 징병·징용·정신대의 피해와 임금 착취 같은 것들을 세목별로 따져야 하고 국제기준의 인플레에 맞춰 계산하면 30억 달러로도 모자랄 것이라는 추산이었다.

유일표는 남산 자락의 재건대에 오후 3시에 도착했다. 그런데 허진은 벌써 풀려나 있었다.

「말로만 들었지 검사가 진짜 그렇게 센 줄은 몰랐다.」

허진이 정색을 하고 말했다.

「나도 비슷한 생각인데, 왜, 상대 간 게 후회스러우냐?」

유일표는 비꼬듯 하며 웃었다.

「실은 법대와 상대를 놓고 고민을 했었지. 근데 가난이 지긋지긋해서 상대로 결정한 거야.」

「거부 될 꿈으로?」

유일표는 픽 웃었지만, 처음 듣는 말이라서 속으로는 놀라고 있었다.

「내가 제일 싫어하는 게 뭔지 아니? 배고픈 것하고 추운 거야. 내가 지금까지도 내내 가지고 있는 소원이 뭔지 아니? 세끼밥 배불리 먹고 사는 거야. 유치하지?」

「아니, 나도 그런 생각 많이 했어.」

「이해해 줘서 고맙다.」

「야, 근데 대장님은 어떻게 된 거냐?」

「글쎄 말이야. 나도 알다가도 모르겠어. 내일 면회를 가봐야겠는데, 아마 피치 못할 무슨 사정이 있었을 거야.」

「그 이유가 뭘까. 걸리면 쇠고랑 찰 줄 뻔히 알면서.」

「그동안 데모는 어떻게 되고 있니?」

허진은 질기게도 데모에 관심을 드러냈다.

「너 없어도 갈수록 잘돼 가고 있다. 서울대에서는 박정희의 민족적 민주주의 장례식까지 치르고 야단났다.」

「그거 속시원히 잘하는 일이다.」

「넌 대장님 일에나 신경 써.」

「아니, 난 끝까지 이번 데모에 가담할 거야. 대장님도 그걸 더 바라실 거고.」

허진은 강하게 고개를 내둘렀다.

제2부 「유형시대」로 계속 이어집니다.

한강 · 3

초판 1쇄 / 2001년 11월 5일
초판 19쇄 / 2002년 2월 25일

저자 / 조정래
발행인 / 송영석

책임편집 / 김수영 · 정옥주 · 박윤정
영업총무부 / 박재성 · 이종우 · 변영수 · 이영인

발행처 / (株)해냄출판사
등록번호 / 제10 - 229호
등록일자 / 1988년 5월 11일

서울시 마포구 서교동 464 - 41 미진출판센터 5층
대표전화 / 326 - 1600
팩스 / 326 - 1624
E-메일 editors@hainaim.com

ⓒ 조정래, 2001

ISBN 89 - 7337 - 399 - 4
ISBN 89 - 7337 - 396 - X(세트)

파본은 본사나 구입하신 서점에서 교환하여 드립니다.